梅岡城故事

To Kill a Mockingbird

Harper Lee

哈波・李——著　顏湘如——譯

目次

導讀

光陰淘洗英雄——返現塵積下的粗糙礫色

國立臺灣大學外國語文學系　蔡秀枝教授

《梅岡城故事》：另闢蹊徑的後起故事

哈波．李（Harper Lee）的《梅岡城故事》（*To Kill a Mockingbird*）於一九六〇年出版後，就獲得普立茲獎，並長期被列為美國中小學的課外閱讀書籍。書中發揚的是令人振奮、超越種族界線的人性光輝與正義無私的愛的教育：白人律師阿提克斯．芬奇在白人優勢的南方法庭上為偽強暴案的無辜被告黑人湯姆．羅賓森辯護盡顯大義凜然，而在生活層面上，喪妻的阿提克斯則是負責任的、以身作則的父親，將正直與跨越種族分際的愛與不論黑白膚色人民所應享有的法律之前的平等和權利，作為教養他一對年幼兒女（傑姆和絲考特）的準則。雖然他這一對兒女後來因為他參與辯護的這起黑人強暴白人婦女的案件而遭受梅岡城原告白人父親的蓄意埋伏攻擊而受傷，但是正義、人權、種族平等的觀念卻是阿提克斯身為父親所能夠給予子女的最彌足珍貴的教育寶藏。一九六二年由葛雷哥萊畢克主演的同名改編電影，生動處理了辯護案法庭的對白，增強絲考特和傑姆目睹並參與阿提克斯保護黑人被告免於白人的暴力劫囚（意欲私刑），法庭辯護場景則更明確點出冤案癥結，強化黑白種族間既存的傾軋與不平，同時凸顯白人利用偽強暴案來達成優勢的政治統治與對黑人的道德抹黑。電影最終揭示出白人利用性別與性侵議題對黑人進行污名化的企圖，以凸顯南方法庭在政治操作之下的不公不義，也因此對白人律師阿提克斯·芬奇的正義形象做了完美的大銀幕詮釋。

《梅岡城故事》因此成為一九五〇年代一個很特別的美國南方故事：在這個故事裡，白人律師阿提克斯·芬奇雖然面對梅岡城白人群眾的壓力與暴力威脅，依舊挺身站出來替無辜黑人辯護。阿提克斯嚴肅地告訴他的孩子，他堅決相信，不管人們是紅橙黃綠青藍紫哪種顏色，法庭應該是可以讓人得到公平的地方，雖然有些人確實是將怨恨帶到了陪審席。即使他為黑人被告羅賓森的辯護於一審時敗訴，而絕望的羅賓森於爬牆越獄時被獄卒連開十七槍射殺。當他的孩子傑姆為這樣的結果悲憤傷心時，他告訴傑姆和絲考特，如果一個白人欺騙了黑人，不論他是誰，多有錢，出身於何種世家，那白人都是一個下三濫，而且這樣的不公平一點點累積起來，總有一天，我們（白人）必須償還這筆債。在《梅岡城故事》裡，阿提克斯·芬奇就是這樣一個公正不阿的英雄，即使遇到挫敗，依舊是正義的典範。

重返原初敘事——崩解的正義，失色的英雄

然而在二〇一四年根據被尋獲的哈波·李的舊稿所出版的《守望者》（*Go Set a Watchman*）

小說裡，阿提克斯・芬奇這個南方正義英雄，卻有了另一個顛覆性的身分——他不僅參加過三K黨，也是一個南方傳統種族主義分子，不僅支持黑白種族隔離政策，也為了阻止「全國有色人種協進會」（National Association for the Advancement of Colored People）藉由幫助受困於訴訟的黑人進行法律辯護、進而介入阿拉巴馬州的法院與政治事務，因而答應接下梅岡城的車禍訴訟案件，替過去在他家裡幫傭帶小孩直到年事已高而退休的黑人女佣嘉珀妮亞的孫子辯護。這樣的《守望者》故事相對於《梅岡城故事》的確是丟給讀者與文學界一個爆炸性的衝擊與認知的逆轉。法庭上的正義使者其原形是三K黨人與種族隔離主義支持者。六歲的絲考特（琴・露易絲・芬奇）與十歲的傑姆在小時候所親身經歷的法庭辯護與阿提克斯對正義的維護所形成的歷史光環，在二十六歲的琴・露易絲返鄉回梅岡城時的所見所聞中碎裂潰散。

其實在《梅岡城故事》出版之後，哈波・李一直沒有創寫新作的計畫，也拒絕接受採訪。二〇一四年哈波・李的新代理律師東妮雅・卡特（Tonja Carter）對外聲稱：於哈波・李去世的代理律師姊姊愛麗絲（Alice Lee）保管的哈波・李故居保險箱內的舊檔案裡，找到這份稿件，當時以為是《梅岡城故事》的初稿，後來則認為是哈波・李的第二本小說的稿件。哈波・李後來透過律師發表聲明，說明《守望者》是《梅岡城故事》最原初的稿件，內容敘述小女孩絲考特長大成人後由紐約返回梅岡城度假的故事，但是因為當時編輯苔・霍藿夫（Tay Hohoff）建議哈波・李放棄原本的故事，改將小女孩絲考特與哥哥傑姆的童年故事變成小說的重心，尤其是他們共同經歷的父親為黑人被告辯護的強暴訴訟，所以幾番修改之後，《梅岡城故事》成形。但是哈波・李在《梅岡城故事》出版後，不再提筆寫作，也對《梅岡城故事》保持沉默並拒絕受訪超過五十年。其間文學界亦有人懷疑《梅岡城故事》是另一位南方作家楚門・卡波提（Truman Capote），也是哈波・李的好友（《梅岡城故事》中兩兄妹的友人迪爾的人物原型）所代筆。五十五年之後，《守望者》（二〇一五）出版，終於還給哈波・李一個清白，但是作為《梅岡城故事》的原初故事版本，而非哈波・李的「第二本」小說，《守望者》原稿的發現與出版不僅給讀者帶來驚喜，也同時帶出另一波閱讀與思想的震撼。

這樣一本未經過小說作者增刪修改，也未有編輯參與把關的小說，自難避免在文字、敘述、結構與意義上的缺失與粗陋。然而作為《梅岡城故事》的原型與原初敘事原稿，《守望者》的確提供了一個未經修飾的文學界面。《梅岡城故事》與《守望者》這兩部小說稿件在小女孩絲考特童年故事上的互相牽扯、兩者出版的前後時差與故事真相的逆轉，雖然讓許多讀者感到困惑與難以接受，但是《守望者》原稿的發現卻讓兩部小說的關係、中心意旨、現實與虛構，以及小說再現等議題的探討更加具有意義。藉由兩部小說中異質性元素的拉扯，不論是小說人物的認知與身分認同的反差、小說中心主旨由爭取種族平權到傾向種族隔離政策、小說敘事人物觀點由第一人稱到第三人稱的轉換、嘉珀妮亞從忠實忠心的白人女佣到含憤不平的黑人母親與祖母，小絲考特從幼年對父親的崇拜到長大的琴・露易絲對父親傳統的南方頑固白人種族主義與自由派思想的反感與憤恨等種種轉變，呈現出作者原本敘事與當初編輯對南方黑白種族問題與對整個文學界的預期的差距，所以兩部小說之間的差異與逆轉，並非是小說家錯亂意識的呈現，而是因為在當年原稿書寫的當下，哈波・李就已經深切體會並看見了人性的卑微與南方知識分子為權謀之計而在道德上的退讓與屈服，所以《守望者》一書裡的阿提克斯，終究無法成為完美的英雄。

琴・露易絲的所見所聞版本才是哈波・李當年所寫的故事，這是作者寫作欲望的呈現，而《梅岡城故事》則是經過一位優秀且有遠見的編輯所發掘與推波助瀾、發揚政治與道德理想的文學作品。《梅岡城故事》裡具有法律素養與種族平權觀念的阿提克斯是哈波・李透過一個六歲小女孩純真無知的眼睛來解讀，對律師父親的景仰與崇拜，是小女孩在父親的教育下對公平正義的理想所呈現的渴望與展現。它本身其實也是哈波・李與編輯荅・霍藿夫的知遇故事，只是小說裡那種關於追求正義與表彰英雄氣魄的結局對哈波・李而言，可能有些天真無邪的虛弱，雖然整體的法庭教育呈現出對理想正義的期許與堅持。作者的緘默與停筆，或許是對原初寫作欲望所欲呈現的、專屬於南方的種族主義思維與無法真正出版再現南方此種現實氛圍的一種無言的嘆息。哈波・李拒絕對《梅岡城故事》做出評論與不願接受採訪，或許也是因為在外界一面倒的讚美聲中，她實在無法對「被塑造出的完美英雄人物」多加評點或多讚一詞。至於《守望者》裡阿提克斯的道德假面與狹隘自負的種族主義論點，哈波・李則已經在《守望者》的敘事裡藉由琴・露易絲的眼與口來舉發並直接給出評論與進行抨擊了。因此《守望者》一書的出版，意義非比尋常。人性原本不完美，英雄也會有缺憾。道德的瑕疵、權勢的維護，人性也。哈波・李在她當年的第一份原始稿件裡，就已經點出了。

返家歸鄉路——遇見什麼樣的自己與他人

《守望者》的標題來自於《以賽亞書》第二十一章第六節：「主對我如此說，你去設立守望者，讓他報告他所看見的。」（Isaiah 21:6: "For thus hath the Lord said unto me, Go, set a watchman, let him declare what he seeth."）守望者為我們訴說著他所見到的一切。守望者的良心與眼睛聯繫著我們觀想的世界。我們需要守望者替我們觀看，也保守我們的良心。《梅岡城故事》裡六歲的琴・露易絲應該會認為她的父親阿提克斯是這樣的一個守望者，他的高尚情操與道德觀念必能守護著梅岡城，引領著大家做出正確而公平的決定。但是在哈波・李的《守望者》稿件裡，透過二十六歲的琴・露易絲的眼睛與心的守望，我們究竟看見了什麼樣的一九五〇年代的南方？哈波・李想要再現的，是什麼樣的阿拉巴馬州梅岡城？在這裡，阿提克斯並不是那一位守望者，因為他屈服於政治欲望與種族主義偏見之下。不同於《梅岡城故事》，琴・露易絲不再是天真的小女孩，不再一味崇拜著阿提克斯，也不再不加辨明地拳拳服膺於阿提克斯的教誨。透過琴・露易絲，我們隨著她從紐約返回梅岡城，下火車，上亨利的汽車，見識了她與亨利半真半假、未識愁滋味卻又難以開展的愛戀關係。因為受限於南方淑女養成教育下對女性的束縛與來自於性別的種種規約，亨利・柯林頓的老套觀念讓琴・露易絲無法愛上他，因為她絕對不會像南方淑女所受的教育一般，將亨利的想法當作她自己的想法去服膺，也不會為了去配合他而犧牲自己或改變意念。當然，從亞麗珊卓姑媽的角度來看，琴・露易絲與亨利的婚姻組合，確實是不可能的。對於這個永遠活在矜貴的南方貴族莊園淑女夢裡的姑媽，即使「經歷過三場戰爭，卻沒有一場影響到她；在她的世界裡，男士依然在門廊或吊床上抽菸，女士依然輕搖摺扇喝著涼水，絲毫未受干擾」。南方世家貴族式的政治觀與社會階級概念牢牢地支配著姑媽的婚姻觀念，所以姑媽認為亨利配不上琴・露易絲：「亨利不適合你，而且永遠都不適合。我們芬奇家的人不會和貧苦出身的窮酸白人結婚，而亨利的父母打從出生起一輩子正是這樣的人……僅管他是個優秀的孩子，卻去不掉身上的窮酸樣。」

除了戀愛與婚姻的觀念隔閡，琴．露易絲這位守望者腦袋裡的自由與平等觀念，毫無意外地與梅岡城傳統種族主義者的白種人優越思維大相逕庭。即使琴．露易絲自小崇拜著阿提克斯，早就是種族平權與正義精神的信仰者，此次的返鄉卻讓她意外的發現：她的父親竟然公然在客廳小茶几上擺放著夸夸談論白種優越論者觀點、並貶抑黑人族群為「黑色瘟疫」的小冊子。琴．露易絲也由亨利告知，阿提克斯早年也曾參加三K黨，而現今更大剌剌地坐在昔日為黑人辯護的法庭大廳，參加梅岡城的白人公民協會，而這個協會為了維護南方生活型態，堅決捍衛種族隔離政策。琴．露易絲突然想到阿提克斯過去曾幫助一個被控強暴白人女孩的黑人男孩無罪開釋。（此故事被擴大寫成《梅岡城故事》裡的湯姆．羅賓森案，但是結局不同。）只是這樣的回憶卻讓她充滿憤恨，更備感唏噓。

琴．露易絲發現老邁的阿提克斯已經背叛了他灌輸給她的正義與種族平權的觀念。阿提克斯將黑人族群定位為落後的、無法徹底分擔公民責任的族群，他告訴琴．露易絲：「你有沒有仔細想過？一個落後族群生活在一群具有某種先進文明的人當中，是不可能形成理想社會的。」「黑人還在一個族群成長的童年階段……他們在適應白人的生活方面大有進步，但還差得遠。」因此，黑白種族間的隔離是必要的，黑人與白人的小孩也必須分別去上不同的學校。所以阿提克斯與琴．露易絲在此處爭論著黑人在文明學習進程上的落後，擔憂黑人與白人小孩在一個學校就學將會拉低白人小孩的學習，而琴．露易絲也的確認同阿提克斯這樣的觀點。阿提克斯認為一九五四年「布朗訴教育局」（Brown vs. Board of Education）一案，最高法院裁定公立學校種族隔離政策違憲一事[1]，乃是干預州政府的行政力，因此違背美國憲法第十條修正案的精神。

而當亨利向她表明他接受南方階級制度與種族主義的觀點時，琴．露易絲當下明白地告訴他：「阿亨，我們倆真是南轅北轍。我知道的不多，但有件事我很清楚：我沒法和你一起生活。我沒法和一個偽君子過日子。」這就是琴．露易絲作為一個有良心的守望者所看見與說明的南方白人種族主義者的言談與觀念。但是阿提克斯卻淡然地告訴她：「我不知道為什麼你不能。偽君子和任何人一樣有權利活在這個世上。」很顯然阿提克斯將人分成了許多種，白人、窮酸白人，甚至偽君子，但是黑人絕對不屬於他分類下的這些人。這一點其實在《梅岡城故事》裡，傑姆於法院一審判定黑人被告有罪後，對於南方的種族階級觀念就有了覺悟。他告訴絲考特梅岡城的人分為許多種，「我們這種人不喜歡康寧家的人，康寧家的人不喜歡尤爾家的人，尤爾家的人又瞧不起黑人。」但是單純的絲考特卻回答傑姆：「我想人只有一種人！」可以想見，不論是絲考特或是琴．露易絲，對於她父親的種族偏見必然十分地厭惡，因為他「伸手擋在這個族群前面說：『停下來，你們只能走到這裡！』」琴．露易絲明確地告訴阿提克斯，她也覺得有些黑人是「落後、缺乏教養、骯髒、可笑、懶惰、無用，他們幼稚又愚蠢。可是有一點我們看法不一致，而且永遠不會一致。那就是你否認他們是人。」「你拒絕給他們希望。阿提克斯……他們大多是單純的人，但並不代表就是次等人。」琴．露易絲的「色盲」讓她堅決與阿提克斯決裂。

向父權主義傾斜——家族愛的束縛

琴．露易絲由紐約返鄉歸來，帶來了比小時候更加確信的自由與平權的思想，這也是她自幼繼承她父親阿提克斯給她的信念與教育，所以日後每當她徬徨懷疑時，便會試想她的父親會怎樣處理這件事？但是今日這個在紐約與阿拉巴馬州梅岡城之間漂泊的靈魂，卻首次發覺到背叛：阿提克斯所說的正義，他所堅持的黑人在法律之前的平等權利，其實都服膺於另一個更高層次的指導原則：種族主義。所以阿提克斯相信隔離而平等，認為黑白學生不應該一起上學。但是阿提克斯也在言語的說明與辯駁中，讓她矛盾地發現，她確實在某些觀點上認同她父親對黑人的看法與見解。

其實琴．露易絲本身就是個思想跳躍與理想衝突的混合體。南北地域、意識形態、認知衝突、人生觀與種族觀念等都匯聚在她人生經歷差異甚大的兩種以地域為集合的衝擊裡。在腦迴路偏粗獷的琴．露易絲身上顯現的，就是難以開展的自由與開放的愛戀、不能接受的南方淑女養成教育與男尊女卑的父權體制性別觀念，以及似乎永遠無解也無法打破的南方種族主義與種族隔離

---

1 哈波．李所居住的阿拉巴馬州門羅維爾（Monroeville, Alabama）所在地的一些學校與教堂，直到今日仍有效地保持著種族隔離政策。一九五五年出生，來自阿拉巴馬州同一城市，亦獲得普立茲獎的亞特蘭大憲法報非裔社論作家Cynthia Tucker，則一直到十六歲才得以進入黑白混合入學的學校。（Lawrence Wood, "Harper Lee, then and now". *Christian Century* [Oct. 14, 2015]: 24.）

政策。藉由紐約這個地域作為引入北方自由與平等開放觀念的平台，哈波．李讓琴．露易絲的返鄉返家象徵著對南方保守的白人貴族世家精神、白種人的優越感與種族隔離觀念的衝突與反省。但是當她發現阿提克斯崩解的假面時，傑克．芬奇叔叔與她上天下地、猶如歷史傳記般瑣碎的、拋物線式綿延又偏差互涉的談話內容，將她兜轉引回到南方家族情感的窠臼，讓她嘗試既獨立並自外於對阿提克斯的依賴與崇拜，也對阿提克斯錯誤的良知展現體諒與理解：「琴．露易絲，每個人的孤島、每個人的守望者就是她的良知，沒有所謂的集體意識……你與生俱來的良知在某一刻像藤壺一樣，牢牢黏住了你父親的良知。當你成長時、長大後，不知不覺就把你父親和上帝搞混了。你從來沒有把他當成一個擁有凡人的心、凡人的缺點的人……因為他太少犯錯，但他仍然會犯錯，就跟所有人一樣。你是個情緒化的跛子，倚靠著他、從他身上找答案，認為你的答案一定和他的答案一樣。」傑克．芬奇叔叔努力嘗試去點醒因為對父親的所作所為深感憤恨而意欲斷然離開梅岡城的琴．露易絲。他勸她應該要藉此機會看清她崇拜父親的盲點，同時也應該重新喚醒她自己內在的良心與愛：因為即使家人各自抱有不同的理念，家族間的感情依舊能夠綿延存在；家人不需因理念不同而決裂，因為溫暖人心與捍衛良知的愛的力量終究會持續地牽絆著一家人。只有當你打破了偶像，才能脫離他成為獨立的個體運作。將他還原成凡人，然後面對他，也面對這個凡人父親對女兒的愛，雖然在《守望者》裡這樣的愛總是無法脫離南方父權制度與種族主義的力道。

棄卻英雄，設立守望者

《守望者》的原稿故事所揭露的真相，讓正義使者阿提克斯的英雄面具碎裂，令讀者不堪回首。《梅岡城故事》刻畫著一種純真且無知的信賴，而《守望者》則彰顯著現實狀態的不堪與真相的層層掩蓋。當年一心想踏入文學界的哈波．李所寫的《守望者》故事，是一九五〇年代南方黑白種族隔離政策下的情景，是她在阿拉巴馬州的現實生活原貌的文學抽象素描，雖然沒有經過編輯的專業編修協助，卻在人物特色不甚突出、對話冗長無度、章節雜亂與結構重心偏頗等諸多不足之下，明白揭露美國南方白人知識分子對白人優越主義的信奉以及對黑人平權問題的擔憂、疑慮與遏阻。這樣的真相是令人難堪的，因為它一如琴．露易絲的憤恨表現，是以粗略的思考與頂撞的言語，處處衝擊與揭發南方知識分子在種族與人權議題上的潛在性政治暴力與道德虧欠。在歷史的管窺之下，《守望者》同時也是對閱讀現象的一種批判。在重重的閱讀與盛讚中，在不同的傳媒，例如電影、歐普拉讀書會（Oprah's Book Club）等的展現與推崇下，《梅岡城故事》也不免淪為神話與神化了的文學事蹟與文學英雄人物，只是歷史不小心的發現，卻讓這個神化了的英雄與正義事蹟，被其自身原稿／原形的重現與歷史真相的回返給打擊、碎裂與最終崩解。

健康情形不佳的哈波．李並未對《守望者》原稿再度進行修改增刪，出版社也沒有真正對原稿加以更動，而經過噤聲不語的五十多個年頭之後，哈波．李透過律師答應讓歷史塵封的《守望者》出版。二〇一六年二月哈波．李逝世，徹底拒絕了作者方對《守望者》的說明與解釋。我們也許可以大膽推測，這個出版事件意謂著作者本人對整個寫作初衷的承認與對其原初故事敘事所欲呈現的南方現實速寫的最終認同。埋藏在光陰灰塵下的舊稿能夠重見天日，是對當初天真眼眸中的理想與正義的再次檢驗，一個赤裸並且殘酷的檢驗。歷史的真相在光陰流過的歲月裡沉澱，虛構的文學英雄人物的光環在原稿重現天日之下崩解與敗壞。歷史與文學的糾纏若是，光陰淘盡英雄。

第一部

1

哥哥傑姆快滿十三歲時，手肘嚴重骨折，等到傷勢痊癒，擔心自己再也不能踢足球的憂懼也平息後，便鮮少意識到自己受過的傷。他的左臂比右臂略短，站立或行走時，手背與身體形成直角，拇指則與大腿平行。他毫不在乎，反正只要還能傳球、踢球就好。

當歲月逝去得夠久，久到足以回首往事，我們偶爾會談起導致意外發生的事件。我認定尤爾家的人是罪魁禍首，大我四歲的傑姆卻說事情的源頭還要更早。他說從迪爾來到這裡的那個夏天，當他最初提議設法誘使雷德利家的阿布出來，這一切就開始了。

我說若要將事情拉這麼長遠來看，起因其實是安德魯．傑克遜[1]。要不是傑克遜將軍把克里克族印第安人趕到上游去，賽門．芬奇絕不會划著船上阿拉巴馬來，而如果他沒來，我們又會在哪裡呢？我們當時早已過了以拳頭解決爭議的年紀，便去問阿提克斯。父親說我們倆都沒錯。

我們身為南方人，有部分家族成員感到很慚愧，因為哈斯丁戰役[2]的兩邊陣營都沒有自己的祖先名留青史。我們有的只是賽門．芬奇，一個來自康瓦爾郡、兼做皮貨生意的賣藥郎中，信仰無比虔誠，只有吝嗇得以超越。在英格蘭，那些自稱衛理公會信徒的人受到較開放的教友迫害，讓賽門十分憤慨，由於他也自稱是衛理公會信徒，便設法橫渡大西洋來到費城，接著到牙買加，然後再到莫比爾，最後北上聖史蒂芬斯。賽門謹記著約翰．衛斯理[3]對於生意買賣的諸多用語限制，憑藉行醫賣藥發了財，但從事這一行他並不快樂，唯恐自己禁不住誘惑，做出不是為了榮耀神而做的事，譬如穿金戴銀。於是賽門忘了導師所教導不得將人視為財產的金科玉律，買下三名奴隸，並在他們的協助下，在聖史蒂芬斯上游約六十五公里處的阿拉巴馬河畔建立家園。他只回過聖史蒂芬斯一次，找到了一個老婆，然後與她共同建立一個陰盛陽衰的家族。賽門活到很大歲數，富裕以終。

依照傳統，家族的男人都要留在賽門創立的家園「芬奇農場」，靠棉花維生。這個地方自給自足，與周圍的大莊園相比規模雖然小了些，卻生產一切生活必需品，只有冰塊、麵粉和衣物需要藉由河船從莫比爾運來。

賽門若是目睹南北之間的紛亂，應該會義憤填膺卻無可奈何吧，因為這場戰爭幾乎奪走他後代子孫的一切，只剩下土地。但是靠土地生活的傳統一直持續到進入二十世紀許多年後，我父親阿提克斯・芬奇到蒙哥馬利念法律，而他弟弟到波士頓攻讀醫學的時候。他們的姊妹亞麗珊卓是唯一留守農場的芬奇家人，她嫁了一個沉默寡言的男人，他大部分時間都躺在河邊吊床上，只關心自己布設的延繩魚鉤上是否掛滿了魚。

1 安德魯・傑克遜（Andrew Jackson，一七六七～一八四五）：美國第七任總統，投身軍旅期間，曾多次領軍與印第安人作戰。

2 哈斯丁戰役：（Battle of Hastings）一〇六六年，諾曼第公爵威廉二世為奪取英格蘭王位，帶兵渡海打敗英王哈洛德的戰役。

3 約翰・衛斯理（John Wesley，一七〇三～一七九一）：英國神職人員，衛理公會創始人之一。

父親取得律師資格後，便回到梅岡執業。梅岡城位於芬奇農場以東大約三十公里，是梅岡郡政府所在地。阿提克斯的辦公室位在郡政府內，僅僅只有一個衣帽架、一只痰盂、一面棋盤和一本乾乾淨淨的阿拉巴馬州法典。他的頭兩個當事人正是梅岡郡監獄最後被吊死的兩人。阿提克斯力勸他們接受州政府的寬容大度，承認二級謀殺罪名，可免一死。但偏偏他們是哈菲佛家的人，這個姓氏在梅岡郡相當於「蠢驢」的同義詞。據說這兩個哈菲佛家人是因為有一匹母馬無緣無故遭扣留，產生誤會，打死了梅岡的頂尖鐵匠。他們毫無顧忌地當著三個證人的面動手，還堅稱「是那個狗娘養的王八蛋自找的」，怪不得任何人，因此堅持對一級謀殺提出無罪抗辯。阿提克斯能為當事人做的不多，只能在他們上路的時候陪在一旁。父親很可能就是從這件事開始，對刑事訴訟案件深惡痛絕。

在梅岡的頭五年，阿提克斯厲行節約，接下來的幾年，則是將賺的錢用來資助弟弟的學費。約翰．海爾．芬奇（傑克）小我父親十歲，就在棉花不值錢的時候選擇去學醫。但是在幫助傑克叔叔立業後，阿提克斯還是從法律業務獲得不錯的收入。他喜歡梅岡，他是在梅岡郡出生長大的，他熟悉梅岡人，梅岡人也熟悉他，由於賽門．芬奇的勤奮多產，阿提克斯與城裡每戶人家幾乎都有血緣或姻親關係。

梅岡是一座老城，但就我記憶之初，那是座死氣沉沉的老城。遇到下雨天，街上滿是紅色泥漿，人行道上長著草，廣場上的郡政府也歪歪斜斜。不知道為什麼，那時候天氣比較熱：黑狗忍受著暑熱之苦，瘦巴巴的騾子被套在胡佛車前，在廣場上悶熱的長綠橡木樹蔭下揮著尾巴驅趕蒼蠅。男人硬挺的衣領，不到上午九點就鬆垮下來。女士會在中午前洗一次澡，三點午睡醒後再洗一次，到了傍晚，渾身汗水混合著芳香痱子粉，便有如撒了糖霜的鬆軟甜餅。

那時候的人行動緩慢，要不是悠哉悠哉地穿越廣場，就是在廣場四周的商店逛進逛出，做什麼事都慢條斯理。一天二十四小時，但看起來似乎更長一些。凡事不急，因為沒有地方可去，沒有東西可買也沒有錢去買，梅岡郡以外的地方也沒什麼可看。然而對某些人來說，那是個不明所以的樂觀年代，梅岡郡民剛剛被告知「除了畏懼本身之外無可畏懼」[4]。

我們住在城裡的主要住宅街，有阿提克斯、傑姆、我，加上廚子嘉珀妮亞。我和傑姆都對父親很滿意，他會陪我們玩、念書給我們聽，對待我們和藹又公正。

嘉珀妮亞則全然不同。她瘦骨嶙峋，她近視，她斜視，她的手掌和床板一樣寬，卻有床板的兩倍硬。她老是喝令我離開廚房，明知傑姆年紀比較大，卻問我為什麼不能像他一樣乖，而且總是在我還不想回家時叫我回家。我們倆的戰爭源遠流長，而且不對等。嘉珀妮亞老是贏，主要是因為阿提克斯老是站在她那邊。打從傑姆出生，她就在我們家了，自我有記憶以來便感受到她的專制。

母親在我兩歲時去世，所以我從來不覺得自己缺少母親。她出身蒙哥馬利的葛拉姆家族，阿提克斯在第一次當選州議員時與她邂逅，當時他已屆中年，她小他十五歲。傑姆是他們結婚第一年的結晶，四年後我誕生，再過兩年，母親便因心臟病突發逝世。聽說這是家族遺傳。我並不想

4 這是羅斯福總統就職演說中的一句名言。

念她，但我覺得傑姆是想她的。他清清楚楚地記得她，有時候遊戲玩到一半，他會長嘆一聲，然後獨自跑到車庫後面去玩。每當這個時候，我知道最好別去吵他。

當我將近六歲、傑姆快滿十歲，我們的夏日活動範圍以能聽到嘉珀妮亞的呼喊聲為界，往北過兩戶到亨利・拉法葉・杜柏茲太太家，往南則過三戶到雷德利老宅，我們從未企圖越界。雷德利老宅裡住著一個不明人物，光聽描述就足以讓我們連續安分好幾天，而杜柏茲太太十足是個惡魔。

就在那年夏天，迪爾來到我們這裡。

有天一大早，我和傑姆在後院正要開始一天的遊戲，忽然聽到隔壁瑞秋・哈菲佛小姐家的羽衣甘藍菜園裡有動靜。我們便來到鐵絲網邊看看是不是有小狗——瑞秋小姐養的捕鼠㹴快生了——不料卻發現有個人坐在那裡看著我們。坐下來的他比羽衣甘藍高不了多少。我們瞪著他看，直到他開口說話：

「嘿。」

「嘿，你好。」傑姆和氣地說。

「我叫查爾斯・貝克・哈里斯，我識字了。」他說。

「那又怎樣？」我說。

「我只是覺得你們會想知道我識字了，如果需要讀什麼，我可以幫忙……」

「你幾歲？四歲半嗎？」傑姆問道。

「快七歲了。」

「呿，那有什麼稀奇。」傑姆大拇指朝我一扭，說道：「那邊那個絲考特一出生就會認字了，她都還沒上學呢。你快七歲了怎麼還這麼小一隻？」

「我長得矮，可是年紀大。」他說。

傑姆把頭髮往後撥以便看得清楚些。「你要不要過來，查爾斯．貝克．哈里斯？」他問道：「天哪，多奇怪的名字。」

「又不會比你的奇怪。瑞秋姨媽說你的名字叫傑瑞米．阿提克斯．芬奇。」

傑姆皺起眉頭說：「我已經夠大了，配得上這麼長的名字。可是你的名字比你的身高還要長，我敢說長了三十公分。」

「大家都叫我迪爾。」迪爾邊說邊費勁地想從圍籬底下鑽過來。

「用爬的可能比用鑽的簡單。」我說道：「你是哪裡人？」

迪爾來自密西西比州的美利甸，到瑞秋姨媽家來過暑假，而且從今以後每年暑假都會到梅岡來。他們家原本也是梅岡郡人，他母親在美利甸替一個攝影師工作，曾經把他的照片送去參加「美麗兒童」攝影比賽，贏得五美元。她把錢給了迪爾，迪爾拿去看了二十場電影。

「這裡沒有電影好看，只有郡政府有時候會放映有關耶穌的片子。」傑姆說：「你看過什麼好看的嗎？」

迪爾看過《吸血鬼》，此話一出傑姆立刻對他刮目相看。「跟我們說說。」他說。

迪爾是個奇特的人，穿著一件藍色亞麻短褲，釦子扣在襯衫上，雪白的頭髮像鴨絨一樣黏在頭上，他大我一歲卻比我矮得多。說古老故事給我們聽的時候，他的藍眼睛會忽明忽暗，他笑聲急促、開朗，他會習慣性地拉扯額頭中央翹起的一綹頭髮。

當迪爾讓吸血鬼德古拉化為塵土，傑姆說電影聽起來比書好看的時候，我問迪爾他父親在哪裡：「你都沒有說到他。」

「我沒有爸爸。」

「他死了嗎？」

「不是……」

「如果他沒死，那你就有爸爸，不是嗎？」

迪爾臉紅了起來，傑姆叫我閉嘴，這明顯意謂著迪爾已經通過考察，被接納了。在這之後，暑假便在令人滿意的例行活動中度過。令人滿意的例行活動包括：修整樹屋（是我們在後院那兩棵巨大的孿生苦楝樹之間蓋的）、吵吵架、將我們根據奧利佛．歐提[5]、維克多．阿波頓[6]和艾格．萊斯．布洛[7]作品改編的劇碼全部上演一遍。說到演戲，能有迪爾真是幸運。本來丟給我的角色改由他接收，例如《泰山》裡的人猿、《羅佛家的少年》[8]裡的柯瑞柏契先生、《湯姆．史威夫特》裡的戴蒙先生。因此後來我們把迪爾當成了口袋魔法師，他的腦袋裡裝滿各種稀奇古怪的計畫、不可思議的渴望與充滿奇趣的幻想。

可是到了八月底，我們的劇目由於不斷重複而變得枯燥乏味，就在這時候迪爾出了個主意，要引誘雷德利家的阿布出來。

迪爾對雷德利老宅非常著迷。儘管我們一再警告、說明，他還是像海水受月亮吸引一樣地受那棟宅子吸引，但頂多只被吸引到轉角的燈柱處，與雷德利家的柵門還有一段安全距離。他會站在那裡，雙手環抱著粗燈柱，滿心好奇地凝神注視。

雷德利老宅位在我們家過去那邊一個急轉彎的角落。往南走，剛好面對著屋子的門廊，人行道沿著宅院邊繞行拐彎。這棟屋子低矮，以前是白色，有個很深的前門廊和綠色百葉窗，但色澤早已變得黯淡，和周圍的院子一樣灰撲撲。被雨水侵蝕的屋頂板垂掛在廊簷外，幾棵橡樹遮蔽了陽光。殘破的尖樁圍籬像喝醉酒般東倒西歪地護衛著前院，這本該是個灑掃得乾淨整潔的庭院，卻從未打掃過，裡面強生草與鼠麴舅叢生。

屋內住著一個惡靈。聽說他確實存在，但我和傑姆從來沒見過。聽說他會在夜裡月亮落下時外出，從窗戶偷看人家家裡。若是有人種的杜鵑花突然凍死，就是因為他對著花吹了氣。在梅岡所有偷雞摸狗的小罪小惡，都是他的傑作。有一陣子，城裡的人被一連串變態的夜間事故嚇壞了，因為家裡養的雞和寵物慘遭殘害屍骨不全。雖然犯案的是瘋子阿弟，他後來也掉進巴克水渦溺斃了，城裡居民還是盯著雷德利家，不願拋開最初的疑慮。入夜後，就連黑人也不會從雷德利家門前經過，而是橫越到對面人行道，而且邊走邊吹口哨。梅岡小學的操場緊鄰雷德利家後院，

5 奧利佛・歐提（Oliver Optic，一八二二～一八九七）：美國知名學者兼作家威廉・泰勒・亞當斯（William Taylor Adams）的筆名。

6 維克多・阿波頓（Victor Appleton）是出版社史崔梅爾集團（Stratemeyer Syndicate）在二十世紀期間使用的集體筆名，最主要的作品是《湯姆・史威夫特》（*Tom Swift*）系列童書。

7 艾格・萊斯・布洛（Edgar Rice Burroughs，一八七五～一九五〇）：美國作家，《泰山》系列是他最重要的創作。

8《羅佛家的少年》（*The Rover Boys*）是美國出版商兼童書作家愛德華・史崔梅爾（Edward Stratemeyer，一八六二～一九三〇）以亞瑟・溫菲爾（Arthur Winfield）為筆名創作的冒險系列ＹＡ小說。

雷德利家的雞圈裡有幾棵高大的山核桃樹，果實一抖落便會掉進操場，但學童碰都不去碰，因為吃了雷德利家的山核桃會死人。要是把棒球打進雷德利家的院子，就當作是弄丟了，誰也不會多問。

那棟房子的苦難在我和傑姆出生前許多年便已開始。雖然在城裡處處受歡迎，雷德利家人卻選擇不與人來往，對梅岡人而言，這是無法原諒的癖好。上教會是梅岡人的主要娛樂活動，但他們不參與，而是在家裡做禮拜；半晌午的咖啡時間，雷德利太太幾乎從不過街去找鄰居聊天，當然也從沒參加過傳道會。雷德利先生每天早上十一點半會走路進城，十二點整準時回來，有時抱著一個牛皮紙袋，左鄰右舍猜測裡面裝的應該是家用的食品雜貨。我從來不知道老雷德利先生以何為生，傑姆說他在「買棉花」，這是無所事事的委婉說法，不過在所有人的記憶中，雷德利夫妻和兩個兒子一直住在這裡。

禮拜天，雷德利家總是門窗緊閉，這也違背了梅岡的生活方式，因為只有生病和冷天才會關著門。一週七天裡，星期天下午是大夥正式出門訪友的時間：女士會穿上緊身褡，男士會穿上西裝外套，孩童會穿上鞋子。但是在星期天下午爬上雷德利家前門台階，高喊一聲「嗨」，這是他們的街坊鄰居從未做過的事。雷德利家沒有紗門。有一次我問阿提克斯以前有沒有過，阿提克斯說有，但是在我出生前。

據鄰居傳說，雷德利家的小兒子十來歲時結識了幾個來自老沙崙的康寧漢家人，這是住在郡北的一個龐雜家族，他和他們在一起，形成了梅岡前所未見、最類似幫派的組織。他們沒做什麼，卻已足以引發居民議論，還被三名傳教士公開警告過。他們在理髮院裡晃蕩；禮拜天搭巴士到艾波特維去看電影；到河邊賭場「露珠客棧釣魚營」去跳舞；嘗試私釀威士忌。在梅岡，誰也鼓不起勇氣去跟雷德利先生說他兒子誤交損友。

某天晚上，這群年輕人情緒格外亢奮，駕駛一輛借來的小破車，倒著繞行廣場。法院的老執達員康納先生試圖加以逮捕，他們不但拒捕，還把他關進郡政府的外間廁所。居民決定採取一些作為。康納先生說他認得他們每一個人，而且下定決心不放過他們，於是這群年輕人被帶到少年法庭，以違法亂紀、擾亂治安、傷害以及當著婦女的面穢言穢語大聲辱罵等罪名起訴。法官問康納先生為何加上最後一條罪名，康納先生說他們罵得那麼大聲，每個梅岡婦女肯定都聽到了。法官決定將少年送到州立技職學校去，有時候把青少年送到那裡純粹只是為了提供食物與遮風蔽雨的地方，那不是監獄，也不丟臉。但雷德利先生不這麼想。他向法官保證，如果能放了亞瑟，他絕不讓他再惹事生非。法官知道雷德利先生一言九鼎，便欣然同意了。

其他少年進了技職學校，接受州裡一流的中學教育，其中一人甚至發奮圖強，最後申請到奧本大學的工程學院。從此雷德利家不分平日或週日一律門戶緊閉，十五年來再無人見過雷德利先生的兒子。

但是有那麼一天，幾乎就在傑姆剛懂事的時候，有幾個人（但不是傑姆）看到阿布還談起了他。傑姆說阿提克斯從來不多說雷德利家的事，要是傑姆問起，阿提克斯的回答總是要他管好自己的事，也讓雷德利家人過他們自己的日子，他們有這個權利。但事情發生時，傑姆說阿提克斯連連搖著頭說：「嗯、嗯、嗯。」

因此傑姆大部分訊息都是從史蒂芬妮．克勞佛小姐那兒聽來的。史蒂芬妮小姐是鄰里間的一個長舌婦，說她知道整件事的來龍去脈。據她所說，當時阿布坐在客廳正在剪《梅岡論壇報》的文章，準備貼在剪貼簿裡。雷德利先生進到客廳，從他身旁經過，阿布忽然把剪刀插進父親大腿再抽出來，往褲子上抹了抹，然後又繼續剪貼。

雷德利太太跑到街上來，尖叫著說亞瑟要把他們都殺了，可是當保安官抵達時，發現阿布還坐在客廳剪《論壇報》。那個時候他三十三歲。

史蒂芬妮小姐說有人建議把阿布送到塔斯卡盧薩治療一段時間，也許會有幫助，老雷德利先生卻說雷德利家的人絕不上精神病院。阿布沒瘋，只是偶爾神經緊張。雷德利先生讓了步，說把人關起來沒關係，但堅持不能給阿布定罪，因為他不是罪犯。保安官不忍心讓阿布和黑人一起關在牢裡，便將他關到郡政府地下室。

傑姆對於阿布從地下室搬回家的過程，記憶十分模糊。史蒂芬妮小姐說有幾個鎮民代表告訴雷德利先生，他如果不把阿布帶回去，阿布就會死在潮濕發霉的環境裡。何況，阿布也不能一直仰賴郡政府的施恩度日。

沒有人知道雷德利先生採用什麼樣的恐嚇手段讓阿布始終不露面，但傑姆猜測大半時間雷德利先生都把他鏈在床上。阿提克斯說不是，不是那樣，還有其他方法可以讓人變成幽靈。

我清清楚楚記得，偶爾會看到雷德利太太打開前門，走到門廊邊緣給美人蕉澆水。不過我和傑姆每天都會看到雷德利先生徒步進城、回家。他是個乾乾瘦瘦的男人，有雙黯淡的眼睛，黯淡到不會反光。他顴骨高聳，嘴巴寬闊，上唇薄、下唇厚。史蒂芬妮小姐說他為人非常正直，將上帝的話當成唯一守則，這我們相信，因為雷德利先生的姿勢的確直挺挺的。

他從不跟我們說話。每當他經過，我們會低頭看著地上說：「早安，先生。」他則會咳嗽一聲算是答覆。雷德利先生的大兒子住在朋沙科拉，每逢聖誕節會回家來，他是我們曾見過進出此地的寥寥數人之一。自從雷德利先生帶亞瑟回家那天起，大家都說這棟房子死了。

有一天阿提克斯告訴我們，要是敢在院子裡發出一點聲響，就讓我們知道他的厲害，他不在時還授權給嘉珀妮亞，若是她聽到我們出聲就代為責罰。雷德利先生已經生命垂危。

他拖了好一段時間。雷德利家的兩端路口都用木拒馬擋住，人行道上鋪了稻草，車輛得繞行到後街去。雷諾茲醫師每次來都要把車停在我們家門前，再走到雷德利家去。我和傑姆偷偷在院子裡徘徊好幾天，最後拒馬終於撤除，當雷德利先生最後一次經過我們家，我們就站在前門廊觀看。

「上帝賜予生命氣息的人當中，那是最惡劣的一個。」嘉珀妮亞低聲說，同時若有所思地往院子裡啐了一口。我們詫異地看著她，因為嘉珀妮亞鮮少評論白人的行為。

左鄰右舍以為雷德利先生走了，阿布就會出來，但大夥都想錯了，因為阿布的哥哥從朋沙科拉回來，取代了雷德利先生的位置。他與父親唯一的不同就在於年紀。傑姆說納森・雷德利先生也在「買棉花」。不過，當我們對納森先生說早安，他會回話，有時候還會看到他從城裡回來時手裡拿著一本雜誌。

我們向迪爾講述愈多關於雷德利家的事，他想知道的就愈多，站在街角抱燈柱的時間就愈長，內心也更加好奇。

「不知道他在裡面做什麼。」他會喃喃地說：「他好像只會把頭探出門外。」

傑姆說：「他會出門，只是都在晚上烏漆抹黑的時候。史蒂芬妮小姐說有一次半夜醒來，看見他就在窗外盯著她……還說就好像一個骷髏頭在看她。迪爾，你從來沒有半夜醒來聽到他的動靜嗎？他走路就像這樣……」傑姆的腳滑行過碎石地。「不然你以為瑞秋小姐晚上幹嘛把門窗鎖得那麼緊？有好幾個早上，我都在我們家後院看見他的腳印，有一天晚上還聽到他在抓後面的紗窗，不過阿提克斯一趕去他就不見了。」

「不知道他長什麼樣子。」迪爾說。

傑姆把阿布合理地描述一番：從腳印判斷，阿布身高大約兩米，他會生吃松鼠和任何他抓得到的貓，所以手上才會沾血——你要是生吃動物，手上的血永遠洗不掉。他臉上有一道長長的鋸齒狀疤痕，一口發黃的爛牙，眼睛外凸，嘴邊經常淌著口水。

「我們想辦法讓他出來，」迪爾說：「我想看看他長什麼樣。」

傑姆說迪爾如果活膩了，大可以直接走過去敲門。

我們之所以展開第一次突襲行動，純粹只因為迪爾拿《灰色幽靈》[9]對兩本《湯姆．史威夫特》小說，打賭傑姆不敢越過雷德利家大門。傑姆這輩子還從未拒絕過挑戰。

傑姆考慮了三天。我想他重視名譽勝過腦袋，迪爾很輕易便讓他上鉤了。第一天，迪爾說：「你害怕了。」傑姆回答：「不是害怕，只是尊重。」第二天，迪爾說：「你嚇到連前院都不敢踏進去一步。」傑姆說他不這麼認為，因為他每天上學都會經過雷德利家。

「每次都用跑的。」我說。

但迪爾第三天就得逞了，他跟傑姆說美利甸人絕對不像梅岡人這麼害怕，說他從來沒見過像梅岡人這樣的膽小鬼。

這番話已足以讓傑姆大步走到轉角，接著他停下來靠著燈柱，兩眼直盯著歪歪斜斜掛在自製絞鏈上的柵門。

「他會把我們一個個都殺死，希望你已經想得很清楚了，迪爾．哈里斯。」傑姆在我們來到他身邊時說道：「到時他把你的眼珠挖出來，可別怪我，你要記住，是你先開始的。」

「你還是會害怕。」迪爾耐心地小聲說道。

傑姆想讓迪爾徹底明白他什麼都不怕。「只是我想不出有什麼辦法可以讓他出來，又不會傷害我們。」再說了，傑姆還得替妹妹著想呢。

聽他這麼說，我就知道他害怕。我打賭他不敢從屋頂往下跳那次，他也說要替妹妹著想。「我要是摔死了，你怎麼辦？」他這麼問完後便跳了下去，結果毫髮無傷地落地，從此責任感離他遠去，直到這回面對雷德利老宅才又想起。

「你想臨陣開溜嗎？」迪爾問道：「如果是的話，那……」

「迪爾，做這種事要想一想。」傑姆說：「讓我想一下……這有點像要讓烏龜伸出頭來……」

「那要怎麼做？」迪爾問。

「在牠身體下面點火柴。」

9《灰色幽靈》（*The Gray Ghost*），美國童書作家羅伯．舒克（Robert Franc Schulkers，一八九〇～一九七二）的系列叢書之一。

我告訴傑姆，他要是放火燒雷德利家，我就去告訴阿提克斯。

迪爾說在烏龜身體下面點火柴很可惡。

「不可惡，只是逼牠而已——又不是把牠丟進火裡面烤。」傑姆咆哮道。

「你怎麼知道火柴不會傷害牠？」

「烏龜又沒感覺，笨。」傑姆說。

「你當過烏龜嗎，哼？」

「拜託，迪爾！讓我想想……說不定可以用搖晃的……」

傑姆站著思索良久，迪爾只好稍稍讓步：「只要你走過去摸一下房子，我就不會說你臨陣開溜，也會用《灰色幽靈》跟你交換。」

傑姆面露喜色。「摸一下房子就好？」

迪爾點點頭。

「真的只要這樣就好？可別我一回來，你又叫嚷別的什麼。」

「對，這樣就好。」迪爾說：「他看到你進院子很可能會追出來，到時候我和絲考特會撲上去按住他，直到讓他知道我們不會傷害他為止。」

我們離開轉角，穿越雷德利家前面的小街道，來到柵門前止步。

「好了，去吧。」迪爾說：「我和絲考特就在你後面。」

「我要去了，別催我。」傑姆說。

他走到宅院角落又走回來，細細研究這簡單的地形，彷彿在推敲如何才能最有效地成功入侵，一面還皺眉搔頭。

隨後我衝著他哼哼冷笑一聲。

傑姆猛然推開柵門，衝到屋邊，用手掌拍打一下，隨即掉頭從我們身邊飛奔過去，也顧不得看自己的襲擊是否成功。我和迪爾緊跟著他跑開，直到安全抵達我們家門廊，才氣喘吁吁地回頭看。

老宅依然垂頭喪氣、陰森可怕，可是當我們往街道那頭凝視，似乎看見屋裡的百葉窗動了一下。急速一閃，幾乎細不可察，然後宅子又恢復寂靜。

2

九月初，迪爾離開我們回美利甸去。我們送他搭上五點的巴士，少了他，我覺得好難過，一直到忽然想起再過一星期我就要開始上學了。長這麼大，第一次如此熱切的盼望。冬季裡，我爬上樹屋待上好幾個小時，眺望著學校操場，用傑姆給我的雙倍望遠鏡偷偷監視著大批學童，學習他們的遊戲，在一圈圈扭來扭去、玩著蒙眼捉迷藏的人龍中尋找傑姆的紅夾克，暗中分享他們的壞運氣與小勝利。我渴望能加入他們。

開學第一天，傑姆大發慈悲帶我去上學，這通常是父母親該做的事，但阿提克斯說傑姆很樂意帶我到教室。我想這其中涉及了金錢交易，因為當我們快步轉過街角經過雷德利家時，我聽見傑姆口袋裡傳出不尋常的叮噹聲。等我們來到校園邊放慢了腳步，傑姆仔細地叮囑我：在學校裡不許去煩他，不許去找他要求扮演一段《泰山與蟻人》，不許提起生活私事讓他難堪，也不許在下課和中午休息時間黏著他不放。我得和一年級的學生待在一起，他則是和五年級生待在一起。總之，我不能去找他。

「你是說我們再也不能一起玩了？」我問道。

「在家還是跟以前一樣。」他說：「不過你馬上就會知道，學校是不一樣的。」

的確不一樣。第一天上午還沒結束，我們老師卡洛琳．費雪小姐就把我拉到教室前面，拿尺打我手心，然後叫我在角落罰站到中午。

卡洛琳老師還不滿二十一歲，有著亮麗的紅棕色頭髮、粉紅雙頰，塗了深紅色指甲油，還穿著高跟鞋和一件紅白條紋的連身裙。她看著、聞著都像一顆薄荷糖。她向我們家斜對門的茉蒂．亞金森小姐租了樓上臨街的房間，茉蒂小姐將我們介紹給她認識時，傑姆一連暈陶陶了好幾天。

卡洛琳老師在黑板上工工整整寫下自己的名字，說道：「這是我的名字卡洛琳．費雪，我來自北阿拉巴馬州的溫斯頓郡。」同學擔憂地竊竊私語，萬一她也有那個地區的人固有的特質怎麼辦？（當阿拉巴馬州於一八六一年元月十一日脫離聯邦，溫斯頓郡也脫離了阿拉巴馬，這件事梅岡的每一個小孩都知道。）北阿拉巴馬全是一些酒商、政治掮客、鋼鐵業者、共和黨員、教授和其他沒有什麼背景的人。

第一堂課，卡洛琳老師先給我們念了一個關於貓的故事。一群貓之間有很長的對話，牠們穿著小巧可愛的衣服，住在廚房爐灶下面一個溫暖的窩裡。聽到貓太太打電話到雜貨店訂一隻巧克力麥芽糖老鼠，全班同學都格格笑得有如一大桶蠕動的毛毛蟲。卡洛琳老師似乎並不知道這些穿著破爛粗棉布衫和麵粉袋裙的一年級學生，大多數是一學會走路就要幫忙鋤棉花田和餵豬，因此對於想像文學無動於衷。卡洛琳老師念完故事後說道：「哇，寫得真是太好了，對不對？」

接著她走向黑板，用印刷體寫上四四方方的巨大字母，轉頭問同學說：「有沒有人認得這些？」

所有人都認得，因為一年級生大多是去年的留級生。

我想她會挑中我是因為她知道我的名字。我朗讀字母時，她兩眉之間隱隱出現一條皺紋，在讓我大聲念出《我的初級讀本》的大半內容與《莫比爾紀事報》的股市行情之後，她發現我識字，看我的眼神便不只是微微嫌惡了。卡洛琳老師要我回去轉告父親不要再教我，否則會影響我的閱讀。

「教我？」我驚訝地說：「他什麼也沒教我啊，卡洛琳老師。阿提克斯根本沒時間教我什麼。」見卡洛琳老師搖頭微笑，我又加上一句：「是真的，他到晚上都已經累壞了，只會坐在客廳讀書看報。」

「如果不是他教你，那會是誰呢？」卡洛琳老師口氣溫和地說：「總有人教吧。你又不是生下來就看得懂《莫比爾紀事報》。」

「傑姆說我是。他在一本書裡看到說我屬於布爾芬奇，而不是芬奇家族[10]。傑姆說我的名字其實叫琴．露易絲．布爾芬奇，出生的時候被掉包了，我其實是……」

卡洛琳老師似乎認為我在說謊，她說：「想像力不要太過豐富了，同學。總之你去告訴爸爸不要再教你了，閱讀最好是從零開始。你告訴他從現在起由我接手，我會盡量彌補損害……」

「老師？」

「你爸爸不知道正確的教法。你現在可以坐下了。」

我喃喃說了聲對不起，便坐回位子上反省自己的罪過。我從未刻意學過認字，但不知為何，一直以來我都會私自埋首於每天的報紙。在教會做禮拜的漫長時刻裡……是那時候學會的嗎？我已不記得自己曾有過看不懂讚美詩的時候。如今被迫回想起來，我好像自然而然就識字了，就像不用回頭看便能扣上連身褲後襠的釦子，或是將糾結的鞋帶繫成兩個蝴蝶結。我已記不得阿提克斯移動的手指上方那些線條，是何時分開成為單字，可是在我記憶中，我每天晚上都盯著它們看，傾聽著當天的新聞、有待制訂的法案、羅倫佐・道[11]的日記——總之是我每晚爬上阿提克斯大腿時，他正在讀的東西。在我開始擔心會失去閱讀能力之前，我從未喜愛過閱讀。人是不會喜愛呼吸的。

我知道我惹卡洛琳老師不高興，便不再招惹事端，逕自凝視窗外。下課後，傑姆從操場上一大群一年級生當中把我找了出來，問我上課上得如何。我告訴他了。

「要不是非待在這裡，我早就走了。傑姆，那個可惡的女老師說阿提克斯一直在教我認字，還要他以後別教了……」

「別擔心，絲考特，」傑姆安慰我說：「我們老師說卡洛琳老師正在引進一種新的教學方式，那是她在大學裡學的，很快就會推廣到各個年級。以後就不用再學太多課本裡的東西。就好像你如果想認識乳牛，就去擠牛奶一樣，懂嗎？」

「懂，傑姆，可是我不想研究乳牛，我……」

「你當然要研究了，你得了解乳牛才行，這是梅岡郡生活中很重要的一部分。」

我無話可答，只能問傑姆是不是瘋了。

「頑固鬼，我只是想告訴你他們現在用什麼新方法在教一年級的學生。那叫杜威十進分類

---

10 芬奇（Finch）是雀類的統稱，而布爾芬奇（Bullfinch）則是紅腹灰雀。

11 羅倫佐・道（Lorenzo Dow，一七七七～一八三四）：一位特立獨行的美國巡迴傳教士。

法[12]。」

從未質疑過傑姆說詞的我，現在也看不出有質疑的理由。這個杜威十進法有一部分作法就是卡洛琳老師對著我們揮舞幾張卡片，上面用印刷體寫著「那隻」、「貓」、「老鼠」、「男人」和「你」。她好像也不期望我們有何反應，於是全班都默默地接受這種印象式的啟發。我覺得無聊，便動手寫信給迪爾。卡洛琳老師逮到我在寫字，又叫我轉告父親別再教我。她還說：「而且我們一年級不寫書寫體，要寫印刷體。你要到三年級才會學書寫體。」

這都要怪嘉珀妮亞，我猜她這麼做是為了下雨天不被我煩死。她會在寫字板最上方用力而潦草地寫出所有字母，然後在底下抄一段《聖經》，當成派給我的寫字作業。要是我複寫的筆跡令她滿意，她會賞我一份開放式的奶油糖三明治。但是嘉珀妮亞教導時不會感情用事，我很少令她滿意，她也很少獎勵我。

「中午要回家吃飯的人舉手。」卡洛琳老師說道，打斷了我對嘉珀妮亞新生出的怨恨。

城裡的孩子都舉起手來，她掃視了我們一圈。

「帶午餐來的人都拿出來放在桌上。」

忽然間冒出許多糖蜜錫桶來，金屬反射的光線在天花板上跳躍舞動。卡洛琳老師在走道間來回走動，一面探看容器內裝的餐點，若是滿意便點點頭，否則會微微皺眉。來到華特．康寧漢桌旁時，她停下問道：「你的呢？」

華特．康寧漢的臉色告訴班上每一個人他有鉤蟲症，而他腳上沒穿鞋子則告訴我們這病是怎麼來的。如果打赤腳走過打穀場和泥水坑，就會得鉤蟲病。即使華特有鞋子，也只在開學第一天穿來，然後便擱置直到隆冬時節。不過他倒是穿了一件乾淨的襯衫和縫補得整齊的吊帶褲。

「你今天早上忘了帶午飯嗎？」卡洛琳老師問道。

華特直視著正前方。我看見他瘦削的下巴有塊肌肉抖了一下。

「你今天早上忘了帶飯是不是？」卡洛琳老師又問。華特的下巴再度猛抽一下。

「欸。」他終於嘟噥一聲。

卡洛琳老師走向講桌，打開錢包。「這裡有兩毛五，」她對華特說：「今天到城裡吃點東西，明天再還我錢。」

華特搖搖頭。「不用了，謝謝老師。」他慢吞吞地小聲說道。

卡洛琳老師的口氣在不知不覺中變得不耐。「來，華特，過來拿錢。」

華特還是搖頭。

當華特第三次搖頭，有人低聲說：「絲考特，你去跟老師說。」

我轉過頭，發現大多數城裡的學生和整個校車代表團都在看著我。我和卡洛琳老師已經兩度交鋒，他們天真地看著我，深信熟悉會產生理解。

我心懷同情代替華特站起來。「呃，卡洛琳老師……」

---

12 杜威十進分類法（Dewey Decimal System）是美國圖書管理專家麥爾維・杜威（Melvil Dewey，一八五一～一九三一）發明的一種圖書分類法。傑姆說的杜威其實是提倡「從實踐中學習」的美國教育家約翰・杜威（John Dewey，一八五九～一九五二）。

「什麼事，琴．露易絲？」

「老師，他是康寧漢家的人。」

我說完後重新坐下。

「什麼，琴．露易絲？」

我覺得我已經把話說得夠明白，至少我們其他人都很明白：華特．康寧漢坐在那裡撒大謊。他不是忘了帶午飯，而是根本沒有午飯可帶，今天沒有，明天、後天也不會有。他長這麼大，恐怕還沒同時看過三枚兩毛半的銅板放在一起。

我再試一次。「華特是康寧漢家的人，老師。」

「你說什麼，琴．露易絲？」

「沒關係，老師，過一陣子你就會認識所有鄉下來的人了。康寧漢家的人絕不會拿他們還不起的東西，不管是教會的奉獻籃還是小額購物券。他們從不拿別人的東西，自己有多少算多少。他們有的不多，但還是會勉強應付過去。」

我對於康寧漢家族（或者應該說是其中一支）的特殊了解，主要來自去年冬天發生的幾件事。華特的父親是阿提克斯的當事人。某天晚上，他們倆在我家客廳針對限定繼承的問題展開枯燥冗長的對話，當談話結束，康寧漢先生臨走前說道：「芬奇先生，我不知道什麼時候才能付你錢。」

「這你就不必操心了，華特。」阿提克斯說。

我問傑姆什麼叫「限定繼承」，傑姆解釋說那種情形就好像尾巴被卡在夾縫裡，我問阿提克斯，康寧漢先生會不會還錢。

「不會是錢，」阿提克斯說：「不過年底以前他就會付清了，你等著看吧。」

我們便等著看。有天早上，我和傑姆在後院發現一大綑柴火，之後不久，後門階梯上出現一袋山胡桃。隨著聖誕節到來，又送來一箱菝契與冬青。來年春天，當我們發現滿滿一麻袋的蕪菁葉時，阿提克斯說康寧漢先生已經多付了。

「他為什麼這樣付你費用？」我問道。

「因為這是他唯一付得起的方式。他沒有錢。」

「我們窮嗎，阿提克斯？」

阿提克斯點點頭說：「我們的確是窮。」

傑姆皺起鼻子。「我們跟康寧漢家一樣窮嗎？」

「倒也不是。康寧漢家是鄉下人，是農夫，這次股市崩盤對他們打擊最大。」

阿提克斯說專業人士之所以窮，是因為農民窮。由於梅岡郡是農業地區，醫師、牙醫和律師想賺個小錢都不容易。限定繼承只是康寧漢先生的部分煩惱，沒有納入限定繼承的土地全部要拿去抵押，而他賺來的零頭小錢也都繳了利息。要是康寧漢先生夠小心、運氣也夠好，或許能透過公共事業振興署找到工作，但他的土地會因此荒廢，因此他寧可餓肚子也要留下土地並按自己的意思投票。阿提克斯說，康寧漢先生是個固執己見的人。

因為康寧漢家沒有錢，就乾脆用自己家裡有的東西來付律師費。阿提克斯說：「雷諾茲醫師也是這樣，你知道嗎？他幫一些人接生以後，就只收取一桶馬鈴薯。絲考特小姐，如果你注意聽，我就跟你解釋限定繼承的意思。傑姆的定義有時候還挺中肯的。」

假如我能向卡洛琳老師解釋這一切，也就能免除我的麻煩和卡洛琳老師後來的遺憾了，只是這已超出我的能力範圍，我無法像阿提克斯解釋得那麼透徹，於是我說道：「老師，你這樣是在羞辱他。華特家沒有兩毛五可以拿來還你，你又用不上柴火。」

卡洛琳老師一時站定不動，之後才揪住我的領子把我拉回講桌旁。「琴．露易絲，我今天早上差不多受夠你了。」她說道：「親愛的同學，你每件事都是一開始就犯錯。手伸出來。」

我以為她要往我手心裡吐口水，這是梅岡人伸手的唯一原因，我們以這種方式確認口頭約定由來已久。我心裡不解我們之間有過什麼協議，便轉頭求助其他同學，他們也是一臉茫然回看著我。卡洛琳老師拿起尺來，輕輕地連打六下之後叫我到牆角罰站。當全班同學終於恍然大悟，原來老師打了我，立刻哄堂大笑。

卡洛琳老師威脅要以同樣方式處罰其他人，同學又爆笑起來，直到波蘭特老師的身影籠罩下來，大家才恢復安靜。波蘭特小姐是梅岡本地人，至今尚未領略「十進分類法」的奧妙。她出現在教室門口，雙手插腰宣布道：「要是再讓我聽到這間教室發出一點聲音，我就把裡面的人全部燒死。卡洛琳老師，你們這麼吵吵鬧鬧，六年級同學沒法專心學習角錐體。」

我在牆角沒有待太久。受到下課鈴聲的拯救，卡洛琳老師目視著全班同學魚貫走出教室去吃午飯。由於我是最後一個離開，正好看見她跌坐到椅子上，雙手抱頭。倘若她對我的態度友善一點，我應該會為她感到難過。她是個漂亮的小姑娘。

3

在操場上抓到華特．康寧漢讓我高興了些，可當我正把他的鼻子往土裡按，傑姆卻走過來叫我住手。「你個頭比他高。」他說。

「他幾乎跟你一樣大了，」我說：「都是他害我犯錯。」

「放開他，絲考特。怎麼回事？」

「他沒有帶午飯。」我接著解釋我是如何涉入華特的飲食事件。

這時華特已經自行起身，靜靜站在一旁聽我和傑姆說話。他半握起拳頭，好像預期我們倆會聯手襲擊。我衝著他重重跺腳想趕走他，但傑姆伸出手制止我。他若有所思地打量華特，問道：「你爸爸是老沙崙的華特．康寧漢先生嗎？」華特點點頭。

華特一副吃魚食長大的樣子，那雙眼睛和迪爾的一樣藍，眼眶泛紅，淚汪汪的。臉上一點血色也沒有，只有微濕的鼻尖透著粉紅。他撫弄著褲子的吊帶，緊張地摳著上面的金屬鉤。

傑姆忽然對他咧嘴笑了笑，說道：「華特，跟我們回家吃飯吧。我們很歡迎你。」

華特的臉色一亮，隨即又黯淡下來。

傑姆說：「我們爸爸是你爸爸的朋友。這個絲考特，她瘋了。她以後不會再找你打架。」

「這可難說喔。」我說。傑姆自作主張替我保證讓我很不痛快，但寶貴的午休時間一分一秒過去了。「好啦，華特，我不會再突襲你了。你喜歡吃利馬豆嗎？我們嘉兒煮的可好吃了。」

華特光是站在原地咬嘴唇，我和傑姆只好放棄。我們快到雷德利老宅的時候，華特才大喊：「喂，我來了！」

華特追上我們以後，傑姆愉快地與他交談。他指著雷德利家，由衷地說：「這裡住了一個鬼，你聽說過嗎，華特？」

「當然囉，」華特說：「第一年來上學的時候，差點因為吃他們家山核桃死掉。聽說他在上面塗毒藥，然後從圍牆那邊丟到學校這邊來。」

現在有我和華特陪在身旁，傑姆好像幾乎不怕阿布了，甚至還吹起牛來。他對華特說：「我有一次還穿過庭院走到房子那裡去呢。」

「去過那房子一次的人，應該不會每次經過都還用跑的。」我對著天上的雲說。

「誰用跑的啦，愛找碴小姐？」

「你啊，只要沒人陪你的時候。」

來到我們家前門台階時，華特已經忘記他是康寧漢家的人了。傑姆跑進廚房，請嘉珀妮亞多擺一個盤子，說有客人。阿提克斯與華特打完招呼，便開始談起農作物的收成來，我和傑姆都聽不懂。

「芬奇先生，我一年級老是被留級是因為每年春天都要翹課，幫爸爸鋤地，不過現在家裡多了一個可以下田幫忙的人了。」

「你們是不是付給他一桶馬鈴薯？」我問道，不料阿提克斯對我搖了搖頭。

華特一面往盤子上堆食物，一面像大人一樣和阿提克斯談話，我和傑姆都驚嘆不已。阿提克斯正在詳細說明農場的問題，華特忽然打岔問家裡有沒有蜜糖。阿提克斯喚來嘉珀妮亞，她便回廚房拿來糖漿罐，站在一旁等候華特自行取用。華特毫不客氣地給蔬菜和肉淋上糖漿，要不是我問他到底在幹什麼，他八成還會把糖漿倒進牛奶杯。

他放下糖漿罐時，銀盤匡啷一聲，他連忙將手擺在腿上，低下頭去。

阿提克斯又朝我搖搖頭。我辯駁道：「可是他的午飯全都泡在糖漿裡了。他整個都淋……」

就在這時候，嘉珀妮亞把我叫進廚房。

她氣壞了。每當嘉珀妮亞非常生氣，說話就語無倫次。要是心平氣和，她說話的語法可不比梅岡城的任何人差。阿提克斯說嘉珀妮亞的教育程度比大多數黑人高。

她站得高高的瞇起眼睛看我，眼周的細紋變得更深了。「有些人吃東西不像我們，」她壓低聲音凶巴巴地說：「可你不能因為這樣就在飯桌上當面說人家不對。那孩子是你的客人，就算他想吃桌布也得讓他吃，聽到沒？」

「他才不是客人，嘉兒，他只是康寧漢家的人……」

「閉上你的嘴！不管是誰，只要踏進這個家門就是客人，以後別再讓我逮到你對人家指手畫腳，好像自己多高高在上！你們家可能比康寧漢家好，可你這樣羞辱人家有什麼了不起……你要不能規規矩矩上桌吃飯，就給我坐在廚房裡面吃！」

嘉珀妮亞賞了我熱辣辣的一巴掌，把我從搖擺門打進餐廳去。我拿著盤子回廚房把飯吃完，不過倒是慶幸能免除再次面對他們的羞恥感。我叫嘉珀妮亞等著瞧，我一定會報復她，等哪天她不注意的時候，我就跳進巴克水渦一頭淹死，到時讓她後悔莫及。我又接著說：還不只這樣，她今天已經給我惹了一個麻煩，因為她教我寫字，一切都是她的錯。「夠了，別再吵吵嚷嚷。」她說。

傑姆和華特先回學校，我留下來向阿提克斯打小報告說嘉珀妮亞偏心，這份勇氣不下於獨自衝過雷德利家門前。「反正她就是比較疼傑姆，不疼我。」我最後下此結論，並建議阿提克斯馬上炒她魷魚。

「你有沒有想過，傑姆讓她操的心還不及你的一半？」阿提克斯口氣很嚴厲。「我不打算辭掉她，不管是現在或將來。少了嘉兒，我們一天也過不下去，這你有沒有想過？你想想嘉兒為你做了多少，你要聽她的話，知道嗎？」

我回到學校，對嘉珀妮亞依然懷恨在心，直到驀地聽見一聲尖叫，憤恨之情才消除。我一抬頭看見卡洛琳老師站在教室中央，滿臉驚恐。她似乎已重新振作得差不多了，便又繼續來上課。

「那是活的！」她尖叫道。

全班男生一起跑過去幫她。我暗想，天哪，她竟然怕一隻老鼠。對所有生物都具有無比耐心的小查克說：「老師，牠往哪邊跑了？跟我們說牠跑哪去了，快點！迪西……」他轉向後面一個男生喊道：「迪西，把門關上，這樣就能抓到了。快點，老師，牠跑哪去了？」

卡洛琳老師伸出顫抖的食指，不是指向地板或課桌，而是指向一個我不認識的大塊頭。小查克的臉皺起來，細聲問道：「老師，你在說他？是啊，他是活的，他嚇到你了嗎？」

卡洛琳老師沮喪至極地說：「我走過去的時候剛好看到牠從他的頭髮裡面爬出來……就從他頭髮裡面爬出來……」

小查克嘴咧得開開的笑了起來。「老師，蝨子沒什麼好怕的。你從來沒看過嗎？現在不必害怕了，你就回講桌繼續給我們上課吧。」

小查克也屬於那群不知道下一餐飯在哪裡的人，但他是天生的紳士。他挽著卡洛琳老師的臂彎，帶領她走到教室前面，說道：「現在不用擔心了，老師。只是一隻蝨子沒什麼可怕，我去替你倒一點涼水。」

蝨子的宿主對於自己引發的騷動漠不關心。他摸索著前額上方的頭皮，找到那隻寄生蟲，直接抓下來捏死。

卡洛琳老師既驚恐又迷惘地觀看整個過程。小查克用紙杯盛水端來，她感激地喝了水，好不容易能夠出聲了，才輕輕問道：「同學，你叫什麼名字？」

男孩眨眨眼。「誰，我嗎？」卡洛琳老師點點頭。

「波里士·尤爾。」

卡洛琳老師查看了點名簿。「這裡有一個姓尤爾的，可是沒寫名字……你可以跟我說你的名字怎麼寫嗎？」

「不會寫。家裡人都叫我波里士。」

「好吧，波里士。」卡洛琳老師說：「我想你下午還是別上課了。我要你回家去把頭洗一洗。」

她從講桌底下拿出一本厚厚的書，翻了幾頁閱讀片刻。「有效的民間療法……波里士，我要你回家用鹼性肥皂洗頭，洗完以後再用煤油搓頭皮。」

「幹嘛這樣，老師？」

「這樣可以殺……呃，蝨子。波里士，其他同學可能也會感染，你不想這樣吧？」

男孩站起身來。我從沒見過比他更髒的人。他的脖子一片灰黑，手背上有鐵鏽色，指甲肉裡滿是黑垢。他透過臉上一塊約莫拳頭大小的乾淨部位注視著卡洛琳老師。之前誰也沒注意到他，大概是因為大半個上午，同學全都興致盎然地看著我和卡洛琳老師。

「還有波里士，」卡洛琳老師又說：「明天來上學以前請你先洗澡。」

男孩粗魯地大笑。「你也別趕我回家了，小姐，我本來就要走，今年的課已經上完了。」

卡洛琳老師滿臉困惑。「你這是什麼意思？」

男孩沒有答話，只是不屑地哼一聲。

班上一個年紀較大的學生回答說：「老師，他是尤爾家的人。」我懷疑這個解釋不會比我所嘗試的成功多少。但卡洛琳老師似乎願意傾聽。「學校有很多他們家的人。他們都是每年第一天來一下就走了。是訓導處的小姐逼他們來的，她拿保安官恐嚇他們，可是後來知道留不住人，也就放棄了。她以為只要把他們的名字登記到點名簿上，讓他們在開學第一天來報到，就算執行法令了。剩下這一年，你記他們曠課就好……」

「可是他們家長呢？」卡洛琳老師真正關心地問。

回答是：「沒有媽媽，老爸也難纏得要命。」

這一席話讓波里士．尤爾洋洋得意，他豪爽地說：「我已經連三年在開學第一天來上一年級了，今年要是聰明一點，說不定還能升上二年級……」

卡洛琳老師說：「請你坐回位子上，波里士。」她才說完我就知道她犯了大錯。男孩的傲慢頓時轉為怒氣。

「你強迫我試試看，小姐。」

小查克站起來說道：「讓他走吧，老師。他是壞學生，壞透了。他可能會惹事，這裡還有一些小孩呢。」

他身材也極其迷你，但是當波里士轉過頭來，小查克將右手放進口袋，說道：「你小心一點，波里士，下次我再看到你，可能會馬上殺死你。回家去吧。」

波里士像是怕了這個身高不及他一半的小孩，卡洛琳老師便趁著他猶豫不決之際說道：「波里士，回家吧，不然我要找校長來了。反正我本來就要報告這件事。」

男孩哼了一聲，然後低頭垂肩走向門口。

等走到夠遠的安全距離時，他轉頭大喊：「去報告啊，你去死好了！敢命令我做事的臭婊子老師還沒出生呢！你別想命令我去哪裡，小姐。你好好記住，你別想命令我去哪裡！」

他等到確定看見她哭了，才拖拖拉拉走出教室。

不久我們都圍到老師的講桌旁，試著用各種方法安慰她。他真的壞死了……無賴一個……你沒有必要教他這種人……其實梅岡人不全是像他們那樣的，卡洛琳老師……別擔心了，老師。卡洛琳老師，你給我們讀個故事好不好？今天早上那個貓的故事就很好聽……

卡洛琳老師露出微笑，擤擤鼻子說道：「謝謝你們了，親愛的同學。」接著驅散我們，翻開一本書，說了一個長長的故事，是關於一隻住在禮堂裡的癩蝦蟆，聽得我們這群一年級生滿頭霧水。

那一天，當我第四度經過雷德利老宅（有兩次是飛奔而過），心情已經陰鬱到和宅子不相上下。如果接下來整個學年都像第一天這麼戲劇化，也許還算有趣，可是一想到有九個月不能看書寫字，我就忍不住想逃跑。

到了傍晚，我一天的行程已大致完成。和傑姆在人行道上賽跑著前去迎接阿提克斯下班時，我沒有太認真與他一較高下。每當遠遠看見阿提克斯出現在郵局轉角，我們都習慣跑上前去迎接。阿提克斯似乎已經忘記我中午做的蠢事，只顧著問學校的事。我的回答都很簡短，他也不多加逼問。

嘉珀妮亞或許感覺到我這一天過得不愉快，便讓我在一旁看她準備晚餐。「眼睛閉起來，嘴巴張開，我給你一個驚喜。」她說。

她不常做油渣玉米餅，她說從來都沒時間，但今天我們倆都去上學了，她比較空閒，而且她知道我愛吃。

「我今天很想你們。」她說：「屋裡好冷清，差不多兩點我就打開收音機了。」

「為什麼？我和傑姆從來也不在家，除非是下雨天。」

「我知道，」她說：「可你們總有一個會聽到我喊人。我一天下來都不知道花多少時間在追著你們喊。唉，」她嘆了一聲，從廚房椅子上起身，「我看時間都夠我做一鍋油渣玉米餅了。好啦，你去吧，我來把晚飯擺上桌。」

嘉珀妮亞彎下身親我一下。我跑開來，一邊納悶著她是怎麼回事。想跟我和好吧，一定是這樣。她一向對我太嚴苛，如今終於看清自己脾氣暴躁的缺點，心裡過意不去卻又固執得不肯承認。這一天所犯的過錯已經讓我疲憊不堪。

晚飯過後，阿提克斯拿著報紙坐下來喊道：「絲考特，準備好要看報了嗎？」主給我的已經多過我所能承受的，我於是往前廊走去。阿提克斯隨後跟來。

「怎麼了，絲考特？」

我告訴阿提克斯說我不太舒服，如果他答應的話，我再也不想去上學。

阿提克斯坐到鞦韆椅上翹起腳來，手指往懷表口袋游移，他說他要這樣才能思考。他和藹而沉默地等著，我則試圖強化我的立場：「你從來沒上過學也很好啊，所以我也想待在家裡。你可以像爺爺教你和傑克叔叔那樣教我。」

「我沒辦法，」阿提克斯說：「我得賺錢養家。再說，我要是讓你待在家裡，我會被關的。今晚吃點胃乳，明天上學去。」

「我現在好了，真的。」

「我想也是。說說看到底怎麼回事？」

我一點一點地將這一天遭遇的不順告訴他。「……她還說你都教錯了，所以我們再也不能讀書看報了，再也不能了。求求你別送我回學校，求求你了，爸爸。」

阿提克斯起身走到門廊盡頭，在那裡將紫藤仔細研究一番之後，才又漫步走回來。

「首先呢，絲考特，」他說道：「如果你能學會一個簡單技巧，就能和各式各樣的人相處得更好得多。你永遠不可能真正了解一個人，除非你從他的角度看事情……」

「爸爸？」

「……除非你鑽進他的身體，披著他的皮囊四下走動。」

阿提克斯說我今天學到很多，卡洛琳老師也學了一些。比方說，她已經知道以後別再拿東西給康寧漢家的人，但假如我和華特能設身處地為她想，就會發現她那是無心之過。我們不能期望她短短一天就得知所有梅岡人的生活習性，也不能因為她了解不深入就責備她。

「我才不信，」我說：「我又不知道不能念書給她聽，結果她還是責備我……說真的，阿提克斯，我不用去上學！」我瞬間閃過一個念頭，衝口而出：「記得波里士．尤爾嗎？他只在開學第一天去學校。訓導處的小姐覺得把他的名字寫到點名簿上就算執行法令了……」

「你不能那麼做，絲考特。」阿提克斯說：「有時候遇到特殊狀況，最好是變通一下，但你的情況必須嚴格執法，所以你明天非去上學不可。」

「我不懂，為什麼他不必去我就得去？」

「那你仔細聽著。」

阿提克斯說尤爾家三代以來都是梅岡之恥。在他記憶中，他們家沒有一個人老老實實做過一天工。他說等哪年聖誕節過後，他要去丟聖誕樹時，再帶我去看看他們住的地方與他們的生活方式。他們是人，卻過著野獸般的生活。「只要他們有絲毫想受教育的念頭，隨時都可以去上學，」阿提克斯說：「要強迫他們上學有很多方法，但是逼迫尤爾家族這樣的人進入新環境，太愚蠢了……」

「我明天要是不去上學，你會強迫我去吧。」

「這件事不用再多說了，」阿提克斯冷冷地說：「絲考特．芬奇小姐，你是一般人，你必須守法。」他說尤爾家族的人完全與外界隔絕，在某些情況下，一般民眾會明智地抉擇，乾脆對尤爾家的一舉一動視而不見，讓他們擁有某些特權。其一，他們不用上學；其二，羅伯．尤爾先生，也就是波里士的父親，可以在禁獵期間打獵、設陷阱。

「阿提克斯，這樣很差勁。」我說。在梅岡郡，在禁獵期打獵就法律而言是輕罪，但在百姓眼中卻是死罪。

「這樣做是違法沒錯，」父親說：「當然也很差勁，可是當一個男人把救濟金都拿去買廉價威士忌，幾個孩子常常餓得大哭。只要是這個父親能為孩子獵到獵物，我不知道這一帶有哪個地主會吝惜給予。」

「尤爾先生不應該那麼做……」

「他當然不應該，但他是永遠不會改變的。你難道要把過錯怪到他孩子頭上？」

「不是的，爸爸。」我喃喃說道，並試圖反抗：「可是我如果繼續去上學，我們就再也不能讀書看報了……」

「這才是你真正煩惱的事，對吧？」

「對。」

當阿提克斯低頭看我，我從他臉上看到一種總會令我有所期待的表情。「你知道什麼叫妥協嗎？」他問道。

「就是變通？」

「不，這是一種雙方都讓步後達成的協議。運作方式是這樣的，」他說：「如果你承認上學是必要的，我們還是照以前一樣每晚讀書看報。這樣成交嗎？」

「成交！」

「我們就把它當成省略一般形式的約定吧。」阿提克斯見我準備吐口水，連忙說道。

我打開前門紗門時，阿提克斯說：「對了，絲考特，關於我們的約定，你去學校最好什麼也別說。」

「為什麼？」

「我擔心我們的行為會遭受學識較豐的專家學者大力反對。」

我和傑姆對於父親這種遺囑式的措辭已經習以為常，若是超出我們的理解範圍，隨時可以打斷他請他說明。

「噢？」

「我從來沒上過學，」他說：「但我有預感，如果你告訴卡洛琳老師我們每天晚上閱讀，她就會責罵我，我可不想讓她來責罵我。」

當天晚上，阿提克斯一本正經地念了報上的專欄，聽得我們大笑不止。那是關於一個人無緣無故跑去坐在旗杆頂上的報導，卻給了傑姆足夠的理由，在接下來的星期六整天待在樹屋上不下來。傑姆從吃過早餐便一直坐到太陽下山，若非阿提克斯切斷他的補給線，他還會在那裡過夜。而我那一天大部分時間都在爬上爬下，替他跑腿，晚上要給他送毯子時，阿提克斯說只要我不理他，傑姆就會下來了。阿提克斯說得沒錯。

4

我接下來的學校生活並沒有比第一天幸運。事實上，就是一堆沒完沒了的計畫，最後慢慢發展成一個體系，在這過程中，阿拉巴馬州政府為了教我認識團體動力學，花費了綿延數公里長的美術紙與蠟筆，雖然立意良善卻徒勞無功。在我一年級下學期末，傑姆所謂的杜威十進法已經普及全校，因此我沒有機會與其他教學法互相比較，只能看看周遭的人：阿提克斯和叔叔都是在家自學，卻無所不知——至少一個不懂的，另一個懂。此外我無法不注意到父親已經擔任多年州議員，而且每次都無人出馬與他競選，可是學校老師認為培養一位好公民所必須的重要調整，他竟然一無所知。接受半十進法半體罰教育的傑姆，無論是個人或在團體中的表現似乎都不錯，不過傑姆是個特例：只要是人制訂的教育體制都無法讓他離開書本。至於我，我的知識全部來自《時代》雜誌和我在家裡所讀到的一切，然而當我隨著梅岡郡那套繁重的教學系統緩慢前進的同時，總忍不住有種受騙上當的感覺。被騙了什麼我不知道，而我也不相信連續十二年枯燥乏味的教育會是政府的初衷。

在這一年當中，傑姆得在學校待到三點，比他提早三十分鐘放學的我，總是以最快的速度衝過雷德利老宅，直到安全抵達自家門廊才停下來。有一天下午我跑過去時，眼角瞄到一樣東西，我情不自禁深吸一口氣，四下張望了好一會兒之後又走回去。

雷德利家院子邊上有兩棵長綠橡樹，樹根往外延伸到人行道，使得路面凹凸不平。其中一棵樹上有樣東西吸引了我的注意。

就在比我眼睛高一點的樹洞裡塞了錫箔紙，在午後陽光下閃爍不定，像在對我眨眼。我踮起腳尖，再一次匆匆環顧四周，將手伸進洞裡，取出兩片剝去外包裝的口香糖。

我第一個衝動就是盡快把口香糖塞進嘴裡，但即時想起自己的所在，於是我跑回家，在前門廊上細細檢視戰利品。口香糖看起來很新鮮，我嗅了嗅，味道沒問題。我舔一舔，靜待片刻，發現自己沒死，便往嘴裡塞：是青箭口香糖。

傑姆回家後，問我哪來的口香糖吃。我跟他說是撿到的。

「別亂吃撿來的東西，絲考特。」

「又不是在地上撿的，是在樹洞裡面。」

傑姆怒吼一聲。

「本來就是，」我說：「就塞在那邊那棵樹裡面，從學校回來會經過的那棵。」

「馬上吐掉！」

我把它吐掉，反正也沒味道了。「我已經嚼了整個下午，到現在也沒死，甚至沒有不舒服。」

傑姆跺著腳說：「你不知道那些樹連摸都不能摸嗎？摸了會死的！」

「你去摸過房子一次啊！」

「那不一樣！你去漱口，現在馬上去，聽到沒？」

「那嘴裡的味道就沒了，才不要。」

「你不去我就跟嘉珀妮亞告狀！」

為了避免和嘉珀妮亞糾纏，我只得照傑姆的話做。不知怎地，我念一年級以後，我們的關係起了很大變化。嘉珀妮亞的專制、偏心和愛管我閒事的習慣，慢慢轉變成不以為然的溫和牢騷，而我呢，有時候也會盡量克制著不去招惹她。

夏天快到了，我和傑姆迫不及待地等候著。夏天是我們最快樂的時光：晚上可以弄張輕便小床，睡在加裝紗窗的後門廊上，也可以試著睡樹屋；夏天有各種好吃的東西；夏天是一片乾燥風景中的萬千色彩；但最重要的，夏天有迪爾。

最後一天上課，學校讓我們提早放學，我和傑姆一起走路回家。「迪爾老兄應該明天就會回來了。」我說。

「可能是後天。」傑姆說：「密西西比晚一天放假。」

來到雷德利老宅邊的橡樹時，已經是我第一百次指著發現口香糖的樹洞，想讓傑姆相信我真的是在那裡發現的，不料這次又看見一張錫箔紙。

「我看見了，絲考特！我看見了……」

傑姆張望了一下，伸出手，小心翼翼地將閃閃發亮的一小包東西放進口袋。我們跑回家去，到了前門廊上拿出來一看，是個用一張張口香糖錫箔紙拼湊包裝起來的小盒子。就是放婚戒的那種盒子，紫色天鵝絨面外加一個迷你搭扣。傑姆彈開小搭扣，裡面有兩枚擦得亮晶晶的一分錢銅板上下疊放著。傑姆細細端詳。

「是印第安人頭，」他說：「一九〇六年的，絲考特，還有一個是一九〇〇年。都好古老了。」

「一九〇〇年，」我重複著說：「那……」

「先別說話，我想一想。」

「傑姆，會不會是誰把東西藏在那裡？」

「不會，除了我們很少人會經過那裡，除非是大人……」

「大人又不會藏東西。你覺得我們要把這個留下嗎，傑姆？」

「我不知道該怎麼辦，絲考特。要還給誰呢？我很確定沒有人會走這邊。賽西爾都走後街，然後從城裡繞一大圈回家。」

賽西爾．雅各伯住在我們同一條街的另一頭，在郵局隔壁，每天上學為了避開雷德利老宅和亨利．拉法葉．杜柏茲太太，得整整走上一公里半的路。杜柏茲太太家和我們家隔著兩戶，街坊鄰居都一致認為她是自有人類以來最惡劣的老太婆。要是沒有阿提克斯陪著，傑姆絕不會從她家經過。

「你說我們該怎麼辦，傑姆？」

東西誰撿到就歸誰，除非能證明所有權。偶爾摘一朵山茶花、夏日裡從茉蒂小姐養的乳牛身上擠一注熱牛奶、自己去摘誰家的葡萄吃，這些都是我們道德文化的一部分，但錢又是另一回事。

「這樣好了，」傑姆說：「我們就把銅板留到開學，然後再一個個去問問看是誰的。也許是哪個搭校車的學生的，因為今天滿腦子只想著放假，就把錢忘了。我很肯定，這是有人的，你看擦得多亮！這是有人存起來的。」

「對呀，可是怎麼會有人這樣藏口香糖？你知道那放不久的。」

「我也不知道，絲考特。不過這些東西對某個人很重要……」

「為什麼，傑姆……」

「因為，印第安人頭……就是說，銅板來自印第安人。它們有很強的魔力，可以為你帶來好運。不是意外就有烤雞吃的那種，而是長壽啦、健康啦、通過六星期的考試啦，這一類的……這些對某個人來說真的很寶貴。我要把它們放到我的箱子裡。」

傑姆進自己房間前，盯著雷德利老宅看了許久，好像又在想些什麼。

兩天後，迪爾意氣風發地抵達：他獨自搭火車從美利甸來到梅岡轉接站（這只是名義上的稱呼，梅岡轉接站其實位在艾波特郡），瑞秋小姐雇了梅岡唯一的計程車去接他。他在餐車裡用過餐，還看到一對連體雙胞胎在聖路易灣市下車，不管我們怎麼威脅恐嚇，他都未曾改口。他已經不再穿那件和襯衫扣在一起、難看得要命的藍色短褲，而是改穿繫著腰帶的正統短褲。他好像胖了一點，沒有長高，他說看到父親了。迪爾的父親比我們的父親高，留著一把（尖尖的）黑鬍子，是路易維爾與納許維爾鐵路公司的總經理。

「我還幫駕駛員開了一下火車呢。」迪爾打著呵欠說。

「你再吹牛啊，迪爾。閉嘴，」傑姆說：「我們今天要演什麼？」

「湯姆、山姆和迪克，」迪爾說道：「我們到前院去吧。」迪爾想演羅佛家的少年，因為裡面有三個主要人物。他顯然已經當配角當膩了。

「那個我演煩了。」我說。我已經受夠了扮演湯姆．羅佛，因為他看電影看到一半忽然喪失記憶，接下來一直到最後在阿拉斯加被找到之前，都再也沒有戲分。

「傑姆，你來編一個吧。」我說。

「我編故事都編煩了。」

獲得自由的第一天，我們卻感到厭煩。不知道這個夏天會怎麼過。

我們閒晃到前院，迪爾站在院子裡望向街道，直盯著雷德利老宅荒涼的門面。「我……嗅到……死亡。」他說。我叫他閉嘴，他又說：「是真的，我沒騙人。」

「你是說你能嗅到有人快要死了？」

「不是，我是說我嗅到一個人身上的味道，就知道他會不會死。這是一個老太太教我的。」

迪爾隨即靠過來用力嗅我。「琴……露易絲……芬奇，你將會在三天後死掉。」

「迪爾，你再不閉嘴，我就打到你站不起來。我是說真的，現在……」

「你們都閉嘴，」傑姆吼道：「你們說得好像相信『熱氣』似的。」

「你說得好像你不信。」我說。

「什麼是熱氣？」迪爾問道。

「你難道從來沒有夜裡走在冷清路上的時候，經過一個熱熱的地方？」傑姆問迪爾：「熱氣就是沒能上天堂的人，他們只能徘徊在冷清路上，你要是從熱氣中間穿過去，死了以後也會跟他們一樣，晚上到處去吸活人的氣息……」

「怎麼樣才能不穿過熱氣呢？」

「沒辦法，」傑姆說：「有時候他們會延伸橫跨整條路，但是如果你非得穿過去，你就念：『光明天使，生死交替；遠離道路，別吸我氣。』那樣他們就不會把你團團圍住……」

「迪爾，他的話你別信。」我說：「嘉珀妮亞說那是黑鬼說的話。」

傑姆狠狠瞪我一眼，嘴裡卻說：「喂，我們到底還要不要玩什麼？」

「我們來滾輪胎吧。」我建議。

傑姆嘆了口氣。「你明知道我太大了。」

「你可以推啊。」

我跑到後院，從屋子底下拖出一個舊車胎，啪啪啪地滾到前院去，說道：「我先。」

迪爾說他剛到，應該讓他先。

由傑姆仲裁，他讓我先滾，待會再讓迪爾多玩一次，我於是縮進輪胎裡面。

直到事發後我才發覺，我在「熱氣」話題上提出反駁讓傑姆很不高興，因此他耐心地等待機會報復我。機會果然來了，他用盡全力將輪胎推下人行道。土地、天空和房屋交融成一個亂糟糟的調色盤，我的耳朵嗡嗡轟鳴，幾乎快要窒息。我的手卡在胸口和膝蓋間，無法伸出去將輪胎停住，只希望傑姆能跑到前頭去，或者人行道上的隆起路面能把我擋下來。我聽到他在後面邊追邊喊。

輪胎碰到碎石地，蹦跳過馬路，撞到一個障礙物，把我像軟木塞一樣彈到地上。我頭暈又噁心地躺在水泥地上，不斷搖頭想讓它別再打轉，用力打耳朵想讓它別再嗡鳴，這時我聽見傑姆的聲音：「絲考特，趕快離開那裡。快點！」

我一抬起頭，雷德利老宅的台階就在眼前。我當下僵住。

「快點，絲考特，別老躺在那裡！」傑姆尖叫著：「快起來好嗎？」

我站起來，開始可以活動的手腳卻抖個不停。

「去拿輪胎！」傑姆嚷道：「把它帶回來！你神智不清了嗎？」

當我能夠移動，便以顫抖的膝蓋所能支撐的程度，盡快跑回他們身邊。

「你怎麼不把輪胎帶回來？」傑姆大吼。

「**你自己**怎麼不去拿？」我尖叫道。

傑姆沒有應聲。

「去啊，就在柵門裡面沒多遠。喂，你還摸過房子呢，記不記得？」

傑姆忿忿不平地看著我，又賴不掉，只好跑過人行道、在柵門邊遲疑不定，然後才衝進去取回輪胎。

「看到了吧？」傑姆得意地怒視我說：「這又沒什麼。說真的，絲考特，有時候你實在太像女生了，真丟臉。」

事情沒有他想的那麼簡單，但我決定不告訴他。

嘉珀妮亞出現在前門高喊道：「喝檸檬汁了！快趁著赤炎炎的太陽還沒把你們烤焦以前進屋裡來吧！」半晌午喝檸檬汁是夏日的例行儀式。嘉珀妮亞把一只水壺和三個玻璃杯放在門廊上，就去忙她的事了。惹傑姆生氣，我並不特別擔心，反正他喝了檸檬汁就會恢復好心情。

傑姆咕嚕咕嚕喝下第二杯後拍拍胸脯，大聲宣布：「我知道我們要演什麼了。這次是全新的、不一樣的東西。」

「什麼？」迪爾問道。

「雷德利家的阿布。」

傑姆的思緒有時一眼便能看穿。他想出這個主意無非是為了讓我明白，他一點都不怕雷德利家的人，是為了用他那大無畏的英雄氣概來對照我的膽小懦弱。

「雷德利家的阿布？怎麼演？」迪爾問。

傑姆說：「絲考特，你演雷德利太太……」

「我會演才怪。我覺得我不……」

「怎麼了？」迪爾說：「還在害怕？」

「晚上我們都睡著以後他可能會出來……」我說。

傑姆氣呼呼地說：「絲考特，他怎麼會知道我們在做什麼？再說，我不覺得他人還在。幾年前他就死了，被他們塞在煙囪裡。」

迪爾說：「傑姆，你和我可以來演，絲考特要是害怕，就在旁邊看。」

我十分確定阿布就在那棟屋子裡，只是無法證明，心想最好還是閉嘴，免得又被指責說我相信「熱氣」——白天裡這個現象對我毫無影響。

傑姆為我們分配了角色：我是雷德利太太，唯一要做的就是出來打掃門廊。迪爾是老雷德利先生，他要在人行道上來回走動，每當傑姆跟他說話，他就要咳嗽。傑姆當然就是阿布，他躲在台階下，不時發出尖叫、長嚎。

隨著夏日過去，我們的遊戲也有所進展。我們不斷加以潤飾，讓它更臻完美，並且添加對白與情節，直到製作出一齣小戲來，還是每天變換花樣。

迪爾是個反派中的反派，無論分配到什麼角色，他都能入戲，如果飾演惡人有身高的要求，他也能讓自己顯高。他就算是最差勁的表演也很棒，而他演得最差的就是陰森恐怖的哥德小說。劇本中的各種女性角色都是由我心不甘情不願地扮演。我始終覺得這沒有《泰山》來得有趣，儘管傑姆一再保證阿布已經死了，加上白天有他和嘉珀妮亞在，晚上又有阿提克斯在家，我不會有事，但那年夏天我演起戲來還是憂慮不已。

傑姆是天生的主角。

這是一齣憂鬱的小戲，由點點滴滴的八卦和鄰里間的傳聞編織而成：雷德利太太本是個美人，嫁給雷德利先生後便失去美貌與所有錢財，牙齒、頭髮也幾乎掉光，連右手食指都沒了（這是迪爾加入的情節。有一天晚上阿布找不到貓和松鼠吃，便咬斷她的指頭）；她大部分時間都坐在客廳哭，阿布則慢慢地把屋裡的家具都削成碎片。

我們三個扮演闖禍少年；接著我改扮演少年法庭法官；迪爾把傑姆帶下去，塞到台階下面，還用掃帚戳他。傑姆會應劇情需要，以保安官、形形色色的居民與史蒂芬妮．克勞佛小姐的身分重新出現，有關雷德利家的事，全梅岡城就數克勞佛小姐最有話說了。

等到阿布的重頭戲上場，傑姆便溜進家裡，趁嘉珀妮亞不注意，偷走裁縫機抽屜裡的剪刀，然後坐在鞦韆椅上剪報紙。迪爾會走過去，對著傑姆咳嗽，而傑姆會假裝刺向迪爾的大腿。從我站的角度看去，十分逼真。

當納森．雷德利先生每天進城從我們身旁走過時，我們會默默站定直到他的身影消失不見，然後琢磨著萬一被他發現，他會對我們怎麼樣。只要一有鄰居現身，我們便立刻停止活動，有一回我看見茉蒂小姐站在對街盯著我們看，手裡的樹剪舉在半空中。

有一天，我們顧著演《一個男人的家庭》[13]的第二部第二十五章，沒發現阿提克斯站在人行道上看著我們，一面用捲起的雜誌拍打膝蓋。太陽的位置顯示當時是正午十二點。

「你們在演什麼？」他問道。

「沒什麼。」傑姆說。

傑姆的搪塞告訴我，我們的遊戲是祕密，於是我也保持沉默。

「那你們拿那把剪刀做什麼？為什麼要把報紙剪碎？那要是今天的報紙，我會好好打你們一頓。」

「沒什麼。」

「什麼沒什麼？」阿提克斯說。

「就是沒什麼，爸爸。」

「把剪刀給我。」阿提克斯說：「這不是拿來玩的。這該不會和雷德利家有什麼關係吧？」

「沒有，爸爸。」傑姆紅著臉說。

「但願如此。」他只回這麼一句便進屋去了。

「傑……姆……」

「閉嘴！他人在客廳，聽得見我們說話。」

13《一個男人的家庭》（*One Man's Family*），一九三二年起在美國上演了長達二十多年的廣播劇，後來也改拍成電視影集。

進到院子安全無虞之後，迪爾問傑姆還能不能再演。

「不知道。阿提克斯沒說不行……」

「傑姆，」我說：「我覺得阿提克斯已經知道了。」

「不，他不知道，要不然他就會說。」

我可不這麼有把握，但傑姆說我又像個女生了，女生老是愛亂想，所以才這麼惹人厭，如果我要開始學女生樣，那就去找女生玩。

「好啊，你就繼續吧，你早晚會知道。」我說。

阿提克斯的到來是我退出遊戲的第二個原因。第一個原因發生在我滾進雷德利家前院的那一天。儘管當時頭暈目眩、噁心作嘔，還夾雜著傑姆的叫嚷聲，我仍聽到了另一個聲音。那聲音好低好低，在人行道上不可能聽見。屋裡有人在笑。

5

不出我所料，傑姆終究敵不過我的喋喋不休，暫緩了這個遊戲，也讓我鬆了口氣。但他仍堅稱阿提克斯沒有制止我們，所以還是可以玩，而即使阿提克斯說了不能玩，傑姆也已想好對策：只要改換人物姓名，就不會因為在演什麼而被罵了。

迪爾滿心同意這項行動計畫。不管怎麼說，現在成天跟在傑姆後面的迪爾，已經變成一個討厭鬼。暑假剛開始他還跟我求婚，然後馬上忘得一乾二淨。他會監視我，把我當成他的財產，說我是他唯一愛過的女孩，然後就棄我不顧了。我揍過他兩次，但沒有用，只是讓他與傑姆更親近。他們一連幾天賦在樹屋裡策畫這策畫那，只有在需要第三個人的時候才會喊我。不過我暫時與他們更魯莽的計畫保持距離，因此那年暑假剩餘日子的黃昏時分，我大多忍受著被叫「女生」的痛苦，和茉蒂小姐坐在她家前門廊上。

我和傑姆一向很喜歡在茉蒂小姐的院子裡跑來跑去，只要別踩到她的杜鵑花就好，但我們和她並無明確的來往關係。在傑姆和迪爾把我排除在計畫之外以前，她也不過就是鄰居間的一位女士，只是比較和藹可親而已。

我們和茉蒂小姐有個默契，可以在她的草坪上玩耍，可以吃她的葡萄，但不能跳上藤架，也可以到她家廣闊的後院去探險，條件寬鬆到我們很少會跟她說話，只是小心地維持著我們之間微妙的平衡關係。可是拜傑姆與迪爾的行為所賜，拉近了我和她的距離。

茱蒂小姐很討厭自己家，待在屋裡等於是浪費時間。她是個寡婦，而且像隻變色龍，平時戴著舊草帽、穿著男人的長袖連身工作服在花園裡幹活，但五點一洗完澡，卻又以盛氣凌人的美麗姿態出現在門廊上睥睨整條街。

她熱愛生長在神的土地上的一切生物，包括雜草在內，只有一樣例外。要是讓她在自家院子發現一株香附子，簡直有如第二次馬恩河戰役[14]開打：她會拿一只錫桶猛蓋上去，再從底下噴灑毒藥，她說那藥力極強，如果不避開，會把我們全都毒死。

「你怎麼不直接拔掉它就好？」我目睹她與一株不到八公分高的雜草長期抗戰，不禁問道。

「拔掉，你說拔掉嗎，孩子？」她撿起那棵萎縮的苗，拇指沿著細小的莖擠了幾下，跑出一些小之又小的微粒。「小小一株香附子就能毀掉一整個園子呀。你看這個，等到秋天它乾了以後，就會隨風散播到整個梅岡城！」看茱蒂小姐的臉色，就好像發生了《舊約》裡提到的瘟疫。

就梅岡郡的居民而言，她說話堪稱簡潔扼要。她都喊我們全名，咧開嘴笑的時候會露出嵌牢在犬齒上兩個尖尖的小金屬片。當我羨慕地說希望自己以後也會有，她便說：「你看著。」然後咂一下舌頭，把假牙給推出來，這熱誠之舉更加強固了我們之間的友誼。

每當傑姆和迪爾暫停活動，茱蒂小姐的博愛也會擴及到他們身上。茱蒂小姐有一項才華令我們受益良多，但以前她一直沒讓我們知道：她做的糕點在這一帶無人能及。當她獲取我們的信任後，每次做蛋糕都會做一大三小，還會隔著馬路高喊：「傑姆．芬奇、絲考特．芬奇、查爾斯．貝克．哈里斯，過來！」只要我們跑得快總能得到獎賞。

夏日的黃昏悠長而寧適。我和茱蒂小姐時常靜靜地坐在她家門廊上，看著天空隨夕陽西下由黃轉為粉紅，看著一群燕子低空飛過鄰近街區，消失在學校屋頂後方。

有天傍晚我對她說：「茉蒂小姐，你覺得雷德利家的阿布還活著嗎？」

「他叫亞瑟，他還活著。」她一面緩緩搖著大大的橡木椅，一面說：「你有沒有聞到我的含羞草的花香？今晚聞起來就像天使的氣息。」

「是啊。你怎麼知道？」

「知道什麼，孩子？」

「知道阿……亞瑟先生還活著？」

「這問題多恐怖。不過這本來就是個恐怖的話題。我知道他還活著，琴・露易絲，因為還沒看到他被抬出來。」

「說不定他死了，被塞在煙囪裡。」

「你怎麼會有這種念頭呢？」

「傑姆說他覺得是這樣。」

「嘖嘖嘖，他愈來愈像傑克・芬奇了。」

茉蒂小姐從小就認識傑克叔叔，也就是阿提克斯的弟弟。他們年紀相仿，一塊兒在芬奇農場長大。茉蒂小姐是附近一個地主法蘭克・畢佛醫師的女兒。畢佛先生的職業雖是醫生，卻執迷於

---

14 第二次馬恩河戰役（the Second Battle of Marne）是第一次世界大戰時，德軍對英法聯軍發動的最後一場大規模戰役，結果德軍戰敗傷亡慘重。

一切長在土裡的東西，所以一直很窮；傑克叔叔的熱情卻只局限於在納許維爾家的窗台上種花，所以始終富有。我們每年聖誕節都會見到傑克叔叔，而每年聖誕節，他都會隔著街道大聲向茉蒂小姐求婚。茉蒂小姐也會大聲回道：「再喊大聲一點，傑克．芬奇，讓郵局的人都能聽到。我還沒聽到呢！」我和傑姆都覺得這種求婚方式很奇怪，但話說回來，傑克叔叔本來就很奇怪。他說他是為了激怒茉蒂小姐，但嘗試了四十年都未能成功，還說他是茉蒂小姐在世上最不想嫁，卻又最想戲弄的人，所以面對她的最佳防禦方法就是先下手為強。他這一番道理我們都非常理解。

「亞瑟．雷德利只是待在屋裡而已。」茉蒂小姐說：「你要是不想出門，難道不會待在屋裡嗎？」

「會啊，可是我會想出門。他為什麼不想？」

茉蒂小姐瞇起眼睛。「那件事你和我一樣清楚。」

「不過我從來沒聽說過原因，從來沒人告訴我為什麼。」

茉蒂小姐重新裝好假牙。「你應該知道老雷德利先生是洗腳派的浸信教徒……」

「你也是，不是嗎？」

「我不是那麼死硬派，孩子，我只是普通的浸信教徒。」

「你們不是都信奉洗腳禮嗎？」

「沒錯，是在自家浴缸裡。」

「可是我們不能和你們一起領聖餐……」

茉蒂小姐顯然認為解釋原始浸信禮比解釋封閉式聖餐禮更簡單，便說道：「洗腳派信徒認為一切享樂都是罪惡。你知道嗎？有個星期六，他們之中有一部分人從樹林裡出來，經過這個地方，竟然跟我說我和我的花都會下地獄。」

「你的花也會？」

「是啊，小姐。花會跟我一起受地獄火燒之苦。他們覺得我在神的門外待得太久，留在屋裡讀《聖經》的時間太少。」

腦中浮現茉蒂小姐在各種新教地獄裡永世受煎熬的畫面，讓我對於牧師傳布的福音信心大減。沒錯，她說話的確尖酸刻薄，也不像史蒂芬妮小姐一樣，在鄰里間到處行善。但是只要稍具判斷力的人都不相信史蒂芬妮小姐，而我和傑姆對茉蒂小姐卻信任無比。她從不打我們的小報告，從不和我們玩貓捉老鼠的遊戲，而且對我們的私生活毫無興趣。她是我們的朋友。這麼通情達理的一個人怎麼會受到永無止境的煎熬之苦，令人難以理解。

「那不對，茉蒂小姐。你是我認識最好的人了。」

茉蒂小姐笑了笑。「謝謝你了，小姑娘。問題是洗腳派信徒認為女人本身就是罪惡。他們是照字面去解釋《聖經》的，你知道嗎？」

「所以亞瑟先生是為了避開女人，才待在家裡嗎？」

「我不知道。」

「我覺得不合理。如果亞瑟先生嚮往上天堂，應該至少要到門廊上來才對。阿提克斯說神愛世人就像我們愛自己一樣……」

茉蒂小姐停下搖椅，聲音轉硬說道：「你還太小，不懂這些，但有時候拿在某人手裡的《聖經》還不如握在某人——譬如說你爸爸——手裡的威士忌酒瓶。」

我驚呆了，回說：「阿提克斯不喝威士忌。他這輩子一滴酒也沒喝過——啊，不對，他喝過。他自己說喝過一次，可是不喜歡。」

茉蒂小姐笑起來。「不是在說你爸爸，我的意思是就算阿提克斯．芬奇喝醉了，都不會比某些人在最好的狀態下更令人難以忍受。總之就是有某種人……只顧著擔心來生，從來沒學會好好過這一世，你看看咱們這條街就知道結果了。」

「你覺得他們說的那些都是真的嗎？我是說關於阿……亞瑟先生的事。」

「什麼事？」

我告訴了她。

「這有四分之三是黑人說的，有四分之一是史蒂芬妮．克勞佛造的謠。」茉蒂小姐臉色陰沉地說：「史蒂芬妮．克勞佛甚至跟我說過，她有一天半夜醒來，發現亞瑟站在窗邊看著她。我問說史蒂芬妮，結果你怎麼做呢？在床上給他騰出一個位子來嗎？之後有一陣子她就不再亂說話了。」

這我相信。茉蒂小姐的聲音足以讓任何人閉嘴。

「不是的，孩子，」她說：「那棟房子充滿悲傷。我記得亞瑟．雷德利小時候的模樣。不管別人說他做了什麼，他跟我說話總是很有禮貌，總是展現他最彬彬有禮的態度。」

「你想他發瘋了嗎？」

茉蒂小姐搖搖頭。「就算本來沒有，現在應該也瘋了。別人家到底發生了什麼事，我們永遠不會知道。關著門的屋裡發生些什麼，有些什麼祕密——」

「阿提克斯在院子裡不會對我和傑姆做的事，在家裡也絕對不會做。」我覺得有義務為父親辯護。

「哎呀，孩子，我是想理出個頭緒來，根本沒想到你爸爸，但既然現在提到了，我得這麼說：阿提克斯．芬奇在家裡和在大馬路上都是一個樣。你想不想帶些剛做好的磅蛋糕回家啊？」

我當然想了。

次日早晨醒來，我發現傑姆和迪爾在後院不知說什麼說得很起勁，等我一靠近，他們又一如往常叫我走開。

「不要。這個院子是你的也是我的，傑姆．芬奇。我跟你一樣有權利在這裡玩。」

他二人密談片刻後，迪爾警告說：「你如果要留下，就得照我們說的做。」

「拜託——」我說：「誰忽然變得這麼了不起了？」

「你要是不答應照我們說的做，我們什麼都不會告訴你。」迪爾接著說。

「你怎麼好像一夜之間長高了二、三十公分啊！好啦，說吧！」

傑姆平靜地說：「我們要送張字條去給雷德利家的阿布。」

「怎麼送？」我努力壓制內心油然而生的恐懼。茉蒂小姐當然可以那麼說，她年紀大了，又安安穩穩待在自家門廊上。我們可不一樣。

傑姆要直接把短信穿在魚竿末端，再從百葉窗的縫隙間伸進去。要是有人來了，迪爾會搖鈴警告。

迪爾舉起右手來。那是我母親的銀餐鈴。

「我要繞到屋子側邊去，」傑姆說：「昨天我們從對街觀察過，那邊有扇窗板鬆了。說不定我至少可以讓它卡在窗台上。」

「傑姆……」

「既然你已經加入，就不能退出，只能繼續跟著我們了，愛找碴小姐！」

「好啦，好啦，可是我不想把風。傑姆，有人……」

「你要把風，你負責後面院子，迪爾負責屋子正面和街道，要是有人來了，他會搖鈴。聽清楚了嗎？」

「好吧。你要給他寫什麼？」

迪爾說：「我們非常禮貌地請他偶爾出來一下，告訴我們他都在裡面做什麼……我們說好不會傷害他，還會請他吃冰淇淋。」

「你們真是瘋了，他會殺了我們的！」

迪爾說：「這是我的主意。我想如果他出來跟我們坐坐，可能會舒服一點。」

「你怎麼知道他不舒服？」

「要是你被關上一百年，除了貓就沒別的好吃，你有什麼感覺？我敢說他鬍子有這麼長了……」

「跟你爸爸一樣？」

「他沒有鬍子，他……」迪爾頓時住口，似乎在回想著。

「啊哈，吹破牛皮了。」我說：「你剛下火車就說你爸爸留著黑鬍子……」

「他去年夏天剃掉了，你有什麼意見嗎？是真的，我有信可以證明——他還寄了兩塊錢給我！」

「再吹啊……我猜他還給你寄了騎警制服吧！那個我們從來也沒看過，對不對？你就繼續吹你的牛皮好了，老哥……」

迪爾能扯出漫天大謊來。最誇張的包括：他曾經搭過十七次郵政飛機、他去過加拿大的新斯科細亞省、他看過大象，還有喬・惠勒准將是他爺爺，而且把佩劍留給了他。

「你們都閉嘴。」傑姆說完匆匆跑到屋子底下拿出一根黃色竹竿。「你們覺得這根從人行道伸過去夠長嗎？」

「勇敢到敢去摸房子的人應該不必用魚竿。」我說：「你幹嘛不直接把前門撞開？」

「這……不……一樣。」傑姆說：「要我跟你說幾次？」

迪爾從口袋掏出一張紙遞給傑姆。我們三人小心地走向老宅。迪爾留在屋前中心位置的燈柱旁，我和傑姆則沿著屋側人行道慢慢走去。我超越了傑姆，站在可以看到轉角四周的地方。

「沒有危險，」我說道：「一個人影也看不到。」

傑姆望向人行道另一端，迪爾衝著他點點頭。

傑姆將紙條插在魚竿末端，將長竿伸過院子，拱向他事先選定的窗戶。魚竿短了幾公分，傑姆便拚命把身子往前探。我看著他戳呀戳地戳了老半天，最後忍不住離開崗位朝他走去。

「魚竿上的紙條弄不下來，」他喃喃說道：「不過就算弄下來了也沒法固定位子。回街角去吧，絲考特。」

我回到原位，從轉角直盯著空蕩蕩的馬路，偶爾回頭看傑姆一眼，只見他仍耐著性子想把紙條放到窗台上。紙條總會飄到地上，傑姆便一再把它插起來，我想即使最後阿布收到紙條，恐怕也已經破爛得沒法讀了。我正往街上看去，餐鈴聲忽然響起。

我聳起肩膀轉過身去，以為會面對阿布和他血淋淋的獠牙，不料卻看見迪爾當著阿提克斯的面猛搖鈴。

傑姆一臉慘兮兮的表情，我不忍心跟他說我早就告訴過他。他腳步沉重地走在人行道，魚竿拖在身後。

阿提克斯說：「別再搖那個鈴鐺了。」

迪爾連忙抓住鈴舌，在接下來的靜默中，我真希望他再把鈴搖起來。阿提克斯把帽子往頭頂上推，兩手插腰，說道：「傑姆，你在做什麼？」

「沒什麼，爸爸。」

「別跟我打馬虎眼，老實說。」

「我……我們只是想拿點東西給雷德利先生。」

「你們想給他什麼？」

「只是一封信。」

「讓我看看。」

傑姆遞出一張骯髒破爛的紙。阿提克斯接過後試著去讀。「你們為什麼希望雷德利先生出來？」

迪爾說：「我們覺得他可能會喜歡我們……」一見阿提克斯看著自己，他立刻禁聲。

「兒子，」他對傑姆說：「我要跟你說一件事，而且只說一次：別再去招惹那個人了。你們兩個也一樣。」

雷德利先生做什麼，那是他自己的事。如果他想出來就會出來，如果想待在家裡，他也有權待在裡面，避開好奇孩子的關注——稱我們是好奇孩子算客氣的了。如果晚上我們在自己房裡，阿提克斯沒敲門就闖進來，我們做何感想？事實上，我們正在對雷德利先生做同樣的事。雷德利先生的行為在我們看來或許很奇特，但他卻不覺得奇特。再說，我們難道從來沒想過：與人來往的禮貌方式是走前門而不是從邊窗嗎？最後，除非我們受邀，否則不許再接近那棟房子，也不許我們再玩他見過的那個愚蠢遊戲，或是再取笑這條街上或這個城裡的任何人……

「我們沒有取笑他，我們沒有嘲笑他，」傑姆說：「我們只是……」

「原來這就是你們一直在做的，不是嗎？」

「取笑他？」

「不，」阿提克斯說：「是把他的人生經歷演出來，去啟發街坊鄰居。」

傑姆似乎有些激動。「我沒說我們在演那個，我沒說！」

阿提克斯冷冷一笑，說道：「你剛剛跟我說了。你們都別再胡鬧了，三個都一樣。」

傑姆瞠目直視著他。

「你想當律師，不是嗎？」父親的嘴唇異常緊閉，彷彿想抿成一條直線。

傑姆知道再強辯也無益，便沉默不語。當阿提克斯進屋去拿他當天早上忘了帶出門的卷宗，傑姆才終於恍然大悟，自己被有史以來最古老的律師詭計給騙了。他敬而遠之地站在前門階外等候，看著阿提克斯離開家走向城裡。等阿提克斯走遠聽不見了，傑姆才在他背後大喊：「我本來以為我想當律師的，現在可難說了！」

6

傑姆問父親我們可不可以到瑞秋小姐家的魚池邊陪迪爾坐坐，因為這是他在梅岡的最後一晚。父親說：「可以，順便替我向他道別，我們明年夏天再見。」

我們跳過隔在瑞秋小姐家院子和我們家車道間的矮牆。傑姆模仿山齒鶉的叫聲吹口哨，迪爾在暗處出聲回應。

「一點風都沒有，」傑姆說：「看那邊。」

他指向東方。一輪巨大的月亮正從茉蒂小姐家的山核桃樹背後升起。「那讓人覺得更熱了。」他說。

「今天晚上月亮裡面有十字架嗎？」迪爾頭也沒抬便問道。他正忙著用報紙和窄葉菸草捲香菸。

「沒有，只有那個女生。別點那玩意，迪爾，你會把這大半邊城區薰得臭氣沖天。」

梅岡的月亮裡有個女生，坐在梳妝台前梳頭。

「我們會想念你的，哥兒們。」我說：「我們是不是應該去看看艾弗利先生？」

艾弗利先生租宿在杜柏茲太太家對街。他除了每個星期天從教會的奉獻盤裡換零錢之外，還會每晚坐在門廊上打噴嚏直到九點鐘。有天晚上我們有幸目睹他的一場表演，而且那八成是最後一次，因為後來再也沒有看見過。那天晚上我和傑姆正要走下瑞秋小姐家的門階，迪爾忽然喊住我們，指著街那端說：「天哪，你們看那邊。」起初只看到一片葛藤蔓生的前廊，但再定睛一瞧，這才發現有一道弧形水柱從枝葉間射下來，在街燈的黃色光圈中濺出水花，從源頭到地面看起來約莫有三米的落差。傑姆說艾弗利先生射偏了，迪爾說他每天肯定有喝到四公升水，接著兩人還比賽看誰射得遠、誰的本事高，結果只是讓我再次覺得受排擠，因為這方面我毫無才能可言。

迪爾伸伸懶腰，打了個呵欠，隨口就說：「我知道了，我們去散步吧。」

我聽了覺得可疑。在梅岡誰也不會沒事去散步。「要去哪裡，迪爾？」

迪爾朝南邊猛一甩頭。

傑姆說：「好。」我開口反對，他便溫柔地說：「你不必跟來沒關係，梅天使。」

「你也不必去。別忘了……」

傑姆不是個會耽溺在過去失敗經驗中的人，他從阿提克斯那兒似乎只學到一個教訓，那就是洞悉交叉詰問的藝術。「絲考特，我們沒要幹嘛，只是走到街燈那邊就回來。」

我們安靜地沿著人行道溜達，一面聽著門廊上的鞦韆椅被鄰居的體重壓得吱嘎響，聽著這條街上的大人們夜裡的喁喁細語，偶爾還會聽到史蒂芬妮小姐的笑聲。

「怎麼樣？」迪爾問道。

「好啊。」傑姆說：「絲考特，你就回家吧，好不好？」

「你們要幹嘛？」

迪爾和傑姆只是要去那扇窗板鬆脫的窗邊，看能不能偷窺到阿布，如果我不想跟，大可以回家去，只是得閉上我的大嘴巴。

「可是你們到底為什麼要等到今天晚上呢？」

因為晚上才不會被人看見；因為阿提克斯會埋頭專心看書，就算世界末日降臨也聽不見；因為要是他們被阿布殺死，錯過的會是上學日而不是放假日；還因為天黑以後偷看黑漆漆的房子要比白天容易。這樣我懂了沒？

「傑姆，拜託……」

「絲考特，我再說最後一遍，閉上你的嘴，不然就回家。我對天發誓，你真的一天比一天更像女生了！」

聽了這話我別無選擇，只能加入他們。我們認為最好是從雷德利家宅院後側那道高高的鐵絲網底下鑽進去，被人看見的機率比較小。那道網籬圍著一個大園子和一間窄小的木造廁所。

傑姆拉起底部鐵絲，示意迪爾鑽過去。我跟在他後面，然後替傑姆拉著鐵絲。那洞太小，他勉強才擠過來。「別弄出聲音，」他低聲說：「不管怎樣千萬別跑進羽衣甘藍菜園裡去，不然連死人都會被吵醒。」

有了這層顧忌，我每跨出一步大概都要花上一分鐘，直到看見傑姆在前方遠處的月光下招手，才加快腳步。我們來到菜園與後院之間的柵門前，傑姆伸手一碰，柵門咿呀一聲。

「往門上吐口水。」迪爾小聲說。

「你害我們受困在這裡了，傑姆。」我喃喃埋怨道：「這下子要出去可沒那麼簡單。」

「噓。吐口水，絲考特。」

我們把唾沫都吐乾了，然後傑姆慢慢推開柵門，把它抬高搬到一旁，擱在籬笆邊。我們進到後院了。

雷德利家的背面不如正面吸引人：有一條搖搖欲墜的門廊，從屋子這頭延伸到另一頭；有兩道門，門之間有兩扇黑窗；門廊一端的屋頂底下沒有柱子，而是用一根二乘四的原木條支撐著。廊上一角放著一個老舊的富蘭克林火爐，爐子上方是個帶鏡帽架，月光照射到鏡面閃著詭異的光。

「啊呀。」傑姆輕呼一聲，抬起腳來。

「怎麼了？」

「雞屎。」他低聲說。

當迪爾在前面小聲地說出「上帝」二字，就表示我們必須要提防來自四面八方看不見的危險。我們悄悄溜到屋子側面，再繞到窗板鬆垂的窗前。那窗台比傑姆還要高出好幾公分。

「我們抬你上去。」他輕聲對迪爾說：「不過先等一下。」傑姆抓住自己的左手腕和我的右手腕，我也抓住自己的左手腕和傑姆的右手腕，然後蹲下來，以手搭轎讓迪爾跨坐上去。我們合力將他抬起，他抓住了窗沿。

「快點，」傑姆低聲喊道：「我們撐不了多久。」

迪爾捶一下我的肩膀，我們便將他放下。

「看到什麼？」

「什麼也沒看見。有窗簾。不過再往裡面好像有一點點燈光。」

「我們走吧。」傑姆壓低聲音說：「我們再繞回後面去。」我正想開口反對，他「噓」了我一聲。

「我們去試試後窗。」

「迪爾，不要啦。」我說。

迪爾停下來讓傑姆先走。當傑姆一腳跨上第一層階梯，它發出吱嘎聲。他連忙站定，然後試著一點一點地把身體的重量加上去。階梯安靜無聲。於是傑姆越過兩級階梯，一隻腳踩上門廊，身子往上一拉，搖搖晃晃了好一會兒，好不容易恢復平衡之後趴跪下來，爬到窗邊，抬起頭往裡看。

這時候我看見了那個黑影。那是一個戴著帽子的男人的影子。起先我以為是樹，但當時沒有風，更何況樹幹絕不會移動。後門廊浸潤在月光中，只見那個影子稜角分明地移過廊道，朝傑姆靠近。

迪爾也看見了。他用兩手摀住了臉。

當影子從傑姆身上掠過，傑姆也看到了。他高舉雙臂蓋在頭上，整個人動也不動。

影子越過傑姆大約三十公分的距離後停下來，手臂從身側伸出，又垂放下來，然後靜止不動。接著它轉身往回走，再次掠過傑姆，沿著門廊轉過屋子側邊，循原路返回。

傑姆跳下門廊，朝我們飛奔而來。他砰地推開柵門，催著我和迪爾連跑帶跳奪門而出，又驅趕我們從兩畦簌簌作響的羽衣甘藍菜地中間跑過去。跑到一半我絆了一跤，就在我跌跤時，一記槍聲轟鳴打破附近一帶的寧靜。

迪爾和傑姆很快地趴臥到我身邊。傑姆的喘息中帶著抽噎：「到操場邊的圍牆去！……快點，絲考特！」

傑姆拉起最底下的鐵絲網，我和迪爾滾了過去，便跑向操場上唯一一棵橡樹尋找藏身處，到了半路忽然發覺傑姆不見了。我們又跑回去，發現他卡在鐵絲網下面掙扎著，為了脫困只好踢掉褲子，穿著內褲朝橡樹跑去。

安全躲到樹後面時，我們四肢都癱軟了，但傑姆仍飛快轉著心思：「我們得回家去，他們會找我們。」

我們跑過操場，鑽過我們家後面連接牧鹿草地的籬笆，翻過我們家後院圍牆，最後上了後門階梯，傑姆才讓我們停下來休息。

呼吸恢復正常後，我們三人盡可能裝出一副悠哉的模樣晃到前院去。我們望向街道那頭，看見一群鄰居圍站在雷德利家的前柵門邊。

「我們最好過去。」傑姆說：「我們要是沒出現，他們會覺得奇怪。」

納森．雷德利先生站在柵門內，臂彎裡夾著一把槍管折開來的獵槍。阿提克斯站在茉蒂小姐和史蒂芬妮小姐旁邊。瑞秋小姐與艾弗利先生也在一旁。誰也沒看見我們靠近。

我們悄悄移到茉蒂小姐旁邊，她回頭看見了問道：「你們跑哪去了？沒聽到這邊亂哄哄的嗎？」

「發生什麼事了？」傑姆問道。

「雷德利先生開槍射一個跑進他菜園裡的黑人。」

「喔，射中了嗎？」

「沒有。」史蒂芬妮小姐說：「是對空鳴槍，不過可把那人嚇得面無血色。他說要是在這附近看見一個臉色蒼白的黑鬼，就是他了。還說再讓他聽見菜園裡有什麼動靜，還有另一管槍準備著，而且下次就不會往天上射了，管他是狗、是黑鬼還是……傑姆．芬奇！」

「怎麼了嗎？」傑姆問。

開口的是阿提克斯。「你的褲子呢，兒子？」

「褲子嗎，爸爸？」

「褲子。」

百口莫辯了。他當著所有人的面，只穿一條內褲。我暗自嘆息。

「啊，芬奇先生……」

在亮晃晃的街燈下，我看得出迪爾正在動什麼念頭：他雙眼圓睜，胖嘟嘟的臉變得更圓了。

「什麼事，迪爾？」阿提克斯問道。

「啊……褲子被我贏走了。」他含糊其辭地說。

「贏走了？怎麼贏的？」

迪爾的手往後腦杓摸去，接著往前帶，抹過額頭。「我們在魚池那邊玩脫衣撲克。」他說道。

傑姆和我鬆了一口氣。鄰居似乎也接受這個答案，他們全都一臉僵硬不自然。但什麼是脫衣撲克呢？

我們沒有機會得知答案，因為瑞秋小姐已經像城裡的火災警報器一樣大叫起來：「我的老天哪，迪爾．哈里斯！竟敢在我的魚池邊賭博？我讓你玩脫衣撲克！」

迪爾眼看就要被分屍，幸好阿提克斯出手相救。「等一下，瑞秋小姐。」他說：「我從沒聽說他們玩過這個。你們一起在玩牌嗎？」

傑姆閉上眼睛接下迪爾拋過來的球。「沒有，爸爸，只是玩火柴。」

我好欽佩哥哥。火柴固然危險，撲克牌卻能致命。

「傑姆，絲考特，」阿提克斯說道：「以後我不想再聽到關於任何形式的撲克遊戲。傑姆，去迪爾家拿回你的褲子，問題你們自己解決。」

我們快步走上人行道時，傑姆說：「別擔心，迪爾。她不會修理你的，阿提克斯會說服她。你小子剛才腦筋轉得還真快。你聽……聽見了嗎？」

我們停下來，聽見阿提克斯的聲音：「……不嚴重……每個人都會經歷這一段，瑞秋小姐……」

迪爾安心了，我和傑姆卻不。傑姆還有個問題：明天早上得穿著褲子現身。

「可以拿我的一條褲子給你。」來到瑞秋小姐家的台階時，迪爾說道。傑姆說他穿不下，但還是謝謝他。我們互道再見後，迪爾便進屋去了。他顯然還記得與我有婚約，因此又跑出來，當著傑姆的面很快地親我一下。「要寫信喔，聽到沒？」他在我們身後高喊道。

即使傑姆的褲子安安穩穩套在他身上，我們也一樣睡不著。我睡在後門廊的輕便小床上，耳邊響起的每個夜間聲響都放大了三倍；碎石地上每個沙沙的腳步聲都是雷德利家的阿布來報仇了，夜裡路過的每個黑人的笑聲都是阿布跑出來要抓我們；飛蟲撲撞在紗窗紗門上的聲音，就像阿布發瘋似的把鐵絲網一一摳斷；苦楝樹也帶著邪惡氣息，在高處盤旋，活生生地。我徘徊在半夢半醒之間，忽然聽見傑姆小聲地說：

「睡著了嗎，三隻眼？」

「你瘋了嗎？」

「噓，阿提克斯的燈暗了。」

在逐漸黯淡的月光下，我看見傑姆兩腳一晃下了地。

「我要去找褲子。」他說。

我翻身坐起。「不行，我不讓你去。」

他扭動著身子穿上襯衫。「我非去不可。」

「你要是去，我就叫醒阿提克斯。」

「你要是叫，我就殺了你。」

我將他拉倒，和他並躺在小床上，試著跟他說理。「傑姆，天亮以後納森．雷德利先生就會發現那條褲子，他會知道是你丟的。等他拿去給阿提克斯，事情會很不妙，但也就是這樣而已。所以回去睡覺吧。」

「這我知道，所以我才要回去拿。」傑姆說。

我開始覺得噁心想吐。他自己一人回那個地方去……我記得史蒂芬妮小姐是怎麼說的：納森．雷德利先生要是再聽到什麼動靜，還有另一管槍準備著，管他是黑鬼、是狗……傑姆比我更清楚後果。

我無計可施。「傑姆，這樣做不值得。挨一頓揍雖然很痛，可一下就過了。你這樣是會被轟掉腦袋的，傑姆，拜託……」

他堅忍地吐出一口氣，喃喃說道：「我……是這樣的，絲考特，打從我有記憶以來，阿提克斯就沒打過我。我想要繼續維持下去。」

這只是他的想像。阿提克斯好像每兩天就會威脅我們一次。「你是說你做壞事從來沒被他逮到過吧。」

「也許，但是……我就是想維持下去，絲考特。我們今晚不該那麼做的，絲考特。」

我想我和傑姆就是在那個時候開始分道揚鑣。有時候我並不理解他，但我的困惑總是一下子就過去了。而這次是真的令我不解。「拜託，」我哀求道：「你就不能再好好想一下嗎？你一個人去那個地方……」

「閉嘴！」

「他又不是從此以後都不跟你說話了……我要去叫醒他，傑姆，我發誓……」

傑姆一把揪住我的睡衣衣領，擰得緊緊的。「不然我跟你去……」我幾乎就要窒息。

「不行，你只會弄出一些有的沒的響聲。」

再多說也無益了。我拔開後門門，開著門讓他溜下階梯。當時想必是凌晨兩點。月亮開始西沉，窗櫺的黑影漸漸變暗，模糊隱沒。傑姆白襯衫的下襬忽隱忽現地上下跳動，好像一隻小鬼跳著逃離即將來臨的黎明。微風輕拂而來，我早已汗濕的兩脇登時感覺一陣涼意。

我心裡想著：他從後面走，越過牧鹿草地，穿過學校操場，繞到圍籬邊——至少那是他要去的方向。這樣會花多一點時間，所以還不到擔心的時候。我一直等到該擔心了，便豎起耳朵傾聽雷德利先生的槍聲。這時，後院籬笆好像吱嘎一聲，結果只是我胡思亂想。

接著我聽見阿提克斯咳嗽，不由得屏住呼吸。有時候半夜去上廁所，會發現他還在看書。他說他經常半夜醒來、來看看我們、再看會兒書，才能重新入睡。我等著他的燈亮起，瞪大眼睛想看看燈光有沒有照到走廊上。最後燈遲遲未亮，我才恢復正常呼吸。

蚯蚓已經安歇。但風一吹，熟透的苦楝子便叮叮咚咚落在屋頂上，加上遠處的狗吠聲，使這黑夜更顯淒涼。

是他，他回來了。他的白襯衫迅速躍過後園籬，慢慢愈變愈大。他走上後台階，反手將門閂上，坐到他的小床上，然後舉起那條褲子，一語不發。他躺了下來，我聽見他的床輕輕顫動了一會兒，不久便安靜下來。我沒有再聽見他有何動靜。

7

一整個星期，傑姆都悶悶不樂地不說話。我按照阿提克斯之前給我的建議，試著鑽進傑姆的身體，披著他的皮囊四下走動：假如我在凌晨兩點獨自前往雷德利老宅，我的葬禮將會在隔天下午舉行。於是我決定讓傑姆清靜一下，盡量不去煩他。

開學了。二年級不比一年級好，只有更糟，老師仍舊對著你閃動卡片，不讓你讀或寫。隔壁教室裡，卡洛琳老師的教學進度可以從爆發笑聲的頻率來估計，不過，一年級那群老面孔又留級了，這倒有助於維持教室秩序。升上二年級唯一的好處就是可以待晚一點，和傑姆一起放學，我們通常會在下午三點一起走路回家。

有一天下午，正要穿過操場回家，傑姆忽然說：「有一件事我沒告訴你。」

這是他好幾天來第一次說出完整句子，我便設法促使他說下去：「什麼事？」

「關於那天晚上的事。」

「你從來沒跟我說過那天晚上發生了什麼事。」我說。

傑姆像驅趕蚊蟲似的揮揮手，不理會我的話。他靜默片刻之後才說：「我回去拿褲子的時候……當時我會把褲子脫掉就是因為整個纏住了，怎麼也掙不開。可是當我回去……」傑姆深吸一口氣。「當我回去的時候，褲子是折好放在圍籬另一邊……好像在等我回去拿。」

「在圍籬……」

「還有……」傑姆聲音平平地說：「回家再拿給你看。褲子縫補過了。不像是女人縫的，卻很像我試著縫補出來的樣子，歪七扭八，簡直就像……」

「……有人知道你會回去拿。」

傑姆打了個哆嗦。「就好像有人看穿我的心思……好像有人知道我想做什麼。除非是認識我的人，不然還有誰能知道我想做什麼，對吧，絲考特？」

傑姆的問題透著懇求。我安慰他說：「除非跟你住在同一個屋子，不然誰也不知道你想做什麼，就連我有時候也猜不到。」

這時剛好經過我們的那棵樹。樹洞裡有一團灰色麻線。

「別拿，傑姆。」我說：「這是有人藏東西的地方。」

「我不覺得，絲考特。」

「是真的。像華特．康寧漢就可能每節下課都到這裡來藏東西，結果就這樣被我們拿走了。你聽我說，我們先把東西放著，等個一、兩天。如果到時候還在，我們再拿走，好嗎？」

「好吧，也許你說得對。」傑姆說：「這肯定是小孩子藏的，為了不讓大孩子看見。你也知道，只有上學的時候我們才會在這裡發現東西。」

「是啊，」我說：「不過暑假我們也從不經過這裡。」

我們回家了。第二天上午，麻線團仍在原處。到了第三天見它還在，傑姆便收進口袋。從那時起，我們把在樹洞發現的所有東西都視為己有。

二年級過得很痛苦，但傑姆向我保證隨著年紀增長，學校生活也會跟著好轉，他說他是過來人，還說不到六年級根本學不到有用的東西。他似乎一開始就對六年級的生活很滿意。他上了一段短短的埃及史，讓我十分困惑：他老是學著平面的走路方式，一手在前一手在後，兩隻腳也是一前一後。他聲稱埃及人都是這麼走路，我說要是這樣，他們應該什麼事都做不了，但傑姆說他們的成就遠比美國人大得多，他們發明了衛生紙和屍體永久保存法，還問說要不是他們，我們今天會是什麼樣子？阿提克斯跟我說過，刪除形容詞之後就能得到事實。

阿拉巴馬州南部的四季並不分明，夏天不知不覺便轉為秋天，而有時候秋天後面接的不是冬天，而是只有短短數日的春天，然後便又再次漸漸轉化成夏天。那年的秋天很長，但不會太涼，幾乎連薄夾克都穿不上。十月裡某個溫和的午後，我和傑姆循日常路線快步走著，到了樹洞處又再度止步。這回裡面有個白白的東西。

傑姆將機會禮讓給我。我掏出了兩尊用肥皂雕刻的小人像，一尊是個小男孩，另一尊則穿著粗略的裙裝。

我一時忘了這世上沒有所謂的巫術，立刻尖叫一聲，把人偶丟到地上。

傑姆急忙撿起來，嚷嚷道：「你在幹嘛？」他擦去人偶沾上的紅土，又說：「這刻得很好，我從來沒見過刻得這麼好的。」

他把人偶放低下來給我看。那是兩個孩子的迷你雕像，幾乎維妙維肖。男孩穿著短褲，一簇滑順的頭髮垂在眉毛上。我抬頭看看傑姆，只見他一綹棕色直髮從頭髮分線處掉落下來。我以前從未注意過。

傑姆看看女孩人偶再看看我。女孩人偶留了瀏海，我也是。

「這是我們。」他說。

「你說這是誰做的？」

「在這一帶我們認識的人裡面，有誰會削東西？」他問道。

「艾弗利先生。」

「艾弗利先生光只是會削而已，我是說雕刻。」

艾弗利先生平均每星期會削一根火爐木柴，他會把它磨到像牙籤一樣，含在嘴裡嚼。

「還有老史蒂芬妮小姐的男朋友。」我說。

「他是會雕刻沒錯，可是他住在鄉下。他什麼時候注意過我們？」

「說不定他坐在門廊上看的是我們，不是史蒂芬妮小姐。我要是他，就會這樣。」

傑姆盯著我看了許久，我忍不住問他怎麼了，卻只得到「沒什麼，絲考特」的回答。回到家後，傑姆將人偶放進他的箱子裡。

不到兩星期，我們又發現一包完整的口香糖，兩人吃得興高采烈，傑姆也把凡是與雷德利老宅有關的東西都有毒這件事拋到腦後去了。

接下來那個星期，樹洞裡出現一枚失去光澤的獎牌。傑姆拿給阿提克斯看，阿提克斯說那是拼字獎牌。原來在我們出生前，梅岡郡各小學都會舉辦拼字比賽，並頒發獎牌給優勝者。阿提克斯說這一定是有人丟失的，我們有沒有到處問問？我正打算說出獎牌是在哪裡找到的，就被傑姆狠踢一腳。傑姆問阿提克斯還記不記得誰曾經贏得獎牌，阿提克斯說不記得了。

我們的最大獎出現在四天後。那是一只壞了的懷表，表鏈上還附了一把鉛刀。

「你覺得它是白金嗎，傑姆？」

「不知道。拿去給阿提克斯看看。」

阿提克斯說這整隻表，包括刀子、表鏈等等若是全新，恐怕能值十塊錢。「你在學校跟誰交換的嗎？」他問道。

「不是的，爸爸！」傑姆掏出爺爺的懷表來，阿提克斯答應傑姆只要小心保護，每星期可以戴一次這只表。每當戴表的日子，傑姆總像是踩著雞蛋走路。「阿提克斯，要是你答應，我想改戴這一只。也許我能修好它。」

當對爺爺懷表的新鮮感逐漸消失，戴表又成了一天的沉重負擔，傑姆便不再覺得有必要每五分鐘確認一次時間。

他修得很不錯，只少了一個彈簧和兩個小零件，但表還是不走。「唉……」他嘆氣說：「修不好了，絲考特……」

「嗄？」

「你覺得我們是不是應該寫封信給留這些東西給我們的人？」

「這主意太好了，傑姆，我們可以謝謝他們……怎麼了？」

傑姆兩手抱住耳朵連連搖頭。「我想不通，我就是想不通……不知道為什麼，絲考特……」他說著看向客廳。「我實在好想告訴阿提克斯……不，還是不要的好。」

「我替你去跟他說。」

「不，別這樣，絲考特。絲考特！」

「幹嘛——？」

他整個晚上都像是有話要對我說，他會忽然臉色一亮湊上前來，但隨即又改變心意。這回他又改變主意了。「沒事。」

「來吧，我們來寫信。」我把本子和鉛筆推到他眼前。

「好吧。親愛的先生……」

「你怎麼知道是男的？我打賭是茉蒂小姐……我從很久以前就猜是她。」

「呃，茉蒂小姐不可能嚼口香糖……」傑姆咧嘴笑了笑。「你知道嗎？她有時候說話很藝術。有一次我請她吃口香糖，她說不了，謝謝，說是……口香糖會黏在她的上顎，讓她有口難言。」

傑姆小心地說：「是不是很會說話？」

「是啊，她有時候是很會說話。再說她也不會有懷表。」

「親愛的先生，」傑姆說：「很感謝你放在樹裡送給我們的那個——不，是所有的東西。傑瑞米·阿提克斯·芬奇敬上。」

「傑姆，你簽這個名字，他不會知道你是誰的。」

傑姆於是擦掉名字寫上「傑姆·芬奇」。我則在底下簽了「琴·露易絲·芬奇（絲考特）」。

傑姆將紙條放進信封。

第二天早上去上學途中，他跑在我前面，到了那棵樹停下來。傑姆抬起頭時正好面向我，我發現他臉色慘白。

「絲考特！」

我跑了過去。

我們的樹洞被人用水泥封了。

「你先別哭，絲考特……你先別哭，你別擔心……」他這麼對我嘟嘟噥噥了一整路。

回家吃午飯時，傑姆一陣狼吞虎嚥後，跑到門廊站在階梯上。我隨後跟去。「還沒經過。」他說。

第二天傑姆繼續守候，這次有了收穫。

「你好，納森．雷德利先生。」他說。

「早啊，傑姆，絲考特。」雷德利先生經過時說道。

「雷德利先生。」傑姆喊道。

雷德利先生回過頭來。

「雷德利先生，呃……那邊那棵樹的洞是你用水泥封死的嗎？」

「對，是我封的。」他說。

「為什麼？」

「那棵樹快死了。樹一生病就要用水泥堵住，這你應該知道的，傑姆。」

一直到當天傍晚，傑姆都沒有多說什麼。我們經過那棵樹時，他若有所思地拍拍樹上的水泥，陷入沉思。他心情似乎愈來愈糟，所以我盡量保持距離。

當天晚上，我們一如往常去接阿提克斯下班回家。走上門前階梯時，傑姆說：「阿提克斯，請你看看那邊那棵樹。」
「什麼樹，兒子？」
「就是在雷德利家靠學校那邊轉角的那棵。」
「怎麼了？」
「那棵樹快死了嗎？」
「沒有啊，兒子，我不覺得。看看那些葉子多麼翠綠飽滿，一片枯葉也沒有……」
「根本也沒生病嗎？」
「那棵樹跟你一樣健康呢，傑姆。怎麼了？」
「納森・雷德利先生說它快死了。」
「那也許是吧。我相信雷德利先生比我們都更了解這些樹。」
阿提克斯將我們留在門廊上。傑姆靠在一根柱子邊，用肩膀磨蹭著。
「你會癢嗎，傑姆？」我盡可能禮貌地問，但他沒有回答。我又說：「進來吧，傑姆。」
「等一下。」
他在那裡站到天黑，我也等著他。進屋後，我發現他哭過，臉上髒髒的地方的確是淚痕，但奇怪的是我竟然沒聽見。

8

即便是梅岡郡經驗最豐富的先知也無法預料，那年秋天過後竟然是冬天。阿提克斯說，那是一八八五年以來最冷的兩個星期。艾弗利先生說羅塞塔石碑[15]上寫了，當小孩子不聽父母的話、抽菸或打架，氣候就會起變化。我和傑姆深感內疚，因為我們造成自然現象異常，使得鄰居不開心，我們自己也不舒服。

老雷德利太太就在那個冬天過世了，但她的死幾乎沒有泛起一絲漣漪，因為除了給美人蕉澆水的時候，左鄰右舍很少見到她。我和傑姆認定阿布畢竟沒有放過她，不料阿提克斯從雷德利家回來後卻說她是自然死亡，讓我們大失所望。

「去問他。」傑姆悄聲說道。

「你去問，你是老大。」

「所以才應該你去問。」

「阿提克斯，」我開口說：「你有沒有看到亞瑟先生？」

正在看報的阿提克斯抬起頭來，神色嚴厲地看著我說：「沒有。」

---

15 羅塞塔石碑（Rosetta Stone）是製作於西元前一九六年的埃及古字碑，上以埃及象形文字、古希臘文與埃及俗體文等三種字體刻寫著埃及法老托密勒五世的詔書。

傑姆攔住我，不讓我再往下問。他說阿提克斯對我們和雷德利家人的事還很敏感，再追問也沒用。傑姆覺得，阿提克斯並不相信我們在那個夏天夜裡的活動純粹只是玩脫衣撲克。他說這個想法沒有確切根據，只是一種直覺。

次日清晨醒來，我看向窗外差點嚇死。阿提克斯聽見我的尖叫聲，顧不得刮鬍子刮到一半便從浴室跑來。

「**世界末日到了，阿提克斯！你趕快想想辦法……！**」我把他拖到窗邊往外指。

「不是末日，是下雪了。」他說。

傑姆問阿提克斯雪會不會繼續下。傑姆也從沒看過雪，但他知道下雪是怎麼回事。阿提克斯說他對雪的了解並不比傑姆多。「不過，我想要是這麼濕，應該會變成雨。」

電話響了，阿提克斯放下早餐去接聽。「是尤拉．梅。」他回來後說道：「我照她的原話說：『因為自一八八五年起，梅岡郡就沒下過雪，所以今天停課一天。』」

尤拉．梅是梅岡的總接線生，專門負責發布公告、傳達婚禮邀請、啟動火災警報器，雷諾茲醫師不在的時候，還要指導緊急救護。

最後阿提克斯要我們安靜下來，吩咐我們眼睛看著盤子別看窗外。這時傑姆問他：「雪人要怎麼堆？」

「我完全沒概念。」阿提克斯說：「我不想讓你們失望，但我懷疑這場雪根本連堆個雪球都不夠。」

嘉珀妮亞進來說好像開始積雪了。當我們跑到後院，發現地上覆蓋著一層薄薄的雪泥。

「我們別在雪裡面走來走去，」傑姆說：「你看，每踩一步都是浪費。」

我回頭看去，全是我的爛泥腳印。傑姆說等下多一點雪，就能全部搜集起來堆雪人了。我伸出舌頭剛好黏住一片厚厚的雪花，好燙。

「傑姆，是熱的！」

「不是，是因為它太冷才讓你覺得燙。好了，別吃了，絲考特，你這是在浪費雪。讓它落下來吧。」

「可是我想上去走走。」

「有了，我們可以到茉蒂小姐家的院子去走。」

傑姆跳著穿過前院，我踩著他的腳印跟在後面。到了茉蒂小姐家門前的人行道時，艾弗利先生忽然上前跟我們說話。他臉色粉紅，腰帶下方挺著一個啤酒肚。

「看看你們做了什麼好事！」他說道：「自從阿波馬托克斯[16]戰後，梅岡就沒下過雪。都是你們這些壞孩子害得氣候異常。」

我心想艾弗利先生恐怕不知道過去這個夏天，我們有多期望看到他再次的精采演出，也省思著假如這是對我們的懲罰，罪惡倒還是有點好處。但不必想也知道艾弗利先生這些氣象數據是從何得知：一定是直接來自羅塞塔石碑。

---

16 阿波馬托克斯（Appomattox）位於維吉尼亞州，一八六五年，南軍的李將軍（Robert E. Lee，一八〇七～一八七〇）在此投降，南北戰爭宣告結束。

「傑姆・芬奇，叫你呢，傑姆・芬奇！」
「傑姆，茉蒂小姐在喊你。」
「你們都待在院子中央。門廊附近有一些海石竹被雪蓋住了，你們可別踩到！」
「好的！」傑姆喊道：「雪很美吧，茉蒂小姐？」
「美你個頭！今晚要是結冰，我的杜鵑就全完了！」
茉蒂小姐的舊遮陽帽上布滿雪晶，閃閃發亮。她正彎著腰，用麻布袋包裹一些小灌木。傑姆問她為何這麼做。
「替它們保暖。」她說。
「花要怎麼保暖？它們又沒有血液循環。」
「這個問題我沒法回答，傑姆・芬奇。我只知道今晚要是結冰，這些植物就會凍僵，所以要把它們包起來。這樣明白了嗎？」
「明白了。茉蒂小姐！」
「什麼事，先生？」
「我和絲考特能不能跟你借一點雪？」
「哎呀，老天在上，你們全拿去吧！屋底下有一個裝桃子的舊桶筐，就用那個去搬吧。」茉蒂小姐瞇起眼來。「傑姆・芬奇，你們拿我的雪要做什麼？」
「到時候你就知道，」傑姆說完，我們便盡可能地把茉蒂小姐院子裡的雪搬到我們院子來，整個過程泥濘不堪。

「我們要怎麼做，傑姆？」我問道。

「到時候你就知道，」他說：「你現在拿著桶筐去後院，把所有能收集到的雪都搬到前院來。不過回來要倒著走自己的腳印喔。」他叮囑道。

「我們要做一個雪人寶寶嗎，傑姆？」

「不，是一個真正的大雪人。現在要努力工作了。」

傑姆跑到後院，拿出鋤頭，在柴堆後面飛快地挖起來，無論挖到什麼蟲都擱到一邊。接著他走進屋裡，回來時拿了一個洗衣籃，在裡頭裝滿土之後搬到前院去。

當我們有了五桶筐泥土和兩籃雪，傑姆說可以開始了。

「你不覺得有點髒兮兮嗎？」我問道。

「只是現在看起來，等一下就不會了。」他說。

傑姆鏟起一懷抱的土，拍打成土堆，然後再一次又一次地往上加土，直到做出身體軀幹的形狀。

「傑姆，我從來沒聽過黑鬼雪人。」我說。

「很快就不黑了。」他嘟囔道。

傑姆在後院撿了幾根桃樹細枝，編好以後彎成骨架再裹上泥土。

「看起來好像史蒂芬妮小姐手插著腰。」我說：「身體肥肥胖胖，手臂瘦巴巴。」

「我會讓它再粗一點。」傑姆往泥人身上潑水，糊上更多土。他若有所思地看了它一會兒，接著在雪人的腰線以下捏出一個大肚腩。傑姆瞥我一眼，眼中閃著光：「艾弗利先生的樣子有點像雪人，對吧？」

傑姆捧起一點雪，開始往上塗。他只許我塗背面，公開示眾的部分則留給自己。慢慢地，艾弗利先生變白了。

傑姆利用碎木片當作眼睛、鼻子、嘴巴和鈕釦，成功地塑造出艾弗利先生的一臉怒容，最後再插上一根柴棒牙籤便大功告成。傑姆往後一站，欣賞自己的傑作。

「做得好棒啊，傑姆。」我說：「看起來簡直像會說話一樣。」

「是吧？」他不好意思地說。

我們等不及阿提克斯回家吃午飯，便打電話過去說要給他一個意外驚喜。當他看見大半個後院都被搬到前院來，似乎大吃一驚，但仍誇讚我們真了不起。他對傑姆說：「我本來不知道你要怎麼做，但從現在起，我再也不必擔心你了，兒子，你總會有辦法解決的。」

傑姆聽完阿提克斯的讚美耳根都紅了，可是當他發現阿提克斯後退了幾步，立刻抬起雙眼盯著他。只見阿提克斯瞇起眼睛凝視雪人片刻，先是咧嘴一笑，隨後哈哈大笑。「兒子，我看不出你將來會從事哪一行——是工程師、律師，還是肖像畫家？你在這前院幾乎犯了誹謗罪。我們得把這個傢伙改扮一下。」

阿提克斯建議傑姆把這個傑作的正面磨平一些，把柴棒換成掃把，再圍上一條圍裙。

傑姆說要是這麼做，雪人就會渾身泥巴，再也不像雪人。

「我不管你怎麼做，反正就是要做點什麼。」阿提克斯說：「你不能這樣隨便醜化鄰居。」

「我沒醜化，只是看起來有點像他而已。」傑姆說。

「艾弗利先生可能不這麼想。」

「我知道了！」傑姆說著飛奔過街，消失在茉蒂小姐家的後院，回來時滿臉得意。他把她的遮陽帽戴到雪人頭上，又把她的樹剪塞進雪人的臂彎中。阿提克斯說這樣就行了。

茉蒂小姐打開前門來到門廊上，隔著街道看向我們，忽然咧嘴笑了。「傑姆・芬奇，」她喊道：「你這小鬼，把我的帽子拿回來！」

傑姆抬頭看著阿提克斯。阿提克斯搖搖頭說：「她只是沒事找事，其實她很欣賞你的……才藝。」

阿提克斯悠哉地晃到茉蒂小姐家的人行道上，兩人比手畫腳聊了一會兒，我只隱約聽到一句：「……在院子裡豎立一尊陰陽怪氣的人像！阿提克斯，你永遠不會管教孩子！」

下午雪停了，氣溫降得更低，到了天黑以後，艾弗利先生最可怕的預言成真了。嘉珀妮亞讓屋裡每個壁爐的火都燒得很旺，我們卻還是覺得冷。當晚阿提克斯回家後，說這是難免的，並且問嘉珀妮亞要不要留下來過夜。嘉珀妮亞抬眼望著高高的天花板與長窗，說她覺得在自己家會暖和些。阿提克斯便開車送她回家。

我上床前，阿提克斯在我房裡的火爐又加了幾塊木炭。他說現在溫度計顯示攝氏零下九度，是他有記憶以來最冷的一夜，屋外的雪人也被凍得扎扎實實。

似乎才過了幾分鐘，我被人搖醒，身上蓋著阿提克斯的大衣。「天亮了嗎？」

「寶貝，起來。」

阿提克斯遞上我的睡袍和外套說：「先把袍子穿上。」

傑姆站在阿提克斯身邊，身子搖搖晃晃，頭髮亂糟糟。他一手將大衣的領子抓緊密合，另一手插在口袋裡，看起來異常臃腫。

「快點，親愛的。」阿提克斯說：「你的鞋襪在這裡。」

我笨手笨腳地穿上。「天亮了嗎？」

「還沒，才剛過一點。好了，動作快。」

我終於意識到不太對勁。「怎麼了嗎？」

這時候已經不需要他告訴我了。正如鳥兒知道該上哪去躲雨，我也知道我們住的街上出事了。輕柔如塔夫綢般的細微聲響加上模糊急促的腳步聲，讓我內心充滿無助的驚恐。

「是誰家？」

「親愛的，是茉蒂小姐家。」阿提克斯輕聲地說。

到了大門口，我們看見火舌從茉蒂小姐家的餐廳窗口竄出。城裡的火災警鈴發出比平時高三倍的淒厲聲響，而且持續不變地尖叫哀鳴，彷彿是為了證明我們眼前所見不假。

「房子完了，對不對？」傑姆難過地說。

「應該是吧。」阿提克斯說：「你們兩個聽好。你們現在去站在雷德利老宅前面，別擋路，聽到了嗎？能分辨風向吧？」

「喔，」傑姆說：「阿提克斯，你看我們是不是應該開始把家具搬出來了？」

「還不用，兒子。照我說的做就好。趕快走吧，要照顧好絲考特，聽到沒？別讓她離開你的視線。」

阿提克斯推了我們一把，我們立刻往雷德利家的柵門跑去，站在那裡看著滿街的人和車，看著茉蒂小姐的房子被大火靜靜吞噬。「他們怎麼不快點，他們怎麼不快點……」傑姆喃喃自語。

我們發現原因了。老舊的消防車因為天冷熄火，是由一夥人從城裡推過來的。當眾人將水管接上消防栓，水管破裂，水往上噴，叮叮咚咚灑落在人行道上。

「天啊，傑姆……」

傑姆伸手摟著我，說道：「噓，絲考特，現在還不用擔心。到時候我會告訴你。」

梅岡的男人穿著各式各樣的外出服與家居服，個個忙著把茉蒂小姐屋裡的家具搬到對街一個院子裡。我看見阿提克斯正在搬茉蒂小姐那張沉重的橡木搖椅，心想他真貼心，知道要保住她最珍惜的東西。

偶爾我們會聽到叫喊聲。這時，艾弗利先生的臉出現在樓上的一扇窗前。他從窗口將一個床墊推下街道，又往下扔家具，直到眾人大喊：「下來，迪克！樓梯快要垮了！趕快出來，艾弗利先生！」

艾弗利先生才從窗戶爬出來。

「絲考特，他卡住了……」傑姆低聲說：「天哪……」

艾弗利先生被緊緊卡住難以動彈，我把頭埋進傑姆的手臂底下不敢看，直到聽見傑姆高喊：「他逃出來了，絲考特！他沒事了！」

我這才抬起頭來，看見艾弗利先生穿過樓上陽台，兩條腿跨越欄杆，抱著一根柱子往下滑，不料一時失手摔下來，只聽他慘叫一聲，掉在茉蒂小姐家的灌木叢裡。

驀地，我發現那群男人開始退離茉蒂小姐的房子，沿著街道往我們這邊移動，已經不再搬家具了。火勢已經深入二樓，往屋頂上延燒，在焦黑窗框的襯托下，中間的一團橘紅顯得格外鮮豔。

「傑姆，那看起來好像南瓜……」

「絲考特，你看！」

煙宛如河邊霧氣，漫向我們家和瑞秋小姐的房子，大夥連忙往這兩棟房子拉水管。在我們身後，艾波特維的消防車嗚笛呼嘯轉過街角，停在我們家門前。

「那本書……」我說道。

「什麼？」傑姆問。

「那本《湯姆·史威夫特》，不是我的，是迪爾的……」

「別急，絲考特，還不到擔心的時候。」傑姆邊說邊指著：「你看那邊。」

只見阿提克斯雙手插在大衣口袋，站在一群鄰居當中，好像在看足球賽。茉蒂小姐就在他身旁。

「看見沒，他還沒開始擔心呢。」傑姆說。

「他怎麼沒到屋頂上去？」

「他太老了，會摔斷脖子的。」

「你覺得我們要不要叫他把我們的東西拿出來？」

「我們還是別去煩他，時候到了他自然會去拿。」傑姆說。

艾波特維消防車開始對著我們的房子灑水，有個男人站在屋頂上指出最需要灑水的地方。我眼看著我們那尊陰陽怪氣的雪人像變黑、倒塌成堆，而茱蒂小姐的遮陽帽就端放在最上面，可是看不見她的樹剪。那群男人穿梭在我們家、瑞秋小姐家和茱蒂小姐家的熱氣間，早已脫去外套和浴袍，把長短睡衣都塞進褲頭裡忙進忙出，但我卻發現自己站在那裡慢慢都要凍僵了。傑姆試著替我暖暖身，但光靠他的臂膀還是不夠。我掙脫出來，抱住自己的肩膀跳動一下，雙腳才算有了知覺。

又來了一輛消防車，停在史蒂芬妮小姐家門口。已經沒有消防栓能再接水管，大家便試著用手提式滅火器噴濕她的房子。

茱蒂小姐家的鐵皮屋頂壓制了火焰，接著房屋轟然坍塌，火苗四處亂迸，隔壁房頂上的人一陣手忙腳亂，急著用毛毯撲滅火星與燃燒的木塊。

直到天色初亮大夥才開始散去，起先是一個一個走，接著是三五成群。他們把梅岡的消防車推回城裡，艾波特維的消防車也走了，只有第三輛留下。第二天我們才得知它是從百公里外的克拉克渡口來的。

我和傑姆溜到對街去。茱蒂小姐正呆呆看著院子裡冒煙的黑洞，阿提克斯搖了搖頭，示意我們她不想說話。他帶我們回家，通過結冰的街道時手搭在我們肩膀上。他說茱蒂小姐暫時會住在史蒂芬妮小姐家。

「有人想喝熱巧克力嗎？」他問道。當阿提克斯點燃廚房爐火，我不由自主打了個哆嗦。

喝熱可可時，我發現阿提克斯目不轉睛看著我，起先眼中帶著好奇，隨後轉為嚴厲。「我不是叫你和傑姆待在原地別動嗎？」他說。

「我們是啊，我們都……」

「那這是誰的毯子？」

「毯子？」

「是的，小姐，毯子。這不是我們家的。」

我低頭一看，發現自己肩上披了一條褐色毛毯，前面開襟處用手揪著，像印第安女人那樣。

「阿提克斯，我也不知道，我……」

我轉向傑姆尋求答案，但傑姆比我還要困惑。他說他不知道毯子是怎麼來的，說我們一直都遵照阿提克斯的吩咐，站在雷德利家柵門旁，離所有人遠遠的，一步也沒動……說到這裡傑姆忽然打住。

「納森・雷德利先生也去救火了，」他結結巴巴地說：「我看見他了，我看見他了，他在拖床墊……阿提克斯，我發誓……」

「沒關係，兒子，」阿提克斯緩緩地咧嘴笑了：「看來今晚梅岡城的人全都出動了，不管用的是什麼方式。傑姆，儲藏室好像有一些包裝紙，你去拿來，我們……」

「不，阿提克斯！」

傑姆好像失心瘋似的，不顧他自己也不顧我的安全，把我們的祕密一股腦兒全倒了出來，包括樹洞、褲子等等，一樣也沒遺漏。

「……阿提克斯，納森・雷德利先生給那棵樹填了水泥，好讓我們不能再拿到東西……我想他是瘋了，就像大家說的，可是阿提克斯，我對天發誓他從來沒傷害過我們，他從來沒讓我們受過傷，那天晚上他本來可以把我的脖子整個割斷，但是他竟然試著替我縫褲子……他從來沒害過我們，阿提克斯……」

阿提克斯說：「不用說了，兒子。」那聲音慈祥無比，讓我也大為振作。但傑姆說的，他顯然一句也沒聽懂，因為他只說：「你說得對，我們最好把這些事和這條毯子都當作祕密，保留下來。也許有一天，絲考特可以謝謝他替她披上毯子。」

「謝誰？」我問道。

「雷德利家的阿布。你當時只顧著看火，連他幫你裹上毯子都不知道。」

我胃裡湧起一陣酸液，差點吐出來，因為傑姆拿起毯子悄悄走到我身邊說：「他偷偷溜出屋外……轉過身……偷偷走過來，就像這樣！」

阿提克斯冷冷地說：「傑瑞米，你別因為這個又自以為是地搞出什麼花樣來。」

傑姆皺著眉說：「我不會對他怎麼樣的。」但我看見新的冒險火花在他眼中一閃即逝。他接著又說：「想想看，絲考特，你只要一轉身就會看見他了。」

嘉珀妮亞在中午叫醒我們。阿提克斯說了，這天不必上學，反正一夜沒睡也學不到什麼。嘉珀妮亞叫我們去把前院打掃一下。

茉蒂小姐的遮陽帽懸浮在一層薄冰裡，有如琥珀裡的蒼蠅，我們又往土裡挖才挖出她的樹剪。去找她時，發現她在後院凝視著燒焦結凍的杜鵑花。

「茉蒂小姐，我們把你的東西送回來了。」傑姆說：「我們真的很替你難過。」

茉蒂小姐回過頭來，臉上隱隱露出舊日的笑容。「我一直想要一間小一點的房子呢，傑姆・

芬奇。這樣院子就會大一點。你想想，現在可以有更多空間種杜鵑了！」

「你不傷心嗎，茉蒂小姐？」我詫異地問。阿提克斯說這房子可以說是她僅有的財產。

「孩子，你說傷心？一點也不，我多討厭那個舊牛棚啊，我有上百次都想自己放一把火燒了，就怕被關起來。」

「可是……」

「別擔心我了，琴．露易絲．芬奇。有些解決辦法你不懂。我要給自己蓋棟小屋，找兩個房客，然後……天哪，我將會有阿拉巴馬最美的庭園。等我一動工，就連最豪華的貝林葛拉斯花園也不算什麼了！」

我和傑姆互看一眼。「火是怎麼燒起來的，茉蒂小姐？」傑姆問道。

「我也不知道，八成是廚房裡的排煙管出問題。昨天晚上為了給盆栽保暖，我沒把火熄掉。琴．露易絲小姐，聽說你昨晚有個意外的同伴？」

「你怎麼知道？」

「今天早上阿提克斯進城的路上告訴我的。說實話，真希望我當時跟你們在一起，我也會敏感到回頭去看一眼。」

茉蒂小姐真令我不解。她都失去了大半財物，心愛的院子也變得一片狼藉，卻還這麼興致勃勃、真心誠意地關心我和傑姆的事。

她想必看穿了我的疑惑，便說：「昨晚我唯一擔心的是火災所造成的一切危險和騷動，搞不好整個街區都會燒光。艾弗利先生得在床上躺一個禮拜，他都傷筋動骨了。我早就告訴過他，他年紀太大，做不了這些事。等我手邊的工作忙完，趁史蒂芬妮不注意的時候，再來給他做個堅果葡萄乾夾心蛋糕。史蒂芬妮打我這個食譜的主意已經三十年了，她要是以為我去住她家就會把食譜給她，那可就想錯了。」

我心想即使茱蒂小姐抵擋不住，終究交出了食譜，史蒂芬妮小姐也無法照做。茱蒂小姐讓我看過一次食譜，在諸多材料當中還包括一大杯的糖。

這一天平靜無風，空氣冷冽清朗，可以聽見郡政府的大鐘空隆空隆、吱吱嘎嘎，全力絞緊發條才敲響鐘聲。茱蒂小姐的鼻子變成一種我從未見過的顏色，便問她是怎麼回事。

「我從六點就待在外面，大概是凍壞了。」她說著抬起手來，只見掌心布滿縱橫的細小紋路，因為沾了泥土與乾涸血漬而呈現棕褐色。

「你的手要毀了。」傑姆說：「你怎麼不雇一個黑人？」接著又補上一句，聲音中不帶絲毫犧牲的味道：「要不然我和絲考特也可以幫你。」

茱蒂小姐說：「謝謝你了，小紳士，不過你們那邊還有自己的活要忙呢。」她指向我們的院子。

「你是說那個陰陽人？」我問道：「嗐，我們只要一眨眼就能把它耙乾淨了。」

茱蒂小姐低頭瞪著我，嘴唇無聲地動了動。接著忽然兩手抱頭放聲大笑。我們離開時，她還在格格笑著。

傑姆說不知道她是怎麼回事——茱蒂小姐就是這樣。

9

「你給我把話收回去，小子！」

我給賽西爾・雅各伯下了這個命令，也同時開啟了我和傑姆一段艱苦的時光。我握緊拳頭，隨時準備揮出去。阿提克斯曾經信誓旦旦地說，只要再讓他聽到我打架的消息，絕不讓我好過。還說我已經這麼大了，不該再做這種幼稚的事，我愈早學會控制脾氣，對每個人都愈好。但我很快就忘了。

是賽西爾讓我忘記的。前一天他在學校到處宣傳，說絲考特・芬奇的爸爸替黑鬼辯護。我否認了，但還是告訴傑姆。

「他這麼說是什麼意思？」我問道。

「沒什麼意思。」傑姆說：「你去問阿提克斯，他會告訴你。」

「阿提克斯，你替黑鬼辯護嗎？」當天晚上我問他。

「當然了。但別說黑鬼，絲考特，那很粗俗。」

「學校裡每個人都這麼說。」

「從現在起就少一個人了……」

「如果你不希望我長大以後說那種話，為什麼要送我去上學？」

父親溫和地看著我，眼神中流露出興味。儘管我們已達成協議，但打從第一天上學起，我就想盡各種辦法為了逃避學校而奮戰：九月初開學後，我的健康每況愈下，不時頭暈、腸胃不適。甚至還用五分錢收買瑞秋小姐家廚子的兒子，讓他答應跟我頭對頭磨蹭幾下，因為他頭上長了一大塊金錢癬，可惜沒傳染給我。

不過我心裡還掛著另一件事。「所有的律師都會替黑……黑人辯護嗎，阿提克斯？」

「當然了。」

「那賽西爾幹嘛說你替黑鬼辯護？說得好像你在釀私酒似的。」

阿提克斯嘆了口氣。「我只是在替一個黑人辯護，他名叫湯姆・羅賓森，住在公共垃圾場再過去的那個小村落。他和嘉珀妮亞上同一個教會，嘉兒和他的家人很熟，她說他們都是安分守己的人。絲考特，你還太小，有些事你不明白，但城裡有一些自以為是的言論，大意是說我不應該太盡心為這個人辯護。這是個特殊的案子，要到明年夏天才會開庭。約翰・泰勒法官十分好心，同意讓我們延後開庭……」

「如果你不應該為他辯護，為什麼還要去做？」

「這有幾個原因，」阿提克斯說：「最主要是我若不這麼做，在城裡就抬不起頭來，也無法在議會裡代表所有郡民，甚至無法再禁止你或傑姆做某些事。」

「你是說你要是不替那個人辯護，我和傑姆就不必再聽你的話了？」

「差不多是這個意思。」

「為什麼？」

「因為我就再也不能要求你們聽我的話了。絲考特，光就工作性質來說，每個律師一生中至少會碰上一個可能影響到他個人的案子，我想這就是我的那個案子。你在學校也許會聽到一些難聽話，但請你為我做一件事：就是把頭抬高、把拳頭放下。不管誰對你說了什麼，都別被激怒。試著改用你的腦袋去對抗吧……你雖然不愛念書，頭腦還是很好的。」

「阿提克斯，我們會贏嗎？」

「不會。」

「那為什麼……」

「總不能因為一百年前已經失敗過，就不努力試著贏一次吧。」阿提克斯說。

「你說話好像艾克叔公。」我說。艾克叔公是梅岡郡唯一倖存的南軍老兵。他留著和胡德將軍一樣的大鬍子，而且對此分外自豪。阿提克斯、傑姆和我每年至少會去看他一次，我還得親他，實在很可怕。傑姆和我會畢恭畢敬地聆聽阿提克斯和艾克叔公反覆述說那場戰爭。叔公會說：「告訴你吧，阿提克斯，我們敗就敗在密蘇里協議上，但要是能再重來一遍，我還會一步不差地照著原來的路走，而且這次會把他們打得落花流水……到了一八六四年，等石牆將軍一到……你們說什麼，小傢伙？那個時候老藍光[17]已經上天堂去了，願上帝讓他的聖潔容顏安息……」

「過來，絲考特，」阿提克斯說。我爬到他腿上，頭埋進他的下巴底下。他環抱著我輕輕搖晃，同時說道：「這次不一樣。這次我們要對抗的不是北軍，而是我們的朋友。但你要記住，不管情況變得多麼激烈，他們依然是我們的朋友，這裡也依然是我們的家鄉。」

我記著這席話，因此第二天在校園見到賽西爾才會說：「你要不要把話收回去，小子？」

「看你怎麼讓我收回啊！」他大喊道：「我爸媽說你爸爸很丟臉，說那個黑鬼就應該吊死在水塔上！」

我正準備要修理他，想起了阿提克斯的話，便放下拳頭走開來。「絲考特是個膽——小——鬼！」這句話在我耳邊回響著。這是我生平第一次不戰而走。

不知為何，總覺得要是和賽西爾打架就會讓阿提克斯失望。阿提克斯很少要求我和傑姆為他做什麼，為了他而被叫膽小鬼，我可以忍受。我為自己沒有忘記他的話感到無比高尚，這份高尚也持續了三個星期。接著聖誕節來臨，災難也跟著發生。

我和傑姆看待聖誕節總是五味雜陳。好的一面是聖誕樹和傑克叔叔。每年聖誕前夕，我們都會到梅岡轉接站接傑克叔叔，他會和我們同住一星期。

但翻到另一面卻是亞麗珊卓姑媽和法蘭西斯頑固強硬的面貌。

也許應該還要加上吉米姑丈，亞麗珊卓姑媽的先生，但他從來沒跟我說過話，只有那麼一次叫我「別爬籬笆」，所以我從來不覺得有必要留意他。亞麗珊卓姑媽也是這麼想。很久以前，在一次突發的親密關係中，姑媽和姑丈有了一個兒子，名叫亨利。他一有獨立能力便離家，結了婚，生下法蘭西斯。每年聖誕節，亨利夫妻都會把法蘭西斯丟到爺爺奶奶家，自顧自去尋歡作樂。

17 石牆將軍傑克森（Thomas Jonathan Jackson，一八二四～一八六三）的另一外號，他是南北戰爭期間，名氣僅次於李將軍（Robert Edward Lee）的南軍名將。

不管我們再怎麼哀聲嘆氣都無法打動阿提克斯，讓我們在家裡過聖誕。在我記憶中，每年聖誕節我們都會去芬奇農場。姑媽的好廚藝多少可以彌補被迫與法蘭西斯．漢考克共度宗教節日的痛苦。他大我一歲，原則上我會避著他，因為他喜歡我所討厭的一切，而且不喜歡我那些純真的娛樂。

亞麗珊卓姑媽是阿提克斯的妹妹，但是當傑姆告訴我關於精靈換子的故事，我便認定她在出生時被掉包了，祖父母迎接的可能是克勞佛家而不是芬奇家的女嬰。律師和法官似乎都很著迷於高山的象徵意義，我若也有過這樣的概念，應該會把亞麗珊卓姑媽類比為聖母峰，因為在我整個童年期間，她始終冷冷地矗立在那裡。

聖誕前夕那天，傑克叔叔跳下車後，我們還得等著搬運員替他送來兩件長長的包裹。每當傑克叔叔往阿提克斯的臉上啄一下，我和傑姆總覺得好笑，除了他們倆，我們從未見過兩個大男人互相親吻。傑克叔叔先和傑姆握手，接著抱起我晃到半空中，但是不夠高：他比阿提克斯矮了一個頭。他年紀比亞麗珊卓姑媽小，是家裡的老么。他和姑媽長得很像，但叔叔更加善用了自己的臉，我們從來不必擔心害怕他的尖鼻子與尖下巴。

他是極少數從不令我膽戰心驚的科學工作者之一，大概是因為他從來都不像個醫生。每回他替我和傑姆動個小手術，像是拔掉腳上的刺之類的，都會毫不保留地告訴我們接下來要怎麼做、大概有多疼，使用任何鑷子也會詳加解釋用途。有一年聖誕節，我腳上扎了根扭曲變形的刺，我抱著痛腳躲在角落裡，不許任何人靠近。傑克叔叔抓住我之後，跟我說了一個笑話，逗得我大笑不止，他說有個牧師很討厭上教會，於是每天穿著睡袍站在家門口抽水菸，要是有路過的人想得到心靈撫慰，他便為他們講道五分鐘。中途我打斷他，叫他拔刺之前要先說一聲，卻見他用鑷子舉起一根血淋淋的刺，說他已經趁我大笑之際拔出來了，還說這就是所謂的相對論。

「那裡面裝什麼？」我指著行李搬運員交給他的細長包裹問道。

「這不關你的事。」他回答道。

傑姆說：「蘿絲．艾默還好嗎？」

蘿絲．艾默是傑克叔叔養的貓，是一隻漂亮的黃毛母貓，叔叔說牠是極少數能讓他長期忍受的女性之一。他手伸進外套口袋拿出幾張快照，我們一塊欣賞著。

「牠變胖了。」我說。

「我想也是。她把醫院丟棄的手指和耳朵都吃掉了。」

「嗯，什麼鬼爛故事。」我說。

「你說什麼？」

阿提克斯說：「傑克，別理她。她是在測試你。嘉兒說她這一整個禮拜嘴裡老這麼不乾不淨的。」

傑克叔叔聽了揚起眉毛，不置一詞。我其實是在實踐一個希望不大的理論，除了有感於這類字眼與生俱來的吸引力，還期望若是阿提克斯發現我是在學校學會的，便不再讓我去上學。

那天晚上用餐時，我拜託他把該死的火腿肉傳過來，傑克叔叔指著我，「吃飽飯後來見我，小姑娘。」他說。

吃過晚餐後，傑克叔叔走進客廳坐下來，拍拍大腿示意我去坐在他腿上。我喜歡聞他身上的味道，他好像一瓶散發著宜人香味的酒。他將我的瀏海往後撥，看著我說：「你比較不像媽媽，比較像阿提克斯。你也長高了，褲子有點太短。」

「我覺得剛好啊。」

「你現在很喜歡說鬼啊、爛啊這種字眼，是不是？」

我說好像是。

「可是我不喜歡，除非是憤怒到極點。」傑克叔叔說：「我會在這裡待一個禮拜，這段時間我不想聽到任何類似的字眼。絲考特，你要是繼續這麼口無遮攔，遲早會惹禍上身。你希望長大以後變成淑女對吧？」

我說不怎麼想。

「你當然想了。好了，我們去弄聖誕樹吧。」

直到上床前，我們都在裝飾聖誕樹，那天晚上我夢見那兩件長包裹是送給我和傑姆的。次日一早，我和傑姆便撲了過去，原來那是阿提克斯寫信請傑克叔叔買來送給我們，也正是我們要求的禮物。

「別在屋裡亂瞄。」阿提克斯見傑姆瞄準牆上的一幅畫時說道。

「你得教他們射擊。」傑克叔叔說。

「那是你的任務。我買這禮物完全是迫於無奈。」阿提克斯說。

直到阿提克斯發出法庭上的嚴厲口吻，才逼使我們離開聖誕樹。他不許我們帶空氣槍去農場（我都已經開始想著要射法蘭西斯了），還說只要我們稍有一點胡鬧，他就會把槍永遠沒收。

芬奇農場上有三百六十六級階梯，從懸崖高處一路往下直通一座碼頭。再往下游，過了峭壁之後，便是昔日的棉花碼頭，芬奇家的黑奴都在這裡將成綑的棉花與農產品裝船，並卸下船上的冰塊、麵粉、糖、農場裝備以及女性用品。有一條雙轍路從河邊延伸而來，消失在幽暗林間。路盡頭有一棟兩層樓的白屋，上下樓皆有門廊環繞。這棟房子是我們的先祖賽門為了討好嘮叨的妻子所建造，但因為有這些門廊，而與同時期的一般房屋大不相同。屋內的設計顯示出賽門個性純真，並充分信任後代子孫。

樓上有六間臥室，四間給八個女兒用，一間給獨子衛爾康．芬奇，另一間則是為來訪親戚準備的客房。似乎是夠簡單的，不過女兒的房間只能從一道樓梯上去，衛爾康的房間與客房也只能從另一道樓梯上去。「女兒梯」的樓梯口就在一樓父母的臥室裡，因此賽門總是知道女兒夜裡出門與回家的時間。

有一間廚房與房屋其他部分隔開來，靠著一條狹窄木廊連接；後院有根柱子掛了一個生鏽的鐘，是用來召喚田裡的工人或發警報用的；屋頂上有一個俗稱「望夫台」的瞭望台，但賽門站在那裡不是為了「望夫」，而是為了監督他的工頭、觀看來往河船，與窺探鄰近地主的生活。

這屋裡發生過一件事，與那個流傳甚廣的北方軍傳聞[18]有關：芬奇家有個剛剛訂婚的女兒將所有陪嫁衣物都穿在身上，以免被附近一帶入侵的匪徒搶走，結果就這麼卡在通往「女兒梯」的房門口，後來在身上澆水淋濕才終於擠了過去。當我們來到農場，亞麗珊卓姑媽親吻傑克叔叔、

18 當時美國大南方傳說北方軍會闖進民宅搶走一切物品，只有居民穿在身上的衣物得以保留。

法蘭西斯親吻傑克叔叔、吉米姑丈默默地與傑克叔叔握手，接著我和傑姆送禮物給法蘭西斯，法蘭西斯也送禮物給我們。傑姆覺得自己已經長大，很自然便加入大人的行列，留下我陪這位表哥玩。法蘭西斯今年八歲，頭髮往後梳得油光滑亮。

「你收到什麼聖誕禮物？」我禮貌地問。

「就是我想要的東西。」法蘭西斯要求的包括一件及膝短褲、一只紅色的皮書包、五件襯衫和一條手打領結。

「真好，」我違心地說：「我和傑姆都收到空氣槍，傑姆還有一個化學實驗箱……」

「應該是玩具箱吧。」

「不，是真的。他會給我做一些隱形墨水，我要用它來寫信給迪爾。」

法蘭西斯問說那有什麼用。

「你想想嘛，當他收到我的信，發現上面一個字也沒有，會是什麼表情？包準他會瘋掉。」

跟法蘭西斯說話讓我有一種慢慢沉入海底的感覺，他真是我所見過最無趣的小孩了。他住在莫比爾，無法向學校師長告我的狀，卻會想盡辦法把自己知道的一切告訴亞麗珊卓姑媽，姑媽又會轉而向阿提克斯吐露，而阿提克斯要不是忘了就是狠狠訓我一頓，全看他當時的心情。但有一回我聽見阿提克斯說：「妹妹，我對他們盡力了！」那是我唯一一次聽到他如此厲聲說話，起因似乎和我穿著吊帶褲跑來跑去有關。

亞麗珊卓姑媽對於我的穿著打扮特別執著。我要是穿褲子就別想成為淑女，當我說穿裙子什麼事也做不了，她又說我就不該去做那些穿褲子才能做的事。依亞麗珊卓姑媽之見，我應該做的事就是玩玩小爐灶、小茶具，戴上我出生時她送我的那條珍珠項鍊，除此之外，我還應該成為父親孤獨生活中的一線陽光。我說穿上褲子也可以成為一線陽光，姑媽卻說人的行為必須像陽光才行，還說我本性不錯，可惜一年一年變壞了。她傷了我的心，讓我恨得牙癢癢的，可是當我向阿提克斯問起此事，他說家裡的陽光夠充足了，我可以隨心所欲，他不會太在意我的穿著。

聖誕晚餐席上，我坐在餐廳的小桌旁，傑姆和法蘭西斯則和大人坐大餐桌。傑姆和法蘭西斯早就晉升到大桌的位子，姑媽卻仍然將我孤立在此。我經常納悶：她以為我會做什麼呢？站起來亂丟東西嗎？有時候我很想問她，能不能就讓我和其他人坐一次大桌？我會證明給她看我是多麼有教養，畢竟我天天在家吃飯，也沒犯過什麼大錯。我哀求阿提克斯運用他的影響力，但他說他毫無影響力，我們是客人，她叫我們坐哪就坐哪。他還說姑媽不太了解小女孩，因為她沒生過女兒。

不過她的好手藝彌補了一切，一頓簡單的聖誕晚餐包括三種肉類、夏季儲藏起來的蔬菜、醃桃子、兩種糕點和水果沙拉。餐後，大人進到客廳，暈陶陶地圍坐著。傑姆躺在地板上，我往後院走去。「外套穿上。」阿提克斯像說夢話似的，所以我沒聽見。

法蘭西斯和我並肩坐在後階梯上。「這是最棒的一餐。」我說。

「奶奶最會煮東西了。」法蘭西斯說：「她還會教我呢。」

「男生又不做菜。」我想到傑姆圍上圍裙的模樣，不禁格格一笑。

「奶奶說所有男生都應該學做菜，她說男生應該體貼老婆，老婆身體不舒服的時候要細心服侍。」表哥說道。

「我不想讓迪爾服侍我。」我說：「我寧可服侍他。」

「迪爾？」

「是啊。你先別說出去，不過等我們一長大就會結婚。今年夏天他跟我求婚了。」

法蘭西斯不屑地「哈」了一聲。

「他怎麼了？」我問道：「他又沒怎樣。」

「奶奶說每年暑假都有個小矮子來住在瑞秋小姐家，你說的是他吧？」

「就是他。」

「他的事我都知道。」法蘭西斯說。

「他有什麼事？」

「奶奶說他沒有家……」

「他有，他住在美利甸。」

「……他只是輪流到親戚家去住，每年夏天就輪到瑞秋小姐收留他。」

「才不是這樣呢，法蘭西斯！」

法蘭西斯咧嘴對我笑了笑。「琴・露易絲，有時候你真是個超級大笨蛋。不過我猜你也不可能更聰明。」

「你什麼意思？」

「就像奶奶說的，要是阿提克斯舅公讓你跟著野狗亂跑，那是他的問題，所以不是你的錯。再說，要是阿提克斯舅公變成愛黑鬼的人，我猜也不是你的錯，只是我要告訴你，這樣真的讓家族其他人很丟臉……」

「法蘭西斯，你到底在扯什麼鬼？」

「我說得很清楚啦。奶奶說他讓你撒野胡鬧已經夠糟了，沒想到現在還愛黑鬼，我們以後再也不敢走上梅岡街道了。他就是在敗壞家族的名聲。」

法蘭西斯站起來，沿著窄道衝向舊廚房。等距離安全了之後，他大喊道：「他就是愛黑鬼！」

「他才沒有！」我吼道：「我不知道你在說什麼，但你最好現在、馬上給我閉嘴！」

我跳下階梯奔過窄道，很輕易便揪住法蘭西斯的衣領。我叫他馬上把話收回。

法蘭西斯奮力掙脫開，飛奔進入舊廚房，又高喊一聲：「愛黑鬼！」

誘捕獵物時，最好慢慢來。只要一聲不吭，他肯定會忍不住好奇冒出來。法蘭西斯果然出現在廚房門口，試探地問：「琴．露易絲，你氣消了嗎？」

「差不多了。」我說。

法蘭西斯便出來到窄道上。

「你要不要把話收回去，法蘭西斯——？」但我出手太快，法蘭西斯一下就蹦回廚房裡，我只好退到階梯上。我可以耐心等候，在那兒大約坐了五分鐘後，我聽到亞麗珊卓姑媽問道：「法蘭西斯呢？」

「他在那邊的廚房裡。」

「他明知道不能去那邊玩的。」

法蘭西斯跑到門口嚷嚷：「奶奶，是她把我關在這裡，她不讓我出去！」

「這是怎麼回事，琴・露易絲？」

我仰頭看著姑媽說：「我沒有把他關在那裡，姑媽，我沒有不讓他出來。」

「她有，」法蘭西斯大叫著說：「她不讓我出去！」

「你們倆吵架了嗎？」

「琴・露易絲在生我的氣，奶奶。」法蘭西斯喊道。

「法蘭西斯，你出來！琴・露易絲，再讓我聽到你吭一聲，我就去告訴你爸爸。你剛才是不是說了『鬼』字？」

「沒有。」

「我好像聽見了。最好別讓我再聽到。」

亞麗珊卓姑媽最會偷聽別人說話了。她一消失，法蘭西斯就抬頭挺胸走出來，嘴咧得開開的，說道：「你少惹我。」

他跳進院子裡，依然和我保持距離，腳下踢著草叢，偶爾轉身衝著我笑。傑姆出現在門廊上，看看我們之後又走開了。法蘭西斯爬上合歡樹，又爬下來，兩手插在口袋裡，在院子裡閒晃。他「哈！」了一聲。我問他自以為是誰，傑克叔叔嗎？法蘭西斯說他記得我已經被警告過了，只能乖乖坐著別去惹他。

「我又沒惹你。」我說。

法蘭西斯小心仔細地看著我，斷定我已經夠服貼了，便又輕聲低哼：「愛黑鬼……」

這回我一拳打在他的門牙上，把指關節都打到撕裂見骨。左手廢了，我改用右手痛打，但沒打多久，傑克叔叔就把我的兩條手臂夾在身體兩側，說道：「站好別動！」

亞麗珊卓姑媽過來哄法蘭西斯，用手帕替他擦去淚水、摸摸他的頭、拍拍他的臉頰。法蘭西斯一開始吼叫，阿提克斯、傑姆和吉米姑丈就都已經來到後門廊上。

「是誰先開始的？」傑克叔叔問道。

法蘭西斯和我互指對方。他怒喊道：「奶奶，她罵我婊子，還撲上來打我！」

「是真的嗎，絲考特？」傑克叔叔問。

「好像是。」

當傑克叔叔低頭看我，那五官神情就和亞麗珊卓姑媽一樣。「你知道我跟你說過，你要是再說那種字眼會惹禍上身吧？我跟你說過，對不對？」

「對，可是……」

「你現在就惹禍上身了。待在那裡別動。」

我心裡琢磨著是該站在原地或跑走，就這麼多遲疑了片刻之後才轉身要逃，傑克叔叔卻快了我一步。轉眼間，我發現眼前只見一隻小螞蟻在草叢裡與一塊麵包屑搏鬥。

「只要我活著一天就再也不跟你說話了！我討厭你，我看不起你，希望你明天就死掉！」這話似乎更加激怒傑克叔叔。我跑向阿提克斯想尋求安慰，但他說我是自作自受，我們該回家了。我爬上車子後座，沒有跟任何人道別，回到家就直奔自己的房間，砰地將門關上。傑姆想說幾句安慰的話，但我不肯聽。

我檢查一下傷勢，只有七、八處紅色印子，心裡正想著相對論時有人敲門。我問是誰，應聲的是傑克叔叔。

「走開！」

傑克叔叔說我再這樣說話，他會再修理我一頓，我便沉默不語。他進房後，我縮到角落裡背向他。他開口說：「絲考特，你還討厭我嗎？」

「有什麼話請說吧，叔叔。」

「唉，我沒想到你會記恨我。」他說：「我對你好失望……你明知道那是你自找的。」

「我也沒想到。」

「親愛的，你不能這樣到處罵人家……」

「你不公平，」我說：「你不公平。」

傑克叔叔的眉毛揚了起來。「不公平？為什麼？」

「你人真的很好，傑克叔叔，雖然你那麼做，我想我還是愛你的，可是你實在不太了解小孩。」

傑克叔叔兩手插腰，低頭看我。「我怎麼不了解小孩了，琴・露易絲小姐？像你這種行為幾乎不需要了解，就是任性胡鬧、不守規矩，還滿口髒話……」

「你要不要聽我解釋一下？我不是故意跟你頂嘴，只是想跟你解釋。」

傑克叔叔往床上坐下，眉頭皺在一起，斜眼往上盯著我看。「說吧。」

我深吸一口氣。「第一，你從來不給我機會，好好聽我說，老是劈頭就罵我打我。我和傑姆吵架的時候，阿提克斯從來不會只聽傑姆的說詞，他也會聽我說。第二，你叫我絕對不能說那些字眼，除非憤怒到極點，我就是讓法蘭西斯激到想揍扁他……」

傑克叔叔搔搔頭。「你有什麼理由要說，絲考特？」

「法蘭西斯罵阿提克斯難聽的話，我沒法讓他閉嘴。」

「法蘭西斯罵他什麼？」

「說他愛黑鬼。我也不太知道那是什麼意思，可是看法蘭西斯那個樣子……我現在就告訴你，傑克叔叔，我會……我發誓我絕不會靜靜坐在那裡讓他亂罵阿提克斯。」

「他這樣說阿提克斯？」

「是啊，而且不只這樣，他還說阿提克斯敗壞家族名聲，說他讓我和傑姆像野孩子一樣……」

看傑克叔叔的表情，我以為自己又要遭殃了。但當他說：「這件事要弄清楚。」我知道要遭殃的是法蘭西斯。「真想今晚就過去。」

「拜託你，叔叔，這次就算了吧。拜託。」

「我不想就這麼算了。」他說：「應該讓亞麗珊卓也知道。一想到……等我逮到那小子，他可有得瞧了……」

「傑克叔叔，請你答應我一件事，求求你了。請你答應別告訴阿提克斯。他……他曾經要求我，不管聽到有關他的什麼事都不能生氣，我寧可讓他以為我們是為了其他事情吵架。請你答應我……」

「但我不希望法蘭西斯做了這種事卻不受點教訓……」

「他有啊。你能不能給我的手包紮一下？還有點流血耶。」

「當然可以了，寶貝。你這是我最樂意包紮的手。過來這邊好嗎？」

傑克叔叔殷勤地彎身鞠躬請我進入浴室。他一邊幫我清洗包紮手指關節，一邊講故事逗我開心：有個患了近視眼的滑稽老紳士，養了一隻貓叫「哈吉」，他每次進城都會把人行道上的裂縫全部數完。「這下可好了，」他說：「你要戴婚戒的無名指上會留下一道很不像淑女的疤痕。」

「謝謝……傑克叔叔！」

「什麼事，小姐？」

「什麼叫婊子？」

傑克叔叔又開始講起另一個很長的故事，說有一個老首相老是坐在眾議院朝著空中吹羽毛，不讓羽毛落下，而他周遭的人卻一個個在掉腦袋[19]。我猜他是在試著回答我的問題，但根本牛頭不對馬嘴。

稍後，到了我該上床的時間，我經過走廊想去喝水，聽到阿提克斯和傑克叔叔在客廳說話。

「我絕對不會結婚，阿提克斯。」

「為什麼？」

「因為可能會有小孩。」

阿提克斯說：「你有很多要學的呢，傑克。」

「我知道。今天下午你女兒已經給我上了第一課。她說我不太了解小孩，還告訴我原因。她說得很有道理。阿提克斯，她告訴我應該怎麼對待她……天哪，我真後悔打了她。」

阿提克斯輕聲一笑。「是她罪有應得，你也不必太自責。」

我焦慮不安地等著傑克叔叔把我的說詞告訴阿提克斯。結果他沒說，只是嘟噥道：「她那些髒話罵得那麼直白露骨，卻有一大半不明其意……她竟然問我什麼叫婊子……」

「你跟她說了嗎？」

「沒有，我跟她說了墨爾本子爵的故事。」

「傑克！孩子問你問題，就好好回答嘛，但不要把事情複雜化。孩子雖然是孩子，卻能比大人更快感覺到你在迴避，而迴避問題只會把他們給搞糊塗了。」父親沉思後說：「不對，今天下午你的反應是對的，但理由錯了。罵髒話是每個孩子都會經歷的過程，當他們發現罵髒話已無法吸引注意，自然而然就會戒掉。暴躁衝動卻不然。絲考特得學著控制脾氣，而且得早點學會，因為接下來幾個月她有很多事要面對。不過，她已經慢慢在進步。傑姆長大了，給她做了不少好榜樣。現在只需要偶爾幫她一把就行了。」

「阿提克斯，你從來沒打過她。」

「這我承認。到目前為止口頭威脅都還管用。傑克，她已經盡可能聽我的話，雖然有一半的時間達不到要求，但她很努力。」

「這不是解決之道。」傑克叔叔說。

「對，解決之道在於她知道我知道她盡力了，這才是最要緊的。我煩惱的是她和傑姆很快就

---

19 此處影射的是一八三五至一八四一年擔任英國首相的第二代墨爾本子爵威廉・藍姆（William Lamb，一七七九～一八四八）。

得面臨一些醜陋的事情，我不擔心傑姆的脾氣失控，但絲考特一旦覺得自尊受損，就會立刻衝上去打人……」

我等著傑克叔叔違反承諾，但他還是沒有。

「阿提克斯，這件事會有多糟？之前都還沒機會跟你多聊聊。」

「糟透了，傑克。我們現在只有一個黑人的證詞可以用來反駁尤爾家的說詞。證據歸納的結果就是『你做了——我沒有』。陪審團不可能採信湯姆．羅賓森的證詞，而不採信尤爾家的——尤爾家的人你認識嗎？」

傑克叔叔說認識，他還記得他們。他稍加形容後，阿提克斯卻說：「你說的是上一代，不過這一代也一樣。」

「那你要怎麼辦？」

「案子結束前，我想稍微動搖一下陪審團。不過，我想上訴以後會有不錯的機會，現階段真的說不準啊，傑克。你也知道，我本來希望一輩子都別碰到這種案子，但泰勒法官指定我說『你來做』。」

「希望讓這杯離開你[20]，是嗎？」

「對。但我若不接，你覺得我還有臉面對孩子嗎？傑克，你和我一樣清楚接下來會發生什麼事，我是真心祈禱能讓傑姆和絲考特安然度過這一關，最重要的是不要染上梅岡人的通病。我就是想不明白，為什麼原本明事理的人，一碰上與黑人有關的事就完全失去理智？我只希望傑姆和絲考特能來找我問答案，不要聽信居民的言論。希望他們夠信任我……琴．露易絲。」

我頭皮麻了一下，隨即從角落探出頭去。「爸爸？」

「去睡覺。」

我急忙跑回房間上床睡覺。傑克叔叔真是個大好人，沒有出賣我。但我怎麼也猜不透阿提克斯怎會知道我在偷聽，直到許多年後才領悟到，他就是想讓我聽到他說的每一個字。

20 這句話脫胎自Let this cup pass away from me，出自《聖經·馬太福音》二十六：三十九，耶穌的禱告詞，意指避開厄運。

10

阿提克斯很虛弱，他都快五十歲了。當我和傑姆問他為什麼這麼老，他說因為他起步太晚，我們覺得這點的確反映在他的能力與體魄上。學校裡同齡孩子的雙親都比他年輕得多，每當同學說起「**我爸爸**」如何如何，我和傑姆只能無言以對。

傑姆是個超級足球迷。阿提克斯和他玩搶球遊戲從不嫌累，但是當傑姆想練擒抱，阿提克斯就會說：「兒子，我太老，玩不動了。」

我們的父親什麼也不做。阿提克斯工作的地點是辦公室，不是雜貨店。他不是郡裡的垃圾車司機、不是保安官、不耕作、不修車，也不做任何可能令人欽羨的事情。

除此之外，他還戴眼鏡。他的左眼幾乎看不見，還說芬奇家族成員的左眼受到了詛咒。若想看清楚某樣東西，他總會轉頭用右眼看。

同學的父親會做的事他也不做，譬如他從不打獵、不玩撲克、不釣魚、不喝酒也不抽菸。他只會坐在客廳裡閱讀書報雜誌。

然而儘管擁有這些特質，他並未如我們所希望的那樣保持低調，那一年，他為湯姆．羅賓森辯護的事在學校引起議論紛紛，沒有一句稱讚的話。自從那次和賽西爾較量卻臨陣退縮之後，消息傳了開來，說絲考特．芬奇再也不打架了，因為她爸爸不許她打架。這話不完全正確，我只是不會為了阿提克斯公然打架，家裡卻屬於私人領域。凡是在八等親以內，不管是誰，我都會跟他拚命。這點法蘭西斯．漢考克很清楚。

阿提克斯送給我們空氣槍，卻不教我們射擊，因此便由傑克叔叔傳授我們基本要領，他說阿提克斯對槍不感興趣。有一天阿提克斯對傑姆說：「我寧可你在後院射馬口鐵罐，但我知道你會去射鳥。你要是射得中藍樫鳥，愛怎麼射都行，不過你要記住，射殺反舌鳥是一種罪過。」

我從未聽阿提克斯說過做什麼事是罪過，便向茉蒂小姐詢問。

「你爸爸說得對，」她說：「反舌鳥只做一件事，就是製造音樂供人欣賞。牠們不會把園子裡的花果蔬菜吃個精光，不會在玉米穀倉裡築巢，只會全心全意為我們唱歌。所以才說殺死反舌鳥是一種罪過。」

「茉蒂小姐，這是一個老社區對吧？」

「早在建城以前就有了。」

「不是，我是說住在這條街上的人都很老。這附近只有我和傑姆兩個小孩。杜柏茲太太都快一百歲了，瑞秋小姐也很老，還有你和阿提克斯也是。」

「我不覺得五十歲算老，」茉蒂小姐板起臉說：「我還沒坐在輪椅上被人推著走呢，不是嗎？你爸爸也一樣。但我不得不說老天有眼，把我那座老陵寢給燒了，我的確是老得照顧不來了。也許你說得沒錯，琴．露易絲，這是一個缺乏朝氣的社區。你們很少碰見年輕人，對吧？」

「有啊，在學校。」

「我是說年輕的大人。你要知道，你其實很幸運。你爸爸的年紀對你和傑姆是有好處的。如果你爸爸才三十歲，你們的生活會大不相同。」

「那可不。阿提克斯什麼也不能做……」

「說了你一定不相信，」茉蒂小姐說：「他還很有活力呢。」

「他能做什麼？」

「呃，他能幫人把遺囑寫得無懈可擊，誰也別想鑽漏洞。」

「哎喲……」

「還有，你知道他是全城最厲害的下棋高手嗎？想當年在芬奇農場，阿提克斯可是打遍河兩岸無敵手呢。」

「我的天哪，茉蒂小姐，我和傑姆每次都贏他。」

「現在你該知道那是他讓著你們。你知不知道他會吹奏單簧口琴？」

如此平凡無奇的才能只是讓我更為他感到羞恥。

「**其實……**」她說。

「其實什麼，茉蒂小姐？」

「沒什麼。沒事，這些應該就夠你為他驕傲了，單簧口琴可不是每個人都會吹的。好啦，別擋著木匠的路，你還是回家去吧，我得照料我那些杜鵑花，沒法顧到你。木板掉下來可能會砸到你。」

我到後院，看見傑姆不理會滿院子的藍樫鳥，卻死命射一只馬口鐵罐，覺得他有點蠢。我又回到前院，自顧自地忙了兩個小時，用一圈輪胎、一只柳橙箱、洗衣籃、幾張門廊椅和傑姆從爆米花盒上剪下來給我的一面小國旗，在門廊邊上打造一座複雜的矮防護牆。

阿提克斯回家吃午飯時，發現我蹲低身子瞄準對街，便問我：「你要射什麼？」

「茉蒂小姐的屁股。」

阿提克斯轉身看見我的大目標正彎身在整理花叢，便將帽子往頭頂上一推，走到對街，喊道：「茉蒂，我覺得最好警告你一聲。你現在處境非常危險。」

茉蒂小姐直起腰來朝我這邊看，說道：「阿提克斯，你真是個地獄魔王。」

阿提克斯回來後叫我拔營，並說：「以後別再讓我發現你拿槍指著任何人。」

我倒希望爸爸是個地獄魔王。我去問嘉珀妮亞對此事有何看法。「芬奇先生？他會做的事可多著了。」

「比如說？」我問道。

嘉珀妮亞搔了搔頭說：「這我也不太知道。」

傑姆讓此事實更加表露無遺，因為當他問阿提克斯會不會代表衛理公會出賽，阿提克斯說他太老了，要是出賽會把脖子摔斷。衛理公會的信眾為了償還教會的貸款，便向浸信會挑戰打一場觸身式足球。城裡所有人的父親好像都下場了，除了阿提克斯之外。傑姆說他連去都不想去，卻偏偏抵擋不住任何形式的足球賽，他就那麼悶悶不樂地和阿提克斯與我站在場邊，看著賽西爾的爸爸為浸信會達陣得分。

某星期六，我和傑姆決定帶著空氣槍去探險，看能不能找到一隻兔子或松鼠。經過雷德利家大約五百米之後，我發現傑姆把頭轉到一邊，用眼角斜睨著街上某樣東西。

「你在看什麼？」

「那邊那隻老狗。」他說。

「那是老提姆．強森對吧？」

「對。」

提姆．強森是海瑞．強森先生養的狗。海瑞先生是往返莫比爾的巴士司機，住在城南邊上。提姆是一頭豬肝色的獵鳥犬，是梅岡城的寵物。

「牠在幹嘛？」

「不管。我要去跟嘉兒說。」

「拜託，傑姆，現在是二月耶。」

「不知道。絲考特，我們還是回家好了。」

「要做什麼，傑姆？總不能每次你一叫我，我就去人行道。」

「嘉兒，」傑姆說：「你跟我們來人行道一下好嗎？」

我們飛奔回家衝進廚房。

「那邊有隻老狗怪怪的。」

嘉珀妮亞嘆氣說：「我現在沒法去給狗包紮腳。浴室裡有一些紗布，你拿了自己去弄吧。」

傑姆搖搖頭。「那隻狗病了，嘉兒，牠有點怪怪的。」

「怎麼個怪法？追著自己的尾巴跑嗎？」

「不是，牠就像這樣。」

傑姆學著金魚大口大口呼吸，同時聳起肩膀扭動身軀。「牠就像這樣走路，只是好像不是故意的。」

「你在跟我編故事嗎，傑姆．芬奇？」嘉珀妮亞的聲音變得嚴厲。

「沒有，嘉兒，我發誓我沒亂說。」

「狗在跑嗎？」

「沒有，牠只是拖著腳慢慢走，慢得幾乎看不出來。牠往這邊來了。」

嘉珀妮亞洗了手，跟著傑姆進到院子。「我沒看到狗啊。」她說。

她隨我們走過雷德利家，順著傑姆手指的方向看去。在遠處的提姆．強森看起來不過是一個小黑點，但愈來愈靠近我們了。牠走路搖擺不穩，彷彿右腿比左腿短，讓我聯想到卡在沙床裡的車子。

「牠走路歪一邊。」傑姆說。

嘉珀妮亞瞪大雙眼，然後抓住我們的肩膀趕我們回家，進門後她關上木門，走到電話旁對著話筒大喊：「請接芬奇先生的辦公室！」

「芬奇先生！」她喊道：「我是嘉兒。我對天發誓，有條瘋狗在街上晃蕩……牠往這邊來了，是的，先生，牠……芬奇先生，我敢說牠是……是老提姆．強森，是的，先生……好的，先生……好的……」

她掛斷電話後，我們想問她阿提克斯怎麼說，她卻只是搖頭，接著又卡喇卡喇搖起電話，說道：「尤拉．梅小姐……我剛剛和芬奇先生通完話，請不必再接過去……是這樣的，尤拉．梅小姐，請你打電話通知瑞秋小姐和史蒂芬妮小姐和這條街上每個家裡有電話的人，說有條瘋狗往這邊來了，好嗎？麻煩你了！」

嘉珀妮亞聽了一會兒，說道：「我知道現在是二月，尤拉・梅小姐，可是我一眼就能認出瘋狗來。請快點打電話，小姐！」

嘉珀妮亞問傑姆：「雷德利家有電話嗎？」

傑姆查了電話簿說沒有。「反正他們也不會出來的，嘉兒。」

「我不管，我得去告訴他們。」

她跑向門廊，我和傑姆隨後跟去。「你們待在屋裡！」她嚷著說。

街坊鄰居都收到嘉珀妮亞的口信了，在我們視線內的每扇木門都關得緊緊的。沒看到提姆・強森的蹤影。我們看著嘉珀妮亞把裙子和圍裙撩高到膝蓋處，往雷德利家跑去，爬上前門階梯後用力敲門。沒有人來應門，她便高喊：「納森・雷德利先生，亞瑟・雷德利先生，有瘋狗來了！有瘋狗來了！」

「她應該繞到後面去。」我說。

傑姆搖搖頭說：「現在沒什麼差別了。」

嘉珀妮亞拚命地敲門，卻是徒勞，沒有人來對她的警告表達謝意，好像根本沒有人聽到。

當嘉珀妮亞奔到後門廊，一輛黑色福特疾駛進車道來。下車的是阿提克斯和賀克・泰特先生。

泰特先生是梅岡郡的保安官，他和阿提克斯一樣高，但比較瘦，有個長鼻子，腳上的靴子有閃亮的金屬孔眼，身上穿著靴褲和短夾克，腰帶上掛著一排子彈，手裡還端著一把重重的來福槍。他和阿提克斯走到門廊時，傑姆打開了門。

「別出來，兒子。」阿提克斯說：「狗在哪裡，嘉兒？」

「應該就快到了。」嘉珀妮亞指著街道說。

「不是用跑的吧？」泰特先生問道。

「不是，牠已經在抽搐了，賀克先生。」

「要不要去找牠，賀克？」阿提克斯問道。

「最好等一等，芬奇先生。瘋狗通常會走直線，但誰也說不準，這條狗說不定會轉彎——但願如此，不然牠會直接跑進雷德利家後院。我們再等等吧。」

「我不覺得牠會進雷德利家的院子，」阿提克斯說：「牠會被籬笆擋下來，八成就沿著路走……」

我以為瘋狗都會口吐白沫，蹦跳狂奔地撲咬人的喉嚨，我也以為牠們只在八月出現。倘若提姆．強森也像那樣，我或許不會那麼害怕。

再沒有比空無一人、等候著什麼事發生的街道更死氣沉沉了。樹木文風不動，反舌鳥安靜無聲，茉蒂小姐家那群木匠也消失無蹤。我聽見泰特先生吸了吸鼻子又擤擤鼻子。我看見他把槍挪放到臂彎裡。我看見史蒂芬妮小姐的臉出現在她家前門上的玻璃窗框內。茉蒂小姐現身站在她旁邊。阿提克斯把一隻腳放到椅子橫檔上，手沿著大腿側邊慢慢往下摩搓。

「牠來了。」他輕聲說道。

提姆．強森進入了視線，恍恍惚惚地走在順著雷德利家轉彎的道路內側。

「你看牠，」傑姆小聲地說：「賀克先生說瘋狗會走直線，牠連好好沿著路走都沒辦法。」

「牠好像病得很厲害。」我說。

「要是前面有東西擋住，牠會直接撞上去。」

泰特先生手按著額頭，身子往前傾。「牠確實得病了沒錯，芬奇先生。」

提姆．強森以蝸牛般的速度前進，但並不是在嬉戲或嗅樹葉，而像是認定一個方向後，被一股無形的力量驅策著朝我們緩緩走來。我們可以看到牠像馬驅趕蒼蠅一樣抖動著，下顎開開合合，身子歪斜，但仍被一股力量拉著漸漸靠近我們。

「牠在找地方去死。」傑姆說。

泰特先生轉過頭來。「牠離死還早著呢，傑姆，牠還沒開始發病。」

提姆．強森來到雷德利家前面的巷道，可憐牠僅存的一點神智讓牠停下腳步，似乎在考慮要走哪條路。牠遲疑地走了幾步，在雷德利家的柵門前停下，隨後想要轉身，但有困難。

阿提克斯說：「賀克，牠進到射程內了。最好趁牠還沒走進巷子趕快開槍，天曉得誰會從那個巷口走出來。進屋去吧，嘉兒。」

嘉珀妮亞打開紗門，隨手關門掛上門鉤，接著又取下掛鉤。她試著用身體擋住我和傑姆，我們卻從她手臂底下往外看。

「你解決吧，芬奇先生。」泰特先生把槍交給阿提克斯。我和傑姆差點沒昏倒。

「別浪費時間了，賀克。」阿提克斯說：「動手吧。」

「芬奇先生，這可得一槍斃命才行。」

阿提克斯猛搖頭。「別光站在那裡啊，賀克！牠不會等你一整天……」

「拜託，芬奇先生，你看看牠站在哪裡！萬一射偏了，會直接打進雷德利家！我槍法沒那麼好，你是知道的！」

「我已經三十年沒開槍了……」

泰特先生幾乎是把槍丟給阿提克斯。「要是你現在開一槍，我會覺得通體舒暢。」他說。

我和傑姆一頭霧水看著爸爸拿起槍，往外走到路中央。他走得很快，但我卻覺得他像在水底游：時間慢了下來，慢得有如爬行，令人作嘔。

當阿提克斯將眼鏡往上提，嘉珀妮亞喃喃說道：「仁慈的耶穌幫幫他。」並用兩手捧住臉頰。阿提克斯把眼鏡推上額頭，很快又滑下來，他便丟到路上去。在一片寂靜中，我聽見眼鏡的碎裂聲。阿提克斯揉揉眼睛、搓搓下巴，我們看見他用力地眨眨眼。

在雷德利家柵門前，提姆．強森以僅餘的神智下定決心，終於掉過頭，繼續循著原來的路線走上我們這條街。牠往前兩步，然後停下，抬起頭來。我們看得出牠的身體變僵硬。

接下來幾個動作快得彷彿同時發生，阿提克斯提槍上肩，手立即用力扳下一個尾端呈球狀的拉桿。

槍轟然響起，提姆．強森往空中一躍，啪嗒一聲落下，在人行道上癱成棕白相間的一團，連自己被什麼擊中都不知道。

泰特先生跳下門廊，奔向雷德利老宅。他跑到老狗跟前停下，蹲下來，轉過身，用食指敲敲左眼上方的額頭，高喊道：「稍微偏右了，芬奇先生。」

「老是這樣，」阿提克斯回答道：「要是讓我選，我會用獵槍。」

他彎下身拾起眼鏡，用腳後跟將破掉的鏡片碾碎，然後走向泰特先生，站在一旁俯視提姆．強森。

鄰居的門一一打開，附近一帶又慢慢恢復生氣。茉蒂小姐隨同史蒂芬妮小姐步下階梯。

傑姆整個人愣住了。我捏了他一下才讓他回過神，但一看見我們靠近，阿提克斯便大喊：「你們留在原地別動。」

和阿提克斯一起回到院子時，泰特先生面帶微笑說：「我會叫齊波來把狗運走。你可沒生疏啊，芬奇先生，聽說這是永遠忘不掉的。」

阿提克斯沒作聲。

「阿提克斯。」傑姆喊了一聲。

「什麼事？」

「沒什麼。」

「我看見了，神槍手芬奇！」

阿提克斯一轉身剛好面對茉蒂小姐，他二人一言不發互看對方，然後阿提克斯上了保安官的車。他對傑姆說：「過來，你們不許接近那條狗，聽到沒有？別靠得太近，牠死了還是一樣危險。」

「好的，爸爸。」傑姆說著又喊一聲：「阿提克斯……」

「怎麼了，兒子？」

「沒什麼。」

「你是怎麼回事，孩子，不會說話了嗎？」泰特先生咧開嘴，笑著對傑姆說：「你難道不知道你爸爸……」

「別說了，賀克。」阿提克斯說：「我們回城裡去吧。」

等他們開車離去，我和傑姆走到史蒂芬妮小姐家的前門台階，坐在那裡等齊波開垃圾車來。

當傑姆茫然困惑地呆坐著，史蒂芬妮小姐開口說：「哎呀呀，誰想得到二月還會出現瘋狗？說不定牠沒發瘋，只是不正常而已。等海瑞．強森從莫比爾開車回來，發現阿提克斯．芬奇射死他的狗……我還真不想看到他那個表情。其實這條狗只是不知道在哪染了滿身跳蚤……」

茉蒂小姐說要是提姆．強森還走在街上，史蒂芬妮小姐肯定不會這麼說。而且我們很快就會知道答案了，牠的頭會被送到蒙哥馬利做檢驗。

傑姆總算多少能開口說點話：「你看到了嗎，絲考特？你有沒有看到他就站在那裡？……然後他忽然整個人放鬆下來，那支槍好像變成他身體的一部分……他動作好快，就像……我不管要射什麼都得瞄上十分鐘呢……」

茉蒂小姐露出促狹的笑臉，說道：「怎麼樣，琴．露易絲小姐，還覺得你爸爸什麼都不會嗎？還覺得他丟臉嗎？」

「不會了。」我溫順地說。

「那天忘了告訴你，阿提克斯除了會吹單簧口琴以外，當年也是梅岡郡最厲害的神槍手。」

「神槍手……」傑姆重複著她的話。

「那是我說的，傑姆．芬奇。我猜你也要改改**你的**說法了吧。想想看嘛，難道你不知道他年輕時有個外號叫『百發百中』？想當年在芬奇農場，他要是開了十五槍卻只射下十四隻鴿子，就會抱怨說是浪費子彈。」

「他從來沒說過這些事。」傑姆喃喃地說。

「從來沒說過，是吧？」

「沒有。」

「他現在怎麼都不去打獵了？」我說。

「也許我能告訴你們原因。」茉蒂小姐說：「說起你們父親這個人，打從心底就是個文明人。槍法是一種上帝賜予的才能……當然，你得多加練習才能有純熟的技術，不過射擊畢竟不同於彈鋼琴之類的。我想他會放下槍，可能是意識到上帝給了他一項對其他多數生物不公平的優勢。我猜他是下定決心，不到逼不得已不再開槍，而今天是非開槍不可了。」

「看起來他應該會感到很驕傲。」我說。

「心智健全的人絕不會因為自己的才能驕傲。」茉蒂小姐說。

我們看見齊波開車來了。他從垃圾車後面拿出一支長柄叉，小心地將提姆・強森鏟起來。他把狗扔上車後，提著一個大桶子，往提姆倒下的地方與其周圍不知灑了些什麼。「你們先別過來喔。」他高聲喊道。

回家時，我對傑姆說，星期一去上學我們可有得說了，卻被傑姆一口駁回。

「這件事一個字都別說，絲考特。」他說。

「什麼？我當然要說。又不是每個人的爸爸都是梅岡郡最厲害的神槍手。」

傑姆說：「我認為他要是想讓我們知道，早就告訴我們了。他要是覺得自豪，早就告訴我們了。」

「說不定他只是一時忘了。」我說。

「不，絲考特，這種事你不會明白。阿提克斯是真的老了，但就算他什麼都不會，我也不在乎……我不在乎他一件事都不會做。」

傑姆撿起一塊石頭，歡天喜地地扔向車庫。他隨後追去，並回頭喊道：「阿提克斯是個紳士，就跟我一樣！」

11

還小的時候，我和傑姆的活動範圍只局限於社區南邊，但等我二年級上了大半學年，折騰雷德利家的阿布也成為過去式後，我們便經常被城裡的商業區所吸引，往北走經過杜柏茲太太家。要進城就不可能不經過她家，除非想多繞一公里半的路。以前發生過一些小衝突，讓我不想再遭遇她，可是傑姆說我總有一天得長大。

杜柏茲太太獨居，只有一個黑人女傭持續在照顧她。她家在我們家北邊，中間隔著兩戶人家，屋前有一座很陡的階梯，進去是一道穿廊。她非常老，每天大部分時間都躺在床上，其他時候則坐在輪椅上。傳說她有一把南軍的手槍藏在那無數的披肩和圍巾當中。

我和傑姆都很討厭她。如果我們經過時她剛好坐在門廊上，她就會用憤怒的眼神掃射我們，對我們的行為舉止提出無情的質問，並對我們長大以後的成就做出令人沮喪的預測：那當然就是一事無成了。我們老早就打消了從對街走過她家的念頭，因為那只會讓她提高嗓門，把整條街的人都攪和進來。

不管我們怎麼做都無法討她歡心。如果我盡可能愉快開朗地說：「嗨，杜柏茲太太。」得到的回答會是：「別跟我說嗨，你這個沒禮貌的丫頭！你要說午安，杜柏茲太太！」

她很惡毒。有一次聽見傑姆叫父親「阿提克斯」，她反應激烈得像要中風。她除了罵我們是經過她家門前的人當中最粗野無禮的笨蛋，還說我們母親死後，父親未再續弦真是可惜。她說世上再沒有比母親更美麗討喜的女人，一想到阿提克斯竟把她的孩子教得這麼野就叫人心碎。我不記得母親了，但傑姆記得，有時候還會跟我說一些關於她的事。每當杜柏茲太太對我們拋出這種話，他總會氣得臉色發青。

傑姆安然度過阿布、瘋狗與其他驚險事件的風波後，得出一個結論：停在瑞秋小姐家的前門台階前等候是懦弱的行為，於是他決定我們每天傍晚都要一直跑到郵局轉角那裡接阿提克斯下班。有無數個晚上，阿提克斯發現傑姆因為杜柏茲太太在我們路過時所說的話而氣惱不已。

「放輕鬆點，兒子。」阿提克斯說：「她是個老太太，而且還生著病。你只要抬頭挺胸，展現紳士風度就是了。不管她對你說什麼，都不能讓她給激怒。」

傑姆會說她還能那麼大聲嚷嚷，病情肯定不怎麼嚴重。當我們三人來到她門前，阿提克斯會優雅地脫下帽子，風度翩翩地對她揮一揮說：「你好，杜柏茲太太！今晚的你美得像幅畫呢。」

我從未聽阿提克斯說過什麼美得像幅畫。他會告訴她郡政府裡的新聞，還會衷心祝福她有個美好的明天，然後重新戴上帽子，當著她的面把我甩上肩頭，我們三人便一塊在暮色中走回家。只有在這種時候我會覺得，討厭槍枝又從未打過仗的父親是全世界最勇敢的人。

傑姆過完十二歲生日隔天，口袋裡的錢多得燙手，中午剛過我們便往城裡去。傑姆自認為有足夠的錢給自己買一個蒸氣火車頭模型，再給我一根可以捻轉的指揮棒。

我老早就看上那根指揮棒了，在V．J．艾莫的店裡，上面裝飾著亮片和流蘇，售價一毛七。這個時候的我總是野心勃勃，希望早日長大，跟著梅岡郡高中樂隊一起舞動旋轉它。自從我練成拋接棍子的技巧後，嘉珀妮亞一見我手裡拿著棍子，便不准我進門。我心想，若能有一根真正的指揮棒，或許便能克服這個缺點，也覺得傑姆願意買一根送我，真是大方。

我們經過時，杜柏茲太太又在門廊上站崗。

「這個時間，你們倆要上哪去？」她高喊道：「是翹課吧，我要打電話告訴你們校長！」她把手放在輪椅的輪子上，一臉正經八百的神情。

「噢，今天是星期六，杜柏茲太太。」傑姆說。

「星期六也一樣，」她說得含糊：「你們爸爸知道你們要去哪裡嗎？」

「杜柏茲太太，我們打從這麼高就都自個兒進城了。」傑姆把手掌放低到距離地面大約六十公分。

「別撒謊了！」她咆哮道：「傑瑞米．芬奇，茉蒂．亞金森跟我說你今天早上把她的葡萄架弄壞了。她會去告訴你爸爸，到時候包準你希望自己從來沒出生過！下星期以前你要是沒被送管訓，我就不姓杜柏茲！」

傑姆從去年夏天就沒有靠近過茉蒂小姐的葡萄架，而且他知道就算真有此事，茉蒂小姐也不會告訴阿提克斯，因此立刻全盤否認。

「你竟敢跟我頂嘴！」杜柏茲太太叫囂道，接著伸出罹患關節炎的食指指著我：「還有你……你為什麼穿著吊帶褲？你應該要穿胸衣和洋裝才對，小姑娘！要是再沒有人糾正你的穿著打扮，你長大就只能去當女侍了……芬奇家的人到ＯＫ咖啡館去端盤子，哈！」

我嚇壞了。ＯＫ咖啡館是個昏暗場所，位在廣場北側。我抓住傑姆的手，卻被他甩開來。

「走吧，絲考特。」他低聲說：「別聽她的，只要抬頭挺胸，展現紳士風度就行了。」

但杜柏茲太太仍不罷休：「芬奇家的人不只去端盤子，還有一個在法院替黑鬼打官司！」

傑姆當下僵住。杜柏茲太太一擊中的，而她也心知肚明：

「可不是嘛，當芬奇家的人違反自己的教養，這個世界會變成什麼樣呢？我告訴你們吧！」她用手摀著嘴，接著將手拿開時，拖出一條長長的唾液銀絲。「你們的爸爸為那些黑鬼和窮酸白人效力，他自己也好不到哪去！」

傑姆的臉脹得通紅。我拉拉他的衣袖，我們這才沿著人行道走去，身後仍可聽見她持續不斷地痛罵我們家族道德淪喪。她會這麼說有個大前提，那就是反正芬奇家有一半的人都進了精神病院，但如果媽媽還活著，我們也不至於落到這步田地。

我不知道最令傑姆憤慨的是什麼，但我最氣杜柏茲太太對我們家族精神健康狀況的評論。聽多了針對阿提克斯的羞辱，我幾乎已經習以為常，但這是第一次聽到這種言論出自大人口中。除了有關阿提克斯的批評之外，杜柏茲太太的抨擊都只是例行公事。空氣中已有夏天的味道，背陰處涼爽，太陽卻是暖洋洋，這意謂著好日子近了：暑假和迪爾。

傑姆買了他的蒸氣火車頭後，我們便去艾莫的店買我的樂隊指揮棒。傑姆有了新收穫卻不開心，只是把東西塞進口袋，默默地和我並肩走回家。回家途中，我拋接棒子一時失手，差點打到林柯．狄斯先生，他喊道：「小心點，絲考特！」快到杜柏茲太太家時，我的指揮棒因為掉落到地上太多次，已經變得髒兮兮。

她人不在門廊上。

事隔多年後，我偶爾還會納悶傑姆到底為什麼這麼做？是什麼讓他打破「你只要展現紳士風度就行了，兒子」的約定？是什麼破壞他剛剛進入的自覺自律的狀態？關於阿提克斯為黑鬼打官司的事，傑姆所忍受的閒言閒語恐怕不比我少，他能按捺得住，我認為理所當然，因為他天生就是平靜溫和的個性。然而，當時我以為他會那麼做只有一個理由能解釋：在那幾分鐘裡他突然瘋了。

若非受限於阿提克斯的禁令（我以為不和討厭的老太太作對也涵蓋在內），傑姆做的事我肯定也會做。我們剛走到她的柵門邊，傑姆便一把搶過我的指揮棒，一面胡亂揮打一面蹬上台階跑進杜柏茲太太家的前院，忘了阿提克斯說過的話，忘了她的披肩堆底下藏著一把手槍，也忘了就算杜柏茲太太射偏了，她的女僕潔西也許能命中。

一直到杜柏茲太太種的山茶花全部斷了頭，綠色花苞與葉子散落一地，他才慢慢冷靜下來。最後把我的指揮棒往膝蓋上一折，啪地斷成兩截扔到地上。

那時候我尖叫個不停。傑姆拽著我的頭髮，說他管不了那麼多，要是有機會他還會再做一遍，我再不閉嘴，他就把我的頭髮全扯光。我還是沒閉嘴，他就踢我，我一個重心不穩，跌了個狗吃屎，傑姆粗魯地拉我起身，但看得出來他很懊悔。沒什麼可說的了。

那天傍晚我們決定不去接阿提克斯回家，躲在廚房裡東摸西摸，直到被嘉珀妮亞給轟出來。嘉珀妮亞似乎透過某種巫術得知了整件事。她絕對發揮不了令人滿意的安慰作用，但還是給了傑姆一塊熱騰騰的奶油比司吉，他掰開一半分給我吃，嘗起來像棉花。

我們進到客廳，我拿起一本足球雜誌，找到一張足球明星迪克西．郝威爾的照片，便拿給傑姆看，並說：「這看起來很像你。」這是我所想得出最能哄他開心的話，可是沒有用。他垂頭喪氣坐在窗邊搖椅上，蹙眉等待著。天光漸暗。

約莫經過了兩個地質年代之後，終於聽到阿提克斯的鞋底刮擦前門台階的聲音。紗門砰了一聲，接著暫無聲息（阿提克斯在玄關的衣帽架旁），然後聽見他喊道：「傑姆！」那聲音有如冬天的風。

阿提克斯扭開客廳天花板的電燈，發現我們在那裡，一動也不動。他一手拿著我的指揮棒，骯髒的黃色流蘇垂到地毯上。他伸出另一隻手，上頭有幾朵飽滿的山茶花苞。

「傑姆，」他開口說：「這是你幹的嗎？」

「是的，爸爸。」

「為什麼這麼做？」

傑姆輕輕地說：「她說你替黑鬼和窮酸白人打官司。」

「你這麼做就因為她說那話？」

傑姆的嘴唇蠕動了一下，卻聽不到他說「是的，爸爸」。

「兒子，我相信我替你們所謂的黑鬼打官司，讓你受了同學不少氣，可是對一個生病的老太太做這種事實在不可原諒。我強力建議你去找杜柏茲太太談一談。」阿提克斯說道：「然後馬上回家。」

傑姆沒有動。

「我叫你去。」

我跟著傑姆離開客廳。「你回來。」阿提克斯對我說。我只好回去。

阿提克斯拿起《莫比爾新聞報》，坐到傑姆騰出來的搖椅上。我怎麼也想不明白，獨生子都快被南軍遺留下的老槍給射殺身亡了，他怎麼還能冷血地坐在那裡？沒錯，有時候傑姆會惹得我恨不得殺了他，可是他畢竟是我唯一的哥哥。阿提克斯似乎並不明白這一點，又或者他根本不在乎。

這讓我好恨他，只是人一旦遇上麻煩就容易累，不久我便躲到他腿上讓他抱著我。

「你實在太大了，搖不動了。」他說。

「你根本不關心他的死活。」我說：「他只是替你出氣，你就叫他去挨子彈。」

阿提克斯把我的頭塞到他的下巴底下，說道：「現在還不用擔心。我沒想到為這件事失去理智的會是傑姆……還以為你會比較讓我操心呢。」

我說我不懂為什麼我們得保持理智，我在學校認識的人，誰也不必為了什麼保持理智。

「絲考特，」阿提克斯說：「到了暑假，還有更糟得多的事需要你們冷靜面對……這對你和傑姆不公平，我知道，但有時候我們必須盡力而為，在緊急時刻的舉止行為……總之我現在只能說，當你和傑姆長大後再回顧這件事，也許會多一點同情，也會多少覺得我沒有丟你們的臉。這個案子，湯姆．羅賓森的這個案子，涉及了人的良知本質……絲考特，如果我不試著幫助那個人，就沒辦法再去教會禮拜上帝了。」

「阿提克斯，你一定弄錯了……」

「怎麼說？」

「因為好像大部分的人都覺得他們是對的，你是錯的……」

「他們當然有權利那麼想，而他們的想法也應該得到充分的尊重，」阿提克斯說：「可是在我通過別人那一關之前，得先過得了自己這一關。世上只有一件事不能少數服從多數，那就是人的良知。」

傑姆回來時，我還坐在阿提克斯腿上。「怎麼樣，兒子？」阿提克斯問道，並將我放下來。我偷偷觀察傑姆，感覺他似乎完好如初，只不過臉上有種怪異表情，也許她給他吃了一顆甘汞瀉藥。

「我替她打掃好了，也跟她道了歉，可是我並不覺得抱歉，另外還說好每個星期六去幫她幹活，讓花草重新長出來。」

「你要是不覺得抱歉就不用說對不起。」阿提克斯說：「傑姆，她又老又病，你不能要求她對自己的言行負責。當然，我寧可她這番話是對我說，而不是對你們倆說，但事情不可能盡如人意。」

傑姆好像盯著地毯上一朵玫瑰圖案看得入迷了，隨後說道：「阿提克斯，她要我念書給她聽。」

「念書給她聽？」

「是的。她要我每天下午放學後和每個星期六，都去給她念兩個小時的書。阿提克斯，我一定要去嗎？」

「當然。」

「可是她要我念一個月。」

「那你就去念一個月。」

傑姆將腳的大拇趾輕輕放到玫瑰圖案中心，然後壓了壓，最後終於開口說道：「阿提克斯，在人行道上還好，可是屋子裡……屋子裡黑漆漆又陰森森，天花板上還有很多黑影之類的……」

阿提克斯露出奸笑。「那應該很合你想像的胃口。你就當作是在雷德利家裡好了。」

接下來的星期一下午，我和傑姆爬上杜柏茲太太家前門的陡峭階梯，輕手輕腳走過開放的廊道。傑姆帶著《劫後英雄傳》[21]，腦中裝滿卓越知識，敲了敲左手邊第二扇門。

「杜柏茲太太。」他喊道。

潔西打開木門，取下紗門的門鉤。

「傑姆．芬奇，是你嗎？」她問道：「你把妹妹帶來了，我不知道……」

「讓他們倆都進來，潔西。」杜柏茲太太說。潔西讓我們進去後，便到廚房去了。

我們才跨過門檻，便有一股悶濁的氣味撲鼻而來，我在一些外表被雨水侵蝕，裡面擺放著煤油燈、水瓢和未經漂白的床單被套的灰暗房屋裡，曾多次聞到這種氣味，心裡總覺得害怕，像是隨時會有什麼事發生，格外提高警覺。

房間角落有一張黃銅床，杜柏茲太太就躺在床上。我心想會不會是傑姆的作為讓她氣倒在床，一時之間不由得有些同情她。她身上蓋了一大堆被子，臉色幾乎顯得友善。

她床邊有個大理石面的盥洗台，上面有一只插了一根湯匙的玻璃杯、一個紅色洗耳球、一盒脫脂棉，以及一個靠三隻小腳拄著的不鏽鋼鬧鐘。

「你把你那個髒兮兮的妹妹也帶來了，是嗎？」她劈頭就說。

傑姆平靜地說：「我妹妹不髒，我不怕你。」但我發現他的膝蓋在顫抖。

我本以為她會連珠砲似的大罵起來，不料卻只說：「你可以開始念了，傑瑞米。」

傑姆坐到一張籐椅上，翻開《劫後英雄傳》。我隨手拉過另一張籐椅坐在他身邊。

杜柏茲太太說：「坐近一點，坐到床邊來。」

我們把椅子往前挪。我從沒靠她這麼近過，當時最想做的就是把椅子再挪回去。

她好可怕。她的臉色有如髒了的枕頭套，嘴角因為口水而濕亮濕亮，那口水像冰河一般寸寸下滑，流入她下巴周圍的深溝紋裡。臉頰上布滿了老人斑，黯淡眼珠裡的黑色瞳仁小如針尖，兩隻手骨節突出，甲上老皮也長得蓋住指甲。她沒戴下排假牙，上唇突了出來，偶爾還會用下唇去頂上排假牙，連帶將下巴往上拉，導致口水流得更快。

我能不看她就盡量不看。傑姆重新打開《劫後英雄傳》念了起來。我試著跟上他的速度，但他念得太快。每當碰到不認識的字，傑姆就跳過去，但杜柏茲太太總會逮著，叫他把字拼出來。傑姆念了大約二十分鐘，這段時間裡我要不是看著被煤煙燻黑的壁爐架，就是望向窗外，總之盡量不去看她。他念著念著，我發現杜柏茲太太糾正的次數愈來愈少，間隔的時間也愈來愈長，傑姆甚至一個句子沒念完就忽然打住。她沒在聽。

我往床上看去。

21《劫後英雄傳》（*Ivanhoe*），蘇格蘭小說家華特．史考特（Walter Scott，一七七一～一八三二）的著作。

有點不太對勁。她仰躺著，被子拉高到下巴，只露出頭和肩膀。她的頭緩緩地左右擺動，並不時張大嘴巴，我可以看見她的舌頭微微起伏波動。一絲絲唾液聚集在嘴唇上，她會用力吸進去，然後重新張開嘴巴。她的嘴好像擁有自己的生命，與身體其他部位分開來獨立運作，一吐一吸，猶如退潮時的蛤蜊洞。偶爾它會發出「噗」一聲，像某種黏稠物質開始沸騰。

我扯扯傑姆的袖子。

他看看我，再看看床。她規律晃動的頭剛好往我們這邊掃來，傑姆問道：「杜柏茲太太，你還好嗎？」她沒聽見。

鬧鐘忽然響起，把我們嚇傻了。片刻過後，我和傑姆已經走在人行道上準備回家，卻餘悸猶存。我們不是跑著離開，而是潔西送我們出來，鬧鐘還沒停，她就進房裡把我和傑姆推出來。

「走吧，你們回家去。」她說。

傑姆在門口猶豫不定。

「她吃藥時間到了。」潔西說。當身後的門關上，我看見潔西快步走向杜柏茲太太的床邊。

回到家才三點四十五分，因此我和傑姆在後院玩拋踢球，直到要去接阿提克斯。阿提克斯買了兩枝黃色鉛筆給我，一本足球雜誌給傑姆，我想這是對我們第一天去杜柏茲太太家念書的無聲獎勵。傑姆告訴他發生了什麼事。

「她有沒有嚇著你？」阿提克斯問道。

「沒有，」傑姆說：「可是她好噁心。可能是癲癇發作還是怎麼了，口水流個不停。」

「她也沒辦法。人一生病，有時候是不太好看。」

「她讓我害怕。」我說。

阿提克斯越過眼鏡上緣看著我。「你不必跟傑姆去的，你知道吧。」

第二天下午去杜柏茲太太家，情況和前一天一樣，再隔一天還是一樣，於是漸漸形成固定模式：一開始一切正常，杜柏茲太太會拿她最喜愛的話題折磨傑姆一會兒，諸如她的山茶花，還有我們父親愛黑鬼的傾向等等，接著她愈來愈沉默，最後完全拋下我們。這時鬧鐘響起，潔西會來趕我們出門，剩下的時間就都是我們的了。

有一天晚上我問道：「阿提克斯，愛黑鬼到底是什麼意思？」

阿提克斯正色說：「有人這麼說你嗎？」

「沒有，但杜柏茲太太這麼說你。她每天下午的暖身運動就是說你愛黑鬼。去年聖誕節，法蘭西斯也這麼說我，那是我第一次聽到。」

「所以你才會打他？」阿提克斯問。

「是的……」

「那你怎麼還問我那是什麼意思？」

我試著向阿提克斯解釋，惹惱我的倒不是法蘭西斯說了什麼，而是他說話的神氣。「就像在罵人鼻涕蟲還是什麼的。」

「絲考特，」阿提克斯說：「愛黑鬼只是一種毫無意義的字眼，就像鼻涕蟲一樣。這很難解釋，有些無知、沒教養的人要是覺得有人對待黑人比對待他們好，就會用它來罵人。而像我們這樣的人，每當想要用通俗、刻薄的字眼來給某人貼標籤，這個詞也會脫口而出。」

「那麼你不是真的愛黑鬼，對吧？」

「我當然是了，我盡可能去愛每一個人……有時候我也很為難……寶貝，別人用他覺得難聽的話罵你，絕對不是一種羞辱，那只會顯示那個人有多可憐，卻傷不了你。所以不要因為杜柏茲太太而悶悶不樂，她自己的問題也夠多了。」

一個月後的某天下午，傑姆還在吃力地念著他戲稱為「華特．史考特爵士」的那部作品，杜柏茲太太也依然不斷地糾正他之際，突然響起敲門聲。「進來！」她尖聲喊道。

是阿提克斯。他走到床邊拉起杜柏茲太太的手，說道：「我剛下班回家，沒看到孩子，心想他們可能還在這裡。」

杜柏茲太太對他微微一笑。我怎麼也想不通，她看似恨他入骨，怎麼還能跟他說話？「你知道現在幾點嗎，阿提克斯？」她說道：「五點十四分整。鬧鐘設定在五點半。我希望你知道。」

我猛然察覺我們待在杜柏茲太太家的時間一天比一天長，鬧鐘每天都會晚幾分鐘響起，而鬧鐘響時她也早已發作了。今天，她找傑姆的碴已經找了將近兩小時，卻毫無發作的跡象，我自覺上當而陷入絕望。鬧鐘是我們獲得自由的信號，萬一有一天不響了，該怎麼辦？

「我覺得傑姆念書的時限差不多到了。」阿提克斯說。

「我想，只要再一星期吧，」她說：「只是為了確保……」

傑姆起身說：「可是……」

阿提克斯舉起手來，傑姆立刻禁聲。回家的路上，傑姆說他本來只要做一個月，現在一個月到了，這樣不公平。

「再一星期就好，兒子。」阿提克斯說。

「不要。」傑姆說。

「要。」阿提克斯說。

下一個星期我們仍重回杜柏茲太太家。鬧鐘已不再響起，但杜柏茲太太總是直到傍晚才說一聲「可以了」，然後放我們回去，所以回到家時，阿提克斯已經在家看報。雖然她發作的情況已趨緩和，但其他各方面都還是老樣子，每當華特．史考特爵士開始長篇描寫護城河與城堡，杜柏茲太太覺得無聊，就會跟我們抬槓：

「傑瑞米．芬奇，我就說嘛，你搗毀我的山茶花會後悔一輩子，你現在後悔了，對吧？」

傑姆說他當然後悔。

「你以為你能弄死我的『山頂雪』，是不是？哼，潔西說又長出嫩芽來了。下一次你應該就有經驗了吧？你就會把它連根拔起了吧？」

傑姆說他當然會。

「別跟我嘰嘰咕咕的，小子！把頭抬起來，好好地說『是的，夫人』。不過你有那種父親，我猜你也抬不起頭來。」

傑姆便會仰起下巴看著杜柏茲太太，臉上毫無憤恨之情。這幾個禮拜下來，他已經練就一種禮貌淡漠的表情，用來回應她所捏造的那些令人毛骨悚然的不實言論。

那一天終於來臨。當天下午，當杜柏茲太太說完「可以了」，又補上一句：「就到此為止吧，再見了！」

終於結束了。我們懷著徹底解脫的狂喜，蹦蹦跳跳、大吼大叫地衝上人行道。

那年春天很美好，白晝愈來愈長，讓我們有更多玩樂時間。傑姆的心思大多給全國各大學足球隊員的重要統計數據給占據了。每天晚上，阿提克斯會給我們念報紙上的體育版新聞。從阿拉巴馬隊的潛力新秀看來，今年也許可望再次打進「玫瑰盃」決賽，只是那些新秀的名字我們一個也不會念。有一天晚上，阿提克斯正在看溫迪．希頓的體育專欄時，電話響了。

他接了電話後，走到玄關的衣帽架前說：「我要去杜柏茲太太家一下，馬上就回來。」

但阿提克斯待了許久，早過了我的上床時間都還沒回來。他回來的時候帶了一個糖果盒。他到客廳坐下，把盒子放在椅子邊的地上。

「她要幹嘛？」傑姆問道。

我們已經一個多月沒見到杜柏茲太太。後來路過時，她都不在門廊上。

「她死了，兒子。」阿提克斯說：「她在幾分鐘前去世了。」

「喔，這樣啊。」傑姆說。

「這樣也好，」阿提克斯說：「她就不必再受苦了。她已經病了很久。兒子，你不知道她為什麼會發作嗎？」

傑姆搖搖頭。

「杜柏茲太太染上嗎啡的癮。」阿提克斯說：「她用嗎啡止痛很多年，是醫生讓她用的。她原本可以靠著它度過餘生，死的時候也不會太痛苦，但她實在太頑固……」

「怎麼了嗎？」傑姆問。

阿提克斯說：「就在你胡鬧之前，她請我幫她立遺囑。雷諾茲醫師告知她只剩幾個月的時間。她的資產事宜整理得一清二楚，但她說：『還有一件事沒辦妥。』」

「什麼事？」傑姆困惑地問。

「她說她不想依賴任何人事物離開這個世界。傑姆，像她病得那麼重，不管用什麼方法來緩解病情都沒關係，可是她不肯。她說她要在死前戒掉嗎啡，她真的這麼做了。」

傑姆說：「你是說她因為這樣才會發作？」

「對，就是毒癮發作。你給她念書的時候，我猜她多半一個字也沒聽進去，她的全副身心都專注在那個鬧鐘上頭。就算你沒落在她手裡，我也打算叫你去念書給她聽，多少可以轉移注意力。還有另一個原因……」

「她死得自在嗎？」傑姆問。

「像山風一樣。」阿提克斯說：「她到最後一刻都還是清醒的，幾乎是。」他微笑道：「清醒而且暴躁。她還是打心底不認同我的作為，還說我下半輩子可能只會忙著保釋你。她叫潔西幫你準備了這個盒子……」

阿提克斯伸手從地上拿起糖果盒，交給傑姆。

傑姆打開盒子一看，裡面一團又一團的濕棉花，將一朵潔白滑潤、完美無瑕的山茶花圍在中央。那是一朵「山頂雪」。

傑姆的眼珠子差點蹦出來。「老惡魔，老惡魔！」他放聲尖叫，猛地將盒子摜在地上。「她怎麼就不能放過我？」

阿提克斯很快地起身留意著他。傑姆把臉埋進父親的前襟裡。阿提克斯說：「好了，好了，我想她是在用這個方式告訴你……一切都沒事了，傑姆，都沒事了。你要知道，她是個了不起的尊貴女士。」

「尊貴女士？」傑姆抬起頭來，一臉紅通通。「她說了你那麼多壞話……還尊貴女士？」

「她的確是。她看事情有她自己的想法，也許和我截然不同……兒子，我說過，就算你沒有失去理智，我也會讓你去給她念書。我希望你從她身上明白一些道理，希望你看清什麼是真正的勇敢，不要以為手上握著槍的男人才叫勇敢。所謂勇敢就是明知會失敗仍勇往直前，而且堅持到底。你很少贏，但有時候總是會的。杜柏茲太太就贏了，儘管體重只有區區四十五公斤。依她的想法，她死去時沒有依賴任何人事物。她是我所見過最勇敢的人。」

傑姆拾起糖果盒丟進火裡，接著又拾起山茶花，我上床時看見他撫弄著寬大的花瓣。阿提克斯在看報。

第二部

12

傑姆十二歲。他很難相處、性情反覆、喜怒無常。他胃口大得驚人，而且有無數次叫我別再煩他。我問阿提克斯：「他是不是肚子裡長條蟲？」阿提克斯說不是，是因為傑姆在長大，我對他得有耐心，盡量少去吵他。

傑姆起這麼大變化，約莫就是幾個星期的事。杜柏茲太太還屍骨未寒呢——當初傑姆好像還很感激我陪他去念書給她聽。不料彷彿一夕之間，他便有了一套完全不同的價值觀，並企圖強加在我身上，有幾次甚至對我頤指氣使。在一次爭吵後，傑姆咆哮道：「你也該規規矩矩，有個女孩樣了！」我放聲大哭，跑著去找嘉珀妮亞。

「你就別太生傑姆先生的氣了……」她說道。

「傑姆先——生？」

「是啊，現在也差不多該喊他先生了。」

「他沒那麼老，」我說：「他只是欠修理，偏偏我又不夠大。」

「寶貝，」嘉珀妮亞說：「傑姆先生要長大我也沒辦法。從現在起他會更想一個人獨處，做些男孩子做的事，所以你要是覺得孤單，就到廚房來。這裡會有很多事好做。」

那年夏天剛開始感覺還不錯——傑姆想做什麼就做什麼，在迪爾來之前，嘉珀妮亞可以暫時填補空缺。她似乎很樂意見到我出現在廚房，而看著她，我也開始覺得當女孩確實需要一些技能。

沒想到暑假到了，迪爾卻沒來。我收到他寄來一封信和一張快照，信上說他有了個新爸爸，並隨信附上照片，還說他們打算建造一艘漁船，所以他得留在美利甸。他爸爸和阿提克斯一樣是律師，只不過年輕得多。迪爾的新爸爸有一張和藹可親的面容，迪爾能得到這樣的父親我很為他高興，但我自己卻意志消沉。迪爾在信末說他會永遠愛我，叫我別擔心，等他一存夠錢就會來娶我，所以請寫信。

有一個定下終身的未婚夫，補償不了他缺席的事實。我以前從來沒想過，其實暑假就是迪爾在魚塘邊抽菸捲，就是迪爾兩眼閃閃發亮，想著各種複雜計畫要讓雷德利家的阿布現身；暑假就是迪爾趁傑姆不注意，很快地湊上來親我一下，就是我們偶爾所能感覺到對方的渴望。和他在一起，生活是常態，少了他，生活便叫人難以忍受。我就這樣悲慘地過了兩天。

好像這樣還不夠慘似的，州議會竟召開緊急會議，使得阿提克斯離開了我們兩星期。州長急於整頓州政府的一些積弊；伯明罕市已經舉行了幾次靜坐罷工；城市裡領取救濟食糧的隊伍愈來愈長，鄉下的人民愈來愈窮。但這些事件離我和傑姆的世界很遙遠。

有天早上，在《蒙哥馬利廣告報》看到一幅漫畫，下方標題寫著「梅岡的芬奇」，我們都嚇了一跳。畫中阿提克斯打赤腳、穿著短褲，被鐵鍊拴在桌邊，正勤奮地在寫字板上寫字，旁邊有幾個模樣輕佻的女孩對著他大喊「喲——嗬！」

「那是在讚美他，」傑姆解釋道：「說他會花時間去做那些沒人做就沒法完成的事。」

「嗄？」

傑姆除了個性變得不一樣，還老是擺出一副自作聰明、令人抓狂的模樣。

「唉，絲考特，就像重整各郡的稅務系統之類的，那種事對大多數人來說枯燥得很。」

「你怎麼知道？」

「唉，你走開別來煩我，我要看報。」

傑姆如願以償。我離開他去了廚房。

正在剝豆莢的嘉珀妮亞忽然說：「你們這個禮拜天上教會，我要準備些什麼？」

「應該不用吧，阿提克斯給我們留了奉獻的錢。」

嘉珀妮亞立刻瞇起眼睛，我看透了她的心思，說道：「嘉兒，你知道我們會乖乖的，我們已經很多年沒在教會惹事了。」

嘉珀妮亞顯然想起某個下雨的星期天，當時我們沒有父親也沒有老師看管，班上孩子便自作主張把尤妮絲．安．辛普森綁在椅子上，放進鍋爐室。我們把她給忘了，成群結隊上樓做禮拜，靜靜聆聽牧師講道之際，忽然從暖氣管傳來可怕的砰砰聲。聲響一直持續不斷，直到有人前去查看，帶回了尤妮絲．安，她說她不想再扮演沙得拉[22]了，傑姆．芬奇說她要是信仰夠堅定就不會被燒死，可是下面那裡實在太熱。

「再說，嘉兒，這又不是阿提克斯第一次離開我們。」我辯稱道。

「沒錯，不過他都會確認有老師在場。這次我沒聽他說起，大概是忘了吧。」嘉珀妮亞搔了搔頭，忽然微微一笑。「明天你和傑姆先生跟我一起去教會怎麼樣？」

「真的嗎？」

「怎麼樣呢？」嘉珀妮亞咧開嘴笑說。

即使嘉珀妮亞以前曾經用力給我搓過澡，比起那個星期六晚上她對沐浴程序的嚴格監督，根本算不了什麼。她給我全身抹了兩次肥皂，每次都在浴缸裡放滿清水清洗一遍，還把我的頭按進澡盆，用「八角」肥皂和橄欖皂搓洗。她已經信任傑姆多年，那天晚上卻仍侵犯了他的隱私，惹得他大發脾氣：「在這個家裡就不能好好一個人洗澡，非得全家圍觀嗎？」

第二天早上她比平時早起，以便「檢查我們的服裝」。每當嘉珀妮亞在家裡過夜，都睡廚房的一張折疊床，當天早上那張床上放滿了我們的禮拜服裝。她給我的洋裝上太多漿，我坐下時裙子就會翹起，像帳篷一樣。她讓我穿上蓬蓬的襯裙，並在腰間緊緊繫上一條粉紅絲帶。她還用冷掉的比司吉擦我的漆皮鞋，直擦到亮得能當鏡子才罷手。

「我們好像要去參加狂歡節派對，」傑姆說：「這到底是怎麼回事啊，嘉兒？」

「我不想讓人家說我沒把孩子照顧好。」她喃喃說道：「傑姆先生，你穿那件西裝絕對不能打那條領帶，那是綠色的。」

「那又怎樣？」

「西裝是藍色的，你看不出來嗎？」

「嘿嘿，」我大叫道：「傑姆是色盲。」

他氣得脹紅了臉，但嘉珀妮亞說：「你們倆都別吵了。你們去首購教會要面帶微笑。」

首購非裔衛理公會位在南邊城外的黑人社區，舊鋸木廠鐵道的另一邊。那是一棟老舊斑駁的

22 沙得拉（Shadrach），《聖經・但以理書》中提到被古巴比倫國王丟入烈火中，最後安然脫身的三名聖徒之一。

木造建築，也是梅岡唯一一座擁有尖塔與鐘的教會，因為是獲得自由的奴隸以所掙的第一筆錢買下的，所以稱為「首購」。星期天黑人在這裡做禮拜，平日裡白人在這裡賭博。

教會庭院的地面是硬如磚塊的黏土地，和旁邊的墓園一樣。如果有人在乾旱時節去世，屍體會先用冰塊蓋住，等到雨水將土地軟化。墓園裡有幾座墳前的墓碑已經破碎傾圮，較新的墳塋四周用鮮豔的彩色玻璃和可口可樂的碎玻璃瓶圈起來，有些墳上插著避雷針，顯示死者難以安息，幼兒的墳頭則有殘留的蠟燭。這是個幸福洋溢的墓園。

我們一走進院子，乾淨黑人身上那股苦苦甜甜的溫熱氣味立刻撲鼻而來：愛心牌髮油味混合著阿魏藥味、口含菸味、荷伊特牌古龍水味、布朗騾子牌嚼菸味、薄荷味和丁香爽身粉味。

見到我和傑姆隨同嘉珀妮亞到來，男人都後退一步摘下帽子，女人則雙手交抱在腰間，這些是平日裡表達恭敬的姿態。他們分站兩旁，為我們開出一條小小通道通往教會門口。嘉珀妮亞走在我和傑姆中間，向打扮得光鮮亮麗的鄰居一一回禮。

「你在做什麼，嘉兒小姐？」我們背後有個聲音問道。

嘉珀妮亞伸手搭在我們肩上，我們便停下轉身，只見後面通道上站著一名高大的黑人女子。她把重心放在一條腿上歪站著，左手肘撐在腰線上，掌心朝上指著我們。她有顆子彈型的頭，長著一對奇怪的杏眼、直挺的鼻子，還有一張印第安弓形嘴。看起來好像有兩百公分高。

我感覺到嘉珀妮亞的手用力按住我的肩膀。「你想怎樣，露拉？」她用一種我從未聽過的腔調問道，口氣平靜而輕蔑。

「我想知道你幹嘛帶白人小孩來黑人教會。」

「他們是我的客人。」嘉珀妮亞說。我還是覺得她說話很奇怪，就跟其他黑人一樣。

「是啊，我猜你這個禮拜也在芬奇家當客人吧。」眾人間響起一陣竊竊私語。「你別氣惱。」嘉珀妮亞小聲對我說，但她自己卻氣得帽子上的玫瑰亂顫。

露拉沿著通道向我們走來時，嘉珀妮亞說：「你站住別動，黑鬼。」

露拉雖然停下來卻說：「你沒有權利帶白人小孩來這裡，他們有他們的教會，我們有我們的。這是我們的教會不是嗎，嘉兒小姐？」

嘉珀妮亞說：「上帝是同一個，不是嗎？」

傑姆說：「我們回家吧，嘉兒，他們不歡迎我們……」

我有同感：他們不歡迎我們。我不是看到，而是感覺我們受到步步進逼，他們似乎愈來愈靠近，可是當我抬起頭，卻看見嘉珀妮亞眼中流露出興味。我再往通道看去，露拉已經不見了，取而代之的是一群密密扎扎的黑人。

有個人從人群中站出來，是垃圾清潔工齊波。他說：「傑姆先生，我們很高興你們能來，別理會露拉，她只是愛找碴，因為賽克斯牧師威脅要依教規懲戒她。她老早就是個愛惹是生非的人，老是想些有的沒的，對人又傲慢……我們真的很高興你們能來。」

他說完後，嘉珀妮亞便帶我們走向教會大門，賽克斯牧師在那兒迎接我們，並領我們到前排座位。

首購教會內部沒有安裝天花板，也沒有粉刷。沿牆面設置的銅架上托著一些未點燃的煤油燈，座位是一排排松木凳。粗陋的橡木講道壇後面有一塊褪色的粉紅絲質布條，上面寫著「神就是愛」，教會裡面除了一幅凹版印刷的韓特[23]名畫〈世界的光〉，這布條就是唯一的裝飾了。這裡沒有鋼琴、風琴、詩歌本、教會流程表，而這些都是我們所熟知、每個星期天都會看見的教會必需品。教會裡面很暗，原本有股潮濕的涼意，慢慢就被聚集而來的信眾給驅散。每個座位上放著一把廉價的硬紙扇，上面畫了一座俗麗的客西馬尼園[24]，捐贈者是丁鐸五金公司（「商品齊全，應有盡有」）。

嘉珀妮亞示意我和傑姆坐到這排座位的最旁邊，她自己則坐在我們中間。她往皮包裡摸索一陣，拉出手帕來，手帕一角打了結，裡頭包著銅板，硬硬的一團。她打開手帕的結，拿出一角錢給我，也拿了一角錢給傑姆。他低聲說：「我們自己有。」嘉珀妮亞回說：「拿著吧，你們是我的客人。」從傑姆臉上看得出，他為了保留自己的銅板所涉及的道德問題猶豫不決了片刻，但他天生的謙恭性格勝出，最後還是把自己的銅板收進口袋。我也照做，而且絲毫不覺得良心不安。

「嘉兒，」我輕聲說：「詩歌本呢？」

「這裡沒有。」她說。

「那要怎麼……？」

她「噓」了一聲。賽克斯牧師已經站在講道壇後面凝視著會眾，等候眾人安靜下來。他身材矮小、結實，穿著黑西裝、白襯衫，打著黑領帶，配戴著一條金表鏈，鏈子在從毛玻璃透進來的光線照耀下一閃一閃。

他說道：「各位姊妹弟兄，我們特別高興今天早上有新來的客人。芬奇先生和芬奇小姐。他們的父親大家都認識。開始做禮拜之前我要宣布幾件事。」

賽克斯牧師翻動幾張紙，從中選出一張，伸直手臂舉著。「下星期二在安奈特・李福斯姊妹家有傳道會的聚會，請把針線活帶來。」

他又拿起另一張紙念。「大家都知道湯姆・羅賓森兄弟遭遇了麻煩。他從小就是首購教會的忠實信徒。今天以及接下來三個星期天所收到的奉獻金，將會交給他的妻子海倫貼補家用。」

我捶了傑姆一下。「那個湯姆就是阿提克斯……」

「噓！」

我轉向嘉珀妮亞，但還沒開口就被禁聲。既不能說話，我只好將注意力集中到賽克斯牧師身上，他好像也在等我安靜下來。「請音樂總監帶領我們唱第一首聖詩。」他說道。

齊波從座位上起身，走過中央通道，來到我們前面停下來，面向會眾。他手上拿著一本破舊的詩歌本，打開本子後說道：「我們來唱第二百七十三首。」

這對我而言太難了。「沒有詩歌本要怎麼唱？」

嘉珀妮亞露出淺笑，小聲地說：「別出聲，寶貝。等一下你就知道。」

齊波清清喉嚨念了起來，聲音有如遠方砲聲隆隆：

「有方樂土在河彼岸。」

---

23 威廉・霍曼・韓特（William Holman Hunter，一八二七～一九一〇）是英國畫家，前拉斐爾派的創始人之一。

24 客西馬尼園（Garden of Gethsemane）是位於耶路撒冷的一座果園，耶穌受難之前曾來此禱告。

神奇的是，上百個聲音整齊劃一地唱出齊波念的歌詞。最後一個音節以沙啞的哼吟聲持續拉長，齊波則接著念道：

「世人稱之永恆美地。」

歌聲再次從四周湧現，最後一個音還在延續，齊波已經接了下一句：「唯藉信念方可渡岸。」

會眾有些遲疑，齊波便仔細地重念一遍，大家才跟著唱。齊波在合唱聲中闔起詩歌本，打了個手勢示意眾人無須他幫忙，繼續唱下去。

「歡騰」二字的樂音逐漸消失變弱之際，齊波又念道：「遙遠美好永世樂土，一水之隔波光閃閃。」

眾人用簡單的和聲一行一行地跟著唱詩，直到最後在憂傷的呢喃聲中結束。

我看著傑姆，發現他正以眼角餘光瞥向齊波。我自己也不敢相信，但我們都親耳聽到了。

隨後賽克斯牧師求主保佑生病患難的人，這個程序和在我們教會並無不同，只是賽克斯牧師將上帝的注意力導向幾個特別個案。

他講道時，公開直率地譴責罪惡，一絲不苟地陳述他背後牆上的標語。他警告信眾要提防酒精、賭博與怪女人的禍害，那些容易使人暈頭轉向。私酒販子在黑人社區已經製造夠多麻煩，但女人更糟。又是「女人不潔」，這項教義似乎盤據了所有神職人員的心，我在自己的教會也經常聽到。

我和傑姆每個星期天聽的也都是同樣的講道內容，只有一點例外。賽克斯牧師會更隨性地利用講道來表達自己對於個人墮落行為的看法：吉姆·哈第已經連續五星期沒上教會，而他也沒生病；康思坦絲．傑克森最好留意一下自己的言行舉止，她與鄰居吵架已是十分危險，竟還架設了黑人社區有史以來第一面惡意圍籬。

賽克斯牧師結束布道後，站到講道壇前方的桌旁，要求大家做早晨奉獻，我和傑姆對這個程序很陌生。會眾一一上前，將五分錢和一角錢丟進一只黑色琺瑯咖啡罐中。我和傑姆依樣畫葫蘆，當我們將一角錢丟下去發出叮噹響聲，得到了「謝謝，謝謝」的輕聲回應。

出乎我們意外地，賽克斯牧師把罐子裡的硬幣倒到桌上，再扒撥進手心裡。然後直起身子說：「這些不夠，我們得湊滿十塊錢。」

會眾騷動起來。「大家都知道這筆錢要做什麼用。湯姆在牢裡的時候，海倫不可能丟下孩子去工作。要是每個人再多給一角，就夠了……」賽克斯牧師揮揮手，對著教會後方的某人喊道：「艾利克，把門關上。湊不到十塊錢，誰也不能離開。」

嘉珀妮亞在手提包裡扒抓片刻，拿出一只破舊的零錢皮包。當她遞給傑姆一枚亮晶晶的兩角五分錢銅板時，傑姆低聲說：「嘉兒，這次我們可以丟自己的錢。絲考特，把你的一角錢給我。」

教會裡開始變得悶熱，我這才忽然領悟，賽克斯牧師是打算藉此向會眾逼出預定的奉獻金。扇子啪啪響，一雙雙腳在地上動來動去，嚼菸草的人難耐菸癮。

這時我被賽克斯牧師嚇了一跳，因為他口氣嚴厲地說：「卡洛．李察遜，我還沒看到你走上這條通道。」

一個瘦瘦的、穿卡其褲的男人走上通道，放入一枚硬幣。大夥紛紛低聲讚許。

接著賽克斯牧師又說：「我希望凡是沒有小孩的人能多犧牲點，每人多捐一角錢。那樣就夠了。」

這十塊錢慢慢地、艱難地湊齊了。門打開來，吹進一陣暖風，大家才又恢復生氣。齊波一句句帶唱〈進入應許迦南美地〉，然後禮拜結束。

我還想留下來探看一番，嘉珀妮亞卻推著我走過通道。到了門口，她停下來和齊波及他家人說話，我和傑姆便和賽克斯牧師聊了起來。我有一大堆問題想問，但仍決定等著讓嘉珀妮亞來回答。

「我們真的很高興你們能來，」賽克斯牧師說：「你們的爸爸是這個教會最好的朋友。」

我終於按捺不住好奇。「你們為什麼要捐錢給湯姆．羅賓森的太太？」

「你沒有聽到原因嗎？」賽克斯牧師問道：「海倫有三個孩子年紀很小，沒辦法出去工作……」

「她為什麼不帶著他們呢，牧師？」我問道。黑人下田幹活往往會帶著小孩，大人工作時，就把孩子放在陰涼處，幼兒通常會坐在兩排棉花中間的陰影底下。還不會坐的就用背帶綁在母親背上，或是安置在多出來的棉花袋裡。

賽克斯牧師略一遲疑。「老實說，琴．露易絲小姐，海倫發現最近工作很難找……等採摘季節到了，林柯．狄斯先生應該會雇用她。」

「為什麼不好找，牧師？」

他還沒能回答，我就感覺到嘉珀妮亞的手按在我肩頭。她的手一壓，我隨即說道：「謝謝你讓我們來。」傑姆也複述我的話，然後我們啟程回家。

「嘉兒，我知道湯姆．羅賓森做了可怕的事，現在在坐牢，但是為什麼沒有人要雇用海倫？」

我問道。

穿著海軍藍薄紗洋裝、戴著一頂大帽子的嘉珀妮亞，走在我和傑姆中間。她說：「因為大家都在傳湯姆做的事，誰都不太想……和他的家人有牽扯。」

「他到底做了什麼，嘉兒？」

嘉珀妮亞嘆氣道：「羅伯．尤爾老先生指控他強暴他女兒，報警把他抓進牢裡去了……」

「尤爾先生？」我的記憶慢慢浮現。「有些姓尤爾的學生每年只有開學那天來上學，然後就回家了，他和他們有關係嗎？而且阿提克斯說他們是道地的敗類，我從來沒聽阿提克斯這樣說過誰。他還說……」

「沒錯，他們是同一家子。」

「那如果每個梅岡人都知道尤爾家的人是什麼樣，應該會很樂意雇用海倫才對……什麼叫強暴，嘉兒？」

「這你得去問芬奇先生，」她回答說：「他能解釋得比我清楚。你們餓了嗎？今天早上牧師花的時間比較長，他通常不會嘮叨。」

「他就跟我們的牧師一樣。」傑姆說：「不過你們為什麼那樣唱聖詩？」

「帶唱嗎？」她問道。

「那叫帶唱嗎？」

「是的，那叫帶唱。從我有記憶以來就是這種唱法。」

傑姆說要是累積一年的奉獻金，應該就能買詩歌本了。

嘉珀妮亞笑說：「那沒用，他們不識字。」

「不識字？」我問道：「全部的人？」

「是啊。」嘉珀妮亞點點頭。「首購教會只有四個人識字……我是其中一個。」

「你在哪兒上學的，嘉兒？」傑姆問道。

「我沒上過學。我想想，是誰教我認字母的？是茉蒂小姐的姑媽畢佛小姐……」

「你**那麼**老了？」

「我甚至比芬奇先生還老呢。」嘉珀妮亞咧嘴笑著說：「只是不知道大幾歲。有一次我們試著回憶以前的事，想推算我的年紀，我只能回想起比他早幾年的事，所以我不會大太多，如果不去考慮女人的記性比男人好的話。」

「你生日是哪一天，嘉兒？」

「我都在聖誕節過生日，這樣比較好記，我不知道確切的生日是哪一天。」

「可是嘉兒，」傑姆反駁道：「你看起來根本不像阿提克斯那麼老。」

「黑人不太容易顯老。」她說。

「可能是因為不識字吧。嘉兒，你有沒有教齊波？」

「有的，傑姆先生。他小時候連學校都沒有，不過我還是逼他讀書識字。」

齊波是嘉珀妮亞的長子。我要是認真想過，就會知道嘉珀妮亞年紀不小了，因為齊波已經有幾個半成年的孩子。只不過我從來沒認真想過。

「你也是用初級讀本教他的嗎？像我們一樣。」我問道。

「不是，我要他每天讀一頁《聖經》。另外還有一本畢佛小姐教我認字用的書……你們一定不知道那本書是哪裡來的。」她說。

我們確實不知道。

嘉珀妮亞說：「是你們的爺爺送我的。」

「你是從農場來的？」傑姆問道：「你從來沒跟我們說過。」

「我當然是了，傑姆先生。我是在畢佛家和芬奇農場中間長大的，那些年不是給芬奇家就是給畢佛家幹活，你們爸媽結婚以後我才搬到梅岡來。」

「是什麼書啊，嘉兒？」我問道。

「布雷克史東[25]的《英國法釋義》。」

傑姆驚呆了。「你是說你用那本書教齊波識字？」

「是啊，傑姆先生。」嘉珀妮亞難為情地用手指掩住嘴巴。「我只有那兩本書。你爺爺說布雷克史東先生寫的英文很優美……」

「所以你說話才跟其他人不一樣。」傑姆說。

「其他什麼人？」

「其他的黑人。可是嘉兒，你在教會裡說話又跟他們一樣……」

25 威廉・布雷克史東（William Blackstone，一七二三～一七八〇）：英國法律學者兼法官，也是保守派托利黨的政治人物。

我從來沒想到嘉珀妮亞過著適度的雙重生活。想到她在我們家之外過著另一種生活，讓我感到新奇，更遑論她還能隨意支配兩種語言。

「嘉兒，」我問道：「你為什麼要跟你的……你們的人說黑鬼話，你明知那是不正確的。」

「這個嘛，首先我是個黑人……」

「這並不表示你一定要那樣說話，你明明可以說得更標準。」傑姆說。

嘉珀妮亞將帽子斜推到一邊，搔了搔頭，然後小心地把帽子壓低蓋住耳朵。「這很難說得清楚。」她說道：「你想想，如果你和絲考特在家裡說黑人的話，那會很彆扭，對吧？那如果我在教會和鄰居說白人的話呢？他們會覺得我裝模作樣，架子擺得比摩西還大。」

「可是嘉兒，你比較聰明。」我說。

「不一定要把你懂的都說出來。那樣不像淑女……再說了，一般人也不喜歡身邊有人懂得比自己多，那會讓他們惱羞成怒。跟他們說標準英語根本改變不了什麼，得要他們自己想學才行，要是他們沒有心學，你也只能閉上嘴巴，不然就說他們的話。」

「嘉兒，我可不可以找個時間來看你？」

她低頭看著我。「看我？親愛的，你每天都會看到我啊。」

「我是說到你家。」我說：「你下工以後找個時間好嗎？阿提克斯可以來接我。」

「你想什麼時候來都行。」她說：「我們很歡迎你。」

我們已經來到雷德利老宅旁的人行道。

「看那邊的門廊。」傑姆說。

我望向雷德利家，以為會看見屋子的幽靈主人坐在鞦韆上曬太陽。但鞦韆是空的。

「我是說我們家。」傑姆說。

我往街道那頭看去，只見亞麗珊卓姑媽坐在搖椅上，全副武裝、挺直腰桿、姿態強硬，就好像自出生以來每一天都像這樣在那兒坐著。

13

「嘉珀妮亞，把我的行李放到前面臥室去。」這是姑媽說的第一句話。「琴‧露易絲，別再搔頭了。」這是第二句。

嘉珀妮亞拎起姑媽沉重的行李箱，打開大門。「我來拿。」傑姆說著接了過去。我聽到行李砰咚一聲落在臥室地板上，好像悶悶地回響許久。

「你來玩嗎，姑媽？」我問道。亞麗珊卓姑媽很少離開農場來訪，而且她出門總是很隆重。她有一輛方方正正的碧綠色別克，還有個黑人司機，人車都保持在一種病態的整潔狀態，但今天兩者都不見蹤影。

「爸爸沒告訴你們嗎？」她問道。

我和傑姆搖搖頭。

「八成是忘了。他還沒回來是吧？」

「還沒，他通常要到傍晚才會回來。」傑姆說。

「是這樣的，你們爸爸和我商量決定，我應該來和你們同住一陣子。」

在梅岡，「一陣子」指的可能是三天也可能是三十年。我和傑姆互相使了個眼色。

「傑姆正在逐漸長大，而你也是。」她對著我說：「我們認為最好讓你接受一些女性的影響。琴‧露易絲，再過不了幾年你就會對衣服和男孩子感興趣了……」

對此我原本可以有幾個回答：嘉兒也是女生，我還要過好多年才會對男生感興趣，我對衣服永遠都不會有興趣……但我沒有出聲。

「吉米姑丈呢？」傑姆問道：「他也來了嗎？」

「沒有，他留在農場料理事情。」

當我開口說：「你不會想他嗎？」立即察覺這問題問得失當。無論吉米姑丈在或不在，差別都不大，他從來不吭聲。亞麗珊卓姑媽對我的問題置若罔聞。

我想不出還能跟她說什麼。事實上，我永遠想不出該和她說什麼，我坐在那裡回想過去和她之間的痛苦對話：琴・露易絲，你好嗎？很好，謝謝姑媽，你好嗎？非常好，謝謝你。你最近在做什麼？沒什麼。你什麼事都不做嗎？是的。你肯定有朋友吧？有的，姑媽。那你們都做些什麼？沒什麼。

姑媽顯然認為我笨到極點，因為我有一次聽到她對阿提克斯說我很遲鈍。

這一切背後是有原因的，但我當時一點也不想向她打聽，因為那天是星期天，姑媽在主日裡脾氣特別暴躁。我猜是她那身禮拜日緊身褡的緣故。她並不胖，但很結實，而且選擇穿上一身防護衣，把胸部擠到半天高、勒出細腰、撐起翹臀，在在暗示著亞麗珊卓姑媽也曾有過沙漏形的曼妙身材。無論從哪個角度看，都很嚇人。

那天下午剩下的時間就在一股淡淡的陰鬱中度過，每當有親戚來訪都會出現這種氣氛，可是一聽到有車子轉進自家車道，陰霾立刻一掃而空。是阿提克斯，從蒙哥馬利回家來了。傑姆一時忘了矜持，和我一起跑去迎接他。傑姆搶著替他拿公事包和行李箱，我則跳進他懷裡，感覺到他隨意地輕輕親我一下，一面問他：「你有給我買書嗎？你知道姑媽來了嗎？」

兩個問題阿提克斯都給了肯定的答案。「她來跟我們住，你覺得怎麼樣？」

我說我很高興，這是謊話，但在某些情形下以及在無能為力的時候，人就不得不撒謊。

「我們覺得這個時候，你們兩個孩子也該需要……其實，事情是這樣的，絲考特，」阿提克斯說：「姑媽是在幫我和你們倆的忙。我沒法整天在家裡陪你們，而今年夏天會很火爆。」

「好的，爸爸。」話雖如此，我卻一個字也沒聽懂。無論如何我總覺得，與其說是阿提克斯要姑媽來，倒不如說是她自己想來。姑媽老是把「怎麼做才對家族最好」掛在嘴邊，我猜她來與我們同住也屬於這類考量。

梅岡人很歡迎她。茉蒂小姐烤了一個堅果葡萄乾夾心蛋糕，裡面加了太多自釀酒讓我都醉了。史蒂芬妮小姐來找過姑媽幾次，每次都待很久，大多時候都只看到史蒂芬妮小姐搖著頭說「呣，呣，呣」。隔壁的瑞秋小姐經常在下午請姑媽過去喝咖啡，就連納森．雷德利先生都特地來到前院，說很高興見到她。

姑媽搬進來以後，生活又恢復日常的步調，她也好像一直都跟我們住在一起似的。她給傳道會準備的糕點為她增添了稱職女主人的美名（但在聽過關於「吃教基督徒」[26]的長篇大論後，她便不許嘉珀妮亞為聚會準備美食）；她加入梅岡文書社並擔任祕書工作。對所有生活在這個郡裡並積極參與郡民生活的人而言，像亞麗珊卓姑媽這種人可說是碩果僅存：她展現了舊日河船上與寄宿學校裡的儀態；舉凡任何道德觀念，她都會加以維護；她天生就愛唱反調；她是個無可救藥的長舌婦。姑媽上學時，教科書上根本找不到「自我懷疑」這個字眼，因此她不懂這是何意。她從不無聊，只要一逮到機會就會行使王者般的特權：給人安排、建議、提醒與警告。

她從不放過任何機會去指出其他家族的缺點，以彰顯我們自己家族更大的榮耀，傑姆對她這項習慣並不氣惱，反而覺得有趣。他說：「姑媽說話最好小心一點，要是深入追查一下，大多數梅岡人和我們都有親戚關係呢。」

山姆．梅利韋哲年紀輕輕就自殺，姑媽在強調此事件的教訓時說，那是因為他們家有一種病態天性。如果有個十六歲的女孩在唱聖詩時格格發笑，姑媽會說：「這正好證明潘菲爾家的女人都很輕浮。」梅岡城的每個人好像都有某種「天性」：酗酒天性、賭博天性、吝嗇天性、可笑天性等等。

有一回，姑媽斬釘截鐵地告訴我們，史蒂芬妮小姐愛管閒事的性格是來自遺傳，阿提克斯聽了便說：「妹妹，你仔細想想，芬奇家族可以說從我們這一代才不再近親聯姻，你會說芬奇家的人有亂倫的天性嗎？」

姑媽說不會，我們就是因為這樣才會小手小腳。

我始終不明白她為什麼那麼在乎遺傳。我不知從哪建立的印象，總覺得「高貴的人」就是憑自己的見識全力以赴，但根據姑媽迂迴表達的觀念，一個家族在一塊土地上盤踞愈久就愈高貴。

「這麼說尤爾家的人也算高貴囉。」傑姆說。波里士．尤爾和他的兄弟組成的家族，一直都住在梅岡垃圾場後面的同一塊土地上，而且靠著郡政府的救濟金已經繁衍三代。

26「吃教基督徒」（Rice Christians），指為了物質利益而入教的信徒。

不過，亞麗珊卓姑媽的理論也不是毫無根據。梅岡是座古城，位在芬奇農場以東三十公里處，如此古老的城鎮卻如此深入內陸，很是奇怪。其實要不是有個姓辛克菲的人心思機伶，梅岡原本會靠河近一點。最早的時候，這個辛克菲在兩條羊腸小道交會處經營一家旅店，也是這一帶唯一一家酒館。他不是什麼愛國商人，無論經營酒店或供應彈藥，對印第安人與拓荒移民都一視同仁。他既不清楚也不在乎自家店的位置是屬於阿拉巴馬領地或克里克部落，反正有錢賺就好。生意正興旺之際，州長威廉・懷厄・畢博為了促進這個新郡境內的情勢穩定，派出一隊探勘人員找出郡的正中心，以便在此設立郡府。下榻在辛克菲旅店的探勘人員告訴主人，他的店正好位在梅岡郡邊界上，還讓他看了可能建造郡府的地點。若非辛克菲大膽守護住自己的資產，梅岡的位置將會落在溫斯頓沼澤當中，一個一文不值的地方。相反地，梅岡的版圖以辛克菲酒館為中心點向外拓展，因為有一天晚上辛克菲把客人灌得醉眼迷濛，誘使他們拿出地圖與圖表，這裡截去一點、那裡添加一些，並依據他的需求調整郡中心點。次日，他讓他們整裝離開，鞍囊中除了圖表外還有五夸特的私釀酒——每人各兩夸特，還有一夸特是給州長的。

梅岡存在的主要原因是用作政府所在地，因此不像阿拉巴馬州大多數規模相當的城鎮那般髒亂。一開始，這裡的建物很堅固、郡府建築莊嚴堂皇、街道優美寬敞。在梅岡，專業人士的比例頗高，民眾會來這裡拔牙、修馬車、看診、存錢、拯救自己的靈魂、治療騾子。但是辛克菲的操弄手法究竟是否明智，仍有待商榷。他讓這座新城與當年唯一的大眾交通工具河船相距了三十多公里，使得住在郡北端的人要到梅岡的店鋪來買東西得花上兩天路程。也因此百年來，梅岡的規模都一成不變，像一座孤島坐落在棉花田與林地錯綜交織的大海中。

雖然梅岡在州際之戰[27]期間受到忽視，重建法與經濟的崩壞仍迫使它發展，只不過是向內發展。這裡很少有新的居民移入，同一批家族與同一批家族聯姻，直到最後社區的成員看起來都有些相像。偶爾會有人從蒙哥馬利或莫比爾帶回外地人，但結果也只是在家人默默相似化的潮流中激起一絲漣漪罷了。在我小時候，情況差不多還是這樣。

在梅岡確實有個種姓體系，但在我心裡它的運作模式如下：年長的居民，也就是已經多年比鄰而居的這一代人，對彼此都瞭若指掌。他們將態度、性格上的細微差異，甚至於表情動作都視為理所當然，因為這些在每一代都重複過，也都經過歲月洗鍊。於是，「克勞佛家人愛管閒事」、「三個梅利韋哲就有一個不正常」、「真理不在德拉費家人心裡」、「畢佛家人走路都那樣」等等格言，根本就成了日常生活指南，因此收德拉費家人的支票前，一定要先打電話跟銀行確認；茱蒂小姐會駝背就因為她是畢佛家的人；如果葛芮絲．梅利韋哲太太直接就著瓶口喝莉蒂亞．平坎姆牌的婦女滋補液，也不奇怪，因為她母親也是這樣。

亞麗珊卓姑媽毫無障礙地融入了梅岡的世界，卻始終無法融入我和傑姆的世界。她怎麼可能是阿提克斯和傑克叔叔的姊妹呢？我因為太常感到納悶，傑姆許久以前編的那些關於嬰兒掉包和風茄根[28]的故事本已遺忘大半，如今又想起來了。

這是她住在這裡的第一個月裡我們對她的抽象臆測，畢竟她對我和傑姆幾乎沒有話說，我們

---

27 美國南北戰爭過後，南方人民普遍以「州際之戰」（War Between the States）來稱呼此戰爭。

28 風茄根（mandrake roots）酷似人形，被認為具有魔力，常用於巫術儀式。

只有在用餐時間和晚上睡覺前才會看見她。現在是夏天，我們都待在外面。當然，有時下午我會跑進屋裡喝水，發現客廳人滿為患，一大群梅岡的淑女在那兒啜飲、私語、搧扇子，我也會被叫過去：「琴．露易絲，過來跟這些小姐女士打聲招呼。」

當我出現在門口，姑媽似乎就後悔叫我了，因為我常常濺了泥巴或是滿身沙土。

有一天下午，她在玄關堵到我，便說：「來跟你莉莉表姑打個招呼。」

「誰？」我問道。

「你的表姑莉莉．布魯克。」姑媽說。

「她是我們的親戚？我都不知道。」

姑媽勉強露出微笑，既溫和傳達了對表姑的歉意，也嚴厲顯現對我的不滿。等表姑離開後，我就知道自己慘了。

父親真是不應該，竟然忘了告訴我有關芬奇家族的事，也沒有讓孩子建立一點家族榮譽感。傑姆也被她叫來，戒慎恐懼地和我並肩坐在沙發上。她離開客廳一會兒，回來時拿著一本紫色封面的書，上面印著幾個燙金字「約書亞．聖克萊沉思錄」。

「這是你們表哥寫的，」姑媽說：「他是個完美的人。」

傑姆將小冊子細細研究一番，問道：「就是那個被關很久的約書亞表哥嗎？」

姑媽說：「你怎麼知道那件事？」

「喔，阿提克斯說他在大學裡面發瘋，企圖對校長開槍，還說約書亞表哥說那個校長根本只是個下水道工人，就打算用一把舊式的燧石槍射他，結果槍在他手裡走火了。阿提克斯說家裡花了五百元才替他解決那件事……」

姑媽動也不動地站著，活像隻鸛鳥。「好了，以後再說吧。」她說。

睡覺前我到傑姆房裡想借本書，阿提克斯剛好敲門進來。他坐到傑姆的床沿，認真地看著我們，然後咧嘴笑了。

「呃……呣。」他進入正題之前先清了清喉嚨，我心想他終於還是變老了，可是外表看起來並沒兩樣。「我不太知道該怎麼說。」他開口道。

「你就說啊，我們做錯什麼了嗎？」傑姆說。

父親其實有些忸怩不安。「不，我只是想跟你們解釋……亞麗珊卓姑媽要我……兒子，你知道自己是芬奇家的人對吧？」

「你們是這麼跟我說的。」傑姆兩眼斜乜著，不由自主地拉高嗓門問道：「阿提克斯，到底是什麼事？」

阿提克斯翹起腿，兩手抱在胸前。「我想要告訴你們生活的現實面。」

傑姆更加顯得厭煩地說：「那些東西我都知道。」

阿提克斯忽然轉為嚴肅，用他那沒有絲毫抑揚頓挫的律師口吻說：「姑媽要我試著讓你和琴．露易絲牢牢記住，你們不是出身普通人家，而是來自一個數代都受到良好教養的家族……」阿提克斯停頓下來，看著我在腿上找一隻很會躲的沙蚤。

等我終於抓住跳蚤，他才又接著說：「良好教養，所以你們應該努力，以免辜負自己的姓氏……」阿提克斯不理會我們的反應，堅持說下去：「她要我告訴你們，你們得努力做個小淑女和小紳士，才符合自己的身分。她想跟你們談談我們家族以及它多年來對梅岡郡的貢獻，好讓你們對自己的身分有點概念，那麼也許能讓你們表現得規矩一點。」他一口氣把話說完。

我和傑姆目瞪口呆，先是彼此互看，接著看阿提克斯，他好像被衣領弄得很煩。我們沒跟他說話。

我很快地從傑姆的斗櫃上拿起一把梳子，沿著梳齒邊緣劃過去。

「別弄那個聲音。」阿提克斯說。

他的粗魯刺傷了我。梳子正劃到一半，我啪一聲重重放下，沒來由地竟哭了起來，而且怎麼也停下來。這個人不是我爸爸，爸爸從來沒有這種念頭，也從來不說這種話，是亞麗珊卓姑媽不知用什麼方法把他變成這樣。淚眼婆娑中，我看見傑姆歪著頭站在那裡，也被一片類似的孤單所包圍。

無處可去，但我仍然轉身要走，一頭撞上阿提克斯的背心前襟。我把頭埋進去，聽著淺藍色衣服底下發出的各種細微聲響，有他懷表的滴答聲、有他漿得筆挺的襯衫微弱的窸窣聲、有他輕輕的呼吸聲。

「你肚子在叫。」我說。

「我知道。」他說。

「你最好吃點小蘇打。」

「我會的。」他說。

「阿提克斯，叫我們守規矩什麼的，真會起什麼作用嗎？我是說你……」

我感覺到他的手摸著我的後腦杓。「你們什麼都別擔心，」他說：「現在還不用擔心。」

聽他這麼說，我知道原來的他回來了。我腿上的血液又開始流動，我抬起頭問道：「你真的要我們做那些事嗎？芬奇家的人應該做什麼，我老是記不住……」

「我不要你們記住。忘了吧。」

他往門口走去，出房間後隨手將門關上。他差點就要摔門，但在最後一刻及時打住，輕輕將門帶上。我和傑姆還愣著，門又打開了，阿提克斯探頭進來，只見他眉毛上揚，眼鏡滑落下來。

「我愈來愈像約書亞表哥了，對不對？你們覺得我最後也會讓家人花五百元嗎？」

如今我知道他當時想做什麼了，但阿提克斯畢竟是個男人，那種事需要由女人來做。

14

雖然不再從亞麗珊卓姑媽口中聽到關於芬奇家族的事，卻在城裡聽到不少。每逢星期六，只要傑姆答應讓我陪他（他現在非常厭惡和我一起公開出現），我們就會帶著自己的五分錢硬幣，鑽過人行道上汗流浹背的人群進城，有時候會聽到：「那是他的孩子」或「那邊那是芬奇家的人」。當我們轉過去想看看是誰在指指點點，卻只看見兩、三個農夫站在梅科藥房櫥窗前研究灌腸袋，或是兩個戴草帽的矮胖村婦坐在一輛胡佛車上。

有一次迎面走來一個很瘦的紳士，跟我們擦肩而過時，忽然丟出一句曖昧不明的話：「就算他們無法無天，在鄉下到處強暴人，郡裡的長官也不會管。」這讓我想起我有個問題要問阿提克斯。

「什麼叫強暴？」當天晚上我便問他。

阿提克斯從報紙後面露出臉來。他正靠窗坐在自己的椅子上。隨著年齡漸長，我和傑姆都認為應該大方一點，讓阿提克斯吃完飯後有半小時的獨處時間。

他嘆了口氣，說強暴就是女性受到暴力脅迫，非自願的性交行為。

「要真是這樣，為什麼我問嘉珀妮亞的時候，她叫我別問？」

阿提克斯像在想什麼。「你說什麼？」

「我說，那天從教會回來的時候，我問嘉珀妮亞那是什麼意思，她叫我問你，但我忘了，所以現在來問你。」

他已經將報紙放到腿上，說道：「請再說一遍。」

我把我們跟嘉珀妮亞上教會的事詳細地跟他說了。阿提克斯似乎聽得津津有味，可是原本靜靜坐在角落裡做女紅的姑媽，卻放下手中的刺繡盯著我們看。

「那個星期天你們是從嘉珀妮亞的教會回來的？」

傑姆說：「是啊，她帶我們去的。」

我忽然想起一事。「是的，姑媽，她還答應讓我找一天下午去她家。阿提克斯，我想下個禮拜天去，可以嗎？嘉兒說如果你開車出去了，她可以來接我。」

「你**不能**去。」

這是亞麗珊卓姑媽說的。我驚訝得猛然轉身，隨即又轉回來看阿提克斯，正好瞧見他很快地瞥了她一眼，但已經太遲。我回說：「我沒問你！」

阿提克斯儘管人高馬大，從椅子起身的速度卻比我認識的任何一人都要快。他已經站起來，並對我說：「向姑媽道歉。」

「我沒問她，我在問你……」

阿提克斯偏著頭，用那隻健全眼睛的凌厲目光把我釘在牆上，動彈不得。然後用一種致命的聲音說：「先跟姑媽道歉。」

「對不起，姑媽。」我囁嚅道。

「那好，」他說道：「我們就把事情說清楚：你要聽嘉珀妮亞的話，你要聽我的話，而只要姑媽還住在這家裡，你也要聽她的話。懂了嗎？」

我懂了，暗自琢磨片刻後，覺得唯一能帶著一絲尊嚴離開的方法就是上廁所，而且在裡頭待了許久，好讓他們相信我是真的有必要去。回來時，我在走廊上徘徊著，聽見客廳傳出激辯聲。我從門口看見傑姆坐在沙發上，面前捧著一本足球雜誌，頭不停轉動，好像雜誌裡面有現場轉播的網球賽。

「……你得想辦法管管她了。」姑媽說道：「你已經放任不管太久了，阿提克斯，太久了。」

「我看不出讓她去那裡有什麼壞處，嘉兒會像在這裡一樣照顧她的。」

他們說的「她」是誰？我的心往下一沉：是我。我感覺到一座粉紅棉布衣監獄的漿硬牆面，慢慢朝我壓迫靠近，於是我興起生平第二次離家出走的念頭。立刻就走。

「阿提克斯，心腸軟沒關係，你本來就很平易近人，可是你要考慮到你有個女兒，一個成長中的女兒。」

「我就是考慮到這個。」

「你別想逃避，這是遲早要面對的問題，乾脆就今晚解決。我們現在不需要她了。」

阿提克斯語氣平平地說：「亞麗珊卓，除非嘉珀妮亞自己想走，否則我不會讓她離開這個家。你也許不這麼認為，但這些年要是沒有她，我不可能撐得過來。她對這個家忠心耿耿，你也只能接受現狀。再說了，妹妹，我不希望你為我們做牛做馬，你沒有理由這麼做。我們現在還是跟以前一樣需要嘉兒。」

「可是阿提克斯……」

「還有，我不認為孩子被她帶大有受過一丁點委屈。要說有的話，那就是她在某些方面比一個母親還要嚴格……只要發現他們做錯事，她從不放過，也從不像大多數黑人保母那樣溺愛孩子。嘉兒試著依據自己的想法來養育他們，而她的想法相當不錯，還有一點，這兩個孩子愛她。」

我又能正常呼吸了。與我無關，他們談的是嘉珀妮亞。我重新振作後，走進客廳。阿提克斯又躲到報紙後面，亞麗珊卓姑媽也埋頭刺繡。啵、啵、啵，她的針把繃圈戳鬆了，便停下手，將布面拉緊，啵、啵、啵。她怒火中燒。

傑姆站起來，輕輕走過地毯，打手勢要我跟上。他帶我到他的房間，把門關上，一臉嚴肅。

「他們在吵架，絲考特。」

這陣子我和傑姆常常吵架，但我從未聽過或看過誰跟阿提克斯爭吵。那種場面看了不舒服。

「絲考特，盡量別去惹姑媽生氣，聽到沒？」

我還對阿提克斯的話耿耿於懷，沒聽出傑姆問題中的請求，火氣不由得再次上升。「你想命令我嗎？」

「不是，只是……就算不為我們操心，他現在也有很多煩心的事。」

「比如說？」阿提克斯看起來不像有什麼特別的心事。

「像湯姆・羅賓森這個案子就讓他煩死了……」

我說阿提克斯根本沒有為什麼事情操心。再說，這個案子每星期只會擾亂我們一次，而且時間都不長。

「那是因為你只能把事情放在心裡一下子。」傑姆說：「大人就不一樣了，我們……」

最近他這種惱人的優越感真叫人受不了。他除了看書和獨來獨往，什麼事都不想做。他還是會把看過的書都交由我接收，但有一點不同：以前是因為他覺得我會喜歡，現在卻是為了啟發教育我。

「拜託，傑姆！你以為你是誰啊？」

「我是認真的，絲考特，你要是惹姑媽生氣，我就……我就打你屁股。」

我一聽立刻失控。「你這個可惡的陰陽人，我要殺死你！」他坐在床上，我輕而易舉便抓住他的瀏海，一拳打在他嘴上。他打了我一巴掌，我試圖再賞他一記左拳，不料卻被他一拳打中肚子，四腳朝天倒在地上。我差點一口氣喘不過來，但沒關係，我知道他在打架，他在反擊。我們依然是平等的。

「你現在不那麼高高在上了吧？」我尖叫著，又再度卯起勁來。他仍坐在床上，我無法有個穩固的立足點，只好拚盡全力撲上去，又打又扯又捏又挖。一開始的揮拳打架頓時變相成一場混仗。阿提克斯來把我們拉開時，我們還在纏鬥不休。

「夠了，」他說：「你們兩個現在馬上上床睡覺。」

我對傑姆「哈哈！」兩聲，因為他得跟我同一時間上床睡覺。

「是誰先開始的？」阿提克斯無奈地問。

「是傑姆。他想要命令我。我現在不用聽**他**的，對不對？」

阿提克斯微微一笑。「這樣好了，只要傑姆能讓你聽他的，你就聽他的。夠公平了吧？」

姑媽也在場但沒說話，當她和阿提克斯一起走下走廊，我聽見她說「……這事我早跟你說了」，這句話又讓我們再次團結起來。

我們倆的房間連在一起，當我關上相通的那扇門，傑姆說：「晚安，絲考特。」

「晚安。」我喃喃應道，一面慢慢摸到另一頭去開燈。經過床邊時，踩到一樣溫熱、有彈性又十分光滑的東西，不太像硬橡膠，感覺像是活的。我還聽到它在移動。

我打開燈，往床邊地上看去，被我踩到的東西已經不見了。我連忙去敲傑姆的門。

「幹嘛。」他說。

「蛇摸起來什麼感覺？」

「有點粗粗的，冷冷的，沙沙的。怎麼了？」

「我床底下好像有一條。你能不能過來看看？」

「你在惡作劇嗎？」傑姆將門打開，身上只穿著睡褲。我發覺他嘴上還留著我的指節印，不免有幾分得意。當他看出我不是開玩笑，便說：「你要是以為我會把臉伸到床底下去找蛇，那你就錯了。等一下。」

他到廚房拿來掃帚。「你最好到床上去。」他說。

「你覺得真的是蛇嗎？」我問道。這可是件大事。我們的房子沒有地下室，是以搭高離地面幾十公分的石塊為基礎建造的，爬蟲進屋來的情形並不是沒有，但不常見。瑞秋小姐每天早上要喝一杯純威士忌，藉口就是有一回她去掛晨衣，在臥室衣櫥裡發現一條響尾蛇盤在洗好的衣服上，至今依然餘悸猶存。

傑姆試探地往床底下揮掃幾下。我俯視著床尾，看有沒有蛇跑出來。完全沒有。傑姆又掃得更深一些。

「蛇會唉唉叫嗎？」

「那不是蛇，是人。」傑姆說。

這時忽然有個髒兮兮的褐色包裹從床下拋出來。傑姆舉起掃把，只差兩、三公分就打到迪爾冒出來的頭。

「全能的上帝啊。」傑姆的聲音充滿虔敬。

我們看著迪爾一點一點地出現。他剛好能勉強擠出來。站起身後鬆動鬆動肩膀、轉轉腳脖子、揉揉頸背。等到血液循環恢復了，才說了聲「嘿」。

傑姆再次呼求上帝。我無言以對。

「我快死了，有東西好吃嗎？」迪爾說。

我夢遊似的走到廚房，給他拿來一些牛奶和晚餐吃剩的半盤玉米餅。迪爾狼吞虎嚥地吃著，而且還是依老習慣用門牙咀嚼。

我終於能開口說話。「你是怎麼來的？」

過程可曲折了。吃完東西恢復精神之後，迪爾敘述了一番：新爸爸不喜歡他，就用鐵鍊把他綁在地下室等死（美利甸的房子都有地下室），幸虧有個路過的農夫聽見他的求救聲，給了他很多生的紫花豌豆（這個好心人是從通風機把豌豆一莢一莢送進去的），讓他得以偷偷活下來，最後他費盡力氣扯斷牆上的鐵鍊才脫困。他戴著手銬，漫無目的地閒晃，來到美利甸郊外三公里處發現一個小馬戲團，立刻受雇去刷洗駱駝。他跟著馬戲團走遍密西西比州，直到有一天他精準的方向感告訴他，他們已經來到阿拉巴馬州的艾波特郡，而梅岡就在河對岸。剩下的路他是走來的。

「你到底是怎麼來的？」傑姆問。

他從母親的錢包拿了十三元，從美利甸搭九點鐘的火車，在梅岡轉接站下車。從那裡到梅岡城有二十二公里半，他徒步走了十六、七公里，而且是走在公路旁的灌木叢裡，以免碰到警察在找他。剩下這幾公里路，他就攀立在棉花貨車的背板上，搭了一趟便車。他覺得自己在床底下已經有兩個小時，他聽見我們在飯廳裡，叉子和盤子碰撞的聲音都快把他搞瘋了。他心想我和傑姆大概永遠不會上床睡覺，本來想出來幫我打傑姆，因為傑姆長高太多，但他知道芬奇先生很快就會來制止，所以還是待在原地的好。他精疲力竭，全身髒得不可思議，而且到家了。

「他們一定不知道你在這裡，」傑姆說：「要是他們在找你，我們就會知道……」

「他們大概還在美利甸的各間電影院裡面找人。」迪爾咧著嘴笑。

「你應該讓你媽媽知道你在哪裡。」傑姆說：「你應該讓她知道你在這裡……」

迪爾看著傑姆，眼中閃著光，傑姆卻低頭看地板，然後站起來，違背了我們童年時期最後的約定。他走出房間，穿過走廊。「阿提克斯，你能不能來一下？」他的聲音聽起來很遙遠。

迪爾那張布滿一條條髒污汗漬的臉登時發白。我感覺噁心。阿提克斯已經到了門口。

他走到房間中央，兩手插在口袋，低頭看著迪爾。

我好不容易開口說道：「沒關係的，迪爾。他要是想讓你知道什麼事情，他會告訴你。」

迪爾瞪著我看，我又說：「我是說你別擔心，你也知道他不會給你找麻煩，你也知道你不怕阿提克斯。」

「我不怕……」迪爾嘟噥著說。

「我猜只是餓了吧。」阿提克斯的口氣一如平常地和藹淡然。「絲考特，我們應該不只有一盤冷掉的玉米餅吧？你先把這個小傢伙餵飽，等我回來再看看該怎麼辦。」

「芬奇先生，你別跟瑞秋姨媽說，別叫我回去，**求求你了**！我還會再逃跑的……」

「孩子啊，」阿提克斯說：「沒有人會叫你到哪去，只會要你趕快上床。我只是過去跟瑞秋小姐說一聲你在這裡，問她能不能讓你在我們家過夜——你想在這兒過夜吧？還有，郡裡的水土流失已經夠嚴重了，拜託你把這些土歸還原處吧。」

迪爾直愣愣看著父親離去的背影。

「他是想幽默一點，」我說：「其實就是叫你洗澡。看吧，我就說他不會找你麻煩。」

傑姆站在房間角落裡，一臉名副其實的叛徒模樣。他說：「迪爾，我一定得告訴他。你不能離家四、五百公里卻不讓媽媽知道。」

我們默默地丟下他走開。

迪爾吃啊、吃啊，吃個不停。他從昨天晚上就沒吃過東西。他把所有的錢都拿去買車票，然後跟之前許多次一樣搭上車，淡定地和列車長聊天，對列車長而言迪爾已是熟客，可是迪爾不敢援用那個用在獨自旅行的兒童身上的慣例：如果丟了錢，列車長會借錢讓你吃飯，到了終點站再由孩子的父親歸還。

迪爾吃完剩菜，正要伸手去拿櫃子裡一個茄汁豬肉腰豆罐頭，便聽見走廊上響起瑞秋小姐喊「仁慈的耶穌」的聲音。他像隻小兔子似的全身發抖。

他堅毅地忍受她的「回家有你好看」、「你爸媽都快急瘋了」，聽到「你們哈里斯家的人就是這副德性」也能心平氣和，微笑接受她說「讓你在這裡過一夜應該沒關係」，並回應了她最後給予的擁抱。

阿提克斯把眼鏡往上推，抹了把臉。

「爸爸累了。你們幾個孩子去睡覺吧。」亞麗珊卓姑媽說，這好像是她幾個小時以來說的第一句話。她一直都在，不過大部分時間大概都嚇得說不出話來。

我們留下他們走出飯廳，阿提克斯還在抹臉。我們聽見他輕聲笑說：「從強暴到暴動到逃家，不知道接下來兩個小時還會發生什麼事。」

既然事情似乎圓滿解決了，我和迪爾決定對傑姆網開一面。何況迪爾還得跟他一起睡，所以最好還是跟他說話。

我換上睡衣，看了一會兒書，忽然覺得眼皮重得睜不開。迪爾和傑姆安安靜靜的，我關掉枱燈時，和傑姆房間相通的那扇門底下沒有一絲光線。

我想必睡了很久，因為被人捶醒的時候，房裡只剩月亮西沉後的昏暗微光。

「睡過去一點，絲考特。」

「他覺得他必須這麼做，你別再生他的氣了。」我嘟嘟噥噥地說。

迪爾爬上床來睡在我身邊。他說：「我沒有，我只是想跟你睡。你醒了嗎？」

這時候我醒了，但又好懶得醒來。「你為什麼要這麼做？」

沒有回答。「我說你為什麼要離家出走？他真的像你說的那麼可惡嗎？」

「沒有啦……」

「你在信裡不是說你們要一起造一條船，沒有嗎？」

「他只是說說而已，我們根本沒做。」

我用手肘撐起頭來，面對著迪爾的側臉。「就算這樣也不能逃家。他們答應的事有一半都做不到……」

「不是因為那個，他……他們就是不關心我。」

這是我所聽過最奇怪的逃家理由。「為什麼？」

「他們老是不在家，就算回家了，也都是兩個人待在房間裡。」

「他們在房裡做什麼？」

「沒什麼，只是坐在那裡看書報………但是他們不想讓我跟他們在一起。」

我把枕頭推靠到床頭板上，坐起身來。「你知道嗎？今天晚上我本來打算離家出走，因為他們都在。其實你不會希望他們隨時都在你身邊的，迪爾……」

迪爾長長地吐了一口氣，半帶著嘆息。

「……晚安。阿提克斯整天都不在家，有時候還到半夜才回來，可能是在議會還是哪裡……你不會希望他們隨時都在身邊的，迪爾，不然你什麼都做不了。」

「不是那樣。」

聽著迪爾解釋，我不禁納悶，如果傑姆變得不一樣，即使是和現在的他不一樣，生活會是什麼樣子？如果阿提克斯覺得不再需要我的存在、幫助與建議，我該怎麼辦？少了我，他一天也過不下去啊。就連嘉珀妮亞也少不了我。他們需要我。

「迪爾，你說得不對……沒有你，你爸媽不可能過得下去。他們一定只是對你不夠好。我告訴你該怎麼辦……」

迪爾的聲音在黑暗中平穩地持續著：「問題是，我想說的是……沒有我，他們的確過得比較好，我根本幫不上他們什麼。他們不壞，我想要什麼他們都會買給我，可就是一副『現在買給你了，拿去玩吧』的態度。房間裡已經堆滿了東西。『我給你買了那本書，去看書吧。』」迪爾試著壓低聲音。「你不像男孩，男孩要到外面去和其他男孩玩棒球，而不是老關在家裡惹爸媽煩心。」

迪爾又恢復自己的聲音說：「唉，他們不壞。他們會親你、抱你，跟你說晚安、早安、再見，還會說他們愛你……絲考特，我們去弄個孩子來吧。」

「去哪裡弄？」

迪爾聽說有個人有一條船，他會划船到一座雲霧瀰漫的島上，所有的嬰兒都在那裡，你可以跟他訂購一個……

「那是騙人的。姑媽說嬰兒是上帝從煙囪丟下來的，至少我覺得她是這個意思。」姑媽難得有這麼一次，措詞不是很明確。

「不是那樣。要有兩個人才能生小孩，但還是需要這個人……那些等著醒來的嬰兒全歸他管，他會給他們吹氣讓他們有生命……」

迪爾又神遊去了。在他夢幻的腦袋裡，美麗的事物四處飄浮。我看一本書的時間他能看完兩本，但他更喜歡自己杜撰故事的魔法。他加減運算的速度比閃電還快，但他更喜歡自己的朦朧世界，那個世界有嬰兒沉睡著，宛如清晨的百合等候採摘。他慢慢地說著說著直到入睡，並帶著我一起，不過在他那座雲霧瀰漫的靜謐島上，出現了一個模糊畫面，是一棟有著暗褐色門的灰色房屋。

「迪爾？」

「嗯？」

「你覺得雷德利家的阿布為什麼從不離家出走？」

迪爾嘆了口長氣，轉身背向著我。

「也許他離家出走沒地方可去……」

15

打過很多通電話、為「被告」諸多辯解，加上他母親又寫來一封寬容的長信，最後決定迪爾可以留下。我們平和地度過一星期，之後似乎便少有寧日，噩夢隨之降臨。

事情是從某天晚上吃過飯後開始的。迪爾到家裡來了，姑媽坐在角落的專屬椅上，阿提克斯也坐在他自己的椅子，我和傑姆趴在地上看書。這個星期過得平平靜靜：我乖乖聽姑媽的話；傑姆已經大到沒法再上樹屋，但仍幫我和迪爾搭造一道新繩梯；迪爾想到一個十拿九穩的方法，可以讓阿布出來又不會給我們自己惹上麻煩（從後門開始放檸檬糖一路放到前院，他就會像螞蟻一樣跟過來）。忽然有人敲門，傑姆去開門，說是賀克．泰特先生。

「那就請他進來呀。」阿提克斯說。

「我請了。外面院子裡還有幾個人，他們要你出去。」

在梅岡，成年男子會站在前院只有兩個原因：死亡與政治。我心想不知誰死了。我和傑姆走到門口，卻聽阿提克斯喊道：「回屋裡去。」

傑姆關了客廳的燈，把鼻子貼在紗窗上。亞麗珊卓姑媽叫他離開，他回說：「一下就好，姑媽，讓我們看看是誰。」

我和迪爾占據另一扇窗，只見一群男人圍著阿提克斯，好像所有人都同時在說話。

「……明天把他移送到郡監獄去。」泰特先生說道：「不是我想找麻煩，只是我不能保證……」

「別傻了，賀克，這裡是梅岡城。」阿提克斯說。

「……我只是有點不安。」

「賀克，這個案子能獲准延後開庭就是為了確保不讓人有任何不安之處。」阿提克斯說：「今天是星期六，很可能星期一就開庭，留他一夜應該沒問題吧？現在時局艱難，我找個客戶，梅岡總該不會有人有微詞吧？」

大夥發出一陣輕笑，但聽到林柯．狄斯先生開口便驀地禁聲。他說：「這裡沒有人想惹事，我擔心的是老沙崙那幫人……你難道不能去申請……那叫什麼來著，賀克？」

「移轉管轄。」泰特先生說：「現在說這個也沒多大用處了，不是嗎？」

阿提克斯說了句什麼，聽不清楚。我轉頭看傑姆，他揮揮手要我安靜。

「……再說，」阿提克斯說：「你們該不是害怕那群人吧？」

「……誰知道他們喝醉以後會做出什麼事。」

「他們禮拜天通常不喝酒，一整天大多待在教會……」阿提克斯說。

「不過這次情況特殊……」有人說。

他們低聲地交頭接耳，過了一會兒，姑媽說傑姆再不打開客廳的燈，會讓家人蒙羞。但傑姆沒聽進去。

「……不懂你當初幹嘛碰這個案子。」林柯．狄斯先生說：「你可能會因此失去一切的，阿提克斯。我說的是一切。」

「你真的這麼想嗎？」

這是阿提克斯的危險問題。「你真的想走那一步嗎，絲考特？」接著三兩下就把我棋盤上的人馬掃蕩一空。「你真的這麼想嗎，兒子？那看看這個。」接下來整個晚上，傑姆就得辛辛苦苦讀完亨利．葛雷帝[29]的演說稿。

「林柯，那個年輕人也許會被送上電椅，但不會是在真相大白之前。」阿提克斯聲調平平地說：「而你知道真相是什麼。」

眾人開始竊竊私語，當阿提克斯往回走到門階前，大夥也跟著趨上前來，情勢顯得更為凶險。

這時傑姆忽然尖聲大喊：「阿提克斯，有電話！」

那些人微微吃了一驚，退散開來。他們是我們每天會看到的人，有商人、有城裡的農夫、有雷諾茲醫師，還有艾弗利先生。

「那就去接啊，兒子。」阿提克斯喊著回答。

眾人這才笑著散開。當阿提克斯扭開客廳天花板的燈，發現傑姆靠在窗前，一臉蒼白，只有鼻子上清晰留下紗窗的印痕。

「你們坐在黑漆漆的客廳裡幹什麼？」他問道。

傑姆眼看著他走向自己的椅子，拿起晚報。有時候我會這麼想，阿提克斯每次遭逢人生危

29 亨利．葛雷帝（Henry W. Grady，一八五〇～一八八九）：美國記者兼演說家，南北戰爭後曾出力促進南部聯盟與北部各州的統一。

機，都會躲在《莫比爾紀事報》、《伯明罕報》和《蒙哥馬利廣告報》後面冷靜地評估。

「他們在糾纏你，對不對？」傑姆走到他身旁，問道：「他們想讓你認輸，對不對？」

阿提克斯放下報紙看著傑姆。「你最近都在讀些什麼？」他問道，隨後又柔聲地說：「不是的，兒子，他們是我們的朋友。」

「那不是一個……幫派嗎？」傑姆斜著眼睛說。

阿提克斯試圖憋住笑意，但沒成功。「不是，在梅岡沒有那些拉幫結派的無聊事情。我從來沒聽說梅岡有幫派。」

「有一次，三K黨追殺過幾個天主教徒。」

「我也從沒聽說過梅岡有天主教徒。」阿提克斯說：「你把事情搞混了。早在一九二〇年左右，的確有個三K黨，但那只是個政治組織，何況他們也找不到人可以恐嚇。有一天晚上，他們到山姆·雷威先生家前面遊行示威，山姆就站在自家門廊上說他們真是忘恩負義，他們背上披的床單可都是他賣給他們的呢。山姆的話讓他們羞愧得無地自容，也就走開了。」

雷威家族完全符合「高貴」的標準：他們不僅憑自己的見識全力以赴，也在梅岡的同一塊土地繁衍了五代。

「三K黨已經沒了，永遠不會再出現。」阿提克斯說。

我陪迪爾走回家，回來時剛好無意中聽見阿提克斯對姑媽說：「……和任何人一樣支持南方女性，但不能為了保持虛禮而犧牲一個人的性命。」這番話讓我懷疑他們又起爭執了。

我去找傑姆，在他房裡發現他正躺在床上沉思。「他們在吵架嗎？」我問道。

「有一點。在湯姆．羅賓森這件事情上，姑媽就是不放過他。她差點就要說阿提克斯讓家族蒙羞。絲考特……我好害怕。」

「害怕什麼？」

「替阿提克斯害怕。說不定有人會傷害他。」傑姆還是喜歡保持神祕，不管我怎麼問，他都只叫我走開，別煩他。

第二天是星期天。在主日學和做禮拜之間，讓會眾伸伸腿的休息空檔，我看見阿提克斯和另一夥人站在院子裡。賀克．泰特先生也在，不知道他是不是改信主了，他以前從不上教會。就連安德伍先生也在場。安德伍先生討厭一切組織，只有他獨自經營、編輯與印刷的《梅岡論壇報》例外。他成天守著那台整行鑄造排字機，偶爾拿出一桶三點五公升裝、他從不離身的櫻桃酒喝上幾口，提提神。他很少去跑新聞，民眾會主動提供。據說《梅岡論壇報》的每一版都是他先在腦子裡起草，然後直接打在排字機上。這說法可信。一定是出了什麼事，才會勞動安德伍先生的大駕。

阿提克斯進門時被我攔住，他說湯姆．羅賓森被移送到梅岡監獄去了。他還說要是一開始就把他關在那裡，也不會惹出這些麻煩來，但這話比較像是自言自語。我看著他走到第三排的座位坐下，聽到他用低沉嗓音唱著〈與主更親〉，比別人慢了幾拍。他從不和姑媽、我和傑姆同坐，在教會裡他喜歡獨處。

星期天慣有的那種虛假平和，因為有亞麗珊卓姑媽的存在更令人感到不耐。阿提克斯會在吃完午餐後直接逃到辦公室，有時候順路去找他，會發現他坐在旋轉椅上靠著背在看書。姑媽準備要睡個兩小時的午覺，並警告我們不許在院子裡製造噪音，鄰居都在休息。邁入老年的傑姆也窩在自己房間，看一堆足球雜誌。所以到了星期天，我和迪爾就在牧鹿草地上晃蕩。

週日禁止開槍打獵，因此我和迪爾便拿傑姆的足球，在草地上踢了一會兒，但沒意思。迪爾問我想不想去刺探一下阿布。我說去打擾他好像不太好，於是接下來整個下午都在跟迪爾講述去年冬天發生的事。他聽得津津有味。

我們在晚餐時間分手，吃過飯後，我和傑姆正準備展開晚間的例行活動，阿提克斯做了一件事讓我們很感興趣：他拿著一條很長的電線進到客廳，電線末端還有顆燈泡。

「我要出去一下。」他說：「我回來的時候你們應該睡了，所以現在先跟你們說晚安。」

話畢，他便戴上帽子從後門出去。

「他要去開車。」傑姆說。

爸爸有幾個怪癖：其一，他從來不吃甜點，其二，他喜歡走路。自我有記憶以來，車庫裡一直有一輛車況極佳的雪佛蘭，而阿提克斯只有在出差時才會大大增加它的里程數，但在梅岡他每天徒步往返辦公室四趟，約莫三公里路程。他說走路是他唯一的運動。在梅岡，倘若有人不抱持明確的目的去散步，大致可以斷言這個人腦子出了問題。

稍晚，我向姑媽和哥哥道過晚安，正看書看得入迷，忽然聽見傑姆房裡傳出窸窸窣窣的響動。我對他上床睡覺的聲音太熟悉了，於是去敲他的門：「你幹嘛不睡覺？」

「我要進城一下。」他在換褲子。

「為什麼？都快十點了，傑姆。」

他知道，但他還是要去。

「那我也要去。就算你說不行，我還是要去，聽到沒？」

傑姆看得出來，要讓我留在家裡就得跟我打一架，我想他是覺得打架會惹姑媽生氣，只好勉強讓步。

我很快換好衣服。等到姑媽熄燈之後，我們悄悄走下後門階梯。今晚沒有月亮。

「迪爾也會想去。」我小聲地說。

「那當然了。」傑姆沉著臉說。

我們翻過車道邊牆，切過瑞秋小姐家側面的院子，來到迪爾的窗前。傑姆模仿山齒鶉的叫聲吹口哨。迪爾的臉出現在紗窗前，隨即消失，五分鐘後便打開紗門偷溜出來。已是老手的他，一直到走上人行道才開口問：「怎麼了？」

「傑姆好奇心發作了。」嘉珀妮亞說所有男孩到這個年紀都有這種毛病。

「我只是有一種預感，」傑姆說：「就是有種預感。」

我們經過杜柏茲太太的房子，那裡已是人去樓空、門窗緊閉，她的山茶花生在雜草與強生草叢中。還要經過八戶人家才會到郵局轉角。

廣場南側空無一人，各個角落都有一叢宛如豎起鬃毛般的巨大智利松，樹叢間有一排拴馬的鐵欄杆，在街燈下一閃一閃的。要不是郡公廁裡亮著燈，郡政府那一側就是一片漆黑。商店在郡政府廣場四周，圍成一個更大的方形，店鋪深處亮著微光。

阿提克斯剛開始執業時，辦公室在郡政府內，但幾年後便搬到較安靜的梅岡銀行大樓去了。

我們繞過廣場轉角時，看見他的車停在銀行前面，傑姆說：「他在裡面。」

但他不在那裡。到他的辦公室要經過一條長廊，從這一頭望過去，如果門裡亮著燈，應該可以看到門上的樸實小字寫著「阿提克斯．芬奇律師」。但裡面是暗的。

傑姆從銀行大門往裡看，想要確認，接著轉轉門把，門鎖著。「我們再往上走吧，說不定他去找安德伍先生。」

安德伍先生不只經營《梅岡論壇報》，而且住在報社裡，或者應該說是報社樓上。他只需從樓上窗戶往外看，就能報導郡府與監獄的新聞。報社位在廣場的西北角，去那裡得經過監獄。

梅岡監獄是全郡最莊嚴也最醜陋的建築。阿提克斯說它就像約書亞表哥會設計的東西。這肯定是某人幻想出來的。梅岡監獄是一棟荒唐可笑的哥德式迷你建築，只有一開間寬、兩層樓高，還有一些小小的城垛與飛拱，坐落在一個滿是四方店面與尖頂住宅的城裡，完全格格不入。此外，紅磚外牆以及架在教堂式窗戶外的鋼筋鐵條，讓它顯得更加荒誕。監獄不是矗立在孤山上，而是塞在丁鐸五金行與《梅岡論壇報》報社中間。它也是梅岡唯一的話題：批評者說它活像維多利亞時期的廁所，支持者則說它讓城裡的景觀體面許多，而且外地人絕對猜不到那裡面關滿黑鬼。

我們沿著人行道往上走，看見遠處有盞燈孤伶伶地亮著。「真奇怪，」傑姆說：「監獄外面沒有燈啊。」

「好像是掛在門上。」迪爾說。

一條很長的電線從二樓的鐵條欄杆縫隙穿出，沿著外牆側邊往下拉，末端的裸燈泡發著光，只見阿提克斯靠著大門坐在燈光下。他坐在一張辦公椅上看報，對於頭頂上飛舞的蟲子渾然不覺。

我正要跑過去，卻被傑姆一把拉住。他說：「別去找他，他可能會不高興。他既然沒事，我們就回家吧。我只是想看看他在哪裡。」

我們抄近路穿越廣場時，有四輛滿布灰塵的車排成一排，從美利甸公路緩緩駛來。那些車繞行廣場，經過銀行，最後停在監獄前面。

沒有人下車。我們看見原本在看報的阿提克斯抬起頭來，闔起報紙，從容地摺好之後放到腿上，接著把帽子推到腦後。他好像知道他們會來。

「我們過去。」傑姆低喊一聲。我們飛奔過廣場、穿越街道，一直跑到「五分叢林」超市的門簷下。傑姆偷偷看一眼人行道說：「我們可以靠近一點。」於是我們又跑到丁鐸五金行門口，這裡夠近，同時也很隱密。

車上三三兩兩下來了幾個男人。模糊黑影在燈光下變得清晰，可以看見一些體格強健的身形往監獄門口移動。阿提克斯仍留在原地，被那群人給遮住了。

「他在裡面嗎，芬奇先生？」有個人問。

「在。」我們聽見阿提克斯回答：「他睡了，別吵醒他。」

這些人聽從了父親的話，近似耳語地交談起來。我後來才領悟到，在當時那個一點也不好笑的情況下，那樣的畫面可笑得令人作嘔。

「你知道我們想幹什麼。」另一人說：「從門口讓開吧，芬奇先生。」

「你還是掉頭回家吧，華特。」阿提克斯和氣地說：「賀克．泰特就在附近。」

「他在才怪。」又另一人說：「賀克那夥人跑到深山樹林去了，天亮以前是出不來的。」

「真的嗎？怎麼會？」

「找了個藉口騙他們去的。」回答得很簡潔。「你就沒想到嗎，芬奇先生？」

「想過，但不相信。那麼，情況就有變化了，是吧？」父親的口氣依然沒變。

「沒錯。」另一個低沉的聲音說。聲音出自一個黑影。

「你真的這麼想嗎？」

這是兩天以來我第二次聽到阿提克斯問這個問題，代表有人要倒大楣了。這樣的好戲怎麼能錯過？於是我掙脫傑姆，以最快的速度跑向阿提克斯。

傑姆尖叫一聲，試圖抓住我，但我的動作快過他和迪爾。我推開那些黑壓壓、散發臭味的身體，衝進光圈裡。

「嗨，阿提克斯。」

我以為他會很驚喜，不料他的臉色潑了我一頭冷水。他眼中清清楚楚閃過一絲恐懼；當迪爾和傑姆擠到光線底下，那恐懼又再次閃現。

四下有一股嗆鼻的威士忌酒氣和豬圈味，我掃視一圈，發現這些人我都不認識。他們不是我昨晚看見的人。我糗得全身滾燙發熱，沒想到竟然得意洋洋地跳進一群從未見過的人當中。

阿提克斯從椅子上起身，不過動作緩慢，像個老人。他小心翼翼地放下報紙，手指多停留了片刻調整摺痕。他的手有點發抖。

「回家去，傑姆。」他說：「帶絲考特和迪爾回家去。」

對於阿提克斯的指示我們並不總是欣然接受，卻仍習慣於立刻執行，不過從傑姆的站姿看起來，他並不打算移動。

「我叫你們回家。」

傑姆搖搖頭。阿提克斯雙手握拳插腰，傑姆也擺出同樣姿勢，當他們面向彼此，我幾乎看不出兩人有相似之處。傑姆柔和的褐色頭髮與眼睛、他的橢圓形臉蛋及貼臉的耳朵都遺傳自母親，與阿提克斯逐漸轉白的黑髮及方方正正的臉形，恰成鮮明對比。但他們多少仍有些相像，是互不退讓使然。

「兒子，我說回家。」

傑姆還是搖頭。

「我來送他回家。」一個彪形大漢說著，粗魯地抓住傑姆的衣領，差點把傑姆拽倒。

「你別碰他！」我很快地踢了那人一腳。我打著赤腳，沒想到他竟然嚇得往後退，好像真的很痛。我本來是瞄準他的小腿骨，可惜踢高了。

「夠了，絲考特。」阿提克斯按住我的肩膀，我正想開口辯駁，他又說了：「別踢人。不許……」

「誰都不能那樣對傑姆。」我說。

「好了，芬奇先生，讓他們離開吧。」有人咆哮道：「給你十五秒鐘把他們弄走。」

阿提克斯站在這群聚集的怪人當中，極力想讓傑姆聽話。但不管他怎麼威脅、懇求，最後甚至哀求道「求求你，傑姆，帶他們回家吧」，一律都只得到「我不走」的回答。

我開始有點厭倦了，卻又覺得傑姆這麼做有他的原因，因為他也知道一旦被阿提克斯弄回家，恐怕就沒好日子過了。我環顧那群人一圈。這時是夏天夜晚，他們多數人卻都穿著吊帶褲搭配丹寧布襯衫，而且釦子從上到下扣得整整齊齊。我想他們一定很怕冷，不但沒捲起袖子，連袖口的釦子也扣著。有幾個人戴著帽子，帽沿壓得很低蓋住耳朵。他們一個個表情慍怒、眼神困倦，似乎不習慣晚睡。我再次搜尋熟悉的面孔，結果在他們圍成的半圓中心找到了。

「嗨，康寧漢先生。」

那人似乎沒聽見我喊他。

「嗨，康寧漢先生，你那個限定繼承的事情怎麼樣了？」

華特・康寧漢先生的官司事件我很清楚，阿提克斯曾經詳細解說過一次。這個高頭大馬的男人沒理會我，兩隻拇指勾在褲子的吊帶上。他顯得有些不自在，輕咳一聲便望向別處。我友善的開場白宣告失敗。

康寧漢先生沒戴帽子，相較於曬得黝黑的臉，額頭上半部倒是很白，我相信他平日裡還是戴的。他挪了挪穿著厚重工作鞋的腳。

「你不記得我了嗎，康寧漢先生？我是琴・露易絲・芬奇。有一次你送了我們一些山胡桃，記得嗎？」我開始體會到偶遇熟人，對方卻像不認識似的，會讓人覺得自己多沒用。

「我是華特的同學。」我又說道：「他是你兒子，對不對？對不對，康寧漢先生？」

康寧漢先生終於輕輕點了頭。他畢竟是認識我的。

「他和我同年級，」我說：「他功課很不錯，他是個好孩子。」我又補上一句：「真的是好孩子。有一次我們還帶他回家吃午飯。他可能跟你提過我，我打過他一次，可是他沒有記恨。麻煩你替我跟他說嗨，好嗎？」

阿提克斯說過，要談論對方感興趣的話題，而不是你自己感興趣的話題，這樣才有禮貌。康寧漢先生顯然不想談論兒子，於是我又重提他的限定繼承問題，希望最後再努力一次讓他感到自在。

「限定繼承不太妙。」我向他告知，同時也慢慢省悟到我是在對所有的人說話。那些人全都看著我，有些人半張著嘴。這時阿提克斯已不再推傑姆，兩人一起站在迪爾身邊。他們專注到近乎入迷的程度。就連阿提克斯的嘴巴也半開著，有一回他還說這種表情很蠢。我們四目交接，他這才將嘴闔上。

「阿提克斯，我只是在跟康寧漢先生說限定繼承不太妙，但你說過不用擔心，有時候是要花一點時間……還說你們會一起把問題解決……」我說著說著就住嘴了，懷疑自己可能做了什麼蠢事。在客廳裡聊限定繼承好像沒什麼問題呀。

我感覺到髮際開始冒汗，我最無法忍受一群人盯著我看了。他們一動也不動。

「怎麼了？」我問道。

阿提克斯沒說話。我轉頭仰視康寧漢先生，他還是一樣面無表情。接著他做了一件奇怪的事。他蹲下來，兩手抓著我的肩膀。

「我會告訴他你向他問好的，小姑娘。」他說。

然後他站直身子，揮揮大手，喊道：「我們離開這裡吧。走了，兄弟們。」

這群人和來的時候一樣，三三兩兩地慢慢走回他們的破車。車門砰地關上，引擎咳了幾聲，然後就走了。

我轉向阿提克斯，他卻已走到監獄前，面向牆壁貼靠著。我走到他身旁拉拉他的袖子問道：「我們現在可以回家了嗎？」他點點頭，取出手帕，將整張臉抹一遍，還用力地擤鼻涕。

「芬奇先生，」一個輕細沙啞的聲音從上方暗處傳來：「他們走了嗎？」

阿提克斯後退幾步，抬頭看著上面說：「他們走了。去睡一下吧，湯姆。他們不會再來騷擾你了。」

此時，從不同方向傳來另一個輕脆的聲音劃破夜色。「說得對極了。我一直在掩護你們呢，阿提克斯。」

只見安德伍先生端著一把雙管獵槍，從《梅岡論壇報》報社樓上的窗口探出來。

我的上床時間早已過了，我開始覺得好睏，可是阿提克斯和安德伍先生，一個趴在窗口、一個在底下仰著頭，好像打算聊通宵。最後阿提克斯總算回來了，他關掉監獄大門上方的燈，拎起他的椅子。

「我可以幫你拿嗎，芬奇先生？」迪爾問道。剛才他從頭到尾都沒出聲。

「好啊，謝謝你了，孩子。」

走向事務所的路上，我和迪爾齊步跟在阿提克斯和傑姆後面。迪爾拿著椅子很累贅，步伐慢了些。阿提克斯和傑姆超前我們許多，我以為阿提克斯正為了他不回家的事在訓他，但我錯了。他們從路燈下經過時，阿提克斯伸出手摸摸傑姆的頭髮，這是他表達慈愛的舉動。

16

傑姆聽見了。他從我們房間的連通門探出頭來，剛走到我床邊，阿提克斯的燈忽然亮起。我們待在原處直到燈熄滅，仍可聽見他翻身的聲音，我們便等到他再次安靜下來。

傑姆帶我回他房間，讓我睡在他旁邊。他對我說：「盡量睡一下吧。也許明天過後，這一切就會結束了。」

我們是悄悄進門的，以免吵醒姑媽。阿提克斯在車道上就關掉引擎，讓車子滑行進車庫。我們一言不發從後門進來，回自己的房間。我疲倦不堪，迷迷糊糊正要睡著，對於阿提克斯不慌不忙摺疊報紙、將帽子往後推的記憶，忽然變成阿提克斯站在一條彷彿等待著某事發生的空曠街上，將眼鏡往上推的景象。我頓時明白了今晚這些事件的真正含意，不由得哭了起來。這次傑姆貼心得不得了，他難得一次沒有提醒我：九歲的人不會做這種事。

今天早上，每個人的胃口都不好，只有傑姆例外，他一口氣吃了三顆蛋。阿提克斯滿心佩服地看著他，姑媽則一面啜著咖啡一面放射出不滿的電波。晚上偷溜出去的孩子是家族的羞恥。阿提克斯說他很高興他的「羞恥」能趕到現場，姑媽卻回答：「胡說八道，安德伍先生一直守在那裡。」

「其實呢，說起布雷斯頓這個人還真奇怪。」阿提克斯說：「他一向瞧不起黑人，從來不讓他們靠近。」

當地人都認為安德伍先生是個矮小、烈性、不信神的人，當初他父親一時心血來潮，將他命名為布雷斯頓．布瑞格[30]，使得安德伍先生一生都在極力彌補這個不名譽的名字。阿提克斯說用南軍將領的名字命名，會讓人慢慢變成酒鬼。

嘉珀妮亞在給姑媽續倒咖啡，我露出自以為迷人的懇求表情，但她搖搖頭說：「你還太小，時候到了我自然會告訴你。」我說喝咖啡也許對我的胃有幫助。「好吧。」她說著從餐具櫃裡拿出一只杯子，往裡頭倒了一湯匙咖啡，再添加牛奶倒滿一杯。我把舌頭伸進去舔了舔以示感謝，一抬頭正好看見姑媽在皺眉警告。不過她皺眉的對象是阿提克斯。

她等到嘉珀妮亞進廚房後才說：「在他們面前別那樣說話。」

「在誰面前別怎樣說話？」他問道。

「在嘉珀妮亞面前說那種話。你當著她的面說布雷斯頓．安德伍瞧不起黑人。」

「我相信嘉兒本來就知道了。這件事在梅岡無人不知。」

我開始察覺到最近父親與姑媽談話時，有種微妙的轉變。那是一種默默堅持立場、絕不坦率流露的氣惱。他口氣略顯古板地說：「能在餐桌上說的話都能當著嘉珀妮亞的面說。她知道她對這個家有多重要。」

「我覺得這不是好習慣，阿提克斯。這樣會助長她們的氣焰。你也知道她們私底下有多長舌，只要是城裡發生的事，太陽還沒下山就會傳到黑人區去了。」

父親放下刀子。「我不知道有哪條法律規定她們不能說。如果我們沒給她們那麼多話題，也許她們就會安靜了。你怎麼不喝你的咖啡，絲考特？」

我正用湯匙在攪著咖啡玩。「我還以為康寧漢先生是我們的朋友呢。很久以前你是這麼跟我說的。」

「他現在還是。」

「可是昨天晚上他想傷害你。」

阿提克斯將叉子擱到餐刀旁，推開盤子說道：「康寧漢先生基本上是個好人，只是和所有人一樣有自己的盲點。」

傑姆開口了。「別說那是盲點。昨晚他剛到的時候，很可能會殺了你。」

「他也許會稍微傷到我，」阿提克斯承認：「可是兒子，等你長大一點，對人的了解也會更深一些。無論如何，暴民一定都是人組成的。康寧漢先生是昨晚的暴民之一，但他仍然是個人。每個南方小鎮的每一群暴民，一定都是你認識的人組成的……聽起來不怎麼樣，對吧？」

「是不怎麼樣。」傑姆說。

「所以才需要一個八歲小孩去點醒他們。」阿提克斯說：「那證明了一件事：一群瘋狂的野蠻人是**可以**被阻止的，只因為他們畢竟是人。嗯，也許我們需要一支兒童組成的警力……昨天晚上，你們幾個孩子讓華特．康寧漢站在我的立場想了一下。那就夠了。」

---

30 布雷斯頓．布瑞格（Braxton Bragg，一八一七～一八七六）：南北戰爭時南部聯邦的將軍，治軍嚴謹但性情暴躁。一八六三年，他打贏齊卡莫加（Chickamauga）之役，本有機會徹底消滅北軍，卻未乘勝追擊，使得北軍的常勝將軍格蘭特（Ulysses S. Grant，一八二二～一八八五）及時來援，布瑞格也因而深受南方人厭恨。

但願傑姆長大以後，對人的了解會更深一點，我是不會的。「華特回學校上學的第一天，也會是他的最後一天。」我信誓旦旦地說。

「你不許碰他。」阿提克斯斷然說道：「不管發生什麼事，我都不希望你們倆記恨這件事。」

「這種事會惹出多大風波，你看到了吧？別說我沒告訴你。」姑媽說道。

阿提克斯說他永遠不會這麼想，然後推開椅子站起來。「還有一整天要忙呢，我就先走了。傑姆，今天你和絲考特別進城去，拜託。」

阿提克斯離開後，迪爾就蹦蹦跳跳經過走廊進入客廳。他大聲宣布道：「今天早上傳遍全城了，大家都在說我們赤手空拳打退上百人……」

他被亞麗珊卓姑媽一瞪，連忙禁聲。姑媽說：「沒有上百人，也沒有誰被誰打退。不過就是康寧漢家那群人酒醉鬧事。」

「姑媽，迪爾說話就是那樣。」傑姆說著示意我們跟他走。

「今天你們都待在院子裡。」姑媽見我們往前門廊走，便即說道。

感覺好像星期六。從郡南邊來的人步伐悠閒地打我們家門前經過，川流不息。

多夫斯．雷蒙先生歪斜地騎著他的純血種馬經過。傑姆看了喃喃地說：「不知道他怎麼還能繼續坐在馬鞍上。早上八點不到就喝得醉醺醺，怎麼有人受得了？」

一輛騾車從我們面前轆轆駛過，滿車婦女都戴著棉質遮陽帽，穿著長袖洋裝。車夫是個戴氈帽的大鬍子。傑姆對迪爾說：「那邊那些是門諾派教徒，他們不用釦子。」他們住在樹林深處，多半都到河對岸去做買賣，很少上梅岡來。迪爾覺得有趣。傑姆又解釋道：「他們都是藍眼睛，男人結婚以後就不能刮鬍子，他們的老婆喜歡丈夫用鬍子給她們搔癢。」

X．畢勒普先生騎著騾子過去，還衝著我們揮手。傑姆說：「他是個滑稽的人。X就是他的名字，不是縮寫。有一次他上法庭，他們問他叫什麼名字，他說X．畢勒普，書記官問他怎麼寫，他說X，再問他一次，他又說X。一直問到最後，他乾脆在紙上寫下X，舉高讓每個人都看到。他們問他怎麼取這種名字，他說爸媽給他辦出生登記的時候就是這麼寫的。」

郡裡的人不停從我們眼前經過，傑姆給迪爾說了幾個較出名人物的故事與一般人對他們的想法：坦索．瓊斯先生是支持禁酒令的強硬派；愛蜜莉．戴維斯小姐會偷偷蘸口含菸；拜倫．瓦樂先生會拉小提琴；杰克．史萊德在長第二輪新牙。

這時出現一輛騾車，車上全是表情異常嚴肅的郡民。當他們經過茉蒂小姐的院子，對著開得艷麗無比的夏日花朵指指點點，茉蒂小姐自己也來到前廊上。茉蒂小姐有一點很奇特：她站在廊上隔得太遠，我們看不清她的面貌，但總能從她站的姿勢了解她的心情。此時的她雙手插腰，肩膀微微下垂，頭偏向一側，眼鏡在陽光下閃閃發亮。我們便知道她臉上掛著一抹極其狡黠的笑容。

車夫讓騾子放慢速度，有個聲音尖銳的女人喊道：「虛虛而來者，暗暗而去！[31]」

茉蒂小姐回應道：「心中喜樂，面帶笑容！[32]」

我猜那些洗腳派信徒八成以為是魔鬼自身引述《聖經》以達到自己的目的，車夫才會加快騾

31 出自《聖經．傳道書》六：四。

32 出自《聖經．箴言》十五：十三。

子的速度。他們為什麼對茉蒂小姐的庭院不滿，我不明白，但我更不解的是茉蒂小姐整天都待在戶外，竟能如此精通《聖經》，真是了不起。

我們溜達過去後，傑姆問她：「你今天早上要去法院嗎？」

「我不去。」她說：「今天早上我沒什麼事要上法院。」

「你不過去看看？」迪爾問。

「我不去。看一個可憐的傢伙被判死刑，真變態。看看那些人，簡直像要去參加羅馬狂歡節。」

「茉蒂小姐，他們必須公開審判他，要不然是不對的。」我說。

「這點我很清楚，」她說道：「總不至於因為是公開審判，我就非去不可吧？」

史蒂芬妮小姐過來了，戴著帽子和手套。「哎呀呀，」她說道：「瞧瞧那麼一大群人……不知道的還以為是去聽威廉．詹寧斯．布萊恩[33]演講呢。」

「你要去哪裡，史蒂芬妮？」茉蒂小姐問道。

「去『五分叢林』。」

茉蒂小姐說，她這輩子從沒看過史蒂芬妮小姐戴帽子去「五分叢林」。

「喔，」史蒂芬妮小姐回說：「我可能還是會去法院看一下，看看阿提克斯想幹嘛。」

「最好小心點，他說不定會給你一張傳票。」

我們請茉蒂小姐解釋，她說史蒂芬妮小姐好像非常了解案情，不如傳她出庭作證。

我們一直捱到中午，阿提克斯回家吃飯時，說早上都在挑選陪審團。午飯過後，我們去接了迪爾一塊進城。

果然有節慶的味道。公用的拴馬欄杆再也擠不下一匹馬，每棵樹下都有騾子與騾車停歇。郡府廣場上到處都是坐在報紙上野餐的人，一面吃塗有糖漿的比司吉，一面配著用密封罐盛裝的熱牛奶。有些人啃著冷雞肉和冷掉的炸豬排。較富有的人則將超市買來的可口可樂，倒入燈泡狀汽水杯裡搭配餐點。臉上沾了油漬的小孩串連起來，在人群裡玩「甩鞭子」的遊戲，嬰兒則靠在母親懷裡吃奶。

在廣場遠遠的一角，一群黑人安靜地坐在太陽底下，吃著沙丁魚、餅乾，喝著口味更活潑多元的「尼海」可樂。多夫斯．雷蒙先生也跟他們坐在一起。

「傑姆，」迪爾說：「他在用紙袋喝東西。」

雷蒙先生似乎真是這麼做，兩根超市的吸管從他嘴裡直通向一個牛皮紙袋深處。

「從來沒看誰這麼做過。」迪爾嘟噥道：「裡面裝的東西怎麼不會漏出來？」

傑姆格格一笑。「他裡面用可口可樂的瓶子裝了威士忌。這麼做是為了不讓女士們不開心。你會發現他整個下午都在喝，有時候會出去一下再把酒倒滿。」

「他為什麼和黑人坐在一起？」

「他老是那樣。他喜歡他們多過喜歡我們吧，我想。他一個人住得遠遠的，在郡邊界附近。他有個黑人女人，還生了很多混血兒。要是看見了，再指幾個給你看。」

---

33 威廉．詹寧斯．布萊恩（William Jennings Bryan，一八六〇～一九二五）：美國政治家兼演說家。

「他看起來不像窮酸白人。」迪爾說。

「他不是，河岸那邊的一大片土地都是他的，而且他的家族真的很古老。」

「那他怎麼會這樣？」

「他就是這樣。」傑姆說：「聽說他始終忘不了婚禮的悲劇。他本來要娶一個……好像是史賓特家的女兒。他們打算舉辦一場盛大婚禮，結果沒辦成，婚禮彩排後，新娘就上樓轟掉自己的腦袋。用獵槍。還是用腳趾扣的扳機。」

「後來知道為什麼嗎？」

「不知道。」傑姆說：「一直以來，除了雷蒙先生，誰也不知道原因。有人說是因為新娘發現他有個黑人女人，他以為結婚以後還可以留著那個女人。從那之後，他就都有點醉茫茫的。不過你知道嗎？他對那些孩子真的很好……」

「傑姆，」我開口問道：「什麼叫混血兒？」

「就是一半白人、一半黑人。你看過的，絲考特。替雜貨店送貨那個紅色捲毛頭，你知道吧？他就是半個白人。他們真的很可憐。」

「可憐？為什麼？」

「因為兩邊都不認他們。黑人不認，因為他們有一半白人血統，白人也不認，因為他們是黑人，所以他們夾在中間，不屬於任何一邊。不過雷蒙先生呢，聽說他已經把兩個孩子送到北邊去了。北邊的人不在乎這個。喏，那邊就有一個。」

有個小男孩抓著一個黑人女子的手朝我們走來。在我看來他完全是個黑人，皮膚深巧克力色、鼻孔外張、一口漂亮的牙齒。他偶爾會高興地蹦跳，黑人女子便拉拉他的手制止他。

傑姆等到他們經過以後才說：「那也是他的小孩之一。」

「你怎麼看得出來？」迪爾問道：「我覺得他像黑人。」

「有時候是分不出來，除非你知道他們是誰。但他有一半雷蒙家的血統，錯不了。」

「可你到底是怎麼看的？」我問道。

「我說過了，絲考特，你就是得知道他們是誰。」

「那你怎麼知道我們不是黑人？」

「傑克叔叔說我們其實並不知道。他說從他能追溯的芬奇家族史來看，我們不是，但據他所知，我們可能是舊約時代從非洲衣索匹亞出來的。」

「如果是舊約時代出來的，那太久遠了，不算數。」

「我也這麼想，」傑姆說：「只不過在這裡，只要流著一滴黑人的血，就完全算是黑人。喂，你們看……」

不知是什麼隱形信號讓廣場上吃午餐的人都站起來，留下散落一地的報紙、玻璃紙和包裝紙。孩童回到母親身邊，嬰幼兒被垂抱在腰間，男人戴上留有汗漬的帽子，將家人聚集起來，領著他們走進郡府大門。在廣場遠處角落的黑人和雷蒙先生也站起身來，撢撢褲子。他們當中幾乎沒有婦女和小孩，如此一來，似乎便少了節日氣氛。他們來到門口，站在白人家庭後面耐心等候。

「我們進去。」迪爾說。

「不行，最好等他們都進去，不然阿提克斯看見，可能會不高興。」傑姆說。

梅岡郡政府在某方面會讓人隱約聯想到阿靈頓公墓，南側屋頂下方以水泥柱支撐，顯得有點頭輕腳重。一八五六年，原郡府遭燒毀後，只剩這些柱子屹立原處。後人便繞著柱子四周，或者應該說不顧柱子在那兒，建起新的郡政府。若無南廊，梅岡郡政府其實是一棟早期維多利亞式建築，從北邊遠望過來倒是很不錯的景致。但是從另一邊看，希臘復古式柱配上一座高大的十九世紀鐘樓，很不搭調，鐘樓裡還有個生鏽又不可靠的鐘，看得出有一群人決心將過去的一磚一瓦、一沙一石都保留下來。

要到二樓的法庭，會經過一個個曬不到陽光的郡府小室。估稅員、收稅員、郡書記、郡法務官、巡迴法庭書記、遺囑驗證法官，就待在這些陰涼的鴿籠內，裡頭除了卷宗檔案的陳腐霉味，還夾雜著陳舊潮濕的水泥味與尿騷味。白天裡也得開燈，粗糙的木地板上總是蒙著一層灰塵。職員待在這些辦公室裡，也成了環境的產物，個個身材矮小、臉色蒼白，好像沒吹過風或曬過太陽似的。

我們知道人很多，卻沒料到連一樓通道也人潮洶湧。我跟傑姆和迪爾被擠散了，便自己慢慢移到樓梯旁的牆邊，知道傑姆終究會來找我。忽然間一群「閒人俱樂部」的成員將我團團圍住，我只好盡可能保持低調。這是一群穿著白襯衫和卡其吊帶褲的老男人，已經遊手好閒一輩子，臨老還是一樣，成天坐在廣場綠橡樹下的松木長椅上消磨時間。他們評論起法庭事務認真又熱心，阿提克斯說他們透過長年的實務觀察，法律知識已不輸首席大法官。平常，他們是法庭上僅有的旁聽者，今天因為舒適規律的日常作息被打亂而顯得憤憤不平。他們說話的語氣在漫不經心中透著自以為是，聊的是我父親。

「……他應該知道自己在做什麼。」一人說道。

「我可不敢這麼說。」另一人說：「阿提克斯．芬奇看很多書，非常之多。」

「他是愛看書沒錯，但也只會這個而已。」其他人都竊笑起來。

「告訴你吧，比利，」又一人說：「你要知道，是法院指定他替這個黑鬼辯護。」

「是啊，可是阿提克斯也打定主意要替他辯護，所以我才不高興。」

這倒是新聞，讓事情有了不同的詮釋：不管阿提克斯想不想，他都得做。真奇怪，他竟然從未對我們提起過，否則我們便有許多機會能為他和為我們自己辯白了。他是逼不得已，所以才這麼做，這麼一來就不用打那麼多架也能少一點紛擾。但那是否說明了民眾的態度？法院指定阿提克斯為辯護律師，阿提克斯打定主意為他辯護，所以他們才不高興。真令人困惑不解。

等到白人上樓後，黑人也開始進來。「喂，等一下。」有個閒人成員舉起手杖說道：「先別讓他們上樓。」

那群膝蓋僵硬的成員開始艱難地往上爬，正好碰上迪爾和傑姆要下樓來找我。他們倆奮力擠過來，傑姆一面大喊：「絲考特，快上來，沒位子坐了，我們只能站著。」

「你看。」他見大批黑人洶湧上樓，急躁地說。站位多半會被他們前面那群老人給占走。我們沒指望了，都是我害的，傑姆這麼跟我說。我們可憐兮兮地站在牆邊。

「你們進不去嗎？」

賽克斯牧師低頭看著我們，黑帽拿在手裡。

「嗨，牧師。」傑姆說：「都是這個絲考特把我們害慘了。」

「那，我們來看看有什麼辦法。」

賽克斯牧師側身擠上樓去，沒多久便又回來。「樓下都沒座位了。我帶你們到我們的旁聽席去，你們覺得如何？」

「當然好啊。」傑姆說。我們興高采烈地趕在賽克斯牧師前面，衝上法庭所在樓層，然後爬上一段掩蔽式樓梯，在門口等著。賽克斯牧師氣喘吁吁地尾隨而至，帶領我們慢慢穿過旁聽席的黑人群眾。有四個黑人站起來，將他們的前排座位讓給我們。

黑人旁聽席順著法庭的三面牆延伸，有如二樓陽台，從這裡可以看得一清二楚。

陪審團坐在左側的長窗下方，一個個膚色黝黑、身形瘦長，好像全都是農夫，但這很正常，城鎮居民很少去當陪審員，他們要不是被除名就是取得豁免。其中有一、兩人看上去有點像穿著正式的康寧漢家人。目前，他們都保持警覺地端坐著。

巡迴法務官與另一人、阿提克斯與湯姆·羅賓森，分別背對著我們坐在桌前。法務官桌上有一本褐色的書和幾本黃色拍紙簿，阿提克斯桌上則空空如也。

有一道欄杆將旁聽群眾與法庭隔開來，證人就坐在緊鄰欄杆內側幾張牛皮椅面的椅子上，同樣背對著我們。

泰勒法官坐在法官席上，像條睡眼惺忪的老鯊魚，他的「領航魚」則坐在他前方底下振筆疾書。泰勒法官一如我所見過的大多數法官：和藹可親、一頭白髮、臉色略顯紅潤。他開庭時不拘小節到了驚人的地步，有時會翹起腳來，還經常拿折疊式小刀清理指甲。在冗長的衡平聽證會上，尤其是午餐過後，他總像在打瞌睡。有一次有個律師為了喚醒他，無計可施之下，故意把一堆書推落地上，泰勒法官眼也沒睜便嘟囔著說：「惠特利律師，你要是再來一次，就罰你一百美元。」他給人的打瞌睡印象也從此破除。

他的法學素養極高，雖然在法庭上看似心不在焉，事實上他審理的案件每個程序都牢牢掌控在他手裡。泰勒法官只有一次在公開庭上顯得束手無策，而難倒他的正是康寧漢家的人。在他們的根據地老沙崙，一開始住著各自獨立的兩家人，卻不巧地擁有相同姓氏。康寧漢家與康寧翰家互相嫁娶，到最後姓氏的寫法也不過是形式罷了——直到某個康寧漢為了土地所有權與某個康寧翰起爭執，而鬧上法庭。在一次類似的糾紛中，吉姆斯．康寧漢供稱母親在契約等等文件上署名「康寧漢」，但她其實姓「康寧翰」，說她的署名不可靠，讀的書不多，還說她有時到了傍晚，會坐在前門廊上望著遠處發呆。在聽了老沙崙這些居民的奇行怪癖九個小時後，泰勒法官決定不受理此案。被問及原因時，泰勒法官說：「幫訟」，並宣稱當事人已各自公開說出想說的話，希望上帝保佑他們都已滿意。他們是滿意了。一開始他們想要的也不過如此。

泰勒法官有一個有趣的習慣。他的法庭上允許抽菸，但他自己並不好此道。有時候，有幸得享殊榮的人會看到他將一支長長的乾雪茄放進嘴裡，慢慢地咀嚼起來。走味的雪茄會一點一點消失不見，幾個小時後再次出現，已變成扁平滑溜的一團，其中的精華已被萃取出來，混入泰勒法官的消化液裡了。我曾問過阿提克斯，泰勒太太和他親吻時怎麼受得了？但阿提克斯說他們不常親吻。

證人席在泰勒法官的右手邊，我們入座時，賀克．泰特先生已經坐上證人席。

17

「傑姆，坐在下面那邊的是尤爾家的人嗎？」我問道。

「噓，泰特先生在作證了。」傑姆說。

泰特先生為了出庭特地穿得正式些。他穿了一件普通西裝，不再是原來的高筒靴、短夾克和嵌有子彈的腰帶，多少讓他看起來和其他人沒兩樣。從那一刻起，他不再讓我感到害怕。他坐在證人席上，身子往前傾，兩手交握夾在膝蓋間，凝神傾聽著巡迴法務官問話。

這位法務官姓紀默，我們對他不太熟悉。他不是艾波特人，只有在開庭時才會見到他，而這機會不多，因為我和傑姆對法庭並不特別感興趣。他頭髮漸稀、臉上光滑無鬚，年齡可能介於四十到六十之間。他雖然背向我們，但我們知道他有隻眼睛微微斜視，剛好可以用來當作利器。他有時好像盯著某人看，事實上並沒有，因此陪審團和證人面對他都不好受。陪審員以為自己受到嚴密檢視，無不全神貫注，有相同想法的證人也是一樣。

「……用你自己的話說，泰特先生。」紀默先生說道。

「是這樣的，」泰特先生推了推眼鏡，看著自己的膝蓋說：「我被叫到……」

「請你對著陪審團說好嗎，泰特先生？謝謝。是誰叫你？」

泰特先生說：「有一天晚上，羅伯……就是那邊那位羅伯．尤爾先生來找我……」

「請問是哪天晚上？」

泰特先生說：「十一月二十一日那天。我正要下班回家的時候，羅……尤爾先生來了，整個人非常激動，要我趕快上他家去，說他女兒被黑鬼強暴了。」

「你去了嗎？」

「當然，我盡快就上車出發了。」

「你到了以後看見什麼？」

「看見那女孩躺在前臥室的地板中央，就是進門後右手邊那間。她被打得很慘，但我扶她起身以後，她用牆角的水桶洗了把臉，說她沒事了。我問她是誰幹的，她說是湯姆．羅賓森……」

原本專注地在弄指甲的泰勒法官忽然抬起頭來，彷彿預期律師會提出抗議，但阿提克斯並未作聲。

「……問女孩是不是被羅賓森打成這副模樣，她說是。又問說湯姆有沒有占她便宜，她也說有。所以我就到羅賓森家把他帶回。女孩指認了他，所以我就把他關起來。事情經過就是這樣。」

「謝謝你。」紀默先生說。

泰勒法官說道：「有什麼問題嗎，阿提克斯？」

「有。」父親回答。他坐在桌子後面，將椅子歪到一邊，翹起腿來，一隻手臂擱在椅背上。

「保安官，你有沒有叫醫生？有沒有人去叫醫生？」阿提克斯問道。

「沒有。」泰特先生說。

「沒有叫醫生？」

「沒有。」泰特先生又說一遍。

「為什麼不叫？」阿提克斯的口氣有點尖銳。

「這我可以告訴你，芬奇先生，因為沒必要。她被打得渾身是傷，看也知道肯定出了事。」

「可是你沒有叫醫生？你在那裡的時候，有人去請醫生、找醫生或是帶她去看醫生嗎？」

「沒有……」

泰勒法官打岔道：「這個問題他已經回答三次了，阿提克斯。他沒有叫醫生。」

阿提克斯說：「庭上，我只是想確認。」法官微微一笑。

傑姆的手原本靠在旁聽席欄杆上，這時突然握緊，還深吸一口氣。我瞥了樓下一眼，沒看到和他一致的反應，不禁懷疑他在故作姿態。迪爾平靜地看著，他身旁的賽克斯牧師也一樣。「怎麼了？」我悄悄問他，卻只被他「噓」了一聲。

「保安官，」阿提克斯又接著說：「你說女孩被打得渾身是傷。是怎麼樣個傷法？」

「這個嘛……」

「就描述一下她的傷勢吧，賀克。」

「呃，她頭上到處都有被打的痕跡，手臂上也開始出現瘀青，事情發生在半小時前……」

「你怎麼知道？」

泰特先生咧嘴笑了笑。「抱歉，這是聽他們說的。總之，我到的時候她滿身瘀傷，有隻眼睛也開始出現黑眼圈。」

「哪隻眼睛？」

泰特先生當下愣住，舉起兩手梳了一下頭髮。「我想想，」他輕聲說道，然後看著阿提克斯，好像認為他的提問很幼稚。阿提克斯又問：「你不記得了嗎？」

泰特先生指著眼前十來公分處，好像那裡站著一個隱形人，說道：「她的左邊。」

「等一等，保安官。」阿提克斯說：「是她面對你時的左邊，還是和你同一方向時的左邊？」

泰特先生說：「噢，沒錯，那就成了她的右邊。是她的右眼，芬奇先生。我現在想起來了，她就是那半邊臉又青又腫……」

泰特先生又再次愣住，好像頓時明白了什麼。接著他轉頭去看湯姆．羅賓森。而羅賓森彷彿有所感應，也抬起頭來。

阿提克斯也明白了點什麼，隨即站起來。「保安官，請把剛才那句話再說一遍。」

「我說是她的右眼。」

「不……」阿提克斯走到法庭記錄員的桌前，朝著那隻飛快書寫的手彎下身去。手停了，將速記本往前翻，接著記錄員念道：「『芬奇先生。我現在想起來了，她就是那半邊臉又青又腫……』」

阿提克斯抬頭看著泰特先生。「賀克，你說是哪邊來著？」

「右邊，芬奇先生，不過她還有更多瘀青……你想聽嗎？」

阿提克斯似乎打算問另一個問題，但想了想又改變主意，說道：「好啊，她還有哪些傷痕？」

泰特先生回答時，阿提克斯轉頭看著湯姆．羅賓森，像是在說這是出乎意外的發展。

「……她兩條手臂都有瘀青，她還讓我看她的脖子，咽喉上有清清楚楚的指印……」

「整圈脖子都有嗎？還是在後頸？」

「應該是整圈都有，芬奇先生。」

「應該是？」

「是的，她脖子很細，誰都可以一把……」

「保安官，請只要回答是或不是就好。」阿提克斯冷冷地說，泰特先生旋即住嘴。

阿提克斯坐下來，向巡迴法務官點點頭，法務官向法官搖搖頭，法官又向泰特先生點點頭，他於是動作僵硬地起身，步下證人席。

在我們下方，一顆顆腦袋轉來轉去，一雙雙腳摩擦著地板，嬰兒被換抱到肩上，並有幾個小孩跑跳著離開法庭。我們背後的黑人彼此低聲交談，迪爾問賽克斯牧師現在是怎麼回事，牧師說他也不知道。到目前為止，一切都無聊至極：沒有人大聲咆哮，兩造律師間沒有言詞交鋒，完全沒有看頭，在場人士似乎都深感失望。阿提克斯辯護的過程溫和客氣，好像在排解產權糾紛。他憑著平息怒海的無窮神力，讓一起強暴案變得和布道會一樣枯燥乏味。刺鼻的威士忌與豬圈味，一群眼神困頓、表情慍怒的男人，一個沙啞的聲音在黑夜裡呼叫：「芬奇先生，他們走了嗎？」……這些在我心裡造成的恐懼都消失了。我們的噩夢隨著白晝到來消失了，一切都會沒事。

所有旁聽群眾都跟泰勒法官一樣輕鬆，只有傑姆例外。他故意把嘴巴扭曲成要笑不笑的表情，眼中閃著喜色，又說什麼補強證據的，讓我確信他是在賣弄。

「……羅伯．李．尤爾！」

聽到書記官的高聲傳喚後，一個像隻鬥雞似的矮小男人站了起來，大搖大擺走向證人席。他在聽見自己名字的時候，頸背就開始發紅。當他轉身宣誓，我們發現他的臉也跟脖子一樣紅。我們還發現他和同名的李將軍毫無相似之處。他額頭上翹著一綹剛洗過、稀疏蓬亂的頭髮，鼻子尖細油亮，幾乎可以說沒有下巴，好像直接和皺巴巴的脖子連成一體了。

「……請上帝為證。」他得意地宣誓。

和梅岡大小相當的每座城鎮都有像尤爾這樣的家族。無論經濟情勢如何波動都不會改變他們的境況，無論景氣大好或是經濟大蕭條，像尤爾家這種人都是郡裡的寄生蟲。沒有一個訓導主任能把他們家為數眾多的小孩留在學校念書，沒有一個公共衛生督導員能夠讓他們不再罹患先天缺陷、各種寄生蟲症以及環境髒亂所造成的疾病。

梅岡的尤爾一家住在公共垃圾場後面的一棟小屋，那裡以前有黑人住過。小屋的木板牆外加裝了瓦楞鐵皮，屋頂也用錘平的馬口鐵罐當瓦片加蓋，所以只能從大致外觀看出原來的設計：小屋彎扭地置放在四塊不規則的石灰岩上，屋形四方，有四個小房間開向一條穿廊。窗戶其實只是牆上開的洞，到了夏天就掛起油膩的薄紗棉布，阻隔那些專找梅岡垃圾大快朵頤的害蟲。

這些害蟲常常三餐不繼，因為尤爾家的人每天都會把垃圾場搜刮得一乾二淨，而他們的勞動成果（沒被吃掉的部分），讓小屋四周的空地看起來有如一個瘋狂小孩的遊戲屋：一些小樹枝、掃帚柄和工具把手用來當作籬笆，最頂端全都用鐵絲綁著生鏽的榔頭、耙齒殘缺不齊的鐵耙頭、鐵鍬、斧頭和鋤頭。這道圍柵內是個骯髒的院子，裡面有一輛廢棄的福特Model-T殘骸、一張被丟棄的牙醫診療椅、一台老舊冰箱，還有一些小東西如舊鞋、壞掉的桌上型收音機、相框和醃漬水果用的密封罐，有幾隻瘦得皮包骨的黃毛雞會抱著希望在那底下東啄西啄。

然而，院子裡有個角落讓梅岡人大惑不解。緊挨著籬笆邊有六只缺口裂角的搪瓷餿水桶排成一列，裡面種著鮮豔的紅色天竺葵，被細心呵護得有如茉蒂小姐所栽種——如果茉蒂小姐能俯允在她的園子裡種天竺葵的話。聽人說那是瑪耶拉．尤爾種的。

沒有人清楚知道這家裡到底有多少孩子。有人說六個，有人說九個，總之只要有人經過，總會看到幾個臉蛋髒兮兮的小孩趴在窗邊。平常誰也沒有機會經過這裡，只有在聖誕節，教會會來發送禮物籃，鎮長也會請居民自行去丟聖誕樹和垃圾，幫清潔隊員一點忙。

去年聖誕節，阿提克斯響應鎮長的呼籲時也帶上了我們。有一條沙土路從公路延伸經過垃圾場，繼續通往一個黑人的小村落，離尤爾家大約五百公尺遠。回程時，要不就得倒回公路上，要不就得一直走到路盡頭再迴轉，大部分的人都會開到黑人家的前院再掉頭。在十二月的霜寒暮色裡，這些小木屋看起來整潔又舒適，一縷縷淡藍色的煙從煙囪升起，屋內爐火熊熊，往門口映照出琥珀色光輝。到處都聞得到香味，有烤雞、有煎培根，清脆得宛如這黃昏時分的空氣。我和傑姆發覺有人在烹煮松鼠，但須得像阿提克斯這樣的鄉下老人才能分辨負鼠和兔子的味道。等我們往回開過尤爾家，這些香味便都消失了。

此時站在證人席上的矮小男人，要說他有什麼比那些近鄰強的地方，那就是用肥皂和滾燙熱水刷洗身子後，他的皮膚是白的。

「是羅伯．尤爾先生嗎？」紀默先生問道。

「是我沒錯，老大。」證人說道。

紀默先生的背微微變僵，我不禁替他感到難過。說到這裡我或許應該稍微解釋。我曾經聽說，律師的兒女看見自己父親在庭上激烈辯論，會誤以為他與對造律師有私人恩怨，因而感到痛苦，之後又發現他們往往一休庭便手挽著手走出去，更是吃驚。我和傑姆則不然。不管看到父親打贏或打輸官司，我們都不會受打擊。很遺憾無法在這方面提供任何戲劇性的陳述，就算說了也不是真的。不過，當辯論激烈到失去專業，我們還是看得出來，只不過是藉由觀察其他律師而不是我們父親。我從未聽見阿提克斯拉高過嗓門，只有一次例外是向重聽的證人提問。紀默先生是在履行自己的職責，就跟阿提克斯一樣。何況尤爾先生是紀默先生傳喚的證人，自然更不該對他無禮。

「你是瑪耶拉．尤爾的父親嗎？」這是第二個問題。

「我要不是，現在也沒辦法了，她媽死了。」他如此回答。

泰勒法官動了動身子。他坐在旋轉椅上慢慢轉過來，一臉和藹地看著證人問道：「你是瑪耶拉．尤爾的父親嗎？」那口吻讓底下的笑聲戛然而止。

「是的。」尤爾先生溫順地說。

泰勒法官繼續以帶著善意的語氣問道：「這是你第一次出庭嗎？本席好像沒有在這裡見過你。」見證人點頭回應，他又接著說：「只要本席還坐在這個法庭，就再也不許任何人在任何話題上做明顯猥褻的臆測。明白了嗎？」

尤爾先生點點頭，但我不認為他明白。泰勒法官嘆了口氣說：「可以了，紀默先生。」

「謝謝庭上。尤爾先生，請用你自己的話說一說，十一月二十一日晚上發生了什麼事好嗎？」

傑姆笑了笑，同時把頭髮往後一撥。「用你自己的話」，這是紀默先生的正字標記。我們時常納悶：紀默先生擔心證人用其他哪個人的話呢？

「喔，十一月二十一日那天，我從林子裡背了一綑引火木柴回來，剛走到籬笆邊就聽到瑪耶拉在屋子裡尖叫，像殺豬一樣……」

這時，泰勒法官厲色瞥了證人一眼，想必認為他的臆測不具惡意，便又昏昏欲睡地陷入座位。

「當時是幾點，尤爾先生？」

「就在太陽下山前。就像我剛才說的，瑪耶拉尖叫到連耶穌都會被嚇死……」法官席上又射來一道目光，讓尤爾先生立刻住嘴。

「怎麼樣？她在尖叫？」紀默先生問道。

尤爾先生滿頭霧水地看著法官。「是啊，瑪耶拉愈叫愈悽慘，我就丟下木柴以最快的速度跑過去，可是我撞到籬笆，結果等我脫身，跑到窗邊一看，看到……」尤爾先生脹紅了臉。他站起來，手指著湯姆．羅賓森。「……我看到那邊那個黑鬼在我家瑪耶拉身上發情！」

泰勒法官的法庭向來寧靜，很少有機會動用他的法槌，但這回他整整敲了五分鐘。阿提克斯站在法官席前不知跟他在說什麼，而身為全郡最高警官的泰特先生，則站在中央走道試圖讓擠滿人潮的法庭恢復秩序。我們身後的黑人群眾發出低沉憤怒的吼聲。

賽克斯牧師探身越過我和迪爾，拉拉傑姆的手肘說：「傑姆先生，你最好還是帶琴．露易絲小姐回家吧。傑姆先生，你聽到我說的嗎？」

傑姆回過頭來。「絲考特，你回家。迪爾，你跟絲考特回家。」

「看你怎麼讓我回家啊。」我說著同時想起阿提克斯的神聖格言。

傑姆氣沖沖地皺起眉頭看我，然後對賽克斯牧師說：「我想應該沒關係的，牧師，她聽不懂。」

我氣炸了。「我當然聽得懂，你聽得懂的我也都聽得懂。」

「閉嘴啦。牧師，她聽不懂，她還沒滿九歲。」

賽克斯牧師的黑色眼眸裡滿是憂慮。「芬奇先生知道你們在這裡嗎？這不適合琴．露易絲小姐，也不適合你們小男生。」

傑姆搖搖頭。「離這麼遠，他看不見我們。沒關係的，牧師。」

我知道傑姆會贏，因為我知道現在什麼也無法讓他離開。我和迪爾安全了，但只是暫時，因為阿提克斯只要抬頭，就能看見我們。

泰勒法官猛敲法槌之際，尤爾先生沾沾自喜地坐在證人席上端詳自己的傑作。他只說了一句話，就把原本快樂的野餐者變成一群惱怒、緊張、竊竊私語的人。法槌聲慢慢將群眾催眠的同時，強度也逐漸減弱，最後法庭上只隱隱約約聽到「篤、篤、篤」的聲響，就好像法官用鉛筆輕敲著法官席。

再度掌控法庭秩序後，泰勒法官往後躺靠著椅背，瞬間顯得神色萎靡，愈見老態。我想起阿提克斯說的，他和泰勒太太不常親吻，他想必將近七十歲了吧。

「本席接獲請求，」泰勒法官說：「希望能禁止旁聽，或至少請婦女幼童離場，該請求本席暫不應允。民眾通常能看自己想看的、聽自己想聽的，也有權利讓自己的孩子一同參與，但是我可以向各位保證：如果不能靜靜地看或聽，就會被請出法庭，不過在離開之前，本席會先判你們所有人一條藐視法庭罪。尤爾先生，可以的話，請將你的證詞局限於基督徒使用的英語範圍內。繼續吧，紀默先生。」

尤爾先生的樣子讓我聯想到聾啞人士。我敢說他從來沒聽過泰勒法官對他說的那些詞彙，他在嘴裡默默地與這些話語拚鬥著，但它們的重要意涵已在他臉上表露無遺。得意之情消退了，取而代之是一種堅定真誠的表情，但泰勒法官完全沒上當。只要尤爾先生還在證人席上，法官就會盯著他，看他敢不敢走錯一步。

紀默先生和阿提克斯交換一下眼色。阿提克斯重新坐下，用拳頭撐著臉頰，我們看不到他的臉。紀默先生看起來有些不知所措，泰勒法官的發問倒是讓他鬆了口氣：「尤爾先生，你看見被告和令千金發生性行為了嗎？」

「是的，我看到了。」

旁聽席上鴉雀無聲，但被告說了句什麼。阿提克斯悄聲回應後，湯姆．羅賓森便不再出聲。

「你說你在窗邊？」紀默先生問道。

「是的。」

「窗子離地有多高？」

「大概一米。」

「你能清楚看到房間裡面嗎？」

「可以。」

「房間裡是什麼情況？」

「東西丟得亂七八糟，好像打過架一樣。」

「你看到被告之後怎麼做？」

「我就跑著繞到前面要進屋，可是他搶先一步從前門溜掉了。我看見他了，錯不了。我因為太擔心瑪耶拉，所以沒去追他。我跑進屋裡，瑪耶拉就躺在地上哀嚎……」

「然後你怎麼做？」

「我就盡快跑去找泰特了。我知道是誰幹的，錯不了，他就住在那邊的黑鬼窩裡，每天都會打我們家經過。法官，我已經跟郡政府要求十五年，要他們把那個窩給清掉，住在他們旁邊很危險，還會害我的地貶值……」

「謝謝你，尤爾先生。」紀默先生連忙說道。

證人匆匆退席時，和正要起身向他提問的阿提克斯撞個正著。泰勒法官這次沒有制止群眾大笑。

「請等一下，我可以問你一、兩個問題嗎？」阿提克斯和顏悅色地說。

尤爾先生又回到證人席上，端坐下來，帶著高傲與猜疑看著阿提克斯，這是梅岡郡的證人面對另一造律師質問時的一貫表情。

「尤爾先生，」阿提克斯說道：「那天晚上跑了不少路啊。我再確認一下，你說你跑回家，你跑到窗邊，你跑進屋裡，你跑到瑪耶拉身邊，你跑去找泰特先生。你這麼跑來跑去的，有沒有跑去找醫生呢？」

「不用找。我看見發生什麼事了。」

「不過有件事我不明白。」阿提克斯說：「你不關心瑪耶拉的狀況嗎？」

「我當然關心。」尤爾先生說：「我看見是誰幹的了。」

「不，我指的是她的身體狀況。你難道不覺得以她的傷勢應該立刻送醫嗎？」

「什麼？」

「你不覺得她應該馬上去看醫生嗎？」

證人說他從來沒想過，也從來沒給哪個孩子請過醫生，因為請醫生得花五塊錢。「完了嗎？」

他問道。

「還沒呢。」阿提克斯隨口說道：「尤爾先生，你聽到保安官的證詞了，對吧？」

「什麼？」

「賀克・泰特先生作證的時候，你在法庭上對吧？他說的話你都聽到了，對吧？」

尤爾先生細細思索一番後，似乎認定這是個安全問題。

「對。」他回答道。

「他對瑪耶拉傷勢的描述，你同意嗎？」

「什麼？」

阿提克斯回頭看看紀默先生，微微一笑。尤爾先生好像決心對辯方不理不睬。

「泰特先生作證說她的右眼瘀青，說她被打得……」

「沒錯，」證人說道：「泰特說的一切我都同意。」

「是嗎？我只是想確認一下。」阿提克斯和善地說完，走向記錄員說幾句話，接著記錄員便花了幾分鐘朗誦起泰特先生的證詞，像在報股市行情似的娛樂眾人：「……哪隻眼睛她的左邊噢沒錯那就成了她的右邊是她的右眼芬奇先生我現在想起來了她就是那半邊臉，」他翻頁接著念：

「又青又腫保安官請把剛才那句話再說一遍我說是她的右眼……」

「謝謝你，波特。」阿提克斯說：「你又聽過一遍了，尤爾先生，有什麼要補充的嗎？你同意保安官的話嗎？」

「我贊同泰特說的。她有一隻眼睛瘀青，而且被打得很慘。」

這個小個子似乎已忘了先前受到法官羞辱。愈來愈能明顯看出，他認為阿提克斯很好應付，整個人似乎又恢復紅潤氣色，胸膛挺得高高的，再度變成一隻紅色小公雞。阿提克斯提出下一個問題時，我看他都快把襯衫撐破了。

「尤爾先生，你會讀會寫嗎？」

紀默先生打斷道：「反對。看不出證人識不識字與本案有何關聯，無相關性也無實質性。」

泰勒法官正要開口，阿提克斯卻先說話了：「庭上，請允許我提出這個問題外加另一個問題，您很快就會明白。」

「好吧，那就再看看。」泰勒法官說：「但是務必要讓人看得明白，阿提克斯。反對無效。」

尤爾先生的教育程度與案情究竟有何關係，紀默先生似乎也和我們其他人一樣好奇。

「我再問一遍。」阿提克斯說：「你會讀會寫嗎？」

「當然會。」

「你能寫下你的名字讓我們看看嗎？」

「當然可以。不然你以為我是怎麼在救濟金支票上簽名的？」

尤爾先生這是在討鄉親歡心。從我們底下傳出的低語輕笑聲，很可能和他是個大怪人有關。

我開始緊張起來。阿提克斯應該知道自己在做什麼，但我總覺得他像在暗夜中用乾草叉獵青蛙。在交叉詰問時，絕對、絕對、絕對不能向證人提出你事先不知道答案的問題，這是我還在襁褓時期就隨同嬰兒食品一起灌輸給我的信條。這麼做，往往會得到你不想要的答案，一個可能讓你輸掉官司的答案。

阿提克斯伸手進西裝口袋掏出一個信封，接著又從背心口袋抽起鋼筆。他的動作從容不迫，還特意轉身好讓陪審團能一目了然。他旋下筆帽，輕輕放到自己桌上，然後稍微晃動一下鋼筆，再連同信封一起交給證人。「請你給我們寫下你的名字好嗎？」他說道：「寫清楚些，好讓陪審團看明白你是怎麼寫的。」

尤爾先生在信封背面寫下名字後，得意地抬起頭來，剛好看見泰勒法官直盯著他看，就好像他是一朵盛開在證人席上的芳香梔子花，還看見紀默先生半坐半站在他桌前。陪審團也在看著他，有一人甚至手扶欄杆探身出來。

「什麼這麼好看？」他問道。

「你是左撇子，尤爾先生。」泰勒法官說。

尤爾先生氣憤地轉向法官，說不知道自己是左撇子有什麼關係，他是個敬畏耶穌的人，阿提克斯．芬奇根本是在占他便宜。像阿提克斯．芬奇這種狡猾的律師，老是用狡猾的方法在占他便宜。他已經把事情經過都說了，要再說兩遍、三遍都無所謂，而他確實說好幾遍了。之後不管阿提克斯再怎麼問，也動搖不了他的供詞，他依然堅稱自己從窗外看見了，然後把那個黑鬼追跑了，然後跑去找保安官。最後阿提克斯便不再發問。

紀默先生又追問他一個問題：「尤爾先生，關於你用左手寫字一事，請問你是兩手同利嗎？」[34]

「當然不是了，我兩隻手都一樣靈活，兩隻手一樣靈活。」他又強調一次，還狠狠往被告席瞪一眼。

傑姆似乎平靜下來了。他輕輕拍打著旁聽席欄杆，一度還小聲地說：「他完了。」

我卻不以為然。我覺得阿提克斯是想證明尤爾先生毆打了瑪耶拉，到這裡我都還懂。如果她右眼瘀青，又多半是右臉被打，就表示動手的很可能是左撇子。這一點福爾摩斯和傑姆·芬奇都會同意。不過湯姆·羅賓森也有可能是左撇子。我學著泰特先生，想像有個人面對我，然後在腦海中迅速模擬一連串動作，最後得到的結論是：他可能用右手抓住她，再用左手揍她。我低頭看他，他背向我們，但看得出他肩膀寬厚、脖子粗大，應該輕而易舉就能辦到。我看傑姆是高興得太早了。

34 紀默先生這裡用的是「ambidextrous」，也有玩兩面手法的意思，尤爾可能是會錯意，也可能是聽不懂。

18

這時又有人出聲高喊。

「瑪耶拉．薇奧莉．尤爾！」

一個年輕女孩走上證人席。當她舉起手發誓說自己的證詞將句句屬實、絕無虛言，請上帝為證，樣子看起來有點弱不禁風；可是等她面向我們坐上證人席，便又恢復原貌，還是那個身材健壯、習於粗活的女孩。

在梅岡郡，很輕易就能分辨出誰經常洗澡，誰又是一年才洗一次。尤爾先生彷彿渾身被燙傷，就像浸泡了一夜才脫去那一層層汙垢保護膜，看起來皮膚對氣候環境很敏感。瑪耶拉則顯得很愛乾淨，不禁讓我想起尤爾家院子裡那一排紅色天竺葵。

紀默先生請瑪耶拉用自己的話告訴陪審團，十一月二十一日那天傍晚發生了什麼事，就請用她自己的話說。

瑪耶拉沉默不語地坐著。

「那天傍晚你人在哪裡？」紀默先生耐著性子問道。

「在門廊上。」

「哪個門廊？」

「只有一個，前門廊。」

「你在門廊上做什麼？」

「沒做什麼。」

泰勒法官說：「只要告訴我們發生什麼事就好，這點你能做到吧？」

瑪耶拉直視著他，忽然哭起來。她兩手掩嘴痛哭。泰勒法官讓她哭了一會兒才說：「可以了。在這裡你誰也不必怕，只管說實話。我知道這一切對你都很陌生，但是你沒有什麼好羞愧或害怕的。你在怕什麼？」

瑪耶拉搗著嘴說了句什麼。「你說什麼？」法官問道。

「他。」她指著阿提克斯，抽搭著說。

「芬奇先生？」

她猛點頭，說道：「不想要他對我像他對爸爸那樣，就是企圖要證明他是左撇子……」

泰勒法官撓撓濃密白髮，顯然從未碰上這類問題。「你幾歲了？」他問道。

「十九歲半。」瑪耶拉說。

泰勒法官清清喉嚨，試著以安慰的語氣說話，但並不成功。「芬奇先生沒有嚇唬你的意思。」他以低沉威嚴的嗓音說道：「否則我會制止他。這正是我坐在這裡的原因之一。好了，你已經是個大姑娘，所以把身子坐正，然後告訴那……告訴我們你發生了什麼事。這你能做得到吧？」

我小聲對傑姆說：「她精神正常嗎？」

傑姆斜眼瞄向證人席，說道：「還看不出來。她能讓法官同情她，應該夠正常，不過說不定只是……我不知道啦。」

情緒緩和後，瑪耶拉驚恐地瞄了阿提克斯最後一眼，才對紀默先生說：「我那時候在門廊上，然後……然後他來了，因為院子裡有個舊的衣櫥櫃，是爸爸搬回來要劈成柴火的……爸爸進林子去以前叫我劈，可是我覺得沒力氣，結果他來了……」

「『他』是誰？」

瑪耶拉指向湯姆．羅賓森。「我必須請你更明確地說出來，」紀默先生說：「記錄員無法清楚地記下手勢。」

「就是那邊那個。羅賓森。」她說。

「後來怎麼樣了？」

「我說黑鬼，過來，幫我把這個衣櫥櫃劈一劈，我給你五分錢。這對他來說應該很輕鬆。然後他就進院子來，我就進屋去拿錢給他，等我轉身，都還不知道是怎麼回事他已經撲到我身上。他是跟著我進來的。他勒住我的脖子，罵我還說髒話……我又扭打又喊叫，可是他勒著我的脖子，一直打我、一直打我……」

紀默先生等著讓瑪耶拉的情緒平復下來，她把手帕扭成一條汗濕的繩子，當她攤開來擦臉，手帕已經被她一雙熾燙的手擰得皺巴巴。她在等紀默先生問另一個問題，見他沒開口便說：「……他把我推到地上，掐得我不能呼吸，然後就欺負我。」

「你有沒有尖叫？」紀默先生問道：「你有沒有尖叫反抗？」

「有啊，我都喊破嗓子了，我是拚命地又踢又喊。」

「然後發生什麼事？」

「我記不太清楚了，可是爸爸忽然就進到房裡站在我前面，吼著問說是誰幹的，是誰幹的？後來我好像暈過去，醒過來的時候，泰特先生正要扶我起來，帶我到水桶邊去。」

瑪耶拉似乎說著說著便生出自信來了，但不同於她父親那種傲慢粗魯的態度，她顯得有些鬼祟，好像一隻目不轉睛的貓，尾巴不停抽動。

「你說你極力反抗他是嗎？拚了命地反抗是嗎？」紀默先生問道。

「當然是了。」瑪耶拉學著父親的口吻。

「你確定他徹底欺負了你嗎？」

瑪耶拉的臉變得扭曲，我好怕她又哭起來。不過她只說：「他做了他想做的。」

紀默先生用手擦拭一下頭，讓人注意到天氣的炎熱。「暫時沒有問題了，」他親切地說：「不過你先別走，我想大壞人芬奇先生還有幾個問題要問你。」

「檢方不能讓證人對辯方律師產生偏見，至少目前不可以。」泰勒法官一本正經低聲說道。阿提克斯咧嘴笑著起身，但他沒走到證人席前，而是打開西裝前襟，兩隻拇指勾著背心，然後慢慢走向法庭另一邊的窗戶。他望向窗外，對眼前景象似乎不太感興趣，便轉身悠哉地走回證人席。以我多年的經驗，看得出他正試圖下某種決定。

「瑪耶拉小姐，」他微笑著說：「我不會嚇唬你，暫時還不會。我們先熟悉一下彼此。你幾歲了？」

「說過我十九歲了，跟那邊那個法官說的。」瑪耶拉憤恨地衝著法官席甩了甩頭。

「是啊，是啊。瑪耶拉小姐，還請你見諒，我年紀大了，記性沒有以前好。我可能會問一些你已經說過的事，但你還是會回答我，對吧？很好。」

從瑪耶拉的表情實在看不出，阿提克斯如何能就此認定她會全心全意地配合。她可是滿臉怒容地看著他。

「你要是再繼續嘲笑我，你說什麼我都不回答。」她說道。

「你說什麼，小姐？」阿提克斯詫異地問。

「只要你繼續笑我。」

泰勒法官說：「芬奇先生沒有取笑你。你是怎麼了？」

瑪耶拉低垂眼皮看著阿提克斯，卻是對法官說：「只要他繼續叫我小姐，或是喊我瑪耶拉小姐。我犯不著忍受他的無禮，我被叫來這裡可不是為了受這種氣。」

阿提克斯再次閒步走到窗邊，讓泰勒法官處理此事。泰勒法官絕不是那種會引人同情的人，可是看他試著解釋的樣子，我的確為他感到不忍。他對瑪耶拉說：「芬奇先生一向如此。我們在這個法庭已經共事很多年，芬奇先生向來對每個人都彬彬有禮，他不是想嘲笑你，而是為了禮貌起見。他一向都是這樣。」

法官往後一靠，說道：「阿提克斯，我們就繼續進行吧，法庭紀錄會顯示證人並未受到無禮對待，她的想法與事實相反。」

我很納悶她這輩子有沒有被人喊過「小姐」或「瑪耶拉小姐」，八成沒有，所以才會把日常禮儀視為冒犯。她過的到底是什麼樣的生活？我很快就得到答案了。

「你說你十九歲，」阿提克斯又接著說：「你有幾個兄弟姊妹？」他從窗邊走回證人席前。

「七個。」她回答。我心想，他們是不是都像我開學第一天看到的那些人那麼奇怪？

「你是長女嗎？年紀最大的？」

「是。」

「你母親去世多久了？」

「不知道……很久了。」

「你上過學嗎？」

「讀寫都跟爸爸一樣好。」

瑪耶拉的語氣好像我現在正在看的書裡的一位金格爾先生[35]。

「你上學上了多久？」

「兩年……三年……不知道。」

我開始慢慢地、但確切地看出阿提克斯的提問模式，他利用一些不至於讓紀默先生認為無相關性或無實質性而提出抗議的問題，暗暗為陪審團建構出尤爾家人的家庭生活景象。陪審團從中得知了以下諸事：他們的救濟金遠遠不足以餵飽全家人，而且極可能都被爸爸喝掉了，他有時會跑到沼澤地，一去好幾天，回家就吐；天氣很少冷到需要穿鞋子，但需要的話，可以用舊輪胎皮做出很棒的鞋子；家裡用水得拎著水桶到垃圾場一頭的湧泉去提回來，他們會保持泉水周遭整潔

35 金格爾（Mr. Jingle）是英國小說家狄更斯（Charles Dickens，一八一二～一八七〇）的著作《匹克威克外傳》（*The Pickwick Papers*）中一個信口雌黃的騙子。

沒有垃圾，至於自己的清潔自己負責，想洗什麼就自己去提水；年紀較小的孩子傷風不斷，還長期罹患鉤蟲症；偶爾會有位女士來問瑪耶拉怎麼不去上學，還把得到的回答記下來：家裡已經有兩個人會讀會寫，其他人就不必學了，爸爸需要他們待在家裡。

「瑪耶拉小姐，」阿提克斯仍不由自主這麼喊道。「像你這樣一個十九歲的女孩，一定有朋友。你有哪些朋友呢？」

證人像是不解地皺起眉來。「朋友？」

「是的，你難道不認識任何一個跟你年紀相仿，或是比你大，或是比你小的人嗎？男孩女孩都行，就是普通朋友，有嗎？」

瑪耶拉的敵意本已勉強平息，如今又再次被點燃。「你又在取笑我了嗎，芬奇先生？」

阿提克斯把她的問題當成回答。

接著又問：「瑪耶拉小姐，你愛你的父親嗎？」

「愛他？什麼意思？」

「我的意思是他對你好不好？他好不好相處？」

「他還好，除了……」

「除了什麼？」

瑪耶拉看著父親，他原本將椅子前腳翹起，斜倚著欄杆，這時已坐得筆直在等她回答。

「沒什麼。」瑪耶拉說：「我說他還好。」

尤爾先生又斜靠回去。

「除了喝酒的時候嗎？」阿提克斯問得好溫柔，瑪耶拉不由得點了點頭。

「他有沒有找過你麻煩？」

「什麼意思？」

「他……惱火的時候，有沒有打過你？」

瑪耶拉四下張望著，一下看看法庭記錄員，一下望向法官。泰勒法官說：「瑪耶拉小姐，請你回答問題。」

「從小到大，我爸從來沒碰過我一根頭髮。」她口氣堅定地說：「他從來沒碰過我。」

阿提克斯的眼鏡略略往下滑，他把它推高一些。「瑪耶拉小姐，我們聊得很愉快，現在也該言歸正傳了。你說你叫湯姆．羅賓森去劈一個……什麼來著？」

「衣櫥櫃，那是個舊衣櫥，有一邊全是抽屜。」

「你和湯姆．羅賓森熟識嗎？」

「什麼意思？」

「我是說你知道他是誰、住在哪裡嗎？」

瑪耶拉點點頭。「我知道他是誰，他每天都會經過我家。」

「這是你第一次叫他進院子嗎？」

這個問題讓瑪耶拉微微一驚。此時阿提克斯一如先前，正緩緩移步窗邊，他總是問完問題後，看著窗外等答案。他沒有看到她不自主的驚跳狀，但我覺得他知道她動了一下。他轉過頭揚起眉毛，正要再問一遍：「這是……」

「是，這是第一次。」

「你以前從來沒有叫他進過院子？」

她已有了準備。「沒有，當然沒有。」

「說一次沒有就夠了。」阿提克斯心平氣和地說：「你從來沒有叫他給你做過雜活？」

「可能有，」瑪耶拉勉強承認：「附近有好幾個黑鬼。」

「你記得其他任何一次的情況嗎？」

「不記得。」

「好，現在來說說當時的情形。你說你轉身的時候，湯姆．羅賓森已經跟著你進房間了，對嗎？」

「對。」

「你說他『勒住你的脖子，罵你還說髒話』……對嗎？」

「對。」

阿提克斯的記性突然變好了。「你說『他推倒我，掐得我不能呼吸，然後就欺負我』……對嗎？」

「我是這麼說的。」

「你記得他打了你的臉嗎？」

證人沉吟著。

「你好像很確定他掐得你不能呼吸，這段時間裡你都在反抗，記得嗎？你『拚命地又踢又喊』。那麼你記得他打你的臉嗎？」

瑪耶拉沉默不語，似乎想自行釐清什麼。我一度以為她也在玩賀克先生和我的那套把戲，假裝前面有個人。她覷了紀默先生一眼。

「這個問題很簡單，瑪耶拉小姐，那麼我再問一遍。你記得他打你的臉嗎？」阿提克斯的聲音已失去原有的撫慰效果，一變而成平板超然的專業口吻。「你記得他打你的臉嗎？」

「不，我不記得他有沒有打我。我是說我記得，他打我了。」

「最後一句是你的回答嗎？」

「嗄？對，他打……我真的不記得，我真的不記得……事情發生得太快了。」

泰勒法官臉色嚴峻地看著瑪耶拉。「別哭，小姑娘……」他話還沒說完，阿提克斯便說：「庭上，她若是想哭就讓她哭吧，我們多的是時間。」

瑪耶拉憤怒地吸吸鼻子，看著阿提克斯。「你有什麼問題我都會回答……把我弄到這裡來嘲笑我，是不是？……你有什麼問題我都會回答……」

「很好。」阿提克斯說：「只剩下幾個問題了。瑪耶拉小姐，我不是有意惹你厭煩，但你供稱被告打你、掐住你的脖子、讓你喘不過氣，還欺負你。我希望你能確定自己沒有認錯人。你可以指出那個強暴你的人嗎？」

「可以，他就在那邊。」

阿提克斯轉向被告。「湯姆，站起來，讓瑪耶拉小姐把你看清楚。瑪耶拉小姐，是這個人嗎？」

湯姆．羅賓森的肩膀健壯，那肌肉線條的起伏在薄襯衫底下明顯可見。他起身後，右手搭在椅背上，整個人看起來出奇地不平衡，卻不是站姿的緣故。他的左臂比右臂整整短了三十公分，動也不動地垂在身側，末端有一隻萎縮的小手，即使遠在樓上旁聽席，我也看得出那隻手對他並無作用。

「絲考特，」傑姆低呼道：「絲考特，你看！牧師！他是殘廢！」

賽克斯牧師探身越過我，小聲地對傑姆說：「那是被絞進軋棉機了，他小時候手被絞進雷蒙先生家的軋棉機……差點失血過多死掉……骨頭上的肌肉都被撕扯下來……」

阿提克斯說：「強暴你的是這個人嗎？」

「肯定是。」

阿提克斯的下一個問題只有四個字：「怎麼做的？」

瑪耶拉勃然大怒。「我不知道他怎麼做的，反正他就是做了……我說了事情發生得太快，我……」

「我們現在冷靜地想一想……」阿提克斯剛開口，紀默先生便提出抗議，不是因為無相關性或無實質性，而是阿提克斯在威逼證人。

泰勒法官大笑一聲。「坐下吧，霍雷斯，他完全沒有做那種事。要說有的話，也是證人在威逼阿提克斯。」

整個法庭上，只有泰勒法官一個人在笑，就連小嬰兒也安靜無聲，我忽然懷疑他們是不是被悶死在母親懷裡了。

「瑪耶拉小姐，」阿提克斯說：「你供稱被告掐你還打你……你沒有說他是從背後偷襲把你打暈，而是說你一轉身他已經在那裡……」阿提克斯回到他的桌子後面，用指節輕敲桌面以強調自己說的話。「……你要不要再重新考慮一下你的證詞？」

「你要我說沒發生的事嗎？」

「不，小姐，我要你說真正發生的事。請再跟我們說一次，到底發生了什麼事？」

「我已經說過了。」

「你作證說你一轉身，他已經在那裡。然後他掐你脖子？」

「對。」

「然後他鬆開你的脖子再打你？」

「我是這麼說了。」

「他用右拳把你的左眼打瘀青了？」

「我低頭躲開，被他的拳頭……擦到了，就是這樣。我低頭閃躲的時候被拳頭擦到了。」瑪耶拉終於見到一線曙光。

「這一點你忽然弄明白了。剛才你還記不太清楚，不是嗎？」

「我說他打我了。」

「好。他掐你的脖子，他打你，然後他強暴你，對吧？」

「當然。」

「你是個強壯的女孩，這麼長時間你都在做什麼？就呆呆站在那裡？」

「我跟你說過我又叫又踢又打……」

阿提克斯抬起手摘下眼鏡，將正常的右眼轉向證人，並連珠炮般向她發問。泰勒法官說：

「阿提克斯，一次問一個問題就好，給證人回答的機會。」

「好，你為什麼不跑？」

「我想過要……」

「想過？那為什麼不做？」

「我……他把我摔倒了。就是這樣，他把我摔倒以後就壓到我身上。」

「這段時間你一直在尖叫？」

「當然。」

「那其他孩子怎麼沒聽到？他們在哪裡？在垃圾場嗎？」

沒有回應。

「他們在哪裡？」

「你的尖叫聲怎麼沒讓他們跑回來？垃圾場比樹林更近，不是嗎？」

沒有回應。

「或者你是看到你爸爸在窗邊才尖叫的？你是直到那個時候才想到要尖叫，對吧？」

沒有回應。

「你是先對著你爸爸尖叫而不是對著湯姆．羅賓森，對不對？」

沒有回應。

「打你的人是誰？是湯姆．羅賓森還是你爸爸？」

沒有回應。

「你爸爸在窗邊看見什麼？是強暴的罪行還是抵死的反抗？你為什麼不說實話，孩子？打你的不是羅伯．尤爾嗎？」

阿提克斯把臉背向瑪耶拉時，看起來好像鬧胃痛，而瑪耶拉臉上卻是恐懼與憤怒交雜。阿提克斯疲憊地坐下來，拿起手帕擦眼鏡。

驀然間，瑪耶拉能出聲了。「我有話要說。」她說道。

阿提克斯抬起頭來。「你想告訴我們發生了什麼事嗎？」

但她沒有聽出他誘導中的同情。「我有話要說，說完以後就再也不說了。那邊那個黑鬼欺負我，如果你們這些高貴的上等人不想管，那你們就全是超級膽小鬼，一大群超級膽小鬼。你們光會裝模作樣根本沒用……你叫什麼『小姐』、『瑪耶拉小姐』都沒用，芬奇先生……」

接著她真的哭了起來，雙肩隨著憤怒的抽泣不停抖動。她果然說到做到，之後再也不回答問題，即便紀默先生試圖將她導回正軌也沒用。我猜想，要不是她這麼可憐又無知，早就因為藐視法庭的每個人而被泰勒法官關進牢裡了。阿提克斯不知用了什麼方法，好像讓她備受打擊，但他這麼做自己也不好受。他垂頭坐著，瑪耶拉走下證人席經過他桌旁時，狠狠瞪著他看，我從未在任何人眼中見過那種恨意。

當紀默先生告訴法官檢方已提證完畢，泰勒法官說：「我們也都該休息一下了。休庭十分鐘。」

阿提克斯和紀默先生一同到法官席前交頭接耳一番，然後從證人席後面的一扇門離開法庭，也等於暗示我們可以起來活動活動。我這才發現自己一直坐在長椅邊上，身子都有點發麻了。傑姆站起來打了個呵欠，迪爾也跟著做，賽克斯牧師則用帽子擦擦臉。他說氣溫至少有三十二度。

安德伍先生一直靜靜地坐在專為媒體保留的座位，用他那海綿般的大腦將證詞全部吸收，直到此時才勉強用充滿敵意的目光掃視黑人旁聽席，剛好與我四目交接。他哼了一聲別過頭去。

「傑姆，」我說道：「安德伍先生看見我們了。」

「沒關係，他不會告訴阿提克斯，他只會放到《梅岡論壇報》的社會版。」傑姆重新轉回迪爾那邊，我想是在跟他解釋審判過程中較精采的部分，但我也覺得好奇。阿提克斯和紀默先生並未針對任何一點進行長時間辯論，紀默先生幾乎像是勉強起訴，證人都跟笨驢一樣被牽著鼻子走，鮮少提出抗議。不過阿提克斯曾經告訴我們，在泰勒法官的法庭上，凡是對證據證詞從嚴解釋的律師，最後通常也會被法官嚴格以待。他這話的重點是說泰勒法官或許看起來懶散，還邊審案邊睡覺，但他的判決極少被撤銷，這便是最好的證據。阿提克斯說他是個好法官。

不久泰勒法官回來了，爬上他的旋轉椅。他從背心口袋拿出一根雪茄，細細端詳。我打了迪爾一下。在通過法官的嚴密檢視後，雪茄被狠咬一口。「我們有時候會特地來觀察他。」我解釋道：「再來整個下午他都會嚼個不停，你等著看吧。」法官沒有發覺樓上有人在監視他，要吐掉咬斷的菸頭時，很熟練地把它推到雙唇之間，然後「噗啦！」一聲，菸頭不偏不倚落入一只痰盂，我們甚至能聽到裡頭的潑濺聲。「他射口水紙團肯定很厲害。」迪爾喃喃地說。

通常一休庭，所有人都會出去，但今天大家都沒動。就連那群沒法讓年輕人羞愧讓座的「閒人」，也繼續站在牆邊。我猜泰特先生可能把郡府公廁保留給法庭人員使用了。

阿提克斯和紀默先生也回來了，泰勒法官看看表說：「快四點了。」這就奇怪了，因為郡府大鐘應該至少響了兩次，我竟然沒聽見也沒感覺到震動。

「盡量在今天下午了結好嗎？」泰勒法官問道：「你覺得呢，阿提克斯？」

「我想應該可以。」阿提克斯說。

「你有幾個證人。」

「一個。」

「那就傳他上來吧。」

19

湯姆．羅賓森伸出手去，用手指扶著左臂，將它抬起引向《聖經》，那隻宛如橡皮的左手則試著去碰觸《聖經》的黑色封面。當他舉起右手，另一隻無用的手隨即從書上滑落，撞到書記官的桌子。他正想再試一次，泰勒法官卻以低沉威嚴的聲音說：「這樣就可以了，湯姆。」湯姆宣誓後步上證人席，阿提克斯很快便引導他說出：

湯姆現年二十五歲，已婚，有三個小孩。他曾經犯過法，因為妨害治安被監禁三十天。

「那肯定是危害治安的行為。」阿提克斯說：「是怎麼回事？」

「和另一個人打架，他想拿刀子捅我。」

「有沒有傷到你？」

「有一點，但不是很嚴重。你看我……」湯姆動動左肩。

「好。」阿提克斯說：「你們兩個都被判刑了嗎？」

「是的，我付不出罰金所以得坐牢。那個人繳了錢。」

迪爾探身越過我問傑姆阿提克斯在做什麼。傑姆說阿提克斯在向陪審團證明湯姆光明磊落。

「你認識瑪耶拉．薇奧莉．尤爾嗎？」阿提克斯問道。

「認識，我每天下田、回家都要經過她家。」

「誰的田？」

「我在替林柯・狄斯先生幹活。」

「你們十一月也要摘棉花嗎？」

「不是的，我秋天和冬天是在他的庭園裡幹活。我差不多一年到頭都在替他工作，他種了很多山核桃樹之類的。」

「你說你上下工都要經過尤爾家，有其他路可以走嗎？」

「沒有，就我知道是沒有。」

「湯姆，瑪耶拉小姐有沒有跟你說過話？」

「有啊，我經過的時候都會稍微舉一下帽子，有一天她叫我進院子去替她劈一個衣櫥櫃。」

「她什麼時候叫你去劈那個……衣櫥櫃的？」

「芬奇先生，那已經是去年春天的事了。我會記得是因為當時是除草的季節，我帶了把鋤頭。我說我只有這把鋤頭，但她說她有一把小斧頭。她把斧頭給我，我就把衣櫥櫃劈了。她說：『我應該給你五分錢，對吧？』我說：『不用了，小姐，不用給我錢。』然後我就回家了。芬奇先生，那已經是去年春天的事，都已經過去一年多了。」

「你有沒有再去過她家？」

「有。」

「什麼時候？」

「呃，很多次。」

泰勒法官本能地就要去拿法槌，但隨即又將手放下，因為無須勞駕他，我們下方的竊竊私語聲就自動平息了。

「在什麼樣的情況下？」

「你說什麼，律師？」

「你為什麼會進她家院子很多次？」

湯姆．羅賓森的額頭放鬆了。「是她叫我進去的。我每次經過那邊，她好像都會有點零活讓我做，像是劈柴啦、挑水啦。她每天都會給那些紅花澆水……」

「你做這些事有拿錢嗎？」

「沒有，她第一次說要給我五分錢我沒拿，之後就都沒拿了。我很樂意做，尤爾先生好像根本不幫她，其他小孩也是，我也知道她沒有五分錢可以給。」

「其他孩子都上哪去了？」

「就在附近，到處都是。他們會看我幹活，有些看著，有些趴在窗子邊。」

「瑪耶拉小姐會跟你說話嗎？」

「會，她會跟我說話。」

湯姆．羅賓森作證時，我忽然覺得瑪耶拉肯定是全世界最孤單的人，甚至比雷德利家那個二十五年沒出過門的阿布更孤單。方才阿提克斯問她有沒有朋友，她似乎不明白他的意思，接著又以為他在取笑她。我覺得她和傑姆說的混血兒一樣可憐，白人不想和她有瓜葛，因為她就像住在豬圈裡，黑人也不想和她有瓜葛，因為她是白人。她無法像雷蒙先生那樣，寧可與黑人為伍，因為她既沒有河岸邊的土地，也不是出身高貴古老的家族。沒有人會說：那是尤爾家的「傳統」。

梅岡人給他們的除了聖誕禮物籃和救濟金，還有蔑視。湯姆．羅賓森恐怕是唯一善待過她的人，她卻說他欺負她，而且站起來看著他時，就像看著腳邊的泥土。

這時候阿提克斯打斷我的沉思，說道：「你曾經在任何時間，在沒有受到任何人明確的邀請下，進入尤爾家，踏進過尤爾家的範圍內嗎？」

「沒有，芬奇先生，我從來沒有。我不會做那種事。」

阿提克斯有時候會說，要分辨證人有沒有說謊，必須用耳朵聽而不是用眼睛看。我運用了他的測試法：湯姆一口氣否認了三次，但語氣平靜，絲毫沒有不安的氣息聲，儘管過度辯駁，我發現我還是相信他。他看起來像是正派的黑人，一個正派黑人絕不會擅自進入別人家的院子。

「湯姆，去年十一月二十一日傍晚，你發生了什麼事？」

我們底下的旁聽群眾一致傾身向前，屏息以待。我們身後的黑人也一樣。

湯姆是個黑絲絨般的黑人，不是閃閃發亮，而是色彩柔和的黑絲絨。他的眼白在臉上閃耀著，當他開口說話，便能看到光潔亮麗的牙齒。倘若身體完好無缺，他會是個堂堂的男子漢。

「芬奇先生，」他說：「那天傍晚我和平常一樣，回家的路上經過尤爾家，瑪耶拉小姐站在門廊上，就像她剛才說的。也不知道為什麼，那裡好像特別安靜，我邊納悶邊走過去的時候，她忽然叫我進去幫她一下，所以我就走進院子，四下看看有沒有柴火要劈，可什麼也沒看見。她說：『不是，是屋裡有點活兒要你做。那扇舊門的絞鏈鬆了，而且秋天很快就要來了。』我說，瑪耶拉小姐，你有沒有螺絲起子？她說當然有。所以我就爬上階梯，她打手勢要我進去，我就進到前屋裡查看房門。我說瑪耶拉小姐，這扇門看起來沒問題。我把門前後推拉一下，絞鏈沒鬆。

然後她當我的面把門關上。芬奇先生，我剛剛還在納悶怎麼那麼安靜，這時候才發覺屋裡沒有小孩，一個也沒有，我就說瑪耶拉小姐，孩子們呢？」

湯姆的黑絲絨皮膚開始發亮，他伸手揩了揩臉。

「我說孩子們呢？」他又接著說：「她就說，而且是有點笑著說，他們都進城去買冰淇淋了。她說：『我存了整整一年才存到七個五分錢，可我還是做到了。他們全進城去了。』」

湯姆顯得不太舒服，但不是因為天氣悶熱。「湯姆，你當時怎麼說？」阿提克斯問道。

「我大概是說，瑪耶拉小姐，你真有辦法，能請他們吃東西。她說：『你真這麼想？』我覺得她誤會我的意思了……我是說她很有辦法能存那麼多錢，還好心地請他們吃東西。」

「我明白你的意思，湯姆。接著說。」阿提克斯說。

「然後我說我該走了，反正也沒什麼需要我幫忙，她說有啊，我問她要幫什麼，她就叫我蹬上那邊那張椅子，替她把衣櫥櫃上頭的箱子拿下來。」

「不是你劈開的那個衣櫥櫃吧？」阿提克斯問道。

證人微微一笑。「不是的，是另外一個，差不多跟房間一樣高。我就照她的吩咐做，我正要舉起手去拿，她忽然……忽然抱住我的腿，她抱住我的腿啊，芬奇先生。我被她嚇得從椅子上跳下來，還打翻了椅子……芬奇先生，我離開的時候，房間裡唯一弄亂的東西、唯一弄亂的家具，只有那張椅子，我可以對天發誓。」

「你弄倒椅子以後，發生了什麼事？」

湯姆．羅賓森完全卡住說不下去。他瞄了阿提克斯一眼，接著看看陪審團，接著又望向坐在法庭另一端的安德伍先生。

「湯姆，你發過誓要據實以告，絕不隱瞞的。你會說吧？」

湯姆緊張地抹抹嘴。

「後來發生了什麼事？」

「回答問題。」泰勒法官說道。他的雪茄已經消失三分之一。

「芬奇先生，我跳下椅子轉過身，她就撲到我身上來了。」

「撲到你身上？很粗暴嗎？」

「不是的，她……她抱住了我。她抱住我的腰。」

這回泰勒法官的法槌「砰」一聲敲了下去，法庭天花板上的燈也同時亮起。天還沒黑，但午後的陽光已從窗口消失。泰勒法官很快便恢復庭上的秩序。

「然後她做了什麼？」

證人艱難地嚥下口水。「她踮起腳尖親我的側臉。她說她以前從沒親過男人，親個黑鬼也一樣。她說她爸爸對她做的那些不算。她說：『你要回親我，黑鬼。』我說瑪耶拉小姐，讓我走吧，我試著想跑，可是她用背頂著門，我得推她才出得去。我不想傷害她，芬奇先生，我就說讓我過去，還在說著，尤爾先生就在窗外大吼起來。」

「他說了什麼？」

湯姆．羅賓森又嚥一下口水，眼睛睜大。「那些話不好在這裡說……不好讓這些鄉親和小孩聽到……」

「他說了什麼，湯姆？你**必須**告訴陪審團他說了什麼。」

湯姆．羅賓森緊緊閉上眼睛。「他說你這下賤婊子，我要殺了你。」

「然後呢？」

「芬奇先生，我很快就跑掉了，不知道後來的事。」

「湯姆，你有沒有強暴瑪耶拉．尤爾？」

「我沒有。」

「你有沒有傷害她？」

「我沒有。」

「你有沒有拒絕她的示好？」

「芬奇先生，我試過，我試著要拒絕又不想對她太粗魯。我不想太粗魯，不想推她還是什麼的。」

我忽然覺得，湯姆．羅賓森的教養和阿提克斯一樣好，只是兩人的表現方式不同。直到後來聽了父親解釋，我才明白湯姆的處境有多敏感，他無論如何也不敢打白人女子，否則就別想長命，所以他才會一逮到機會就跑開——這可是明明白白的心虛表現。

「湯姆，我們再來說說尤爾先生。」阿提克斯說：「他有沒有跟你說什麼？」

「沒有。他也許說了什麼，但我不在那裡……」

「可以了。」阿提克斯直接打斷他。「你聽到的那些話，他是對誰說的？」

「芬奇先生，他是看著瑪耶拉小姐說的。」

「然後你就跑了？」

「當然囉。」

「你為什麼要跑？」

「因為我害怕。」

「你怕什麼？」

「芬奇先生，你要是跟我一樣是黑人，你也會害怕。」

阿提克斯坐了下來。換紀默先生往證人席走去，但還沒走到，狄斯先生就從旁聽席站起來大聲說道：

「現在我只想讓大家知道一件事。那孩子替我工作了八年，沒給我惹過一丁點麻煩，一丁點都沒有。」

「**你閉嘴，先生！**」泰勒法官非常清醒地怒吼道，臉也開始發紅，神奇的是嘴裡的雪茄並未影響他說話。他咆哮道：「林柯．狄斯，你如果有話要說，可以找個適當時機宣誓以後再說，但在此之前我要你離開法庭，聽到了嗎？請你離開法庭，先生，聽到了嗎？不然我絕對不會再審理此案！」

泰勒法官怒目瞪視阿提克斯，彷彿想看他敢不敢開口，但阿提克斯早已低頭暗笑。我想起他曾經說過，泰勒法官的權威言論有時也會逾越職權，但幾乎沒有律師會挺身指正。我看著傑姆，傑姆卻搖著頭說：「這不是陪審團裡面有人站起來說話，不然情況應該會不一樣。林柯先生只是在擾亂秩序什麼的。」

泰勒法官要記錄員把「芬奇先生，你要是跟我一樣是黑人，你也會害怕」後面所有的紀錄全部刪除，並告訴陪審團無須理會這番干擾。他心懷疑慮望著中央走道，我想是在等候林柯先生徹底離開，之後才說：「開始吧，紀默先生。」

「羅賓森，你曾經因為妨害治安被拘役三十天是嗎？」紀默先生問道。

「是的。」

「你把那個黑鬼打成什麼樣子？」

「是他打我，紀默先生。」

「對，但是你被判刑，不是嗎？」

阿提克斯抬起頭來。「庭上，那是一項輕罪，而且記錄在案。」我覺得他的聲音有點疲倦。

「證人還是要回答。」泰勒法官的聲音也同樣疲憊無力。

「是的，我被判了三十天。」

我知道紀默先生會由衷地告訴陪審團，凡是因為妨害治安被判刑的人，很輕易就可能欺負瑪耶拉．尤爾，這是令他擔心的唯一原因。像這樣的原因是有幫助的。

「羅賓森，你用一隻手也能俐落地劈衣櫥櫃和柴火，對吧？」

「是的，我想應該是。」

「強壯到足以把一個女人掐到喘不過氣，還把她摔倒在地？」

「我從來沒做過那種事。」

「可是你夠強壯，做得到吧？」

「應該可以。」

「你盯她很久了，不是嗎，小伙子？」

「沒有，我從來沒盯著她看過。」

「那你老是幫她劈柴提水的，也太有禮貌了吧？」

「我只是想幫她忙。」

「你還真是慷慨啊，你平常下工以後，家裡還有活要做吧？」

「有。」

「那你怎麼不做自家的活，反而去幫尤爾小姐？」

「我都做啊。」

「你一定很忙囉。為什麼？」

「什麼為什麼？」

「為什麼你那麼熱心去幫那個女人幹雜活？」

湯姆．羅賓森遲疑未答，思索著答案。「好像都沒有人在幫她，就像我說的……」

「小伙子，那家裡還有尤爾先生和七個孩子呢。」

「我也說了，他們好像從來不幫忙……」

「你不時去劈柴幹活，純粹是出於好心嗎，小伙子？」

「我說了，我是想幫她。」

紀默先生對著陪審團陰陰一笑。「看來你是個大好人，做這麼多事卻分文不取？」

「是的，我覺得她很可憐，她好像比家裡其他人都辛苦……」

「**你覺得她**可憐，你覺得她**可憐**？」紀默先生興奮得好像隨時可能飛上天花板。

證人察覺自己失言，不安地在椅子上動來動去。但損害已然造成。我們下方的人，沒有一個喜歡湯姆．羅賓森的回答。紀默先生停頓許久，以便讓這個答案深入人心。

「好，去年十一月二十一日你照常經過他們家，」他說道：「然後她叫你進去劈一個衣櫥櫃？」

「不是這樣。」

「你否認你經過他們家嗎？」

「不是的，她說屋裡有點活兒要我做……」

「她說她叫你劈一個衣櫥櫃，不是嗎？」

「不是，不是那樣。」

「你是說她在撒謊嗎，小伙子？」

阿提克斯正要起身，湯姆．羅賓森卻不需要他。「我沒有說她在撒謊，紀默先生，我是說她記錯了。」

接下來的十個問題，紀默先生都在重新檢視瑪耶拉對事件的陳述，而證人的回答始終都是她記錯了。

「不是尤爾先生把你趕跑的嗎，小伙子？」

「不是，我覺得他沒趕我。」

「**覺得**，這是什麼意思？」

「我是說我沒等到他來趕人就先走了。」
「你倒是老實，你幹嘛跑那麼快？」
「我說過因為我害怕。」
「如果你問心無愧，有什麼好怕？」
「我之前說過了，任何黑人處在那種……那種困境中都不安全。」
「可是你並沒有處於困境……你供稱你拒絕了尤爾小姐。以你這麼大個頭，難不成還怕她傷害你，所以逃跑？」
「不是的，我是害怕上法庭，就像現在這樣。」
「害怕被逮捕，害怕不得不面對你做過的事？」
「不，是害怕不得不面對我沒做過的事。」
「你現在這是在跟我抬槓嗎，小伙子？」
「不是的，我沒想那樣。」
紀默先生的反詰問我只聽了這麼多，因為傑姆要我帶迪爾出去。也不知道為什麼，迪爾忽然哭個不停，起先只是默默掉淚，後來旁聽席上好幾個人都能聽到他的啜泣聲。傑姆說我要是不跟他出去，就會讓我知道厲害，賽克斯牧師勸我最好出去，於是我就走了。那天迪爾本來看起來好好的，毫無異樣，但我猜他逃家的疙瘩並未完全消除。
「你覺得不舒服嗎？」下樓以後我問他。
當我們跑下南面台階，迪爾試著讓自己平靜下來。台階頂端只有狄斯先生孤單一人，我們經過時，他問道：「發生什麼事了嗎，絲考特？」我轉頭回答說：「沒事，是迪爾病了。」

「到樹下去吧，」我說道：「我想你是中暑了。」我們選了最粗壯的一棵綠橡樹，坐到樹下去。

「我實在是受不了他。」迪爾說。

「誰啊？湯姆嗎？」

「那個老紀默先生那樣對待他，那樣跟他說話，太可惡了……」

「迪爾，那是他的工作。如果沒有檢察官……那就不可能有辯護律師了吧。」

迪爾容忍地吐了口氣。「這些我都知道，絲考特。只是他說話的樣子讓我覺得噁心，噁心到家了。」

「他本來就應該這樣的，迪爾，他在反……」

「他本來沒有那樣……」

「迪爾，本來那些是他自己的證人。」

「可是芬奇先生在對瑪耶拉和老尤爾反詰問的時候也沒那樣。看那個人老是喊他『小伙子』、老是在冷笑，每次聽完他的回答，還要轉過去看陪審團……」

「迪爾，再怎麼說他也只是個黑人。」

「我才不管。那是不對的，不管怎麼說也不能這樣對他們。誰都沒權利這樣說話……看了就讓我噁心。」

「紀默先生就是這樣，迪爾，他對誰都是這樣。你還沒看過他真正和人過不去的樣子呢，那時候……反正，我覺得紀默先生今天不怎麼盡力。我是說大部分律師都是那個樣子。」

「芬奇先生就不是。」

「迪爾，他是例外，他……」我在記憶中搜尋茉蒂小姐說過的一句一針見血的評語，有了：「他在法庭上就跟在大馬路上一樣。」

「我不是那個意思。」迪爾說。

「我知道你什麼意思，孩子。」我們身後傳來一個聲音，本以為是從樹幹發出的，原來是雷蒙先生。他從樹後探出頭來看著我們。「你不是敏感，只是覺得噁心，對吧？」

20

「孩子，過來這裡，我有個東西能讓你的胃舒服一點。」

雷蒙先生是個壞人，他的邀請讓我猶豫不決，但我還是跟著迪爾過去。不知為何，我認為阿提克斯不會贊成我們和雷蒙先生親近，至於亞麗珊卓姑媽是一定不贊成的。

「喏，」他說著將那只插著吸管的紙袋遞給迪爾。「大大吸一口就會好過些了。」

迪爾用吸管吸上一口，微微一笑，接著便大口大口喝起來。

「嘿嘿。」雷蒙先生笑道，顯然很高興能讓一個孩子墮落。

「迪爾，你小心一點。」我警告道。

迪爾鬆開吸管，咧嘴一笑。「絲考特，這只是可樂而已。」

雷蒙先生本來躺在草地上，現在坐起來背靠著樹幹。「你們兩個小傢伙不會出賣我吧？這要是說出去，我的名聲就毀了。」

「你是說你放在紙袋裡喝的一直是可樂？就只是可樂？」

「是的，小姐。」雷蒙先生點點頭。我喜歡他身上的味道，有皮革味、馬味、棉籽味。他腳上穿的英式馬靴，我從來沒見過。「我就只喝這個，大半時間都是。」

「那你只是假裝半……？噢，對不起，」我即時打住：「我不是故意……」

雷蒙先生低笑兩聲，一點也不生氣，我便試著問得委婉一點：「你為什麼要這麼做？」

「什……喔，你是說我為什麼要假裝嗎？很簡單啊，」他說：「有些人不……喜歡我的生活方式。現在我可以說讓他們見鬼去吧，我才不在乎他們喜不喜歡。我只說我不在乎他們喜不喜歡喔，但沒說讓他們見鬼去，明白嗎？」

我和迪爾都說：「不明白。」

「其實我是想給他們一個理由，人要是巴住一個理由，會踏實一點。我很少進城，但如果每次一來就搖搖晃晃地走路，又用紙袋裝著東西喝，大家就可以說多夫斯．雷蒙喝威士忌喝上癮了，所以才死性不改。他就是控制不了自己，才會這樣過日子。」

「雷蒙先生，你這樣不老實，你讓自己看起來更壞，而你都已經……」

「這樣的確不老實，可是對鄉親卻大有幫助。芬奇小姐，我私底下其實不太喝酒，但你要知道他們永遠、永遠不可能理解，我之所以過這種生活是因為這正是我想要的生活。」

我隱隱覺得不應該在這裡聽這個罪孽深重的人說話，他生了一群混血兒，還不在乎讓人知道，可是他實在太有意思了。我從沒見過誰故意裝壞來騙人。但他為什麼把自己內心最深處的祕密告訴我們？我問他為什麼。

「因為你們是孩子，你們能理解。」他說：「也因為我聽到他說的話……」

他把頭往迪爾那邊一扭，說道：「他的本性還沒有受影響。等他再大一點，就不會覺得噁心想哭了。也許這些事會讓他覺得……怎麼說呢，不太對吧，但他不會哭，再長幾歲就不會哭了。」

「為什麼哭啊，雷蒙先生？」迪爾又開始展現男子氣概了。

「為了人給人造成的痛苦而哭，他們甚至想都沒想就這麼做了。為了白人給黑人帶來的痛苦而哭，他們根本不曾停下來想一想，黑人也是人啊。」

「阿提克斯說欺騙黑人比欺騙白人更惡劣十倍。」我喃喃地說：「他說那是最惡劣的事。」

雷蒙先生說：「我不這麼認為……琴・露易絲小姐，你不知道你爸爸不是個普通人，你還需要幾年時間才能慢慢了解，因為你見的世面還不夠多，甚至連這個城鎮也不太了解，不過你現在要做的是回到法庭去。」

我這才想到我們幾乎要錯過紀默先生反詰問的整個過程。我看看太陽，它正迅速沉落，馬上就要落到廣場西邊那片商店的屋頂背後。我左右為難，不知該選擇雷蒙先生或是第五巡迴法庭。

「走吧，迪爾，你都好了吧？」我說道。

「好了。雷蒙先生，很高興遇見你，也謝謝你的可樂，真的很有效。」

我們跑回郡府，奔上階梯，再奔上兩段樓梯，然後側身貼著旁聽席欄杆擠過去。賽克斯牧師幫我們保留了座位。

法庭裡悄然無聲，我再次納悶小嬰兒都跑哪去了。泰勒法官的雪茄只剩嘴唇中央的一個褐色小點；紀默先生在桌上一本黃色拍紙簿上寫字，速度快得好像想趕過手不斷急促扭動的記錄員。

「唉，我們錯過了。」我低聲說。

阿提克斯正對著陪審團說話說到一半。他顯然從椅子旁邊的公事包裡抽了一些文件出來，如今就擺在桌子上，湯姆・羅賓森正在翻弄著。

「……沒有任何確鑿證據，這個人就被起訴並求處死刑，如今面臨著生死交關的審判……」

我打傑姆一下。「他說多久了？」

「剛講完證據。」傑姆小聲地說：「我們會贏的，絲考特，我看不可能不贏。他已經說了五分鐘，而且說得清楚易懂，就像……就像我解釋給你聽一樣。就連你都應該聽得懂。」

「那紀默先生……」

「噓。沒什麼新說法，還是原來那一套。別出聲了。」

我們又往下看。阿提克斯說得輕鬆自在，那種超然的態度就像在口授一封信。他在陪審團面前緩緩踱著方步，而陪審員似乎個個全神貫注，他們抬著頭，以看似欣賞的目光隨著他移動。我猜這是因為阿提克斯不會大聲喝斥。

阿提克斯稍作停頓，接著做了一個不尋常的舉動。他解開表鏈，將表與鏈放到桌上，說道：「請庭上允許……」

泰勒法官點點頭，然後阿提克斯做了一件我以前沒見過、以後也沒再見過他做的事（不管是公開或私下）：他解開背心鈕釦、解開襯衫領釦、拉鬆領帶，並脫下西裝外套。他從未在上床睡覺前寬解過任何一件衣物，在我和傑姆看來，他這麼做無異於赤裸裸地站在眾人面前。我們倆交換了一個驚恐的眼神。

阿提克斯兩手插進口袋，當他回到陪審團面前，我看見他的金色領釦以及鋼筆與鉛筆的尖端，都在燈光下閃爍著。

「各位先生——」他開口道。我和傑姆又互看一眼。阿提克斯好像在喊「絲考特」，他的聲音已不再呆板、疏離，他現在對陪審團說話，就好像在街角郵局碰到熟人在聊天。

「各位先生，」他說著：「我會長話短說，但我想利用剩下的時間提醒各位，這個案子並不困難，不需要嚴密審查複雜的事實，但確實需要各位排除一切合理懷疑後，再確認被告有罪。首先，這個案子根本就不該送上法庭。這個案子清清楚楚黑白分明。

「檢方沒有拿出一丁點醫學證據，證明湯姆．羅賓森被指控的罪行確實發生過，反而只是根據兩名證人的證詞，而他們的證詞不僅在反詰問時受到嚴重質疑，被告也斷然予以駁斥。被告無罪，但在這法庭上卻有人有罪。

「對於檢方的主要證人我只有滿心憐憫，但我的憐憫並未無限上綱到允許她危害他人性命，而她這麼做的目的就是為了擺脫罪惡感。

「各位先生，我說的是罪惡感，因為這正是她的動機。她沒有犯法，她只是違反我們社會一條由來已久且死板板的禮法，這條禮法無比嚴峻，凡是違反的人都會被認為不適合一起生活而被逐出社會。她是極度貧窮與無知的受害者，但我無法憐憫她，因為她是白人。她明知自己犯下的是滔天大錯，卻因為欲望強烈到禮法難以約束，使得她執意要去違反。她很固執，因為她後來的反應我們大家多少也都知道了。她做了每個孩子都會做的事，那就是湮滅自己犯錯的證據。但在本案中，她不是把偷來的違禁品藏起來的小孩，而是轉向攻擊她的被害人。出於必要，她不得不收拾被告，不得不把他從自己眼前、從這個世界除掉。她必須毀跡滅證。

「她犯錯的證據是什麼呢？湯姆．羅賓森，一個活生生的人。她必須把湯姆．羅賓森從她身邊除去，否則湯姆．羅賓森每天都會讓她想到自己做過的事。她做過什麼事呢？她勾引一個黑人。

「她是白人，而且她勾引黑人。她做了一件在我們這個社會難以啟齒的事，她親了一個黑人。不是一個黑人老伯伯，而是一個年輕力壯的黑人。本來她什麼禮法都不在乎，可是一旦違反了，這禮法便如排山倒海般壓下來。

「她父親看見了，而被告作證時也提到他當時的言論。她父親做了什麼？這我們不知道，但某些間接證據顯示瑪耶拉．尤爾曾遭受一個慣用左手的人痛毆。但我們確實知道尤爾先生的部分行為，他做了任何一個虔誠、堅毅、可敬的白人男子在同樣情況下都會做的事。他為了讓法院發出拘捕令，簽下了宣誓書保證指控屬實——那無疑是用左手簽的吧。而現在坐在你們面前的湯姆．羅賓森，宣誓時用的卻是他唯一健全的手，也就是他的右手。

「於是他這麼一個沉默、守禮、謙遜的黑人，完全只因為冒冒失失地去『可憐』一名白人女子，而不得不和兩名白人當庭對質。他們在證人席上的舉止模樣，不需要我再提醒，你們都親眼看見了。除了梅岡郡保安官之外，檢方其他證人當著各位先生的面、當著法庭上所有人的面，展現出一種蔑視人性的自信，相信自己的證詞不會受懷疑，相信諸位會與他們有相同的假設，一種邪惡的假設，那就是**所有的**黑人都會說謊，**所有的**黑人基本上都不道德，**所有的**黑人男子接近我們的女人都是心懷不軌，而這種假設也只有他們那種心性的人才會有。

「然而，各位先生，我們都知道這個假設本身就是個黑色謊言，和湯姆．羅賓森的皮膚一樣黑，甚至不用我拆穿你們也看得出來的謊言。真相你們知道，那就是：有些黑人會說謊，有些黑人不道德，有些黑人男子接近女性會心懷不軌——無論是黑人或白人女性。但這個真相適用於全人類，而不只是針對特定族群。在這個庭上，沒有人從未撒過謊，或從未做過不道德的事，這世上也沒有哪個男人看女人的時候從無一點欲望。」

阿提克斯暫停下來，拿出手帕，然後摘下眼鏡擦了擦，這時我們又看到另一個「第一次」。

我們從沒見過他流汗，他是那種臉上從不出汗的人，但現在的臉卻黧黑油亮。

「各位，我最後還有一件事要說。傑弗遜總統曾經說過人人生而平等，北方佬和華府行政首長夫人[36]總愛拿這句話來攻擊我們。今年，也就是一九三五年，有個傾向，有些人會斷章取義地將這句話套用在所有情況。我能想到最荒謬的例子，就是管理公共教育的人讓愚笨懶惰的學生和勤奮用功的學生一起升學，因為人人生而平等，教育人士會如此義正詞嚴地告訴你，被放棄的學生會承受莫大的自卑感。我們知道，普羅大眾並不像某些人想要我們相信的那樣生而平等，有人比較聰明，有人天生就擁有較多機會，有人賺比較多錢，有些婦女做的蛋糕比較好吃，總之有些人天生就具有超乎常人的才華。

「不過在我們國家，有一點倒是人人生而平等，我們有一個人為的機構能讓窮人與石油大王洛克斐勒平起平坐，能讓愚笨的人與愛因斯坦平起平坐，也能讓無知的人與任何一位大學校長平起平坐。各位，那個機構就是法院，可能是美國最高法院，也可能是最基層的地方治安法庭，或是你們所服務的這個尊貴法庭。我們的法院一如所有人類機構，自有其缺點，但我們國家的法院是重要的校平器，在我們的法院裡，人人生而平等。

「我不是理想主義者，不至於堅信法院與司法體系絕對公正，對我來說那不是理想，而是生活與工作的現實。各位，法庭不會比此時坐在我面前的每一位陪審員更好，法庭值得信賴的程度只會和庭上的陪審團一樣，而陪審團值得信賴的程度也只會和其中每一位成員一樣。我相信各位會理智地重新審視你們所聽到的證詞，做出決定，將被告還給他的家人。看在上帝份上，善盡你們的職責吧。」

阿提克斯的聲音忽然降低，當他背轉向陪審團，說了句話我沒聽清。他比較像是在自言自語，而不是對著法庭上的人說。我打了傑姆一下。「他說什麼？」

「好像是說『看在上帝份上，相信他吧』。」

迪爾忽然伸手越過我拉扯傑姆。「你看那邊！」

我們順著他的手指看去，心跟著往下沉。嘉珀妮亞正從中央通道直接朝阿提克斯走去。

36 此指當時的總統夫人伊蓮娜・羅斯福（Eleanore Roosevelt，一八八四～一九六二）。

21

她羞赧地停在欄杆旁，等候泰勒法官留意到她。她穿了一條乾淨的圍裙，手裡拿著一個信封。

泰勒法官看見她之後說道：「你是嘉珀妮亞吧？」

「是的，法官。」她說：「我只是想給芬奇先生遞個信，可以嗎？這跟……跟這場官司沒關係。」

泰勒法官點點頭，阿提克斯從嘉珀妮亞手中接過信封，打開讀完後說道：「庭上，我……是我妹妹寫來的便條。她說我的孩子失蹤了，從中午就不見人影……我……能不能請你……」

「我知道他們在哪裡。」安德伍先生開口道：「他們就在那邊的黑人旁聽席上……從下午一點十八分整就在那裡了。」

父親轉身抬頭，喊道：「傑姆，下來。」隨後不知對法官說了什麼，我們沒聽見。我們從賽克斯牧師前面鑽過去，費勁地擠到樓梯口。

阿提克斯和嘉珀妮亞在樓下等我們。嘉珀妮亞一臉氣惱，阿提克斯卻顯得精疲力竭。

傑姆興奮地蹦跳著。「我們贏了，對不對？」

「我不知道。」阿提克斯只回這麼一句便問：「你們整個下午都在這裡？跟嘉珀妮亞回去吃晚飯，乖乖待在家裡。」

「拜託，阿提克斯，讓我們回來。」傑姆哀求道：「求你讓我們來聽判決，**求求你**了，爸爸。」

「陪審團可能會先出去，過一會兒才回來，不知道……」但我們看得出阿提克斯已心平氣和了些。「好吧，既然你們都聽到了，不妨就全部聽完。這樣吧，你們吃過晚飯以後可以再過來，慢慢吃就行了，不會錯過什麼重要的事，到時如果陪審團還沒回來，你們可以留下來一起等。不過應該會在你們回來之前有結果的。」

「你覺得他們會那麼快釋放他嗎？」傑姆問道。

阿提克斯張嘴欲答，但還是又閉上嘴走了。

我暗暗祈禱賽克斯牧師會替我們保留座位，但一想起陪審團出去後，大家也會紛紛起身離去，便不再祈禱了。今晚，雜貨店、ＯＫ咖啡館和飯店一定會大爆滿，除非這些人也帶了晚餐。

嘉珀妮亞拖著我們回家。「……真該活剝了你們的皮！豈有此理，你們這些孩子竟然全聽到了！傑姆先生，你難道不知道帶妹妹去旁聽那場審判是不對的嗎？亞麗珊卓小姐要是知道了，肯定會氣到中風！那不是小孩子該聽的……」

街燈亮了，從燈下走過時，我們偷瞄著嘉珀妮亞憤怒的側臉。「傑姆先生，我還以為你長智慧懂事了呢……真是豈有此理，她是你妹妹呀！太過分了！你真該感到慚愧……你就這麼沒腦子嗎？」

我興奮極了。這麼短的時間內發生這麼多事情，恐怕得讓我花上好幾年才理得清，而現在嘉珀妮亞又把她的寶貝傑姆罵得狗血淋頭……今天晚上還會出現什麼新奇蹟呢？

傑姆格格笑著問：「嘉兒，你不想聽聽嗎？」

「閉嘴！你應該要慚愧得抬不起頭才對，竟然還邊走邊笑……」嘉珀妮亞又搬出一堆老掉牙的恐嚇威脅，傑姆根本無動於衷。最後在她輕快地踏上前門台階時，她拋出她的經典名言：「要是芬奇先生不好好修理你們，就我來……現在給我進屋去，傑姆先生！」

傑姆咧嘴笑著進門，嘉珀妮亞點了點頭，默許迪爾一起進來吃飯，並對他說：「你現在馬上打電話給瑞秋小姐，告訴她你在哪裡。她急瘋了，到處在找你，小心她明天一大早就把你送回美利甸去。」

亞麗珊卓姑媽見到我們，聽嘉珀妮亞說起我們去了哪裡，差點沒昏倒。當我們告訴她阿提克斯准許我們再回去，我猜她心裡很受傷，所以整頓飯下來都沒說話，只是把盤裡的食物挑來撥去，難過地盯著看，而嘉珀妮亞則是動作粗魯地給傑姆、迪爾和我上餐。她一面倒牛奶、把馬鈴薯沙拉和火腿放到每個人的盤子裡，一面以各種不同強度的聲音嘟噥著：「真丟臉。」「你們都給我慢慢吃。」是她最後下達的命令。

賽克斯牧師替我們留了位子。令人吃驚的是我們竟然已經離開將近一小時，而同樣令人吃驚的是，法庭和我們離開時幾乎一模一樣，只有幾個小小改變：陪審席上空空如也，被告也不在，泰勒法官本來也不在，但我們正要入座時他又出現了。

「幾乎沒有人移動。」傑姆說。

「陪審團出去的時候，大家走動了一下。」賽克斯牧師說：「底下的男士出去給女士買晚餐，也餵了他們的小寶寶。」

「他們出去多久了？」傑姆問道。

「大概三十分鐘。芬奇先生和紀默先生又說了些話，法官也給陪審團下達一些指示。」

「他怎麼樣？」傑姆問。

「什麼？喔，他做得很好，沒得抱怨，他非常公正。他大概是說如果你們相信這個，就得做出這樣的判決，但如果相信那個，就得做出另一種判決。我認為他有點偏向我們這邊……」賽克斯牧師搔搔頭說。

傑姆微微一笑，精明地說：「他應該不能偏向誰的，牧師，不過別擔心，我們贏定了。就憑我們聽到的那些，怎麼可能有陪審員會判他有罪……」

「別太有自信了，傑姆先生，我還從來沒見過哪個陪審團做出對黑人比對白人有利的判決……」但傑姆不認同牧師的說法，於是我們又歷經一段冗長的證詞回顧，聽傑姆闡述他對強暴法的觀點：如果女的是自願就不算強暴，但她得要滿十八歲，這是阿拉巴馬州的規定，而瑪耶拉已經十九歲了。也就是說你必須要又踢又喊，必須要被制服、被痛毆，最好是被打到昏死過去。要是不滿十八歲，就不必經歷這些。

「傑姆先生，」賽克斯牧師面有難色地說：「讓小女生聽這個不太禮貌……」

「噢，她不知道我們在說什麼。」傑姆說：「絲考特，你還太小聽不懂，對吧？」

「當然不是，你說的每個字我都聽得懂。」或許我太有說服力，傑姆從此絕口不談這個話題。

「幾點了，牧師？」他問道。

「快八點了。」

我往下看去，發現阿提克斯手插在口袋裡踱來踱去，先到各扇窗邊走一圈，然後沿著欄杆走向陪審席。他往裡頭看了看，又將高踞寶座的泰勒法官仔細打量一番，然後回到原來的起點。我迎上他的目光，向他揮揮手，他點一下頭作為回應後，又開始踱起步來。

紀默先生站在窗邊和安德伍先生說話。記錄員波特把腳抬到桌上，背靠著椅背在抽菸，一根接著一根抽不停。

但現場似乎只有法院人員的行為較正常——我指的是阿提克斯、紀默先生、熟睡的泰勒法官和波特。我從未見過一個人滿為患卻如此安靜的法庭。有時候會有嬰兒煩躁的哭聲，也會有孩童跑出去，但是大人都像在教會裡一樣端坐著。樓上旁聽席的黑人，也都恪守《聖經》中訓示的耐性，在我們身旁或坐或站。

郡府的老鐘痛苦地絞緊發條，準備敲鐘，接著八下震耳欲聾的鐘鳴，把我們的骨頭都要震散了。

當它敲到十一下，我已經無感，由於和瞌睡蟲奮戰得太疲累，我靠在賽克斯牧師舒服的手臂與肩膀小睡片刻。猛然驚醒後，為了努力保持清醒，便專注盯著樓下群眾的腦袋看，總共有十六顆光頭，有十四個男人可以算是紅髮，有四十顆腦袋介於棕色與黑色之間，還有……我忽然想到傑姆做過一段短期的心靈研究，當時他向我解釋過一件事：如果有夠多人，比方說一整座球場的人，將注意力集中在同一件事上，例如讓樹林裡的某棵樹著火，那棵樹就會自己燃燒起來。我於是漫不經心地想到可以請樓下所有人專心一致地想著釋放湯姆．羅賓森，但又想到如果他們也和我一樣累，就起不了作用了。

迪爾把頭靠在傑姆肩上，呼呼大睡，傑姆則是安安靜靜沒有作聲。

「好久了哦？」我問傑姆。

「當然了，絲考特。」他愉快地說。

「可是聽你說的好像只要五分鐘。」

傑姆揚起眉毛說道：「有些事你不懂。」我太累了，懶得爭辯。

但我想必還是夠清醒，否則不會感受到那個悄悄留在腦海中的印象。這和我去年冬天的感覺並無不同，儘管夜晚炎熱，我卻打了個寒顫。那種感覺愈來愈強烈，直到法庭上的氣氛和那個寒冷的二月清晨一模一樣。那個時候聽不到反舌鳥的啼聲，替茉蒂小姐蓋新屋的木匠也停止敲槌，鄰近家家戶戶的木門都和雷德利老宅的門窗一樣緊閉。那是一條空空蕩蕩、不見人影，彷彿等待著什麼的街道，而這間法庭卻是擠滿了人。一個熱氣蒸騰的夏夜，竟與冬日清晨無異。泰特先生方才進了法庭，正在和阿提克斯說話，他就好像還穿著他的高筒靴和短夾克。阿提克斯已不再閒晃，而是一腳踩在椅子最下方的橫槓上，一邊聆聽泰特先生說話，一邊緩緩地摩搓大腿。我總覺得泰特先生隨時會說出：「你解決吧，芬奇先生……」

但泰特先生說的是：「準備開庭。」他的聲音充滿威嚴，我們底下那些人全都猛地抬頭。泰特先生走出法庭，回來時帶著湯姆．羅賓森。他將湯姆帶到阿提克斯旁邊的座位，然後站定。泰勒法官也忽然驚醒過來，坐直了身子看著空空的陪審席。

在這之後發生的事有一種夢幻氣息。在夢中我看見陪審員回來，他們移動時彷彿在潛水，泰勒法官的聲音聽起來好遙遠、好微弱。我看到了只有律師的孩子才可能看到、才可能密切留意的情景，感覺就如同看著阿提克斯走到路中央，把槍舉到肩上扣下扳機，可是看的時候卻很清楚那槍裡沒有子彈。

陪審員從來不看他們判決有罪的被告，當這個陪審團進入法庭，沒有一個人看著湯姆．羅賓森。陪審團主席將一張紙交給泰特先生，由泰特先生轉交書記官，再轉交法官……

我閉上眼睛。泰勒法官在徵詢各個陪審員的意見：「有罪……有罪……有罪……有罪……」我偷偷瞄向傑姆，只見他緊緊抓住欄杆抓到兩手發白，肩膀也不住抽動，就好像每一聲「有罪」都如同刀子刺入他的雙肩之間。

泰勒法官不知在說什麼。他將法槌握在手裡，卻沒有使用。我依稀看見阿提克斯把桌上的文件掃進公事包裡，啪一聲闔上，走到記錄員旁邊說了幾句話，對紀默先生點點頭，然後走向湯姆．羅賓森，手搭在他肩上與他低聲耳語。阿提克斯拿起椅背上的西裝披掛在肩頭，隨後便離開法庭，但不是走平日的出口。他必定是想抄近路回家，因為他很快地穿過中央通道朝南面出口走去，這一路我都盯著他的頭頂不放。他沒有往上看。

有人在打我，但我不願意將目光從樓下群眾身上移開，也不願意從阿提克斯孤身走下通道的身影移開。

「琴．露易絲小姐。」

我張望了一下，他們都站著。在我們周圍還有對面旁聽席上的黑人都已經起身，賽克斯牧師的聲音和泰勒法官一樣遙遠。

「琴．露易絲小姐，站起來。你爸爸要經過了。」

22

這回輪到傑姆哭了。當我們穿過歡呼的人群，他臉上滿是一道道憤怒的淚水。他一路上不停地喃喃自語「這樣不對」，直到廣場轉角才發現阿提克斯在等我們。阿提克斯站在街燈下，一副若無其事的模樣，背心釦子扣上了，衣領和領帶也中規中矩，懷表鏈燁燁發光，又是那個鎮定自若的他。

「這樣不對，阿提克斯。」傑姆說。

「是啊，兒子，這樣不對。」

我們徒步回家。

亞麗珊卓姑媽在等門。她穿著睡袍，我敢發誓睡袍底下還穿了緊身褡。「哥哥，真遺憾。」她喃喃地說。因為從未聽她喊阿提克斯哥哥，我不禁偷瞄傑姆一眼，但他沒在聽。他一下抬頭看阿提克斯，一下又低頭看地板，我懷疑他是不是覺得湯姆·羅賓森被判有罪，阿提克斯多少要負點責任。

「他沒事吧？」姑媽指著傑姆問道。

「很快就會沒事了。對他的打擊有點太大。」父親嘆了口氣又說：「我要去睡了，明天早上要是起不來，不用叫我。」

「我覺得一開始就不應該讓他們……」

「這是他們的家鄉，妹妹。」阿提克斯說：「既然已經為他們打造成這個樣子，最好讓他們學著去適應。」

「但也不需要上法庭，浸在裡頭……」

「那跟傳道會的茶會一樣，都是梅岡郡的一部分。」

「阿提克斯……」姑媽眼中滿是焦慮。「我怎麼也想不到你會因為這件事變得憤懣。」

「我不是憤懣，只是累了。我要去睡了。」

「阿提克斯……」傑姆淒然喊道。

他在門口轉過身來。「怎麼了，兒子？」

「他們怎麼可以這麼做？怎麼可以？」

「我不知道，但他們就是做了。他們以前就做過，今晚又這麼做，以後還是會再做，而當他們做這種事……好像只有孩子會哭泣。晚安。」

不過事情總是隔夜就好了。阿提克斯仍照常在不可思議的時刻起床，當我們跌跌撞撞走進客廳，他已經在那裡看《莫比爾紀事報》。傑姆睡眼惺忪的臉上掛著問號，並努力想張開依然困倦的嘴唇提問。

我們走向飯廳時，阿提克斯安慰他：「現在還不用擔心，還沒結束呢。我們會提上訴，希望很大。我的老天哪，嘉兒，這是怎麼回事？」他瞪著自己的早餐盤問道。

嘉珀妮亞說：「今天早上，湯姆．羅賓森的爸爸給你送來這隻雞。我把它給煮了。」

「你跟他說我感到很光榮……我敢說就算在白宮吃早餐，也吃不到雞肉。這些又是什麼？」

「小餐包。」嘉珀妮亞說：「飯店那個愛絲黛送來的。」

阿提克斯抬頭看著她，滿臉困惑，她便說：「你還是過來瞧瞧廚房裡有什麼吧，芬奇先生。」

我們跟著他過去，只見廚房桌上擺滿食物，多到能把全家人都埋了，有大塊大塊的鹹豬肉、番茄、豆子，甚至還有葡萄。阿提克斯發現一罐醃豬腳，笑著說：「你們覺得姑媽會讓我在飯廳裡吃這個嗎？」

嘉珀妮亞說：「今天早上我到的時候，這些全都放在後門台階旁邊。他們……他們很感激你，芬奇先生。他們……他們沒有太超過吧？」

阿提克斯熱淚盈眶，有好一會兒都沒出聲，之後才說：「告訴他們我很感謝，告訴他們……告訴他們千萬別再送東西來了，現在日子太不好過……」

他走出廚房，進到飯廳，向姑媽道別後便戴上帽子進城去。

我們聽到玄關響起迪爾的腳步聲，於是嘉珀妮亞將阿提克斯沒吃的早餐留在桌上。迪爾一面小口小口地吃，一面講述瑞秋小姐對昨晚那件事的反應：如果像阿提克斯．芬奇這種人想拿自己的腦袋去撞石牆，那也是他的事。

「我本來是要告訴她的，」迪爾邊咬雞腿邊發牢騷：「可是今天早上她好像不太想說了，只說她直到半夜都還在擔心我上哪去了，說她本來想叫保安官去找我，可是他上法庭去了。」

「迪爾，你以後別再不聲不響就跑出去了，那只會讓她更生氣。」傑姆說。

迪爾忍耐地嘆了口氣。「我去哪裡都會跟她說，說到嘴都快破了……她就是太常在衣櫃裡看到蛇了。不過那個女人每天都會喝半公升的酒當早餐，我知道她喝了滿滿兩杯，我看到了。」

「迪爾，別用那種口氣說話。」亞麗珊卓姑媽說：「那樣不像小孩子，那麼……冷嘲熱諷的。」

「我沒有冷嘲熱諷，亞麗珊卓小姐。說真話不是冷嘲熱諷吧？」

「你用那種口氣就是。」

傑姆覷了她一眼，卻對迪爾說：「我們走吧。你可以帶著那根雞腿。」

我們來到前廊時，史蒂芬妮小姐正忙著跟茉蒂小姐與艾弗利先生說那件事，他們轉頭看看我們，又繼續說話。傑姆喉嚨裡發出凶暴的聲音。我真希望手裡有件武器。

「我最討厭大人這樣看人了，好像你做錯什麼似的。」迪爾說。

茉蒂小姐喊著要傑姆過去。

傑姆哀嘆一聲，使勁地從鞦韆椅上站起來。「我們跟你去。」迪爾說。

史蒂芬妮小姐好奇得連鼻子都不停顫動。她想知道是誰允許我們到法庭去，她沒看見我們，但今天早上，我們在黑人旁聽席的事已傳遍全城。是阿提克斯把我們安排在那邊當作一種……？在那上面，不就跟那些……離得很近？絲考特全都聽得懂那些……？看到爸爸輸了會不會很生氣？

「閉嘴，史蒂芬妮。」茉蒂小姐的措詞具有殺傷力。「我可沒空在門廊上待整個早上。傑姆·芬奇，我叫你來是想問問你們幾個要不要吃點蛋糕？我早上五點就起來做了，所以你們最好說要。先告辭了，史蒂芬妮。祝你有個愉快的上午，艾弗利先生。」

茉蒂小姐的廚房桌上擺著一大兩小的蛋糕。應該要有三個小蛋糕才對，茉蒂小姐不太可能忘記迪爾，我們這點心思想必寫在臉上了。當她從大蛋糕切下一塊給迪爾，我們才算明白。

我們吃蛋糕的同時也意識到，茉蒂小姐是以這種方式告訴我們，對她來說一切都沒有改變。

她靜靜地坐在廚房椅子上，看著我們。

她忽然開口說：「別擔心，傑姆。事情從來不像表面上看起來那麼糟。」在室內，每當茉蒂小姐想要長篇大論時，總會張開手指放在膝蓋上，並將假牙固定好。此時見她這麼做，我們便等著。

「我只是想告訴你們，世上有些人天生就是來做一些不討好的事。你們的爸爸正是其中一個。」

「喔，好吧。」傑姆說。

「別跟我來『喔好吧』這一套，」茉蒂小姐聽出傑姆聲音中帶著認命，回答道：「你還小，還沒能體會我的意思。」

傑姆盯著吃了一半的蛋糕說：「這種感覺就像繭裡面的毛毛蟲，就像一個熟睡的東西被包裹在溫暖的地方。我一直以為梅岡人是全世界最好的人，至少表現上看起來是這樣。」

「我們是全世界最安全的人，」茉蒂小姐說：「我們很少被要求實踐基督徒精神，但必要的時候，總會有像阿提克斯這樣的人為我們去做。」

傑姆哀傷地笑了笑。「但願其他郡民也這麼想。」

「你一定想不到有多少人是這麼想的。」

「有誰？」傑姆提高聲音問道：「這座城裡有誰做過一件事去幫湯姆．羅賓森，你說有誰？」

「一來有他那些黑人朋友，另外還有像我們這樣的人，像泰勒法官那樣的人，像賀克．泰特先生那樣的人。傑姆，先別吃了，動動腦筋吧。你有沒有想過，泰勒法官任命阿提克斯為那個年輕人辯護並不是巧合？泰勒法官任命他或許有他的理由呢？」

這麼一說倒也是。法院通常會指派麥斯威爾．葛林擔任辯護律師，他是梅岡最近才取得律師資格的新手，需要累積經驗。湯姆．羅賓森的案子應該會分派給葛林才對。

「你想一想，」茉蒂小姐還在說：「那不是巧合。昨天晚上我坐在門廊上等著，等了又等，等著看你們從人行道走過來。我邊等邊想，阿提克斯不會贏的，他不可能贏，但是在這一帶也只有他能讓陪審團為這種案子拖延這麼久。我心裡暗想，也好，這算是跨出了一步，雖然是很小的一步，畢竟還是跨出去了。」

「說得好聽，任何具有基督徒精神的法官或律師都彌補不了野蠻的陪審團。」傑姆喃喃說道：「等我長大……」

「這事你得和你爸爸談一談。」茉蒂小姐說。

我們步下茉蒂小姐家涼爽的新台階，走進陽光底下，發現艾弗利先生和史蒂芬妮小姐還在說話，只是已經走遠了些，改站在史蒂芬妮小姐家門口。瑞秋小姐也正朝他們走去。

「我想我長大以後會去當小丑。」迪爾說。

我和傑姆立即停下腳步。

「沒錯，就是小丑。」他說：「對這世界上的人，我除了笑沒什麼可做的了，所以我要進馬戲團笑個痛快。」

「迪爾，你想顛倒了。」傑姆說：「小丑很悲哀，笑的是看他們的人。」

「那我就當個不一樣的小丑。我要站在台子中間笑觀眾。你們看那邊，」他手指了過去。「他們每個人都應該騎掃把才對，瑞秋姨媽已經騎上了。」

史蒂芬妮小姐和瑞秋小姐衝著我們猛揮手，那副模樣正好證明迪爾的觀察沒有錯。

「天哪，」傑姆吐著氣說：「要是假裝沒看到，可能太惡劣了。」

情況不太對勁。艾弗利先生打噴嚏的毛病發作了，打得滿臉通紅，我們走近時還差點被噴嚏掃出人行道。史蒂芬妮小姐興奮得渾身發抖，瑞秋小姐則是一把抓住迪爾的肩膀說：「你進後院去乖乖待著，有危險要發生了。」

「怎麼了？」我問道。

「你們沒聽說嗎？城裡都傳遍了……」

就在這時候亞麗珊卓姑媽走到門口喊我們，但她遲了一步。史蒂芬妮小姐已經喜孜孜地跟我們分享：今天早上，羅伯．尤爾先生在郵局轉角攔下阿提克斯，對他吐口水，還說就算賭上下半輩子也要找他算帳。

23

對於這件事，阿提克斯只說一句：「要是羅伯．尤爾不嚼菸草就好了。」但是據史蒂芬妮小姐說，阿提克斯正要離開郵局時，尤爾先生趨上前來，又罵他又對他吐口水，還威脅要殺了他。史蒂芬妮小姐說（在此之前她已經說過兩次自己就在現場，看到全部經過，因為她剛好從「五分叢林」出來路過），她說阿提克斯面不改色，只拿出手帕擦擦臉，然後站在那裡，任由尤爾先生破口大罵，那些話打死她也說不出口。尤爾先生打過一場無名戰爭，是個退伍老兵，加上阿提克斯反應平靜，恐怕更讓他氣焰高張問道：「自以為了不起，不屑打架嗎？你這個愛黑鬼的雜種！」史蒂芬妮小姐說阿提克斯回答：「不，是因為太老了。」說完兩手插進口袋便溜達開來。史蒂芬妮小姐說，你不得不佩服阿提克斯．芬奇，有時候他還真是個冷面笑匠。

我和傑姆卻不覺得有趣。

「可是不管怎麼說，」我說道：「他都曾經是全郡最厲害的神槍手，他可以……」

「絲考特，你也知道他不會帶槍，他甚至一把槍都沒有……」傑姆說：「你也知道那天晚上，他甚至沒有帶槍去監獄。他跟我說隨身帶槍就等於在誘使人開槍射你。」

「那不一樣。」我說：「我們可以叫他去借一把。」

我們真的說了，他卻回答：「胡說八道。」

迪爾認為對阿提克斯動之以情或許行得通，畢竟萬一他被尤爾先生殺死了，我們也會餓死，除非交由亞麗珊卓姑媽獨力撫養，而我們都知道阿提克斯還沒能入土為安，她就會讓嘉珀妮亞捲鋪蓋走路。傑姆說我年紀小又是女生，哭鬧一下也許有用。但還是行不通。

可是當阿提克斯注意到我們老是無精打采地閒晃、不吃東西、對平常的活動也提不起勁，才察覺我們的恐懼有多深。有天晚上，他拿一本新的足球雜誌來吸引傑姆，後來見他隨便翻一翻就丟到一旁，便問道：「什麼事讓你心煩啊，兒子？」

傑姆開門見山地說：「尤爾先生。」

「有什麼事嗎？」

「沒什麼事，我們是替你害怕，我們覺得你應該對他做點什麼。」

阿提克斯露出苦笑。「要做什麼？申請和平保障令嗎？」

「當一個人說要找你算帳，應該就是認真的。」

「他說的時候是認真的。」阿提克斯說：「傑姆，看看你能不能站在羅伯．尤爾的立場想一下。如果他本來還有一點信譽，也全在那場審判中被我毀了。他非得反擊一下不可，像他那種人是一定要的。所以如果往我臉上吐口水又出言恐嚇，能讓瑪耶拉少挨一頓打，那我很樂意承受。他總得找個人發洩，我寧可那個人是我，而不是他那一家子的小孩。你明白嗎？」

傑姆點點頭。

亞麗珊卓姑媽進客廳時，阿提克斯正好說到：「羅伯．尤爾沒什麼可怕的，那天早上他已經把氣都發洩完了。」

「我可沒那麼有把握，阿提克斯。」她說：「他那種人為了報復，什麼事都做得出來。那些人是什麼樣子你很清楚。」

「尤爾到底能對我怎麼樣呢，妹妹？」

「做些鬼鬼祟祟的事，你等著瞧好了。」她說。

「在梅岡，誰都不太有機會做鬼祟的事。」阿提克斯回答。

之後，我們便不再害怕。夏天慢慢地溜走了，我們盡可能地把握時間。阿提克斯向我們保證，直到上級法院重審此案之前，湯姆．羅賓森絕不會有事，而且他有很大的機會被釋放，或至少能獲得重審。他現在在大約一百一十公里外，契斯特郡的恩菲爾監獄農場。我問阿提克斯，湯姆的妻子和小孩能不能去看他，阿提克斯說不行。

「他如果上訴失敗，會怎麼樣呢？」有一天晚上我這麼問道。

「除非州長為他減刑，不然他就會被送上電椅。」阿提克斯說：「現在還不用擔心，絲考特，我們很有機會。」

攤在沙發上看《大眾機械》雜誌的傑姆，抬起頭來說道：「這樣不對。就算他有罪，他也沒殺人。他又沒有奪走誰的生命。」

「你要知道，強暴罪在阿拉巴馬州是可以求處死刑的。」阿提克斯說。

「我知道，可是陪審團不必判他死刑，他們大可以給他關二十年啊。」

「是關他。」阿提克斯說：「傑姆，湯姆．羅賓森是黑人，在我們這裡，沒有一個陪審員面對這樣的罪名，會說：『我們認為你有罪，但不是很嚴重。』他要不是直接無罪釋放就是死刑。」

傑姆搖搖頭。「我知道那樣不對，但想不出錯在哪裡，也許強暴罪不應該是死罪……」

阿提克斯隨手把報紙丟在椅子旁邊。他說他對強暴法沒有異議，對任何法條都一樣，但是檢方只憑間接證據就求處死刑，陪審團也同意判處死刑，確實讓他深感疑慮。他瞥我一眼，看見我也在聽，便說得簡單些。「我的意思是，假設有一個人因為殺人被判死刑，在定罪之前應該要有一、兩個目擊證人。應該要有個人能說：『是的，我在現場看見他開槍了。』」

「可是有很多人都是因為間接證據被上吊……吊死的。」傑姆說。

「我知道，其中很可能有不少人也是罪有應得。不過缺少目擊證人，總會留下疑點，有時候那只是一絲絲的疑點。法律講求『合理懷疑』，但我認為被告有權利主張這一絲絲疑點。不管可能性有多低，他終究還是有一絲清白的可能。」

「那麼一切又都回到陪審團頭上了。應該把陪審團給廢了才對。」傑姆口氣強硬。

阿提克斯極力克制卻還是忍俊不住。「兒子啊，你對我們太嚴苛了。我想也許有個更好的辦法，那就是修法，修改成在死刑案件中，只有法官有權力做最終判決。」

「那就上蒙哥馬利去修法啊。」

「你一定不相信那有多困難，恐怕在我有生之年都等不到那一天，就算到時你還活著，也已經是個老人了。」

這番話說服不了傑姆。「不對，應該要廢掉陪審團。他本來就沒罪，他們卻說他有罪。」

「兒子，如果你是陪審團的一員，而另外十一人也都是像你這樣的男孩，湯姆就能恢復自由身了。」阿提克斯說：「到目前為止，你的人生中還沒有什麼事和你的推理過程相牴觸。湯姆的陪審團那十二名成員，在日常生活中都是講理的人，但你看到有個東西破壞了他們的理智。那天晚上在監獄前面，你看到的情形也是一樣。那夥人離開並不是因為他們講理，而是因為我們在那裡。在我們這個世界，有樣東西會讓人失去理智，即使再怎麼努力也無法公平對待。在我們的法院裡，當白人的證詞對上黑人的證詞，向來都是白人占上風。這些雖然醜陋，卻是生活的現實。」

「這樣還是不對。」傑姆執拗地說，一面握起拳頭輕輕敲打膝蓋。「你就是不能拿那樣的證據判一個人有罪，就是不能。」

「你不能，但他們能，而且也這麼做了。你年紀愈大會看到愈多這類事情。不管一個人的膚色是紅橙黃綠藍靛紫，都應該受到公平待遇的地方也只有法庭了，但一般人還是習慣把個人的憤恨帶上陪審席。等你長大一點，每天都會看到白人欺騙黑人，可是我告訴你一件事，你要好好記住：只要一個白人對黑人做那種事，不管他是誰、不管他多有錢，也不管他出身多好的家庭，他就是個窮酸白人。」

阿提克斯的口氣是那麼平靜溫和，因此最後那幾個字聽起來特別刺耳。我抬頭一看，發現他臉上表情激憤。「一個不入流的白人利用黑人的無知來占便宜，再沒有比這個更讓我覺得噁心了。別自欺欺人，這一切都會慢慢累積，我們遲早有一天要付出代價。但願不是在你們這一代。」

傑姆抓抓頭，忽然瞪大眼睛說：「阿提克斯，為什麼陪審團從來沒有像我們和茉蒂小姐這樣的人？陪審團裡面從來看不到梅岡的人，每次都是從樹林裡來的人。」

阿提克斯往後靠到搖椅椅背上。不知為何，他似乎對傑姆很滿意。他說：「我還在納悶你什麼時候才會想到這一點呢。原因很多。第一，茉蒂小姐不能當陪審員是因為她是女的……」

「你是說阿拉巴馬的女人不能……？」我憤憤不平。

「是的。我猜這是為了保護我們脆弱的女士，以免她們接觸到像湯姆這類的案子。再說，」阿提克斯咧嘴一笑。「有了女性陪審員，案子恐怕永遠審不完，因為女士會不斷插嘴問問題。」

我和傑姆聽了大笑。茉蒂小姐當陪審員應該會令人印象深刻。我還想到杜柏茲老太太坐在輪椅上——「別敲了，約翰．泰勒，我有問題要問這個人。」也許我們的祖先是明智的。

阿提克斯又說：「像我們這種人……這是我們應該共同分擔的責任。一般說來，也難怪我們會有那樣的陪審團。首先，我們頑固的梅岡公民對此不感興趣，其次，他們也害怕。而且他們……」

「害怕？為什麼？」傑姆問道。

「這個嘛，比方說，瑞秋小姐開車撞到茉蒂小姐，卻剛好得由林柯．狄斯先生來決定賠償金額。林柯一定不希望她們當中有哪個人再也不光顧他的店，對吧？於是他就告訴泰勒法官，他沒有人可以幫忙看店，所以不能去當陪審員。於是泰勒法官就答應他了。有時候是很憤怒地答應。」

「他怎麼會覺得她們兩個會不再上他店裡買東西呢？」我問道。

傑姆說：「瑞秋小姐會，茉蒂小姐不會。可是陪審團都是祕密投票的，阿提克斯。」

父親輕笑一聲。「兒子，你要走的路還長著呢。陪審團投票表決應該是要保密。擔任陪審員會迫使一個人對某件事做出決定、表明態度。一般人不喜歡做這種事。有時候那會是不愉快的經驗。」

「湯姆的陪審團肯定是很匆忙地做出決定。」傑姆嘟囔道。

阿提克斯將手伸向懷表口袋。與其說是在對我們說，倒更像是自言自語：「不，他們沒有。

就因為這樣我才覺得，也好，這或許意謂著一個開始。那個陪審團花了幾個小時，也許是個無可避免的裁決，但通常他們只需要幾分鐘。這次……」他忽然打住看著我們。「你們可能會想知道，有一個人花了很大力氣在拖磨……一開始他還巴望著能直接判個無罪釋放。」

「誰啊？」傑姆很驚訝。

阿提克斯眼裡閃著光。「我不能說，但可以告訴你們一點，他是你們在老沙崙的朋友……」

「康寧漢家的人？」傑姆大叫一聲。「是他們……我沒看到有我認識的人啊……你在說笑。」

他斜眼乜著阿提克斯。

「是他們家的親戚。我憑著直覺，沒有把他從名單中刪除。全憑直覺。本來可以刪除的，但我沒有。」

「我的天啊，」傑姆恭恭敬敬地說：「前一分鐘還想殺死他，下一分鐘又想放了他……我永遠也搞不懂這些人在想什麼。」

阿提克斯說你就是得了解他們。他說康寧漢家自從移民到新大陸，從未向任何人拿過或奪取過任何東西。他說他們還有一個特點，那就是他們一旦對你產生敬意，就算為你赴湯蹈火也在所不惜。阿提克斯說他有種感覺，只是隱隱約約的感覺，那天晚上他們離開監獄時，對芬奇家人抱著莫大敬意。他又說，只有受到恐嚇，加上另一個康寧漢人的遊說，他們才可能改變心意。「要是他們當中有兩個這樣的人，就會變成懸案陪審團了。」

傑姆緩緩地說：「你是說你竟然把一個前一天晚上還想殺你的人放進陪審團去？你怎麼能冒這種險呢，阿提克斯？你怎麼能這樣？」

「你仔細分析一下，其實風險很小。一個要定罪的人和另一個要定罪的人之間，並沒有差別，對不對？一個要定罪的人和一個心意有些動搖的人之間，就有一點點差別了，對不對？他是整個名單中唯一的不確定因素。」

「那個人是華特．康寧漢先生的什麼親戚？」我問道。

阿提克斯站起來，伸伸懶腰，打了個呵欠。都還不到我們睡覺的時間呢，但我們知道他是想看看報紙。他拾起報紙摺好，拍拍我的頭，然後無精打采地喃喃自語：「我想想看。啊，對了，是他的雙重四等親。」

「怎麼會這樣？」

「一對姊妹嫁給一對兄弟。我只能說這麼多，你自己去想吧。」

我絞盡腦汁，最後斷定如果我嫁給傑姆，而迪爾也有個妹妹嫁給他，那麼我們的孩子就是雙重四等親。阿提克斯走後，我說道：「我的媽呀，傑姆，他們真是怪人。你聽到了嗎，姑媽？」

亞麗珊卓姑媽正在鈎一塊小地毯，沒看我們，但一直聽著。她坐在自己的椅子上，毛線籃就放在旁邊，地毯攤放在腿上。為什麼女士總要在熱烘烘的夜晚鈎毛毯？我始終想不明白。

「我聽見了。」她說。

我想起很久以前，因為一時衝動挺身為小華特．康寧漢說話，惹出不小的風波。如今，我很慶幸自己那麼做了。「等學校一開學，我就要請華特到家裡吃飯。」我盤算著，卻忘了曾經暗自發誓，下次再看到他要痛打他一頓。「有時候也可以找他放學以後過來，阿提克斯可以載他回老沙崙。說不定哪天也可以讓他留下來過夜，好不好，傑姆？」

「以後再說吧。」姑媽說道，這話從她嘴裡說出來總是一種威脅，而不是承諾。我訝異地轉頭看她。「為什麼不行，姑媽？他們是好人。」

她越過老花眼鏡上緣看我。「琴．露易絲，我一點也不懷疑他們是好人，可是他們和我們不是同一類人。」

傑姆說道：「絲考特，她是說他們是大老粗。」

「什麼是大老粗？」

「噢，就是沒教養，喜歡鄉村提琴樂之類的東西。」

「我也是啊……」

「別說傻話了，琴．露易絲。」姑媽說：「問題是你可以把華特．康寧漢搓洗到全身發亮，你可以讓他穿上鞋子和新西裝，但他永遠不可能和傑姆一樣。再說，那個家族的人大多有酗酒的天性，芬奇家的女人不會對那種人感興趣的。」

「姑媽——」傑姆喊道：「她都還沒滿九歲呢。」

「她最好現在就知道。」

亞麗珊卓姑媽說過了。我清清楚楚想起了上一次她態度強硬地反對的事。我一直不知道為什麼。當時我滿腦子都在計畫著要去嘉珀妮亞家玩，我很好奇、很感興趣，想當她的「客人」，想看看她怎麼生活，有哪些朋友。這個念頭幾乎就相當於想看看月球的另一面。這回姑媽的策略變了，目的卻相同。也許這正是她來和我們同住的原因，為了幫我們挑選朋友。我要跟她對抗到底，能撐多久算多久：「如果他們是好人，我為什麼不能對華特好？」

「我沒有說你不能對他好。你應該對他友善、有禮貌，你應該親切地對待每個人，親愛的。可是你不必請他到家裡來。」

「如果他是我們的親戚呢，姑媽？」

「事實上他不是，但就算他是，我的回答還是一樣。」

「姑媽，」傑姆開口：「阿提克斯說你可以選擇朋友，卻沒辦法選擇家人，不管你承不承認，他們都是你的親戚，你要是不承認只會顯得自己很蠢。」

「又是你們的爸爸，」姑媽說：「我還是那句老話，琴・露易絲不能請華特・康寧漢到這個家來。就算他是你們的五等親，這個家也不歡迎他，除非他有正事來找阿提克斯。好了，這件事就別再說了。」

她說過「絕對不行」，但這次她得說出理由來：「可是姑媽，我想跟華特玩，為什麼不行？」

她拿下眼鏡死盯著我，說道：「我告訴你為什麼，因為他——是——個——窮——酸，所以你不能跟他玩。我不許你跟他鬼混，染上他的習性、學一些有的沒的。你給你爸爸惹的麻煩已經夠多了。」

我不知道自己會做出什麼事情，但畢竟被傑姆攔住了。他抓住我的肩膀，一手摟著我，把憤怒抽泣的我帶進他房間。阿提克斯聽見了，探頭到門外來看。傑姆粗聲粗氣地說：「沒事，爸爸，什麼事也沒有。」阿提克斯這才走開。

「吃塊糖，絲考特。」傑姆從口袋挖出一塊Tootsie Roll巧克力糖，我又含又嚼了幾分鐘，才終於讓糖果變得大小適中，含起來比較舒服。

傑姆在收拾斗櫃上的東西。他後面的頭髮翹起來，前面的瀏海又往下垂，我懷疑那樣真能長成像男人的頭髮嗎。如果他把頭髮剃光重留，也許就會長得服貼了。他的眉毛變粗了，我還發現他的身體好像瘦長了些，他長高了。

當他轉過頭來，八成以為我又要哭了，才會說：「讓你看樣東西，但你不能告訴別人。」我問是什麼。他解開襯衫鈕釦，難為情地笑了笑。

「什麼啊？」

「你看不出來嗎？」

「看不出來啊。」

「長毛了。」

「哪裡？」

「這裡，就在這裡。」

看在他剛才安慰我的份上，我說看起來好可愛，但其實我什麼也沒看見。「真的很棒，傑姆。」

「我的胳肢窩也有。」他說：「明年我要加入足球隊。絲考特，別讓姑媽惹你生氣。」

他好像昨天才告訴我別惹姑媽生氣。

「你要知道她不習慣跟小女生打交道，」傑姆說：「尤其是你這種小女生。她想把你變成淑女，你就不能開始做點針線活之類的嗎？」

「我才不要。沒什麼好說的，她就是不喜歡我，我也不在乎。傑姆，我氣的是她罵華特・康寧漢窮酸，不是她說我給阿提克斯惹麻煩。這件事我們已經都說清楚了，有一次我問他我是不是惹禍精，他說還好，至少他都能夠解決，叫我一點也不用擔心會給他帶來困擾。所以是因為華特，那個男生不是窮酸，傑姆。他跟尤爾家的人不一樣。」

傑姆踢掉鞋子，兩腳一晃上了床。他背靠著枕頭，扭開床頭燈。「你知道嗎，絲考特？現在我全弄明白了。最近我一直在想，最後終於想明白了。這個世界上有四種人，有像我們和我們的鄰居這種普通人，有像住在樹林裡的康寧漢家那種人，也有像住在垃圾場邊的尤爾家那種人，還有黑人。」

「那中國人呢？還有鮑德溫郡那邊的卡真人[37]呢？」

「我是說在梅岡郡。問題是我們這種人不喜歡康寧漢家的人，康寧漢家的人不喜歡尤爾家的人，而尤爾家的人又鄙視痛恨黑人。」

我對傑姆說，如果真是那樣，那湯姆的陪審團是由康寧漢家那種人組成的，他們怎麼不放了湯姆，好讓尤爾家的人難堪呢？

傑姆揮揮手，不理會我的幼稚問題。

「你知道嗎？」他說：「我看過阿提克斯邊聽收音機裡的鄉村提琴樂邊用腳打拍子，而且我沒看過有誰比他更愛喝大鍋湯……」

「那我們就跟康寧漢家的人很像啦，」我說：「姑媽為什麼……」

「你聽我說完……是很像，但我們多少還是不一樣。阿提克斯曾經說過，姑媽之所以那麼注

---

37 卡真人（the Cajuns）指住在阿拉巴馬與密西西比州邊界的白人、印第安人與黑人混血兒。

重家族，就是因為我們只有家世背景，但是一文不名。」

「可是傑姆，我也不知道……阿提克斯跟我說過，關於古老家族的這些都是蠢話，因為每個人的家族都一樣古老。我問說那也包括黑人和英國人嗎，他說是。」

「背景不一定代表古老家族。」傑姆說：「我想那應該是指你家族的人會讀會寫有多長時間。絲考特，我真的很努力研究過，結果只能想出這個原因。很久以前當芬奇家族還在埃及的時候，肯定有個人學了一、兩個象形文字，然後教給他兒子。」傑姆笑說：「你想想，姑媽竟然為了她的曾祖父會讀會寫而覺得驕傲，女生老是挑一些可笑的事情自豪。」

「可是我很高興他識字啊，不然誰會教阿提克斯他們，如果阿提克斯不識字，你和我可就慘了。我覺得背景不是那個意思，傑姆。」

「那你怎麼解釋為什麼康寧漢家的人不一樣？華特先生幾乎連簽名都不會，我看見過。我們就只是識字的時間比他們長。」

「不對，每個人都得學，沒有人是一出生就會。那個華特真的很聰明，只是有時候要幫他爸爸，不能來上學，成績才會跟不上。他沒有什麼問題。傑姆，我覺得世界上只有一種人，就是人。」

傑姆轉過身去搥枕頭。等他平靜下來，臉色變得陰沉。他又情緒低落了，我於是也小心起來。他鎖起眉頭，嘴唇抿成一條細線，沉默了好一會兒。

「其實我像你這麼大的時候，也是這麼想。」他終於說話了。「如果世上只有一種人，為什麼不能和平相處？如果大家都一樣，為什麼要費那麼大力氣互相鄙視？絲考特，有些事情我好像慢慢了解了，我好像慢慢了解雷德利家的阿布為什麼老是關在家裡……因為他**想要**待在裡面。」

24

嘉珀妮亞穿上了她漿得最挺的圍裙，用托盤端著夏洛特蛋糕，背靠在搖擺門上輕輕一推。我很欽佩她端著大量而沉重的美食，依然自在優雅。我猜亞麗珊卓姑媽也是，所以今天才會讓嘉珀妮亞服務客人。

八月已近尾聲，九月即將來臨。迪爾明天就要回美利甸，今天他和傑姆到巴克水渦去了。傑姆發現竟然都沒人想到要教迪爾游泳，真是又驚又怒，因為他認為這項技能和走路一樣重要。他們已經在溪裡待了兩個下午，說是要光著身子游泳，我不能去，因此我只好將孤單的時光分配給嘉珀妮亞和茉蒂小姐。

今天，亞麗珊卓姑媽和她滿屋子的傳道會友在為她們的真道打那美好的仗。我從廚房裡聽見葛芮絲．梅利韋哲太太在客廳報告，大談莫魯那人（聽起來像是這樣）骯髒汙穢的生活。這個部落的女人時間一到（也不知道這是什麼意思），就會被放到外面的草屋；他們毫無家庭觀念（我知道這點會讓姑媽悲嘆），小孩滿十三歲就要接受殘酷的考驗；他們身上長了蕁疹，還在地上和棉鈴蟲一起爬來爬去，他們也會嚼爛樹皮，吐進一只公用大鍋裡，然後喝裡頭的湯汁喝到醉。

報告完畢後，女士們立刻休息吃點心。

我不知道應該進飯廳去還是待在外面。亞麗珊卓姑媽叫我和她們一起吃點心，至於正式開會的部分我不必參加，否則會覺得無聊。我穿了做禮拜穿的粉紅洋裝、鞋子和蓬蓬襯裙，心想要是打翻了什麼，嘉珀妮亞就得再幫我洗一次洋裝，好讓我明天穿。今天已經夠她忙了。於是我決定待在外面。

「嘉兒，我能幫你嗎？」我問道，希望能盡點力。

嘉珀妮亞停在門口，說道：「你就像隻小老鼠乖乖待在那個角落，等我回來，你可以幫忙把東西放到托盤上。」

她打開門後，女士們嚶嚶嗡嗡的聲音變大。「哇，亞麗珊卓，我從來沒看過這樣的夏洛特蛋糕……太美了……我從來做不出這樣的餅皮，真的……誰會想到做這種小巧的懸鉤子塔……嘉珀妮亞？……誰會想到……有沒有人跟你說牧師太太……不會吧，她真的是，另一個還不會走路呢……」

聲音安靜下來，我知道她們已各自拿到糕點。嘉珀妮亞回來之後，將母親那只沉重的銀壺放到托盤上。「這隻咖啡壺可稀奇了，」她喃喃地說：「現在已經沒有人做了。」

「我可以端進去嗎？」

「你得小心，別把壺摔了。把它放到桌子那頭，亞麗珊卓小姐旁邊，跟杯子那些放一起。待會兒她會倒。」

我試著學嘉珀妮亞用屁股去頂門，門卻紋風不動。她笑著幫我開門，並說：「小心喔，很重。別盯著它看，就不會灑出來。」

這趟路程圓滿成功，亞麗珊卓姑媽露出了燦爛笑容說：「留下來吧，琴．露易絲。」這是她對我的淑女教育訓練的一部分。

依照慣例，傳道會的每個婦女都要作東，邀請鄰居（不管是浸信會或長老會教徒）到家裡吃點心，因此今天瑞秋小姐、茉蒂小姐和史蒂芬妮小姐都來了，而且瑞秋小姐像法官一樣清醒。我十分緊張，便坐到茉蒂小姐旁邊，對於女士們只是過條街也要戴帽子一事感到不解。一群女人聚在一起總讓我產生莫名的憂懼，和一種遠離她們的強烈渴望，但這種感覺正是亞麗珊卓姑媽所謂的「被寵壞了」。

她們身穿質地清涼、色彩粉嫩柔和的印花布洋裝，大多數人都撲了厚厚的粉，但沒擦胭紅，而且所有人都只塗丹琪天然色唇膏。蔻丹牌的天然色指甲油在她們指甲上閃閃發光，但有幾個年紀較輕的塗了玫瑰色。她們個個芳香迷人。我靜靜坐著，兩手緊抓椅子扶手以免它們搞怪，同時等著有人找我說話。

茉蒂小姐的金色假牙閃了一下。她對我說：「琴・露易絲小姐，你今天穿的可真隆重啊。你的褲子呢？」

「在我的洋裝下面。」

我不是故意說笑，但是大家都笑了。我發覺自己犯錯後臉頰開始發燙，但茉蒂小姐表情嚴肅低頭看著我。她從來不會笑我，除非我是故意逗笑。

接下來忽然一片靜默，只聽到史蒂芬妮小姐從另一頭大聲問道：「琴・露易絲，你長大以後要做什麼？律師嗎？」

「不是，我還沒想那個……」我回答道。心中暗暗感激史蒂芬妮小姐好心地轉移話題，也急忙開始選擇自己的職業。護士？飛行員？「呃……」

「咦，我還以為你想當律師呢，不都已經開始上法庭了嗎？」女士們又笑起來。「史蒂芬妮真會說話。」有人這麼說。史蒂芬妮小姐受到鼓舞，便繼續這個話題：「你長大以後不想當律師嗎？」

茉蒂小姐摸摸我的手，我盡可能地柔聲回答：「不想，只要當淑女就好。」

史蒂芬妮小姐用懷疑的眼光瞅著我，確定我無意冒犯之後才滿意地說：「這個呀，你要是不試著多穿裙子是很難辦到的。」

茉蒂小姐往我手上用力一捏，我便沒有作聲。那隻手提供的溫暖已經夠了。

梅利韋哲太太坐在我左手邊，我覺得出於禮貌，應該和她說說話。梅利韋哲先生是被迫成為虔誠的衛理公會信徒，每次唱著「奇異恩典，何等甘甜，我罪已得赦免……」，似乎都不帶個人情感。然而，梅岡人一致認為是梅利韋哲太太讓他清醒過來，成為一個有用的公民。不用說，梅利韋哲太太肯定是全梅岡信仰最虔誠的女士，我苦思著什麼話題能讓她感興趣。「你們今天下午在討論什麼？」我問道。

「孩子啊，就是那些可憐的莫魯那人。」她說著話匣子就打開了，也沒必要再多問什麼。

梅利韋哲太太想到受壓迫的人，那雙大大的褐色眼睛噙滿淚水。她說：「他們住在那個叢林裡，只有格萊姆斯．埃夫利特陪著他們。除了那個聖人般的格萊姆斯．埃夫利特，沒有一個白人願意接近他們。」

梅利韋哲太太說起話來像彈風琴似的，每個字詞的音律節拍都做到足：「貧窮……黑暗……不道德……除了格萊姆斯．埃夫利特，沒有人知道。你知道嗎？教會讓我去參加那次野營布道會的時候，格萊姆斯・埃夫利特對我說……」

「他也去了嗎？我還以為……」

「他是請假回來的。格萊姆斯・埃夫利特對我說，他說：『梅利韋哲太太，你想不到，你絕對想不到我們在那邊對抗些什麼。』他是這麼跟我說的。」

「是的，夫人。」

「我就跟他說，我說：『埃夫利特先生，阿拉巴馬州梅岡城監理會的女信眾都會百分之百支持你。』我是這麼對他說的。你知道嗎？我當下就在心裡發誓。我跟自己說，回家以後我要公開講述莫魯那人的事，把格萊姆斯・埃夫利特的信息傳達給梅岡人，這正是我現在在做的事。」

「是的，夫人。」

梅利韋哲太太一搖頭，黑色鬈髮便輕輕晃動。「琴・露易絲，」她又說：「你是個幸運的女孩。你生活在一個基督教城鎮的基督教家庭裡，周遭都是基督徒。而格萊姆斯・埃夫利特先生所在的那個地方，只有罪惡和汙穢。」

「是的，夫人。」

「罪惡和汙穢……你說什麼，歌楚德？」梅利韋哲太太對著坐在她隔壁的女士提高音調說：「喔，那個呀。我總是說要寬恕、遺忘，要寬恕、遺忘。教會應該做的是幫助她，從今以後過著基督徒的生活，就算是為孩子們著想吧。應該讓幾個男人去他們教會，叫那個牧師多鼓勵她。」

「請問一下，梅利韋哲太太，」我打岔問道：「你們在說瑪耶拉・尤爾嗎？」

「瑪……不是的，孩子。是那個黑人的太太，湯姆的太太，湯姆……」

「羅賓森。」

梅利韋哲太太又轉回去，對鄰座的女士接著說：「歌楚德，我是真的這麼想，可有些人卻不以為然。只要讓他們知道我們原諒他們，我們已經忘記，那麼整件事就平息了。」

「啊……梅利韋哲太太，」我再一次打斷她。「什麼平息了？」

她也再次轉身面對我。有些沒生孩子的大人會覺得，跟小孩說話要用不同的語調，而梅利韋哲太太就是這樣的人。她非常莊重緩慢地說：「沒什麼，琴．露易絲。只是那些廚子和田裡的工人不滿意，不過他們的情緒已經慢慢緩和了……開庭隔天他們抱怨得可厲害了。」

梅利韋哲太太面向法羅太太說：「歌楚德，我告訴你，再沒有比鬧脾氣的黑人更讓人心煩的了。她們的嘴角都垮到這裡來了，要是廚房裡有這麼一個，你一整天就全毀了。你知道我怎麼跟我家蘇菲說嗎，歌楚德？我就這麼說，我說：『蘇菲，你今天真不像個基督徒，耶穌基督絕不會到處訴苦抱怨。』結果你知道嗎？她果然就想開了。她眼睛不再盯著地板看，還說：『是啊，梅利韋哲太太，耶穌絕對不會到處抱怨。』告訴你吧，歌楚德，絕對不要放過任何一個為主做見證的機會。」

我想起芬奇農場禮拜堂裡面那架老舊的小風琴。我還很小的時候，如果整天都很乖，阿提克斯會讓我踩風箱，他自己用一根手指彈曲子。最後一個音就看風箱裡還有多少氣，就能拉多長。我判斷，梅利韋哲太太已經沒氣了，正好趁著法羅太太準備說話的時候重新充氣。

法羅太太身材很美，有一對淺色眼珠和一雙細瘦的腳。她剛剛燙過髮，滿頭密密的灰色小鬈髮。她是梅岡第二虔誠的女士。她有個怪習慣，每次說話前都會先輕輕發出「嘶嘶」的氣音。

「嘶嘶——葛芮絲，」她說道：「前幾天我就是這麼跟哈特遜弟兄說的。我說：『嘶嘶——哈特遜弟兄，看來我們在打一場會輸的仗，會輸的仗啊。』我說：『嘶嘶——這對他們一點影響也沒有。哪怕徒勞無功，我們還是可以繼續教育他們，也可以拚命努力地讓他們成為基督徒，但是這些個夜裡，每個婦女躺在床上都不安全了。』他對我說：『法羅太太，我不知道我們這裡會變成什麼樣。』嘶嘶——我告訴他這的確是事實。」

梅利韋哲太太心有戚戚地點點頭。她聲音拔高，壓過咖啡杯的碰撞聲與女士咀嚼糕點時發出像牛一樣的細碎聲。「歌楚德，」她說道：「我跟你說，在這個城裡有一些誤入歧途的好人。是好人，但卻誤入歧途。我是說他們自認為做得對。我不會說出是誰，總之前不久，這城裡有些人以為自己在做好事，其實只是在煽動人心罷了。那就是他們在做的事。當下看起來也許像是好事，我不知道，那方面我不太懂，但是鬧脾氣……不滿意……告訴你吧，如果我家蘇菲再這樣一天，我就讓她走人。她那個毛毛頭腦袋瓜就從沒想過，我之所以留她，完全是因為現在經濟不景氣，而她又需要那每星期一塊兩毛五的工錢。」

「他家的食物卻不難下嚥，不是嗎？」

這話是茉蒂小姐說的。她的嘴角已經抿出兩條深紋。她一直默不作聲坐在我旁邊，咖啡杯平放在一邊的膝蓋上。當她們不再談論湯姆．羅賓森的太太後，談話內容早已讓我摸不著頭緒，我只顧著回想芬奇農場和那條河。亞麗珊卓姑媽弄顛倒了：正式開會的部分讓人膽戰心驚，社交時刻才是無聊透頂。

「茉蒂，我真的不懂你的意思。」梅利韋哲太太說。

「你當然懂。」茉蒂小姐簡短回答道。

她沒再多說什麼。茱蒂小姐生起氣來，說話總是又簡潔又冷冰冰。不知什麼事深深激怒了她，她的灰色眼珠就跟聲音一樣冰冷。梅利韋哲太太紅了臉，瞄我一眼，旋即看向別處。我看不見法羅太太。

亞麗珊卓姑媽從桌邊起身，迅速地遞出更多糕點，並巧妙地將梅利韋哲太太和葛姿太太拉入一段輕鬆的談話。等到柏金斯太太也加入，三人聊到興頭上了，姑媽才退出。她滿心感激地看了茱蒂小姐一眼。我則是對女人的世界感到驚異。茱蒂小姐和亞麗珊卓姑媽向來並不特別親近，但此時姑媽卻為了某件事暗暗感謝她。是什麼事，我不知道，只要知道姑媽還懂得對伸出援手的人心存感激，我就很高興了。毫無疑問，我很快就必須進入這個世界——表面上就是一群淑女緩緩晃動搖椅、輕輕揮扇、喝著涼水的世界。

但是在父親的世界裡我比較自在。像泰特先生這樣的人不會用純真的問題下圈套來取笑你，就連傑姆也不是太嚴苛，除非你說了什麼蠢話。女士對男人似乎都有些微厭惡，似乎都不願意衷心地肯定他們。不過我喜歡他們。他們有某種特質，不管他們怎麼咒罵、喝酒、賭博或嚼菸草，不管他們有多不討喜，就是有一種讓我直覺很喜歡的特質……他們不是……

「偽君子，柏金斯太太，一群天生的偽君子。」梅利韋哲太太說道：「至少我們南方人沒有肩負那種罪惡。北方的人給了他們自由，但你也看不到他們和他們同桌用餐。至少我們沒有自欺欺人地告訴他們，對，你們跟我們一樣好，但請離我們遠一點。在南方我們只是說你們過你們的日子，我們過我們的。我覺得那個女人，那個羅斯福夫人是瘋了，竟然跑到伯明罕想跟他們坐在一起，完全是失心瘋。我要是伯明罕市長我就……」

只不過我們誰也不是伯明罕市長，但我倒希望自己有一天能成為阿拉巴馬州州長，那麼我會馬上釋放湯姆．羅賓森，動作快到讓傳道會這些人沒時間喘息。前兩天，嘉珀妮亞在跟瑞秋小姐家的廚子說湯姆有多悲觀，我進了廚房她也沒停下來。她說阿提克斯也沒辦法讓他在監獄裡好過一些，在他被送往監獄農場之前，對阿提克斯說的最後一句話是：「再見了，芬奇先生，現在你什麼都做不了了，所以不用再試。」嘉珀妮亞說阿提克斯告訴她，湯姆被押往監獄那天，就不再抱任何希望。她說阿提克斯試著跟他解釋，要他盡力不放棄希望，因為阿提克斯也會盡力為他爭取自由。瑞秋小姐的廚子問嘉珀妮亞，阿提克斯怎麼不乾脆說：會的，你會得到自由。其他就別再多說，那樣對湯姆應該是很大的安慰。嘉珀妮亞說：「因為你不熟悉法律。在一個法律人家裡，你學到的第一件事就是凡事都沒有確切的答案。芬奇先生也不能隨便說一些他沒把握的話。」

前門砰了一聲，我聽見玄關傳來阿提克斯的腳步聲，很自然就想到現在幾點。離他回家的時間還早得很，而且傳道會聚餐日，他通常會在城裡待到天色全黑。

他停在門口，帽子拿在手上，臉色蒼白。

「很抱歉，各位女士，」他說道：「請繼續開會，別讓我干擾你們了。亞麗珊卓，你到廚房來一下好嗎？我想借用嘉珀妮亞一會兒。」

他沒有穿過飯廳，而是走後側走廊，從後門進入廚房。我和亞麗珊卓姑媽在那裡等他。通往飯廳的門又開了，這回是茉蒂小姐加入我們。嘉珀妮亞從椅子上半站起身來。

「嘉兒，」阿提克斯說：「我要你跟我去一趟海倫．羅賓森家……」

「怎麼回事？」姑媽看見父親的臉色，愕然問道。

「湯姆死了。」

姑媽舉起雙手摀住嘴巴。

「他們把他射死了。」阿提克斯說：「他想逃跑，是在他們放風的時間。據說他忽然發了瘋似的，盲目地衝到圍籬邊就開始往上爬。就當著他們的面……」

「他們沒試著阻止他嗎？沒發出任何警告嗎？」姑媽的聲音在顫抖。

「有啊，警衛大喊叫他停下來，對空鳴了幾槍，然後才開槍。他就在快要翻過圍籬的時候被射中。他們說他要是有兩條健全的手臂，應該逃得成，他動作非常快。他身上有十七個彈孔；根本不需要開那麼多槍。嘉兒，我想讓你跟我一起去，替我告訴海倫。」

「好的，先生。」她低聲回答，手在圍裙上摸索著。茉蒂小姐走過去，幫她解開圍裙。

「阿提克斯，這是最後一根稻草。」姑媽說道。

「看你怎麼看了。」他說：「在大約兩百個黑人當中，一個人算得了什麼？對他們來說他不是湯姆，而是一個企圖逃獄的囚犯。」

阿提克斯斜靠著冰箱，把眼鏡往上推，揉揉眼睛。「本來很有機會的。」他說：「我把我的想法告訴他，但事實上除了很有機會之外，我無法再保證什麼。我猜湯姆已經厭倦了白人的機會，寧可自己碰碰運氣。準備好了嗎，嘉兒？」

「好了，芬奇先生。」

「那我們走吧。」

亞麗珊卓姑媽坐到嘉珀妮亞的椅子上，雙手掩面。她動也不動地坐著，沒發出一點聲音，我

不禁懷疑她會不會暈倒。我聽到茉蒂小姐粗粗的呼吸聲，好像剛爬過樓梯，至於飯廳裡的幾位女士仍愉快地閒聊著。

我以為姑媽在哭，但當她將手放下，原來並沒有。她一臉倦容，開口說話時，聲音有氣無力。

「茉蒂，我不能說我贊同他做的一切，但他畢竟是我哥哥，我只想知道這件事什麼時候才能了結。」接著她提高聲音說：「他已經身心俱疲，外表不太看得出來，但他的確身心俱疲了。我看過他……他們還要他怎麼樣呢，茉蒂？還要他怎樣？」

「誰要怎樣，亞麗珊卓？」茉蒂小姐問道。

「我是說城裡的人。他們巴不得讓他去做他們不敢做的事——搞不好還得花錢消災。他們巴不得他搞壞自己的身子去做他們不敢做的事，他們……」

「別說了，她們會聽見的。」茉蒂小姐說：「亞麗珊卓，你有沒有這麼想過？不管梅岡人知不知道，我們都在對一個人致最高的敬意，因為我們相信他能伸張正義。就這麼簡單。」

「有誰？」亞麗珊卓姑媽絕對不知道自己重複問了她十二歲姪子問過的問題。

「這城裡的一小群人，他們認為公正的原則並非只限定於白人，他們認為公平的審判適用於每一個人，而不只是我們，他們看著黑人的時候，會謙卑地想到自己能有今天都得感謝上帝慈悲。」茉蒂小姐又恢復原來簡潔扼要的說話習慣。「總之就是這城裡有背景的那一小群人。」

我要是夠注意聽，就能給傑姆為「背景」下的定義再多添一條，但我發現自己抖個不停。我看過恩菲爾監獄農場，阿提克斯指給我看過那裡的放風場，差不多像足球場那麼大。

「別抖了。」茉蒂小姐大喝一聲，我這才停住。「起來吧，亞麗珊卓，我們也離開夠久了。」

姑媽站起來，順著臀部將上上下下的鯨鬚支架給撫平。她從腰帶抽出手帕，擦擦鼻子，然後攏攏頭髮說：「看得出來嗎？」

「毫無跡象。」茉蒂小姐說：「你恢復鎮定了嗎，琴・露易絲？」

「是的，夫人。」

「那我們回去加入她們吧。」她嚴肅地說。

茉蒂小姐打開通往飯廳的門，她們的聲音跟著變大。亞麗珊卓姑媽走在我前面，我看見她昂首穿過那道門。

「噢，柏金斯太太，」她說道：「你需要再來點咖啡了。我幫你倒。」

「葛芮絲，嘉珀妮亞出去辦點事情，一會兒就回來。」茉蒂小姐說：「我再拿幾個懸鉤子塔給你。你有沒有聽說我那個表哥前幾天做了什麼事？就是喜歡釣魚那個……」

於是她們就這樣，順著座位、繞著飯廳，招呼一群說說笑笑的女人，又是添咖啡、又是送糕點，好像唯一遺憾的就是少了嘉珀妮亞，做起家事暫時有點手忙腳亂。

嚶嚶嗡嗡聲再起：「是啊，柏金斯太太，那位格萊姆斯・埃夫利特是個殉道的聖人，他……需要結婚，所以他們就跑到……美容院去，每星期六下午都去……而且是太陽一下山。跟他上床的是……雞，一整籠的病雞，佛雷說事情就是這麼爆發的。佛雷說……」

亞麗珊卓姑媽從飯廳另一頭看著我，微微一笑，然後望向桌上的一盤餅乾點了點頭。我小心翼翼端起托盤，走向梅利韋哲太太，以最周到的待客之道問她還要不要吃一點。說到底，既然姑媽在這種時刻還能保持淑女氣質，我也可以。

25

「別那樣，絲考特。把牠放到後門台階上。」

「傑姆，你瘋啦？……」

「我說把牠放到後門台階上。」

我嘆了口氣，捧起那個小東西放到台階最底層，然後回自己的小床。九月來了，卻沒有一絲涼意，我們依然睡在裝了紗窗的後門廊上。螢火蟲依然四下飛舞，蚯蚓和整個夏天都在撲撞紗窗的飛蟲也沒有離開，去牠們秋天該去的地方。

有隻圓圓胖胖的潮蟲跑進屋裡來了，我猜這個小淘氣是爬上台階，從門底下鑽進來的。我要把書放到床邊地板上的時候發現了牠。這種蟲長不到兩公分半，用手一碰，牠就會捲成一個扎實的小灰球。

我趴著伸手去戳牠，牠立刻蜷曲起來。過一會兒，大概覺得安全了，才慢慢伸展開。牠的無數隻腳剛剛移動了幾公分，我又去碰牠，牠便又蜷起來。我有點睏了，決定做個了斷，不料手正要往牠身上壓，傑姆就開口了。

傑姆皺眉怒視。這八成又是他人生的某個階段，但願他能快點度過。他的確從未虐待過動物，但我從來不知道他的同情心也擴及昆蟲界。

「為什麼不能壓扁牠？」我問道。

「因為牠們又沒惹你。」傑姆在黑暗中回答。他已經關掉床頭燈。

「我看你現在是進入一個不殺蒼蠅蚊子的階段。」我說：「等你改變主意以後再告訴我。不過告訴你一件事，我可不會呆呆坐著，連身上的沙蚤也不抓。」

「唉，閉嘴啦。」他昏昏欲睡地說。

現在一天比一天更像女孩的是傑姆，不是我。我舒舒服服地躺著，等候睡意來襲，等候之際我想起了迪爾。他是這個月第一天走的，臨走前信誓旦旦地說學校一放假就馬上回來，他猜想他爸媽大概已經知道他喜歡來梅岡過暑假。瑞秋小姐帶我們一起搭計程車前往梅岡轉接站，迪爾從車窗裡向我們揮手，直到看不見人影。眼不見心卻不淨，我很想念他。跟我們待在一起的最後兩天，傑姆教他游泳……

教他游泳。我頓時睡意全消，想起迪爾跟我說的話。

巴克水渦位在從美利甸公路岔出去的一條沙土路盡頭，離城裡大約一公里半。從公路上很輕易就能攔下棉花貨車或是路過的汽車搭個便車，再走一小段路到溪邊很輕鬆，但是到了黃昏車不多，一想到要一路走回家就很累人，因此去游泳的人都會注意不要待太晚。

據迪爾說，那天他和傑姆剛走到公路旁，就看見阿提克斯開車過來。他好像沒看見他們，於是他們倆都揮起手來。阿提克斯終於放慢車速，等他們追了上去，他卻說：「你們最好搭別人的便車回去，我暫時還不回家。」嘉珀妮亞就坐在後座。

傑姆先是抗議，隨後改為哀求，阿提克斯才說：「好吧，就讓你們一起來，但你們得留在車上。」

去湯姆．羅賓森家的路上，阿提克斯告訴他們出了什麼事。

他們駛下公路，慢慢繞過垃圾場，經過尤爾家，沿著狹路來到黑人的木屋聚落。迪爾說有一群黑人小孩在湯姆家前院裡玩彈珠。阿提克斯停好車後走下來，嘉珀妮亞跟著他走進柵門。

迪爾聽見他問其中一個孩子：「山姆，你媽媽呢？」接著聽見山姆說：「她在史蒂文斯姊妹家，芬奇先生，要我去叫她嗎？」

迪爾說阿提克斯好像有些猶豫，然後才說好，山姆立刻跑了出去。阿提克斯對其他孩子說：「你們繼續玩吧。」

有個小女孩來到門口，站在那裡看著阿提克斯。迪爾說她滿頭都是細細直直的小髮辮，每條辮子末端還紮著鮮豔的蝴蝶結。她咧開嘴露出大大的笑容走向我們父親，但她還太小，不會下樓梯。迪爾說阿提克斯便走過去，脫下帽子，向她遞出一根手指。她抓住手指後，他慢慢地領著她步下階梯，然後將她交給嘉珀妮亞。

山姆快步跟在母親身後回來了。迪爾說海倫說：「你好，芬奇先生，進來坐坐吧？」但她沒有再說什麼，阿提克斯也一樣。

「絲考特，」迪爾說：「她就那樣倒在地上了，就那樣倒在地上，好像被一個大腳巨人一腳踩上去似的。就這樣……」迪爾踩了踩他的胖腳。「好像你踩螞蟻那樣。」

迪爾說嘉珀妮亞和阿提克斯把海倫扶起來，半抱半攙地帶她進屋。他們在裡頭待了許久，最後阿提克斯一個人出來。回程經過垃圾場時，有幾個尤爾家的人對著他們大吼大叫，但迪爾聽不清他們在喊什麼。

梅岡人關注湯姆死訊的興頭約莫持續兩天，兩天的時間已足以讓消息傳遍全郡。「你聽說了嗎？……沒有？聽說他跑得比閃電還快呢……」對梅岡人而言，湯姆的死毫不稀奇。黑鬼會慌張逃命，毫不稀奇；黑鬼那種腦子，沒有計畫、不想未來，一逮到機會就盲目逃跑，毫不稀奇。說也奇怪，阿提克斯．芬奇本來可以讓他無罪開釋的，可是……？才不是呢。你也知道他們什麼樣，懶懶散散、苟苟且且。事實不就擺在眼前，那個小伙子羅賓森是正式結了婚的，聽說他很潔身自愛，會上教會什麼的，結果到了最後關頭照樣原形畢露。黑鬼就是黑鬼，本性難移啊。

另外還添加一些細節，好讓聽的人再去轉述，之後便再沒什麼可說的，一直到接下來那個禮拜四《梅岡論壇報》出刊，那裡面除了在黑人新聞版上有一則簡短訃聞，還有一篇社論。

這回安德伍先生砲火極其猛烈，根本不在乎誰會取消廣告與訂閱。（不過那不是梅岡人的行事風格，安德伍先生大可以罵個痛快淋漓，想寫什麼就寫什麼，照常會有人買廣告、訂報紙。他要是想在自己的報上出醜，別人也管不著。）安德伍先生並未評論誤審，而是寫得淺顯，連小孩也能看懂。安德伍先生很單純地認為殺害殘障者就是罪惡，不管他們是站著、坐著或企圖逃跑。他將湯姆的死比喻為鳴禽遭獵人與小孩毫無意義地殘殺，梅岡人則以為他是想寫一篇浪漫十足的社論，以便轉載到《蒙哥馬利廣告報》上。

我讀了安德伍先生的社論後，心想：怎麼可能是這樣？毫無意義的殺害？湯姆直到死之前，都是規規矩矩照著法律程序走，他是公開受審，並且由十二名正直人士判定他有罪，還有我父親一直在為他努力。後來安德伍先生的意思愈來愈清楚了，阿提克斯用盡了所有能用在自由人身上的方法去救湯姆．羅賓森，但是在人心的祕密法庭中，阿提克斯根本無須辯護。早在瑪耶拉．尤爾開口尖叫那一刻，湯姆就死定了。

尤爾這個姓氏讓我覺得想吐。梅岡人分秒必爭，立刻就問到尤爾先生對湯姆死亡的看法，並透過那有如英吉利海峽般的大嘴巴，也就是史蒂芬妮小姐傳播出去。史蒂芬妮小姐當著傑姆的面（「算啦，他也已經夠大，可以聽了」）告訴亞麗珊卓姑媽，尤爾先生說解決了一個，大概還剩兩個。傑姆叫我別害怕，說尤爾先生只會吹牛。傑姆還說要是我向阿提克斯透露一個字，要是我讓阿提克斯發現我知道這件事，他就永遠不再跟我說話。

26

開學了，我們又得每天經過雷德利老宅。傑姆升上七年級，成了中學生，教室就在小學教室後面。我現在是三年級，因為作息時間大不相同，我只能早上和他一起上學，並在午餐時間才能見到他。他一心想加入足球隊，但是太瘦弱，年紀又太小，頂多只能幫球隊提水桶。儘管如此他還是做得很起勁，下午很少在天黑前回家。

雷德利家已經不再讓我害怕，不過那房子還是一樣陰森，籠罩在那幾棵大橡樹下還是一樣冷颼颼，也一樣讓人不想靠近。晴天裡，仍然可以看見納森·雷德利先生走路進城、回家。我們知道阿布還在，理由沒變：因為還沒有人看到他被抬出來。有時候經過這棟老宅，想起自己參與過的事，不免一陣懊悔。那些事對亞瑟·雷德利該是多大的折磨！有哪個正常的隱士想讓孩子在窗外偷窺、用魚竿遞紙條，夜裡還在他的羽衣甘藍菜園裡晃蕩？

可是我都記得。兩枚印第安人頭的一分錢銅板、口香糖、肥皂人偶、一枚生鏽的獎牌、一只壞掉的帶鏈懷表。傑姆肯定把這些東西收在什麼地方了。有一天下午，我停下來看著那棵樹，發現水泥洞周圍的樹幹腫脹起來，水泥填平的部分也漸漸發黃。

有兩、三次我們差點就看到他了，這對任何人來說都算是很好的成績。

但我每回經過，還是會尋找他的蹤影。或許總有一天會看見他吧。我想像著那個情景：當我走過來，他就坐在鞦韆椅上。我會對他說：「你好，亞瑟先生。」就好像我每天下午都會這麼說。然後他會回答：「你好，琴．露易絲，這陣子天氣挺不錯的，對吧？」就好像他每天下午都會這麼對我說。然後我又會說：「是啊，亞瑟先生，天氣真好。」然後繼續聊下去。

這只是幻想，我們永遠也見不到他。說不定他真的會在月落時分出門，去偷看史蒂芬妮小姐。換作是我，我會挑別人偷看，不過那是他的事。總之他永遠不會偷看我們。

有天晚上，我表達了一個脫軌的願望，說但願死前能看到雷德利家的阿布一眼。阿提克斯聽了說道：「你們該不會又開始了吧？如果是這樣，我現在就告訴你：馬上停止。我太老了，沒法老是去雷德利家趕你們。再說那也很危險，你們可能會中槍。你知道的，納森．雷德利先生只要一看到黑影就開槍，就算這些黑影留下的是打赤腳的四號小腳印也一樣。上次沒死成，算你們運氣好。」

我立刻住口，同時對阿提克斯讚佩不已。這是他頭一次讓我們知道，有些事他知道的遠比我們想像得多。而且事情都已經過了好多年。不對，才不過是去年夏天的事……不對，是前年夏天，當時……時間把我都搞亂了。我得記得問問傑姆。

發生了太多事情，對我們而言，雷德利家的阿布是最不可怕的。阿提克斯說他覺得不可能再發生什麼事，情況總會慢慢恢復平靜，經過夠長的時間後，大家還會忘記自己曾經關注過湯姆．羅賓森的存在。

也許阿提克斯說得對，但是那個夏天發生的事就像密閉房間裡的煙霧，縈繞不去。梅岡的大人從來不和傑姆或我談論這個案子，但他們似乎和自己的孩子談論過，而他們的態度想必是：有阿提克斯這樣的父親，我們兄妹倆也無能為力，所以要他們的孩子無論如何都要對我們好。孩子絕不會自己想到這個，我們的同學若能自行其是，我和傑姆早就各自迅速、痛快地揮上幾拳，讓整件事一了百了。但事實上，我們只能抬頭挺胸，表現得像紳士和淑女。這情形有點像杜柏茲太太那個時候，只不過少了她的喊叫聲。但有件事很奇怪，我始終想不透：儘管阿提克斯當家長有諸多缺點，那年大家還是心甘情願地選了他當議員，而且照樣無人投反對票。我最後得出的結論是這些人就是奇怪，於是我不與他們為伍，而且除非逼不得已，也絕不會想到他們。

有一天在學校，我不得不想了。我們每星期有一堂「時事」課，每個學童都要從報紙剪一篇文章，熟讀並了解內容，上台報告。據說這項練習能克服各種缺失：讓學生站在全班同學面前，能鼓勵他端正姿態、從容不迫；發表一段簡短演說能讓他留意遣詞用句；背誦時事可以加強他的記憶力；落單之後會讓他更渴望回歸團體。

這堂課立意深遠，但是在梅岡，依然無法順利運作。首先，鄉下孩子很少拿得到報紙，因此時事課的演說任務便落在城裡孩子身上，這也讓搭校車通勤的學童更深信老師只照顧城裡孩子。通常能帶剪報來的鄉下孩子，都是從一份他們稱為《勇氣報》的報紙剪下的，但在我們老師葛姿小姐眼中，那卻是一份偽造刊物。我始終不知道為什麼她聽到學生背誦《勇氣報》的內容就會皺眉，但在某方面那就像喜歡鄉村提琴樂、吃糖漿比司吉當午餐、信仰狂熱到在地上打滾、唱童謠〈驢子高興地唱歌〉時把驢子唱成爐子等等，這些全是州政府花錢請老師來遏制的習慣。

即使如此，還是沒有太多學生知道什麼叫「時事」。小查克對於牛和牛隻習性的了解，已經像個百歲老人，可是當他講述一則「納邱叔叔」的故事，才講到一半老師便打斷他說：「查爾斯，那不是時事，那是廣告。」

不過賽西爾．雅各伯倒是清楚。輪到他時，他走到教室前面開口便說：「老希特勒……」

「賽西爾，是阿道夫．希特勒。」葛姿老師說：「沒有人會用老某某開頭。」

「是，老師。」他說：「老阿道夫．希特勒一直在破壞……」

「賽西爾，是迫害……」

「不是的，老師，這裡寫……反正，老阿道夫．希特勒一直在抓猶太人，把他們關進監獄，還搶走他們所有財產，不讓任何一個人出境，還替所有智能不足的人清洗身體……」

「替智能不足的人清洗身體？」

「是的，老師。我想他們太笨了，不會自己洗澡。我想傻瓜是沒辦法保持乾淨的。總之呢，希特勒展開一個計畫，把半猶太人也都集中起來並登記姓名，以免他們給他惹麻煩，我覺得這不是好事。以上就是我的時事報告。」

「非常好，賽西爾。」葛姿老師稱讚道。賽西爾趾高氣昂地回到座位。

教室後面有人舉手問道：「他怎麼能那麼做？」

「誰做什麼了？」葛姿老師耐心地問。

「我是說希特勒怎麼能把那麼多人關在籠子裡？政府應該會阻止他吧。」舉手的人說。

「希特勒就是政府。」葛姿老師說完，順便把握機會來點動態教學。她走到黑板前，工工整整寫下「民主國家」四個大字，說道：「民主國家，有誰知道它的定義？」

「就是我們。」有人說。

我想起阿提克斯跟我說過一句昔日的競選口號，便舉手。

「琴·露易絲，你認為這是什麼意思？」

「『人人平等，絕無特權。』」我照著說。

「非常好，琴·露易絲，非常好。」葛姿老師微笑著說。隨後她在「民主國家」前面寫上「我們是」。「好，各位同學，現在大家一起說：『我們是民主國家。』」

我們說完，葛姿老師又說：「這就是美國和德國的不同。我們是民主國家，德國是獨裁國家。獨裁——國家。在這裡，我們反對迫害任何人。進行迫害的是那些有偏見的人。偏——見。」她咬字清楚地發音。「世界上沒有比猶太人更優秀的族群了，為什麼希特勒不這麼認為，我也想不通。」

教室中間有個愛追根究柢的人說道：「老師，你覺得他們為什麼不喜歡猶太人？」

「亨利，我不知道。他們無論生活在哪個社會都會有所貢獻，最重要的是他們信仰非常虔誠。希特勒想要廢除宗教，也許就是因為這個原因，他才不喜歡他們。」

賽西爾開口了。「呃，這個我不確定，他們好像應該要換錢還是什麼的，可是也不能這樣就迫害他們。他們是白人，不是嗎？」

葛姿老師說：「賽西爾，等你上了中學就會讀到，有史以來猶太人一直在遭受迫害，甚至被趕出自己的國家。這是歷史上最悲慘的事件之一。各位同學，現在該上算數了。」

我從來不喜歡算數，於是整節課都看著窗外。平時只有在艾爾默·戴維斯[38]報導希特勒最新消息的時候，我才會看到阿提克斯皺眉頭。這時他會猛然關掉收音機，重重「哼！」一聲。有一次我問他為什麼對希特勒不耐煩，他說：「因為他是個瘋子。」

這樣不對呀。當全班都忙著做算數，我卻陷入沉思。一個瘋子和數百萬德國人民，在我看來，應該是他們把希特勒關在籠子裡，而不是他們被他關起來。還有一點也不對……我要去問問爸爸。

我問了，他說他無法回答我的問題，因為他也不知道答案。

「不過，恨希特勒沒關係吧？」

「不行，」他說：「恨誰都不可以。」

「阿提克斯，」我說道：「有一件事我不懂。葛姿老師說希特勒做那種事很可怕，她氣得臉都脹紅了……」

「我想也是。」

「可是……」

「怎麼樣？」

「沒什麼。」我就這樣走開了，因為不確定我能向阿提克斯解釋我的心思，那只是一種感覺，我不確定能說得清楚。也許傑姆能給我答案。傑姆比阿提克斯了解學校的事。

傑姆搬了整天的水，精疲力盡。他床邊地板上至少有十二塊香蕉皮，環繞著一只空牛奶瓶。

「你幹嘛吃這麼多？」我問道。

---

38 艾爾默・戴維斯（Elmer Davis，一八九〇~一九五八）：美國新聞記者，二次世界大戰期間曾擔任美國戰時新聞處處長。

「教練說我如果能在後年之前增胖十公斤，就可以上場了。這是最快的方法。」他說。

「如果你沒全部吐出來的話。」我說：「傑姆，我想問你一件事。」

「說吧。」他把書放下，伸伸腿。

「葛姿老師是個好人，對吧？」

「那當然囉。」傑姆說：「她當我導師的時候，我很喜歡她。」

「她很恨希特勒……」

「那又怎樣？」

「就是，她今天跟我們說希特勒那樣對待猶太人有多壞。傑姆，不管迫害誰都是不對的，對吧？我是說就連惡劣的念頭也不能有，對吧？」

「當然不行，絲考特，你是怎麼了？」

「就是，那天晚上從法庭出來，葛姿老師……她下台階的時候走在我們前面，你大概沒看見……她在跟史蒂芬妮小姐說話。我聽見她說也該有人教訓他們一下，他們把自己捧得太高了，接下來應該就以為可以和我們結婚了吧。傑姆，你怎麼能那麼痛恨希特勒，然後轉過頭來卻對自己的同鄉這麼刻薄……」

傑姆頓時大發雷霆。他跳下床，抓住我的領子用力搖晃。「我再也不要聽到那個法庭的事，再也、再也不要，聽到了嗎？聽到了嗎？你一個字都不許再跟我提起，聽到沒？走開！」

我太吃驚了，一時忘了要哭。我輕手輕腳溜出傑姆房間，輕輕地關門，以免聲音太大又惹惱他。我忽然覺得累，想找阿提克斯。他在客廳裡，我走了過去，想爬到他腿上。

阿提克斯微笑著說：「你現在太大了，我只能抱著你一部分。」他將我摟近，柔聲說道：「絲考特，別因為傑姆感到沮喪。他最近不太好過。你們在後面說的話我聽見了。」

阿提克斯說傑姆正在努力忘記一些事，但其實他只是暫時放到一旁，經過一段時間之後，他就能再重新思考，把事情釐清。等傑姆能夠重新思考，便又是原來的他了。

27

正如阿提克斯所說，事情的確多少恢復了平靜。到十月中，只有兩件不尋常的小事發生在兩名梅岡人身上。不對，是三件，而且都和我們芬奇家沒有直接關聯，但是就某方面來說還是有些關係。

第一件事，羅伯．尤爾先生在短短幾天內找到又丟了工作，恐怕也因此成為三〇年代年鑑裡的獨特人物，他是我唯一聽說過因為懶惰而被公共事業振興署辭退的人。我想是他的一夕成名激發了他一剎那的勤奮，只可惜他的工作和名氣都只是曇花一現，尤爾先生最後發現自己也和湯姆．羅賓森一樣遭人遺忘了。之後，他又照常每星期出現在社福辦公室領支票，領取時不但不心存感激，還嘟嘟噥噥地抱怨，說那些自以為在管理這個城的王八蛋，就是不讓他這樣的老實人好好謀生。社福處的露絲．瓊斯小姐說，尤爾先生公開指責是阿提克斯搞丟了他的工作。她氣得專程走到阿提克斯的辦公室，告訴他這件事。阿提克斯要露絲小姐不必心煩，說如果羅伯．尤爾想要討論阿提克斯「搞丟」他工作的事，他知道他的辦公室在哪。

第二件事發生在泰勒法官身上。泰勒法官不在星期天晚上做禮拜，泰勒太太卻會。因此每星期天晚上，法官就待在大房子裡享受獨處時光，自己窩在書房裡看羅勃．泰勒[39]的著作。他們不是親戚，但若真能跟他沾親帶故，法官會很自豪。某個週日晚上，泰勒法官正自沉浸在精妙隱喻與華麗詞藻中，卻響起一陣惱人的抓撓聲，強將他的注意力從書頁中拉出來。他對著家裡那條毫無特色的肥狗安．泰勒「噓！」了一聲，旋即發現自己在對著空空的房間說話，那抓撓聲是從屋後傳來的。法官拖著笨重的腳步走到後廊去把狗放出去，不料發現紗門打開了。他瞥見屋外角落有個人影，而這名不速之客，他看到的也就這麼多了。泰勒太太從教會回家時，發現丈夫坐在椅子上看羅勃．泰勒的著作看得入迷，腿上卻橫放著一把獵槍。

第三件事發生在海倫．羅賓森，也就是湯姆的遺孀身上。如果尤爾先生遭人遺忘的程度和湯姆．羅賓森一樣，那湯姆．羅賓森遭遺忘的程度則和雷德利家的阿布一樣。不過湯姆的雇主林柯．狄斯先生並沒有忘記他。林柯先生給海倫安插了一份工作。他不是真的需要請人，但他說事情弄到這步田地，他真的很遺憾。我一直都不知道海倫去工作的時候，孩子由誰照顧。嘉珀妮亞說海倫很辛苦，為了避開尤爾家的人還得多繞將近一公里半的路。據海倫說，她第一次想走公用道路，尤爾家的人就「扔她」。林柯先生終於察覺海倫每天早上來上工的方向不對，便向她探問原因。「算了吧，林柯先生，求求你了。」海倫哀求道。「我會算了才怪。」林柯先生說完，叫她當天下午離開前來他店裡一趟。她去了，林柯先生把店門關了，用力戴上帽子，然後陪海倫走回家。他們走的是近路，也就是尤爾家門前那條路。回來的時候，林柯先生在那道歪七扭八的柵門前停下。

「尤爾？」他高喊道：「我說尤爾！」

平常擠滿小孩的窗口，現在都空著。

---

39 羅勃．泰勒（Robert Love Taylor，一八五〇～一九一二）：美國政治家、作家兼演說家。

「我知道你們一個個都在裡面，就趴在地上！你聽好了，羅伯．尤爾，要是再讓我聽到我家海倫發一句牢騷，說這條路不能走，我馬上把你送進大牢，讓你看不到太陽下山！」林柯先生往地上啐了一口，便走回家去。

隔天早上，海倫走公用道路去上工，沒有人扔她東西，可是當她過了尤爾家幾公尺後，轉頭一看發現尤爾先生跟在後面。她回過頭來繼續走，尤爾先生一直保持著同樣距離尾隨在後，直到她到達林柯先生家。海倫說，這一路上都聽見後面在小小聲地罵一些下流難聽的話。她嚇壞了，打電話到店裡找林柯先生，店面離他的住處不遠。林柯先生一出店外，就看見尤爾先生斜靠在籬笆邊。尤爾先生說：「林柯．狄斯，你別那樣看我，好像當我是垃圾。我又沒犯著你的……」

「尤爾，第一，你先把你那身臭殼從我的圍籬邊挪開，被你這麼一靠，我可沒錢重新粉刷。第二，你離我的廚子遠一點，不然我就告你傷害……」

「我又沒碰她，林柯．狄斯，也不打算跟一個黑鬼做！」

「你不必碰她，你只要讓她覺得害怕就夠了，要是傷害罪沒能關你太久，我就拿《婦女法》治你，所以別讓我再看到你！如果你覺得我只是說說而已，就再去惹那個女孩試試！」

尤爾先生顯然相信他是說真的，因為海倫再也沒提過遭遇類似麻煩。

「我不喜歡這樣，阿提克斯，一點也不喜歡。」這是亞麗珊卓姑媽對這些事件的感想。「那個人好像對每一個和那樁案子有關的人都記恨個沒完。我知道那種人會怎麼報復，但我不明白他有什麼好懷恨的，審判結果不都如他的意了嗎？」

「我想我明白，」阿提克斯說：「可能是因為他心知肚明，梅岡人幾乎都不相信他和瑪耶拉的說詞。他本以為自己能成為英雄，沒想到忙到頭來卻是……卻是『好吧，我們會判這個黑人有罪，但你也回你的垃圾堆去吧。』現在差不多每個人他都招惹過了，應該滿意了吧。等天氣轉涼，他就會安分了。」

「但他何必去偷約翰．泰勒家呢？他顯然不知道約翰在家，否則也不會去冒險。星期天晚上，約翰家只會亮著前廊和他書房的燈……」

「你並不知道割開那扇紗門的是不是羅伯．尤爾，你並不知道是誰幹的。」阿提克斯說：「但是我猜得到。我證明他撒謊，但約翰卻讓他像個傻瓜。尤爾坐在證人席上的時候，我一直不敢看約翰，怕自己無法保持正經的臉色。約翰看他就像在看一隻三腳雞或是一只方蛋。別跟我說法官不會試圖影響陪審團。」阿提克斯輕聲笑道。

到了十月底，我們的生活又回到原來上學、玩耍、讀書這熟悉而固定的模式。傑姆似乎已經把他想忘記的事拋到腦後，班上同學也仁慈地讓我們忘記了父親的特立獨行。有一天賽西爾問我阿提克斯是不是激進派。我回去問阿提克斯，他覺得很好笑，讓我十分氣惱，但他說他不是笑我。他說：「你去告訴賽西爾，我大概和『棉花湯姆』赫夫林[40]一樣激進。」

亞麗珊卓姑媽的聲勢更勝以往。想必是茉蒂小姐一出手便壓制住整個傳道會，如今又是姑媽當家作主。她的糕點愈來愈美味。我也從梅利韋哲太太口中，得知更多關於可憐的莫魯那人的群

40 詹姆斯．湯瑪士．赫夫林（James Thomas Heflin，一八六九～一九五一）：外號「棉花湯姆」，阿拉巴馬州參議員，主張白人至上。

居生活：他們毫無家庭觀念，把整個部落當成一個大家庭，部落裡有多少男人，孩子就有多少父親，部落裡有多少女人，孩子就有多少母親。格萊姆斯・埃夫利特竭盡所能想改變這種情況，因此非常需要我們為他祈禱。

梅岡又恢復了原貌，和去年、前年幾乎分毫不差，只有兩個小小變化。首先，商店櫥窗和汽車上印著「全國復興總署——克盡己任」標語的貼紙都被撕掉了。我問阿提克斯為什麼，他說因為國家復興法已死。我問是誰殺了它，他說是九個老男人[41]。

梅岡自去年以來的第二項改變則不具有全國性的重大意義。在去年之前，梅岡的萬聖節慶祝活動向來毫無組織，每個孩子各做各的，若需要搬東西才找其他小孩幫忙，譬如在馬車出租店頂上放一輛輕巧的馬車等等。但是自從去年什錦小姐和水果小姐的平靜生活被打亂後，家長都認為鬧得過火了。

什錦和水果小姐是巴柏家兩姊妹，都未婚，同住在梅岡唯一一棟擁有地窖的宅邸。傳說巴柏家兩姊妹是共和黨員，一九一一年從阿拉巴馬的克蘭敦遷居來此。我們對她們的生活習慣很陌生，誰也不知道為什麼需要地窖，總之她們想要，也挖了一個，於是後半輩子就不停忙著將一代又一代的小孩趕出地窖。

什錦、水果小姐（她們的本名叫莎拉和法蘭西絲）除了有北方人的習慣之外，兩人還都耳聾。什錦小姐不承認，就這麼生活在無聲的世界中，但水果小姐不想錯過任何事，便裝了一個喇叭形助聽器，因為實在太巨大，傑姆說那是留聲機的喇叭。

既然了解這些情形，萬聖節又即將到來，有幾個頑童便等到巴柏姊妹倆熟睡後，溜進她們的客廳（除了雷德利家，沒有人夜裡會鎖門），偷偷把裡面的家具全部搬出來，藏進地窖。我否認自己也參與這樣的事。

「我聽見了！」第二天天剛亮，巴柏姊妹的鄰居就被這呼喊聲吵醒。「我聽見他們把卡車開到門口！腳步砰砰響，像馬蹄聲一樣。他們現在已經到紐奧良了！」

什錦小姐一口咬定是前兩天到城裡來兜售皮貨的那群商販偷走她們的家具，她說：「他們好黑──啊，那些敘利亞人。」

泰特先生被找來了。他勘查現場後，認為是在地人幹的。水果小姐說不管在哪，她都聽得出梅岡人的口音，但前一天晚上在她家客廳，沒有聽到梅岡口音，滿屋子都只有很重的捲舌音。什錦小姐堅持一定要出動獵犬來找回家具，泰特先生只得跑到十五公里外，把鄉間的獵犬聚集起來，讓牠們開始嗅聞搜索。

泰特先生讓獵犬從巴柏小姐家的前門台階出發，牠們卻一再繞到屋後，對著地窖門狂吠。泰特先生試了三次以後，終於猜到真相。那天直到中午，整個梅岡城見不到一個打赤腳的小孩，而且在獵犬被送回去之前，誰也不肯脫鞋。

於是梅岡婦女說今年將有所改變。她們會開放高中禮堂，為大人準備節慶劇的演出，也為孩子準備各種遊戲，像是水盆裡咬蘋果、拉太妃糖、貼驢尾等等。此外，最佳萬聖節造型服裝的設計者還可以得到兩毛五的獎金。

---

41 此指最高法院的九位大法官。一九三五年，最高法院宣布羅斯福總統的「國家產業復興法」違憲，予以廢除。

我和傑姆都唉聲嘆氣。倒不是我們以前做過什麼，但這是原則問題。傑姆認為自己反正也長大了，不再適合玩萬聖節那套，便說他死都不會接近高中禮堂。算了，我心想，反正阿提克斯會帶我去。

但是我很快便得知，當天晚上我必須上台表演。梅利韋哲太太編了一齣原創劇，名為《梅岡郡：*Ad Astra Per Aspera*》，而我要扮演火腿。她覺得讓幾個孩子裝扮成郡裡的農業特產會很可愛。賽西爾要扮成牛，艾格妮絲·布恩要扮成一顆可愛的利馬豆，另一個孩子要扮成花生，依此類推，直到梅利韋哲太太的想像力和孩子的人數都用光為止。

我根據兩次排練得到的結論是，我們只需在（不只是作者，還負責解說的）梅利韋哲太太點到名時，從左側上台。當她喊出「豬肉」，就是我上台的時候。接著全體演員合唱「梅岡郡，梅岡郡，吾等忠誠永不變」，作為最後的高潮，然後梅利韋哲太太會高舉州旗上台來。

我的服裝不成問題。城裡的裁縫柯蘭秀太太，想像力不亞於梅利韋哲太太。她找來一些六角格鐵絲網折成煙燻火腿的形狀，然後罩上褐色的布，再在上面畫點圖案讓它更逼真。我可以彎低身子，讓人把這個奇妙裝置從頭上套下來，幾乎可以蓋到膝蓋部位。柯蘭秀太太體貼地替我留了兩個眼洞。她的手藝很不錯，傑姆說我看起來就像長了腿的火腿。不過，有幾個讓人不舒服的地方：它穿起來很熱、很緊，要是鼻子癢了，沒法伸手去抓，還有一旦套進去，沒人幫忙我就出不來。

萬聖節到了，我以為全家人都會去看我表演，卻大失所望。阿提克斯盡可能婉轉地說，他實在太累，恐怕無法撐著看完整齣戲。他在蒙哥馬利待了一星期，當天傍晚才回到家。他認為只要我開口，傑姆應該會陪我去。

亞麗珊卓姑媽說她整個下午都在布置舞台，累都累壞了，晚上一定要早點上床……她話說到一半忽然打住，閉嘴又張嘴，好像想說什麼，但沒出聲。

「怎麼了，姑媽？」我問道。

「喔，沒事，沒事。」她說：「我只是忽然打了個哆嗦。」她拋開令她憂心不快的感覺，提議我在客廳給全家人預演一遍。於是傑姆將我塞進道具服裡，站到客廳門邊大喊一聲「豬——肉」，就跟梅利韋哲太太喊得一模一樣，我便大步走了進來。阿提克斯和亞麗珊卓姑媽看得很開心。

我到廚房再演一遍給嘉珀妮亞看，她說我演得好極了。我想到對街讓茱蒂小姐看一看，但傑姆說不用，反正她應該會去看表演。

既然表演過了，他們去不去都無所謂。傑姆說要帶我去，於是展開了我們所一同經歷最漫長的旅程。

28

十月最後一天，天氣異常溫熱，甚至不用穿夾克。風愈吹愈猛，傑姆說可能還沒回到家就會下雨。天上沒有月亮。

街角的路燈在雷德利家的屋牆上投射出清晰黑影。我聽見傑姆輕笑著說：「今天晚上保證沒人來騷擾他們。」傑姆抱著我的火腿服，姿勢很彆扭，因為實在不好拿。我覺得他這麼做很有風度。

「不過這地方還是很恐怖，對吧？」我說：「阿布沒打算傷害誰，但我還是很高興你能一起來。」

「你也知道阿提克斯不可能讓你一個人去學校。」傑姆說。

「為什麼？只要轉個彎、穿過操場就到啦。」

「小女生晚上要穿過那個操場，可是很長的路。」傑姆揶揄道：「你不怕鬼嗎？」

我們大笑起來。鬼呀、熱氣呀、咒語呀、祕密信號呀，都隨著我們年歲增長消失了，一如霧氣隨著日出消失。傑姆說道：「以前那句咒語怎麼說來著？光明天使，生死交替；遠離道路，別吸我氣。」

「好了，別說了。」我喊道。我們已經在雷德利家門前。

傑姆說：「阿布肯定不在家。你聽。」

在我們頭頂上的漆黑高處，有一隻落單的反舌鳥在啼唱，一首接著一首唱不停，快樂得都不知道自己停歇在誰家樹上。一開始牠先學太陽花鳥來一段嘰嘰尖啼，接著學藍樫鳥的急躁嘎叫，再來又學弱夜鷹的哀鳴「噗喂、噗喂、噗喂」。

轉過彎後，我絆到突出路面的樹根。傑姆想幫我，卻反而把我的道具服掉到地上。不過我沒跌倒，我們很快又重新上路。

走了幾步以後，我問道：「傑姆，你怎麼知道我們在哪裡？」

「我知道我們現在在大橡樹下，因為剛好經過一個涼爽的地方。小心喔，別再摔倒。」

我們不得不放慢步伐，小心翼翼摸索前進，以免撞上樹幹。這是棵孤立的老橡樹，就算兩個小孩也無法合抱住它的樹幹。這裡遠離了老師、老師的小間諜和好奇的街坊鄰居，離雷德利家很近，但雷德利家的人並不好奇。它的枝葉底下有一小塊土地，經過多次打架和偷擲骰子的活動，已被踩踏得十分扎實。

遠遠地就看到高中禮堂裡燈火耀眼，甚至亮得讓我們睜不開眼。「別看前面，絲考特。」傑姆說：「看地上才不會跌倒。」

「你應該帶手電筒的，傑姆。」

「不知道會這麼黑。傍晚的時候不像會這麼黑。雲太厚了才會這樣。不過，應該不會這麼快就下雨。」

忽然有人撲向我們。

「天哪！」傑姆大叫一聲。

一圈燈光驀地照在我們臉上，只見賽西爾笑嘻嘻地從後面跳出來。「哈哈哈，嚇到你們了！」他尖叫著說：「就知道你們會走這邊！」

「小子，你怎麼會一個人跑到這裡來？你不怕雷德利家的阿布嗎？」

賽西爾已經和父母搭車平安抵達禮堂，沒看到我們，便冒險跑這麼遠過來，因為他很清楚我們會走這條路。但他原以為芬奇先生會跟我們一起。

「噗，又沒多遠，轉個彎而已。」傑姆說：「有誰連轉個彎都會害怕？」不過，我們不得不承認賽西爾很厲害，真的嚇我們一大跳，他可以去跟全校的人炫耀，這是他的權利。

「喂，」我說道：「你今天晚上不是演牛嗎？你的服裝呢？」

「在舞台後面。」他說：「梅利韋哲太太說表演節目還要一會兒才開始。絲考特，你可以把你的服裝跟我的一起放在後台，我們就可以跟其他人一起去玩了。」

傑姆認為這主意好極了，他也覺得我和賽西爾在一起也好，這麼一來，傑姆就可以去找同年齡的人。

當我們到達禮堂，全城的人都來了，只除了阿提克斯和因為布置會場太過疲累的婦女，以及平常就被排擠和關在家裡的人。看起來，大部分的郡民都來了，禮堂內擠滿打扮得光鮮亮麗的鄉民。高中校舍一樓有一道寬敞的走廊，兩邊擺設了一些攤位，民眾就在攤位旁轉來轉去。

「啊，傑姆，我忘了帶錢。」我看到以後大嘆一聲。

「阿提克斯沒忘。」傑姆說：「這裡有三毛錢，你可以玩六個攤位。待會見。」

「好。」我說。有這三毛錢和賽西爾，我心滿意足。我和賽西爾走到禮堂前面，穿過一道邊門來到後台。我放下火腿裝就匆匆忙忙離開，因為梅利韋哲太太正站在第一排座位前面的講台，趕在最後一分鐘瘋狂地修改劇本。

「你有多少錢？」我問賽西爾。賽西爾也有三毛錢，我們倆平手。我們在「恐怖屋」各浪費了五分錢，因為一點也不恐怖。我們進入漆黑的七年級教室後，由扮食屍鬼的關主帶著走一圈，還要去摸幾樣東西，據說是人體的器官部位。「這是眼睛。」我們摸到小碟子上放著兩顆剝皮葡萄時，他這麼告訴我們。「這是心臟。」摸起來像生豬肝。「這些是內臟。」說著猛然將我們的手插入一盤冷掉的義大利麵。

我和賽西爾逛了幾個攤位，各買了一袋泰勒法官太太自製的蛋白軟糖。我想去玩咬蘋果，但賽西爾說那很不衛生。他媽媽說那麼多人的頭浸在同一個水盆裡，可能會染上什麼病。「現在城裡沒有傳染病啊。」我反駁道。但賽西爾說他媽媽說吃別人的口水不衛生。後來我去問了亞麗珊卓姑媽，她說有這種觀念的人通常都很重功名地位。

我們正要買一塊太妃糖，幫梅利韋哲太太跑腿送信的人就出現了，叫我們到後台去準備準備。群眾不停湧入禮堂，梅岡郡高中樂隊已經集合在台下，舞台上的泛光燈已經打亮，因為幕後有人跑來跑去，紅絨幕簾也跟著波動翻捲。

到了後台，我和賽西爾發現狹窄走道上擠滿了人。大人戴著各式各樣的帽子，有自製的三角帽、有南軍軍帽、有美西戰爭軍帽，還有世界大戰頭盔。小孩則裝扮成各種農業品項，擠在一扇小窗旁邊。

「我的道具服被壓扁了。」我哭喪著聲音大喊。梅利韋哲太太飛奔過來，重新調整好鐵絲網的形狀，然後把我塞進去。

「你在裡面還好吧，絲考特？」賽西爾問道：「你聽起來離得好遠，好像在山的另一邊。」

「你聽起來也沒比較近。」我說。

樂隊奏起國歌，我們聽到觀眾起身，接著大鼓響起。梅利韋哲太太就定位，站在樂隊旁的講台後面，說了一句：「梅岡郡：*Ad Astra Per Aspera*。」大鼓再次咚咚響起。梅利韋哲太太隨即為這群鄉夫野婦翻譯這句拉丁文的含意：「意思就是掙脫淤泥直上星空。」最後她又補了一句：「一齣節慶劇。」我倒覺得多此一舉。

「她要是不說，他們可能不知道意思。」賽西爾小聲地說，但馬上被噓一聲。

「全城的人都知道。」我吐著氣音說。

「可是鄉下人也來了。」賽西爾說。

「後面安靜點。」一個男人的聲音喝斥道，我們便不再說話。

梅利韋哲太太每說一句，大鼓就跟著咚咚響幾聲。她用哀傷的語氣吟誦訴說著梅岡郡比本州更悠久的歷史，這裡原本隸屬密西西比與阿拉巴馬領地，第一個踏入這片原始林的白人，是與遺囑驗證法官的曾祖父相隔五代的祖先，後來卻下落不明。接著便是大無畏的梅岡上校到來，這也是本郡名稱的由來。

安德魯·傑克遜命他擔當重任，但他不當的自信與薄弱的方向感，讓克里克戰爭中追隨他的所有士兵災難重重。梅岡上校堅決想讓民主在當地扎根，只可惜他的第一次競選也是最後一次。上級派來一名友善的印第安傳令兵，命他揮軍南下。梅岡上校察看一棵樹上的地衣，確認了南方

該往哪走，便不顧屬下大膽諫言，毅然決然地出發，準備給敵人來個迎頭痛擊。沒想到軍隊受困在西北方的原始森林深處，最後遇上遷往內陸的移民才得救。

梅利韋哲太太花了三十分鐘頌揚梅岡上校的功績。我發現如果微蹲，可以把膝蓋縮攏在道具服底下，或多或少可以坐下來。於是我坐了下來，聽著梅利韋哲太太低沉單調的聲音和大鼓的咚咚聲，很快就睡著了。

後來聽說梅利韋哲太太在最後的終場高潮使盡了渾身解數，她低聲呼喚「豬——肉」時信心滿滿，因為松樹和利馬豆都一聽到提示便出場。她等了幾秒鐘又喊一聲：「豬肉？」眼看毫無動靜，她便放聲大喊：「豬肉！」

我想必是在睡夢中聽到她的喊聲，也可能是樂隊演奏《狄克西》[42]把我吵醒了，總之我是在梅利韋哲太太高舉州旗、得意洋洋上台時，才選擇出場。說選擇其實不對，我只是覺得最好追上其他人。

後來他們跟我說，泰勒法官跑到禮堂後面，猛拍大腿笑個不停，泰勒太太還給他送水和藥過去。

梅利韋哲太太好像非常成功，每個人都大聲喝采，可是她在後台逮到我，說我毀了她的劇。她讓我覺得好難過，但傑姆來接我的時候卻很貼心。他說從他的座位不太看得到我的服裝。我還套著道具服，也不知道他是怎麼看出我心裡難受，他說我表現得還不錯，只是晚了點上場而已。

42《狄克西》（*Dixie*）：美國著名民謠，這也是南部各州的別稱，相當於北部稱為洋基。

出狀況的時候，傑姆也幾乎愈來愈像阿提克斯那麼會安慰人了，只是幾乎，因為他也無法讓我釋懷地穿過那群人，因此他答應和我一起到後台等到觀眾散去。

「要不要把道具服脫掉，絲考特？」他問道。

「不要，我還是穿著。」我說。這樣可以掩飾我的羞愧懊惱。

「你們要不要搭便車回家？」有人問道。

「不用了，謝謝你。」我聽到傑姆說：「只要走一小段路而已。」

「小心鬼喔。」那個聲音說：「不過，去叫那些鬼小心絲考特會更好。」

「現在人不多了，我們走吧。」傑姆對我說。

我們走過禮堂和走廊，然後下了階梯。外面依然黑漆漆。剩下的車都停在校舍另一邊，車燈亮著也沒多大幫助。「要是有車子跟我們同方向，就能看清楚些了。」傑姆說：「來，絲考特，我替你扶著——蹄膀。不然你可能會走不穩。」

「我可以看得見。」

「我知道，但是你可能會走不穩。」我感覺有人輕輕按我的頭，心想是傑姆抓住火腿的那一頭。「你抓著我嗎？」

「是啊。」

我們開始穿越漆黑的操場，睜大眼睛看著腳下。「傑姆，」我說：「我忘了拿鞋子，還放在舞台後面。」

「那我們回去拿。」但才剛轉身，禮堂的燈就熄滅了。於是他說：「明天再拿吧。」

傑姆把我轉向回家的方向，我卻抗議道：「可是明天是星期天。」

「你可以請工友讓你進去……絲考特？」

「嗄？」

「沒事。」

傑姆已經很久沒這樣了，不知道他在想什麼。他要是想說自然會說，也許等我們到家吧。我感覺到他的手壓住我的道具服頂端，有點太用力了。我搖搖頭說：「傑姆，你不必……」

「先安靜一分鐘，絲考特。」他捏我一下。

我們靜靜地走了一會兒之後，我說：「一分鐘到了，你在想什麼？」我轉過去看他，可是幾乎連輪廓都看不清。

「我好像聽到什麼聲音。停一下。」他說。

我們停了下來。

「聽到什麼了嗎？」他問道。

「沒有。」

接著走不到五步，他又叫我停下。

「傑姆，你別想嚇我，我已經長大了……」

「別說話。」他說，這時我知道他不是開玩笑。

夜一片闃靜。我可以聽見他沉緩的氣息從身邊傳來。偶爾，忽然一陣微風吹在我赤裸的腿上，但那只是氣象預報說會颳大風的夜晚僅剩的風尾。現在其實是大雷雨前的寧靜。我們豎耳傾

聽。

「剛才聽到一隻老狗在吠。」我說。

「不是那個。」傑姆回答：「我走路的時候聽到的，可是一停下又沒了。」

「你是聽到我道具服的沙沙聲。哎喲，都是萬聖節把你搞得……」

我這麼說主要是為了說服我自己，不是傑姆，因為我們一開始走動，我就聽見他說的聲音了。不是我的道具服。

「又是那個賽西爾。」傑姆很快說道：「這次他嚇不到我們了。別讓他覺得我們急急忙忙的。」

我們放慢速度，慢到像在爬行。我問傑姆，四下這麼暗，賽西爾怎麼跟著我們？我覺得他應該會從後面撞上來。

「我看得到你啊，絲考特。」傑姆說。

「怎麼會？我就看不到你。」

「你那一條條肥肉看得很清楚。柯蘭秀太太塗了一種亮亮的東西，在舞台燈光下才能顯現出來。我能清清楚楚地看到你，我想賽西爾就算沒有跟太近，也看得見你。」

我要讓賽西爾知道我們已經察覺他在後面，而且也準備好了。「賽西爾．雅各伯是個大——廢——物！」我突然轉身大喊。

我們停下腳步。沒人回應，只聽到「廢——物」的回音從遠方校牆反彈過來。

「我非把他揪出來。」傑姆說：「喂！」

喂——喂——喂，校牆回應道。

賽西爾不是這麼沉得住氣的人，他每次惡作劇都會一再重複同樣把戲。這個時候他應該老早跳出來了。傑姆又打暗號讓我停下。

他小聲地說：「絲考特，你能把這東西脫掉嗎？」

「應該可以，可是我身上幾乎沒穿衣服。」

「你的洋裝在我這裡。」

「這麼暗我沒辦法穿。」

「好吧，沒關係。」他說。

「傑姆，你害怕嗎？」

「不怕。我們應該快到樹那裡了，然後再走不到幾公尺就會到馬路上。到時候就能看到路燈。」傑姆說話的語調不急不慌、平平板板。我暗自納悶，他還想讓這個虛構的賽西爾保留多久？

「你看我們要不要來唱歌，傑姆？」

「不要。別再出聲了，絲考特。」

我們並未加快步伐。傑姆和我一樣清楚，一走快就很難不去踢到腳趾、絆到石頭或嗑嗑碰碰的，何況我還打赤腳。那也許是風吹過樹梢的窸窣聲。但是一點風都沒有，而除了那棵大橡樹，也沒有其他樹木。

與我們同行的人拖著腳慢慢地走，好像鞋子很重似的。這個人還穿了厚棉褲，我原以為是樹葉的窸窣聲，其實是棉布之間輕微摩擦的聲音，每走一步就「唰、唰」作響。

我感覺到腳下的沙土變涼，知道大橡樹快到了。傑姆壓壓我的頭，我們又停下細聽。

這回，拖拉的腳步沒有跟著我們停止。他的褲子持續不斷發出細微摩擦聲。接著，聲音停了。他在跑，朝我們跑來，那腳步聲不像小孩。

「跑啊，絲考特！快跑！快跑！」傑姆尖叫著。

我邁出一大步，人就開始搖搖晃晃。我的兩隻手臂派不上用場，在黑暗中無法保持平衡。

「傑姆，傑姆，幫我，傑姆！」

不知什麼東西重壓在我四周的鐵絲網上，金屬互相擠壓割裂，我跌在地上，盡可能地向外滾去，試圖掙脫我的鐵絲牢籠。附近傳來扭打聲、踢腳聲、鞋子和肉體摩擦土地與樹根的聲音。有人滾過來撞到我，我摸到是傑姆，他快如閃電地跳起來，也拉我一起，可是我的頭和肩膀雖然已經可以自由活動，身體卻還陷在裡面，因此沒能跑多遠。

快到馬路上時，我感覺到傑姆的手脫開來，感覺到他被往後拽到地上。接著又是一陣扭打，忽然間悶悶的喀一聲，傑姆隨即放聲尖叫。

我往傑姆慘叫的方向跑去，卻撞到一個男人軟趴趴的肚子上。那人「唉」了一聲，想抓我的手臂，但我兩條胳臂都被牢牢纏住了。他的肚子鬆軟，手臂卻硬如鋼鐵，他慢慢地掐得我喘不過氣，也動彈不得。忽然，有人猛地把他往後一拉摔在地上，我差點也跟著飛出去。我心想，傑姆爬起來了。

有時候人的心思轉得很慢。驚嚇過度的我呆呆地站在原地，打鬥聲逐漸平息，有人咻咻地喘著氣，夜晚再度變得寧靜。

寧靜之中只有一個人在大口喘息，大口喘息並蹣跚前進。我覺得他走向大樹靠在樹幹上，然後一陣猛咳，是那種劇烈抽搐、全身骨頭都要震散的咳法。

「傑姆嗎？」

但除了那人粗粗的呼吸聲，無人回答。

「傑姆？」

傑姆沒有應聲。

那人開始走動，好像在找什麼。我聽見他呻吟一聲，拖動地上某樣重重的東西。我慢慢意識到現在樹下有四個人。

「阿提克斯……？」

那人步伐沉重不穩地走向馬路。

我走到應該是他剛才待的地方，伸長了腿，焦急地用腳趾在地上四下觸碰。不久碰到了一個人。

「傑姆？」

我的腳趾觸碰到長褲、腰帶扣、鈕釦，一個分不清是什麼的東西、衣領，最後是臉。那刺刺的鬍碴告訴我這不是傑姆的臉。我還聞到威士忌的酒臭。

我憑著直覺朝道路的方向走去。我不太確定，因為被轉來轉去太多次。但我終究找到了，望向路燈，剛好看見一個男人從燈下走過。那人走起路來一頓一頓的，好像抱著一個對他來說太重的東西。他就要轉過街角了。他抱著的是傑姆。傑姆的一隻手臂垂在他身前晃得厲害。

我來到轉角時，那人正要穿過我們家前院。阿提克斯背光的身影在門口出現片刻，接著他奔下階梯，與那人合力將傑姆抬進屋去。

我到了門口，他們已經走進走廊。亞麗珊卓姑媽跑過來接我。「打電話給雷諾茲醫生！」阿提克斯尖銳的聲音從傑姆房裡傳來。「絲考特呢？」

「她在這裡。」姑媽喊道，一面拉著我和她走到電話旁。她焦慮不安地拽著我不放，我便說：「我沒事，姑媽。你還是打電話吧。」

她取下話筒說道：「尤拉．梅，接雷諾茲醫師，快點！」

「雅奈絲，你父親在家嗎？天哪，他上哪去了？他一回家就請他馬上過來，好嗎？這很緊急，拜託了！」

姑媽用不著說自己是誰，梅岡人互相都聽得出聲音。

阿提克斯從傑姆的房間出來。姑媽一掛電話，阿提克斯就從她手上接過話筒，搖了幾下電話後說道：「尤拉．梅，請接保安官。」

「賀克嗎？我是阿提克斯．芬奇。有人攻擊我的孩子，傑姆受傷了，就在學校到家裡的路上。我不能丟下兒子，所以請你過來一趟，看看他人還在不在附近。我想你現在應該找不到他，但要是找著了，我倒想看看是誰。我得先掛了，多謝了，賀克。」

「阿提克斯，傑姆死了嗎？」

「沒有，絲考特。妹妹，你來照顧她。」他邊往走廊走邊喊道。

亞麗珊卓姑媽替我解開身上壓扁糾結的布料和鐵絲時，手指直發抖，並一再問同樣的問題：「你沒事吧，親愛的？」

解脫出來真是舒暢。我兩條手臂開始刺痛，上面還有許多小小的六角形紅印，揉一揉之後才舒服了些。

「姑媽，傑姆死了嗎？」

「沒有……沒有，親愛的，他只是昏過去。雷諾茲醫生來以前，還不知道他傷得多重。琴・露易絲，到底發生什麼事？」

「我不知道。」

她沒再多問，就去拿衣服來讓我穿上。只怪我當時沒想到，否則一定讓她終生不忘。姑媽因為心思渙散，拿來的竟是我的連身褲。「把這個穿上吧，親愛的。」她將她最鄙視的服裝遞給了我。

她匆匆趕回傑姆房間，隨後又到玄關看我。她不明所以地拍拍我，接著又回傑姆房間。

有輛車在我們家門前停下。對我來說，雷諾茲醫師的腳步聲幾乎和父親的一樣熟悉。是他將傑姆和我接到這個世界來，帶著我們安然度過孩童可能罹患的種種疾病，其中包括傑姆從樹屋摔下來那次，我們的友誼始終未變。雷諾茲醫師說我們要是容易長癤子的體質，情況就不同了，可是我們不太相信。

他一進門就喊道：「老天爺。」他朝我走來，說：「你還能站。」然後馬上轉移路線。他知道這屋裡的每個房間，他也知道如果我狀況不好，傑姆也一樣。

過了好久好久，雷諾茲醫生終於出來了。「傑姆死了嗎？」我問他。

「還早得很。」他對著我蹲下來說道：「他就跟你一樣，頭上撞了個包，另外斷了一條胳臂。絲考特，看那邊……不，不要轉頭，光轉眼睛就好。現在往那邊看。他骨折很嚴重，目前據我看來，是手肘斷了，像是有人要把他的胳臂擰下來……現在看著我。」

「那他沒死囉？」

「沒──有！」雷諾茲站起來，接著說：「今天晚上沒法做什麼，只能盡量讓他舒服一點。我們會給他照X光，看來他的手臂得吊上一陣子。不過別擔心，他會完全復原的，他這個年紀的男孩子總是生龍活虎。」

雷諾茲醫生一邊說話，一邊用敏銳的目光看著我，還輕輕摸了摸我額頭上的腫塊。「你身上應該沒有哪裡斷了吧？」

雷諾茲醫師的小玩笑把我逗笑了。「那他應該不會死吧？」

他戴上帽子。「當然，也許是我弄錯了，但我覺得他生氣勃勃，所有的跡象都這麼顯示。去看看他吧，等我回來我們再一起來判斷。」

雷諾茲醫師的腳步輕快、充滿朝氣，賀克．泰特先生則不然。他厚重的靴子讓門廊吃足苦頭，開門時又笨手笨腳，但他進來後說了和雷諾茲醫師一樣的話，而且加了一句：「你沒事吧，絲考特？」

「沒事，我要去看傑姆。阿提克斯他們在裡面。」

「我跟你去。」泰特先生說。

姑媽在傑姆的床頭燈上蓋了一條毛巾，因此他房裡有些暗。傑姆仰躺著，一邊臉頰上有一條難看的傷痕。他的左手臂往外攤，手肘微彎，但方向不對。傑姆皺著眉頭。

「傑姆……」

阿提克斯開口說：「他聽不到，絲考特，他現在不省人事。本來醒過來了，但雷諾茲醫師又讓他睡著。」

「好的。」我便退下了。傑姆的房間寬大方正。亞麗珊卓姑媽坐在火爐邊的搖椅上。抱傑姆回來那人站在角落裡，靠著牆邊。他是個我不認識的鄉下人，大概也去看了表演，出事的時候人剛好在附近。他肯定是聽到我們尖叫才跑過來。

阿提克斯站在傑姆床邊。

泰特先生站在門口，帽子拿在手裡，褲子口袋裡塞著手電筒鼓鼓的。他穿著制服。

「進來吧，賀克。」阿提克斯說：「有沒有發現什麼？我實在無法想像有誰會卑劣到做出這種事，但願你找到他了。」

泰特先生吸吸鼻子，以尖銳的目光瞥了角落那人一眼，向他點點頭，然後掃視房間一圈，從傑姆到姑媽，然後看著阿提克斯。

「坐吧，芬奇先生。」他愉快地說。

阿提克斯說：「我們都坐。賀克，你坐那張椅子，我再去客廳搬一張。」

泰特先生坐到傑姆書桌前的椅子上，等候阿提克斯回來坐定。我心裡納悶，阿提克斯怎麼沒幫角落那個男人拿張椅子？不過阿提克斯遠遠比我更了解鄉下人的習性。有些鄉下來的當事人會把拉車的長耳畜生拴在後院的苦楝樹下，阿提克斯則經常和他們在後台階上商談事情。這個人八成是覺得站在那裡比較自在。

「芬奇先生，」泰特先生說：「告訴你我發現了什麼。我發現一件小女生的洋裝，還放在我車上。是你的嗎，絲考特？」

「是的，如果是粉紅色，上面還有褶子的話。」我回答。泰特先生一副像坐在證人席上的模樣。他喜歡用自己的方式敘述事情，不受檢方或辯方的約束，有時候得多花一點時間。

「我發現一些奇怪的泥褐色布片……」

「那是我的道具服，泰特先生。」

泰特先生的手順著大腿外側摩娑了一下，然後揉揉左臂，研究傑姆的壁爐架，接著好像又對壁爐感興趣起來。他的手指摸向他的長鼻子。

「怎麼了，賀克？」阿提克斯問道。

泰特先生又摸著脖子揉了揉。「羅伯・尤爾躺在那棵樹下，肋骨下方插了一把菜刀。芬奇先生，他死了。」

29

亞麗珊卓姑媽站起來，伸手去扶壁爐架。泰特先生起身想幫忙，但她婉拒了他的好意。而阿提克斯則是一生難得一次沒有展現他的禮貌本能，仍坐在原地不動。

不知為何，我腦子裡只能想到尤爾先生說，就算賭上下半輩子也要找阿提克斯算帳。他差點就得逞了，這也是他最後做的一件事。

「你確定嗎？」阿提克斯悽然問道。

「他的確死了。」泰特先生說：「死得徹徹底底，再也不會傷害這兩個孩子了。」

「我不是這個意思。」阿提克斯好像在說夢話。他開始顯現老態，這是他心緒紊亂的徵兆，他下巴堅毅的線條微微鬆垮，你會注意到他耳朵底下出現難以掩藏的縐褶，而且你眼裡看到的不是那頭烏黑頭髮，而是逐漸斑白的雙鬢。

「我們到客廳去會不會好一點？」亞麗珊卓姑媽終於說道。

「如果你們不介意，對傑姆也無妨的話，我想還是待在這裡的好。」泰特先生說：「我想看看他的傷勢，順便聽……絲考特說說事情經過。」

「我可以離開嗎？」她問道：「我留下也只是多餘。阿提克斯，要找我的話，我就在房裡。」亞麗珊卓姑媽走到門口，卻又停下來轉過身。「阿提克斯，今晚這件事我有預感，我……是我的錯，我應該要……」

泰特先生舉起手阻止她再說下去。「你走吧，亞麗珊卓小姐，我知道你受驚嚇了。千萬不要想太多，要是我們總憑直覺行事，不就像貓追自己的尾巴一樣？絲考特小姐，趁現在記憶猶新，你能不能告訴我們發生了什麼事？可以嗎？你看見他跟蹤你們了嗎？」

我走到阿提克斯身邊，感覺到他用兩手抱住我。我把頭埋進他的大腿。「我們開始走回家。我說傑姆，我忘了拿鞋子。我們正要回去拿的時候，燈暗了。傑姆說我可以明天再拿……」

「絲考特，抬起頭來，這樣泰特先生才能聽得見。」阿提克斯說。我於是爬到他腿上。

「然後傑姆叫我安靜一分鐘。我以為他在想事情，他每次想事情都會叫你安靜，然後他說好像聽到什麼聲音。我們以為是賽西爾。」

「賽西爾？」

「賽西爾．雅各伯。今天晚上他嚇過我們一次，我們以為又是他。他披了一條床單。最佳服裝獎有兩毛五的獎金，不知道是誰拿到了……」

「你們以為是賽西爾的時候，你們在哪裡？」

「就離學校一點點遠的地方。我大聲罵了他一句……」

「你罵他什麼？」

「賽西爾．雅各伯是個大廢物。我們什麼都沒聽到……然後傑姆又喊了一聲嘿還是什麼的，大聲到可以把死人吵醒……」

「等一下，絲考特。」泰特先生說：「芬奇先生，你聽見他們叫喊了嗎？」

阿提克斯說沒有。他開著收音機。亞麗珊卓姑媽也在臥室裡聽收音機。他會記得是因為她叫他轉小聲點，不然她聽不到自己收音機的聲音。阿提克斯微微一笑。「我的收音機老是開得太大聲。」

「不知道鄰居有沒有聽到什麼……」泰特先生說。

「恐怕沒有，賀克。他們多半不是在聽收音機，就是早早就上床睡覺了。茉蒂・亞金森可能還醒著，但恐怕也沒聽到。」

「接著說，絲考特。」泰特先生說。

「傑姆喊完以後，我們又繼續走。泰特先生，我受困在我的道具服裡面，可是這時候我也聽見了。我是說腳步聲。我們走那腳步聲也跟著響起，我們停那聲音也停下。傑姆說他看得見我，因為柯蘭秀太太在我的衣服上塗了一種會發亮的顏料。我是火腿。」

「怎麼回事？」泰特先生愕然問道。

阿提克斯向他解釋我的角色，還有我服裝的構造，最後說：「你應該看看她回來的模樣，都被壓成肉醬了。」

泰特先生搓搓下巴。「我奇怪的是他身上怎麼會有那些印子。他的袖子上戳了許多小洞，手臂上有一、兩個被刺的小痕跡和這些洞相符。讓我看看那玩意好嗎？」

阿提克斯去將我殘存的道具服取來。泰特先生拿著它翻來轉去，以便想像它原來的形狀。他說：「很可能是這玩意救了她一命。你看。」

他伸出長長的食指指著。只見灰暗的鐵絲上留有一條整齊顯眼的亮痕。泰特先生喃喃地說：「羅伯・尤爾是吃了秤砣鐵了心了。」

「他真是瘋了。」阿提克斯說。

「不是我要反駁你，芬奇先生，他不是瘋了，他是卑鄙無恥到極點。像這種下流無賴只要喝夠多酒壯膽，就敢殺小孩。他是絕對不敢跟你正面衝突的。」

阿提克斯搖了搖頭。「我無法想像會有人……」

「芬奇先生，有一種人你就是得毫無預警地開槍。不過話說回來，對他們開槍還嫌浪費子彈呢。尤爾就是這種人。」

阿提克斯說：「我還以為他威脅我那天，已經把怨氣都發洩完了。就算還沒解恨，應該也是衝著我來。」

「他只敢騷擾一個可憐的黑人婦女，他只敢在屋裡可能沒人的時候去騷擾泰勒法官，那你認為他會在大白天裡跟你正面對決嗎？」泰特先生嘆了口氣。「我們還是接著聽吧。絲考特，你聽見他在你後面……」

「對。等我們走到樹下……」

「你怎麼知道你們在樹下？你根本什麼也看不見。」

「我光著腳，傑姆說樹下的土地都比較涼。」

「看來我得請他來當副手。繼續說。」

「然後忽然有人抓住我，一直壓我的道具服……我大概是趴到地上……聽見樹下有扭打聲，好像是……聽起來好像一直在撞樹幹。傑姆找到我，就拉著我要往馬路這邊跑。有人……尤爾先生把他拽倒了，應該是這樣。他們又打了一會兒，然後有個奇怪的聲音，傑姆哀嚎一聲……」我忽然打住。原來是因為傑姆的手臂。

「反正就是傑姆哀嚎以後，我就沒再聽到他的聲音，然後……尤爾先生好像想把我掐死似的……再來就有人把尤爾先生拽倒。我猜一定是傑姆站起來了。我知道的就這些……」

「然後呢？」泰特先生目光鋒利地盯著我看。

「有人一邊喘氣一邊搖搖晃晃地走來走去，還……咳嗽咳到快死了。本來我以為是傑姆，可是聽起來不像，所以我就在地上摸著找傑姆。我以為是阿提克斯來救我們，結果太累了……」

「那人是誰？」

「他就在這裡啊，泰特先生，他可以自己告訴你他叫什麼。」

我說著便要舉手指向角落那個人，但舉到一半又趕緊放下，以免被阿提克斯責備。用手指指人是不禮貌的。

他還靠在牆邊。從我一進房間，他就靠著牆，兩手抱在胸前。被我一指，他隨即將手放下，改以手掌貼牆。那雙手很白，是一種從未曬過太陽、病態的蒼白，在傑姆房間的黯淡燈光中，對襯著暗沉的乳白牆壁依然白得刺眼。

我的視線從他的手移到他沾滿沙土的卡其褲，又順著他瘦削的體型往上移到他被撕破的丹寧布襯衫。他的臉和手一樣蒼白，只有突出的下巴上有塊陰影。他兩頰瘦到凹陷，嘴巴很大，兩邊太陽穴微微往下凹，幾乎顯得脆弱，還有一雙灰色眼睛顏色淡到讓我以為他是瞎子。他的頭髮黯淡無光又稀疏，幾乎像一層輕薄的羽毛蓋在頭上。

當我指向他，他的手掌微微下滑，在牆上留下油膩汗漬，然後用大拇指勾著腰帶。他的身子起了一陣怪異而細微的痙攣，彷彿聽到指甲刮過石板，可是當我驚異地凝視著他，他臉上的緊張神色慢慢消退，嘴唇微張露出羞怯的笑容。我忽然淚水湧現，我們這位鄰居的影像也隨之模糊。

「嗨，阿布。」我說道。

30

「是亞瑟先生，親愛的。」阿提克斯慈祥地糾正我。「琴・露易絲，這位是亞瑟・雷德利先生。我相信他已經認識你了。」

這個時候還能如此祥和地將我介紹給雷德利家的阿布，是啊，這就是阿提克斯。

阿布看見我本能地跑向傑姆睡的床邊，臉上再度浮現那羞怯的微笑。我尷尬得臉上發熱，試圖藉由給傑姆蓋被子來掩飾。

「啊，別碰他。」阿提克斯說。

泰特先生兩眼透過那副角質框眼鏡，緊緊盯著阿布看。他正要開口時，雷諾茲醫師剛好從走廊走來。

「大家都出去。」他進房門後說道：「晚安，亞瑟，剛才來的時候沒發現你也在。」

雷諾茲醫師的聲音便如他的腳步一般輕盈，好像這是每天晚上都要說的話，但他這句話帶給我的震驚更甚於與阿布同在一個房間。當然了……即使是阿布，偶爾也會生病的，我暗想。但其實我並不確定。

雷諾茲醫師帶了一個用報紙包起來的大包裹。他將包裹放到傑姆桌上，脫下外套，對我說：「現在他還活著，你滿意了吧？告訴你我是怎麼知道的。我要替他檢查的時候，他踢我。只好讓他完全不省人事才能碰他。好啦，走開。」

「呃……」阿提克斯瞅了阿布一眼，說道：「賀克，我們到外面前廊去吧。那邊有很多椅子，而且也還夠暖和。」

我原本還納悶阿提克斯為什麼不請大家到客廳，而是去前廊，但隨即便明白了。客廳燈光太亮。

我們魚貫走出去，首先是泰特先生……阿提克斯等在門口，想讓那人先走，卻又臨時改變心意，跟在泰特先生後面出去。

平日會做的事已經習慣成自然，即使在最怪異的情況下仍會照做，我也不例外。我聽見自己說：「來吧，亞瑟先生，你對我們家不熟，我帶你到門廊上去。」

他低頭看著我，點點頭。

我帶他穿過走廊，經過客廳。

「你請坐，亞瑟先生。這張搖椅很舒服。」

我對他的小小幻想又復甦了：他坐在門廊上……這陣子天氣挺不錯的，對吧，亞瑟先生？是啊，天氣真好。感覺有點不真實。我帶他去坐在離阿提克斯和泰特先生最遠的椅子，那裡罩著很暗的黑影，在黑暗中阿布會更自在些。

阿提克斯坐在鞦韆椅上，泰特先生則坐在他旁邊的椅子上。燈光從客廳窗口射出來，照得他們亮晃晃的。我就坐在阿布身旁。

「賀克，」阿提克斯說道：「我想現在該做的是……天哪，我記憶力都變差了……」阿提克斯把眼鏡往上推，按了按眼睛。「傑姆還不滿十三歲……不，他已經十三歲……我也記不清了。

總之，這會送到郡法院去……」

「你在說什麼，芬奇先生？」泰特先生放下翹起的腳，身子前傾。

「當然，這很明顯是自衛，但我還是得去辦公室好好找出……」

「芬奇先生，你認為是傑姆殺死了羅伯．尤爾嗎？你是這麼想的嗎？」

「絲考特說的你也聽到了，毫無疑問。她說傑姆爬起來，把他從她身上拽開……傑姆八成是在黑暗中，胡亂抓到尤爾的刀子……明天就會知道了。」

「芬奇先生，等一等……」泰特先生說：「傑姆絕對沒有刺死羅伯．尤爾。」

阿提克斯沉默了片刻。他看著泰特先生的眼神，彷彿很感激他說的話。不過阿提克斯搖搖頭。

「賀克，你人真是太好了，我知道你是出於好心，但別想做這種事。」

泰特先生站起來，走到門廊邊緣。他往灌木叢吐了口口水，兩手往後側褲袋一插，面向阿提克斯問道：「哪種事？」

「對不起，賀克，我說得嚴厲了些。」阿提克斯簡要地說：「但誰也別想掩蓋這件事。我不是那樣的人。」

「誰也沒想掩蓋什麼，芬奇先生。」

泰特先生語氣平靜，但是一雙靴子卻宛如紮根似的踩在門廊地板上，又牢又穩。父親和保安官之間正展開一場奇特的競爭，至於性質為何，我不清楚。

接著輪到阿提克斯起身，走到門廊邊緣，「哼嗯」了一聲，又往院子乾啐一口。他也把手插進口袋，面向泰特先生。

「賀克，你沒說出來，但我知道你的心思，也謝謝你。琴．露易絲……」他轉向我。「你說傑姆把尤爾先生從你身上拽開，是嗎？」

「是的，我想應該是……我……」

「聽見了吧，賀克？我打心底感謝你，但我不能讓我兒子在人生一開始，就頂著這樣的陰影。要想消除一切猜疑，最好就是把所有真相攤在陽光下，讓全郡的人都來看，帶著三明治來。我不希望他在旁人的竊竊私語中長大，我不希望有任何人說：『傑姆．芬奇……他爸爸花了一大筆錢替他脫罪。』所以這件事愈快解決愈好。」

「芬奇先生，」泰特先生淡淡地說：「羅伯．尤爾跌倒剛好插中刀子，他是自己殺死自己的。」

阿提克斯走到門廊角落，看著那裡的紫藤。我心想，這兩人都一樣固執，只是表現方式不同，不知道誰會先投降。阿提克斯的固執很平靜，幾乎難以察覺，但在某些方面卻和康寧漢家的人一樣執拗。泰特先生的固執則是率直、不做作，但程度不輸給父親。

「賀克，」阿提克斯轉過身來。「如果掩蓋了這件事，就等於直接向傑姆否定我養育他的方式。有時候，我覺得自己是個失敗的父親，但我是他們的所有。在傑姆注視任何人之前，他首先注視的是我，我一直活得很努力，希望也能問心無愧地面對他……假如我默許了這樣的事，坦白說我會無法正視他，到了那一天，我就知道我失去他了。我不想失去他和絲考特，因為他們也是我的所有。」

「芬奇先生，」泰特先生依然穩穩踩著地板。「羅伯．尤爾是自己摔倒，被刀子插中，這我可以證明。」

阿提克斯回轉過身，兩手深深插在口袋。「賀克，你就不能站在我的立場想想嗎？你自己也有孩子，可是我年紀比你大。當我的孩子長大成人，我如果還在世也已經是個老人了，但現在我……如果他們不信任我，以後就不會信任任何人。傑姆和絲考特知道發生了什麼事。如果他們聽到我在城裡有不同的說法……賀克，我將會從此失去他們。我不能在城裡做一套，回到家又做另一套。」

泰特先生頂著腳跟前後搖晃，耐著性子說：「他把傑姆摔倒以後，自己踢到那棵樹的樹根……喏，我可以示範給你看。」

泰特先生從側邊口袋掏出一把長長的彈簧刀，這時候雷諾茲醫師正好來到門口。「那個王……死者在那棵樹下，醫生，就在校園裡面。有手電筒嗎？最好把這個帶著。」

「我可以慢慢把車掉頭，打開車燈。」雷諾茲醫師說道，但還是接過泰特先生的手電筒。「傑姆沒事了。今晚應該不會醒過來，所以用不著擔心。他是被那把刀殺死的嗎，賀克？」

「不是，刀還插在他身上。從手把看起來像是廚房用的刀子。肯恩應該已經把靈車開過去了。晚安，醫生。」

泰特先生啪一聲將刀子彈開，說道：「就像這樣。」他拿著刀假裝絆一跤摔倒，身子往前傾的同時，左手臂往下伸到身前。「看到了嗎？就這樣刺穿自己肋骨間的軟組織。是他整個身體的重量把刀子給壓了進去。」

泰特先生闔起刀子，重新塞進口袋。他說：「絲考特才八歲，她驚嚇過度，其實並不知道發生了什麼事。」

「這恐怕會出乎你意外。」阿提克斯沉著臉說。

「我不是說她撒謊，我是說她驚嚇過度，不知道究竟發生了什麼事。外面那麼烏漆抹黑的，必須要是很習慣黑暗的人才有資格作證……」

「這種說法我無法接受。」阿提克斯輕聲說。

「**該死，我不是在替傑姆著想！**」

泰特先生的靴子往地板跺得太用力，茉蒂小姐臥室的燈隨之亮起。史蒂芬妮小姐的燈也亮起。阿提克斯和泰特先生先看了看對街，然後轉頭互望，然後等著。

當泰特先生再次開口，聲音幾乎細不可聞。「芬奇先生，我很不想在這種時候和你爭辯。今天晚上你承受的壓力是任何男人都不應該經歷的。我不知道你怎麼沒有被擊倒躺在床上，但我知道你難得一次無法保持清醒根據事實判斷，而我們今天晚上非得解決這事，否則到明天就太遲了。羅伯．尤爾肚子上還插著一把菜刀呢。」

泰特先生還說，難道阿提克斯要睜眼說瞎話，堅稱像傑姆這麼大的孩子，又斷了一條胳臂，竟然還有餘力在漆黑中抱住並殺死一個大人？

「賀克，」阿提克斯突然說：「你剛才揮的是一把彈簧刀。哪裡來的？」

「跟一個醉漢沒收的。」泰特先生冷冷地說。

我試著回想。尤爾先生壓到我身上……然後他倒下去……一定是傑姆站起來了。至少我覺得……

「賀克？」

「我說是今天晚上在城裡跟一個醉漢沒收的。尤爾很可能是在垃圾場裡面找到那把菜刀，把它磨利了在等待時機……他在等待時機啊。」

阿提克斯緩緩走到鞦韆椅坐下來。他兩手無力地垂在膝蓋間，眼睛看著地板。那晚在監獄前面，他的動作也是這麼慢，當時我覺得他摺報紙丟到椅子上的動作好像永無了時。

泰特先生放輕沉重的腳步，在門廊上走來走去。「芬奇先生，這事你做不了主，一切由我決定。這是我的決定也是我的職責。就這麼一次，如果你不站在我的立場想，你也無可奈何。如果你想挑戰我，我會當面說你撒謊。你兒子絕對沒有刺死羅伯．尤爾。」他緩慢地說：「這跟他沾不上一點邊，我現在就告訴你。他只是想讓自己和妹妹安全回家。」

泰特先生不再踱步。他停在阿提克斯跟前，背對著我們。「我不是個大好人，芬奇先生，但我是梅岡郡的保安官。我一輩子都住在這裡，今年就要滿四十三歲了。從我出生以後發生過的事，我都清清楚楚。一個黑人小伙子莫名其妙地死了，而應該為此事負責的人也死了。這回就讓死人去埋葬死人吧，芬奇先生。讓死人埋葬死人吧。」

泰特先生走向鞦韆椅，拿起放在阿提克斯旁邊的帽子，將頭髮往後一撥，戴上帽子。

「我從來沒聽說過，一個公民盡力去防止犯罪發生是違法的，而這正是他做的事。不過也許你會說我有責任向民眾公布真相，不能加以掩蓋。知道到時候會怎麼樣嗎？全梅岡的婦女，包括我老婆，都會帶著天使蛋糕去敲他的門。芬奇先生，在我看來，對一個為你和這座小城立下如此功勞的人，也不管他向來害羞內向，硬要把他拉出來成為眾人矚目的焦點，我覺得這才是犯罪。我可不打算背負這種罪名。要換成是其他人，情況自然不同。但這個人不一樣，芬奇先生。」

泰特先生好像想用靴尖在地板上挖洞似的。他拉拉鼻子，又按摩一下左臂。「芬奇先生，我可能不算什麼，但我到底還是梅岡郡保安官，羅伯．尤爾是自己摔倒插中刀子的。晚安了。」

泰特先生重重跨下門廊，大步走過前院。只聽車門砰了一聲，他便開車走了。

阿提克斯坐著凝視地板許久，最後終於抬起頭來，說道：「絲考特，尤爾先生是自己摔倒插中刀子的。你能明白嗎？」

阿提克斯看起來好像很需要打氣。我於是跑過去抱住他，拚命地親他。我為了讓他放心便說：「我明白，爸爸。泰特先生說得對。」

阿提克斯脫開我的擁抱看著我。「你這是什麼意思？」

「要不然就有點像射殺反舌鳥了，對不對？」

阿提克斯把臉埋進我的頭髮輕輕摩挲。當他起身走過門廊進入陰影中，又恢復他那年輕有活力的步伐。進屋前，他在阿布面前停下來說：「謝謝你救了我的孩子，亞瑟。」

31

阿布遲疑地站起身後，從客廳窗戶射出的光線照在他的額頭上閃閃發亮。他的一舉一動都猶豫不決，好像不確定手腳能和碰觸到的東西產生正常連繫。他那劇烈又痛苦的咳嗽又發作了，因為咳到渾身打顫，只得再坐下來。他伸手摸向後褲袋，掏出一條手帕，摀著嘴巴咳完之後又拿來擦拭額頭。

我已經很習慣他不在場，但從剛才到現在他一直坐在我旁邊，一直在場，讓我感到不可思議。他沒有發出一點聲音。

他再次起身，轉向我，朝著前門點了點頭。

「你想去跟傑姆說再見，對不對，亞瑟先生?進來吧。」

我帶他走過走廊。亞麗珊卓姑媽正坐在傑姆床邊。「進來吧，亞瑟。」她說道：「他還睡著。雷諾茲醫生給他打了強力的鎮定劑。琴・露易絲，你爸爸在客廳嗎？」

「應該是，姑媽。」

「我去跟他說幾句話。雷諾茲醫生留了一些……」她的聲音漸漸遠去。

阿布已經悄悄移到房間一角，昂揚著下巴站在那裡，遠遠地看著傑姆。我牽起他的手，沒想到那麼蒼白的手竟出奇溫暖。我拉扯他一下，他才跟著我來到傑姆床邊。

雷諾茲醫師在傑姆手臂上架了一個像帳篷的東西，我猜是為了隔開被子，阿布對著它俯身細看。他臉上現出一種羞怯好奇的表情，好像這輩子第一次看到小男生。他的嘴微微張開，從頭到腳打量著傑姆，接著舉起一隻手，但又垂放下來。

「你可以摸摸他沒關係，亞瑟先生，他睡著了。不過要是他醒著就不行，他會不高興……」我不知不覺便解釋起來。「你就摸吧。」

阿布的手懸在傑姆頭上。

「摸吧，他睡著了。」

他的手輕輕地碰觸傑姆的頭髮。

我漸漸能明白他的肢體語言了。他捏了我的手一下，表示他想離開。

我帶他來到前廊，他停下侷促不安的腳步，依然拉著我的手，似乎無意放開。

「你可以帶我回家嗎？」

他幾乎像在說悄悄話，那聲音像個怕黑的小孩。

我跨出一步正要下台階便立即停住。我可以帶著他在我們家穿梭，但絕不會帶著他回家。

「亞瑟先生，請你彎起手臂，像這樣。對了。」

我把手穿進他的臂彎裡。

他必須稍微彎腰來配合我，但如果史蒂芬妮小姐正在她家樓上的窗前看著，她會看見亞瑟・雷德利陪伴我走下人行道，與所有的紳士無異。

我們來到轉角的街燈下，我想起迪爾曾多少次站在這裡抱著粗燈柱，觀望著、等待著、期盼著。我想起我和傑姆曾多少次走過這段路，這卻是我生平第二次踏入雷德利家的柵門。我和阿布走上階梯到達門廊，他的手摸到了大門門把，於是他輕輕鬆開我的手，打開門，進入屋內，反手將門關上。從此我再沒有見過他。

鄰居之間，去向喪家致哀會帶食物，去探病會帶花，其他情況則會送一些小東西。阿布是我們的鄰居。他給了我們兩尊肥皂人偶、一只壞掉的帶鏈懷表、兩枚幸運銅板，還有我們的性命。但是鄰居間應該有來有往。我們從樹洞拿了東西，從未放進什麼作為回禮，我們從未給過他什麼，這讓我感到傷心。

我轉身準備回家。通往城裡的街道兩旁，一路街燈閃爍，我從來沒有從這個角度看過我們的社區。有茉蒂小姐家、史蒂芬妮小姐家，有我們家，還可以看到門廊上的鞦韆椅，而瑞秋小姐家在我們家後面，也一目了然。甚至能看見杜柏茲太太家。

我回頭看看身後。褐色大門左邊有一扇裝了百葉窗的長窗。我走過去，站在窗前，再轉過身。我暗想，白天裡應該可以看到郵局轉角。

白天……在我心裡，黑夜淡去。現在是白天，鄰居各自忙碌著。史蒂芬妮小姐過街去向瑞秋小姐報告最新消息。茉蒂小姐彎著身子在照顧杜鵑花。現在是夏天，兩個小孩蹦蹦跳跳跑過人行道，迎向一個從遠處走來的男人。那男人揮著手，孩子爭相朝他奔去。

依然是夏天，孩子離得更近了些。一個男孩身後拖著一根魚竿，在人行道上步伐沉重地走著；有個男人雙手插腰，站在那裡等他。夏天，他家孩子和朋友在前院玩耍，演出自己創作的古怪小戲碼。

秋天來了，他家孩子在杜伯茲太太家門前的人行道上打架。男孩拉妹妹起身後，他們一起回家。秋天，他家孩子總是跑著往返那個轉角，每一天的苦惱與得意都顯現在臉上。他們在一棵橡樹前停下腳步，欣喜、困惑、憂懼。

冬天，他家孩子在柵門旁冷得打顫，一棟火光熊熊的房屋映襯出他們的剪影。冬天，一個男人走上街頭，丟開眼鏡，射死一條狗。

夏天，他眼看著孩子心碎。又是秋天，阿布的孩子需要他。

阿提克斯說得對。有一次他說，除非你站在一個人的角度看事情，否則永遠無法真正了解他。其實只要站在雷德利家的門廊上就夠了。

街燈在毛毛細雨中變得迷濛。回家的路上，我覺得自己好老，可是當凝視鼻尖，卻能看見細細的水珠，只不過鬥雞眼看久了會頭暈，我也就作罷。回家的路上，我想到明天可有天大的消息要告訴傑姆呢。他一定會因為自己錯過了，氣得幾天不跟我說話。回家的路上，我想到我和傑姆會長大，但我們已經沒有太多東西可學，或許代數不算。

我奔上台階進到屋裡。亞麗珊卓姑媽已經就寢，阿提克斯房裡也是暗的。我想去看看傑姆，也許他醒了。阿提克斯在傑姆房裡，就坐在他床邊看書。

「傑姆醒了嗎？」

「正睡得香呢。他要到明天早上才會醒。」

「喔，你要熬夜陪他嗎？」

「大概再一個小時吧。去睡吧，絲考特。這一天可夠你熬的。」

「還好啊，我想跟你在這裡待一下。」

「隨便你。」阿提克斯說。這時想必已經過了午夜，他竟然這麼好說話，讓我感到不解。不過他還是比我敏銳，因為我一坐下就睏了。

「你在看什麼？」我問道。

阿提克斯把書翻過來。「是傑姆的一本書，叫《灰色幽靈》。」

我倏地清醒過來。「你怎麼會看這本？」

「親愛的，我也不知道，只是隨手拿的。我沒看過的書很少，這是其中一本。」他說得很直接。

「拜託，阿提克斯，大聲念出來。這本真的很恐怖。」

「不行，」他說：「你暫時不能再受驚嚇了。這個太……」

「阿提克斯，我不怕。」

他揚起眉毛來，我力圖辯解：「至少在跟泰特先生說之前，我不怕。傑姆也不怕。我問過他，他說他不怕。而且只有書裡寫的才真的很恐怖。」

阿提克斯張開口欲言又止。他抽出夾在書中間的拇指，翻回到第一頁。我也移身過去，把頭靠著他的膝蓋。「嗯，」他說道：「《灰色幽靈》，作者賽科塔瑞．霍金斯[43]。第一章……」

我極力想撐開眼皮，但雨聲那麼輕柔、房裡那麼溫暖、他的聲音那麼低沉、他的膝蓋又那麼

43 賽科塔瑞．霍金斯（Seckatary Hawkins）：羅伯．舒克（Robert F. Schulkers，一八九〇～一九七二）的筆名，也是這一系列叢書主人翁的名字。

舒適，我還是睡著了。

好像才過幾秒鐘，他的鞋子輕輕頂了我的肋骨一下。他扶我站起來，陪我走回房間。「你念的每個字我都聽到了，」我嘟噥著說：「……才沒睡著，那是在說一艘船和三指福雷和史東納小子……」

他替我解開連身褲的釦子，讓我靠在他身上，然後脫下褲子。他一手扶住我，另一手去拿我的睡衣。

「是啊，他們以為是史東納小子去他們的俱樂部搗亂，到處亂潑墨水……」

他帶我到床邊，讓我坐下，抬起我的腿，幫我蓋上被子。

「他們還追他，但老是抓不到人，因為他們不知道他長什麼樣子。阿提克斯，他們最後看見他了，結果他根本沒做那些事……阿提克斯，他人真的很好……」

他把被子拉到我的下巴底下，把我包得密密實實。

「絲考特，當你最後看清了，大部分人都是好人。」

他關了燈又到傑姆房間去。他會在那裡待上一整夜，當傑姆早上醒過來，他會在他身邊。

哈波．李大事紀

一九二六年　四月二十八日，生於美國阿拉巴馬州的門羅維爾（Monroeville）小鎮，是家中四個小孩中的老么。父親艾馬薩．李（Amasa Coleman Lee）是一位知名律師，擔任過州議員；母親法蘭絲．康寧漢（Frances Cunningham）有精神疾患，據信是躁鬱症，鮮少離開住宅。

一九三〇年　時年六歲的楚門．卡波提（Truman Capote，後來的《第凡內早餐》作者）由於父母離異，被送到門羅維爾依親，前後住了三年。之後年年暑假回來探望親戚，短暫居住，與哈波．李是無話不談的好朋友。

一九四四年　自門羅郡中（Monroe County High School）畢業，在學期間培養出濃厚的文學興趣。就讀蒙哥馬利（Montgomery）的杭廷頓女子學院（Huntingdon College），為校內報刊寫稿。

一九四五年　轉學到塔斯卡盧薩（Tuscaloosa）的阿拉巴馬大學（University of Alabama），攻讀法律，但難以忘情文學，仍為校內報刊撰稿，並成為《*Rammer Jammer*》雜誌編輯。最後並未拿到法律學位。

一九四九年　前往紐約，在航空公司找了一份票務工作維生，餘暇時間全部投入寫作。與童年好友楚門．卡波提在紐約重逢。認識了百老匯詞曲作家麥克．布朗（Michael Martin Brown）和他的太太喬伊（Joy）。

一九五六年　布朗夫婦給了一份耶誕節大禮，無償提供一整年的生活費用，讓哈波・李專心寫作。

一九五七年　完成《守望者》（*Go Set a Watchman*）初稿，由利平科特出版公司（J.B. Lippincott Company）取得，編輯認為初稿內容說它是「完全的虛構小說倒不如說是軼事趣聞」，建議再多加修改著墨，初稿因而未見天日。

編輯對《守望者》書中主角絲考特的童年很感興趣，因而以小女孩絲考特的觀點，以兩年時間再醞釀一部小說，即後來的《梅岡城故事》（*To Kill a Mockingbird*）。

一九五九年　陪同為《紐約客》撰稿的楚門・卡波提前往堪薩斯州霍爾庫姆（Holcomb）調查當地的一樁農家滅門慘案，卡波提與凶嫌面談無數次，隨後以六年時間完成《冷血》（*In Cold Blood*）一書。

一九六〇年　七月十一日，出版生平第一本小說《梅岡城故事》，旋即成為暢銷書，廣獲好評。書中描述六歲女孩絲考特・芬奇（Scout Finch）眼中的大人世界，省思美國南方的種族歧視與壓迫。絲考特有部分是作者童年的自我寫照，阿提克斯・芬奇律師則以作者的父親為藍本。

一九六一年　以《梅岡城故事》一書獲得普立茲文學獎。

一九六二年　《梅岡城故事》改編成同名電影上映，由葛雷哥萊畢克（Gregory Peck）飾演絲考特的律師父親，獲得奧斯卡最佳男主角獎。葛雷哥萊畢克為了詮釋片中人物造訪門羅維爾，與哈波・李發展出終身友誼。

一九八三年　小說出版後即鮮少接觸媒體，也不常公開露面。但這年在奧克拉荷馬州的尤福拉

（Eufaula）出席一場座談，談論最愛的阿拉巴馬州歷史，並為讀者簽書。

一九九七年　接受阿拉巴馬州莫比爾春山學院（Spring Hill College）授予的榮譽學位。

一九九九年　美國《圖書館期刊》（*Library Journal*）舉辦票選，《梅岡城故事》入選為二十世紀最佳小說之一。

二〇〇七年　十一月五日，獲頒自由獎章（Medal of Freedom），由美國布希總統在白宮頒發，以表彰作者《梅岡城故事》一書在國家追求平等的艱困時刻所發揮的影響力。同年中風，聽力、視力、記憶力也大不如前。

二〇一一年　三月，美國總統歐巴馬在白宮頒發二〇一〇年國家藝術勳章（2010 National Medal of Arts）予作者。

二〇一四年　授權HarperCollins發行《梅岡城故事》電子書。十一月，久未公開露面，出席姊姊愛麗絲（Alice Lee）的葬禮；愛麗絲身為律師，長期處理妹妹的法律財經事務。新代理律師東妮雅・卡特（Tonja Carter）代為整理愛麗絲保管的哈波・李故居保險箱檔案時，找到擱置五十多年的《守望者》手稿。

二〇一五年　二月，發布《守望者》出版消息。七月十四日哈波・李第二部作品《守望者》問世。這部長篇小說是《梅岡城故事》的續集，然而成書時間卻早在一九五〇年代。書名出自舊約聖經《以賽亞書》：「主對我如此說：你去設立守望者，讓他報告他所看見的。」（For thus hath the Lord said unto me, Go, set a watchman, let him declare what he seeth.）

二〇一六年　二月十九日於睡夢中在故鄉安詳過世，享年八十九歲。

GREAT! 34 **梅岡城故事**
To Kill a Mockingbird by Harper Lee
This edition is published by arrangement with Harper Lee c/o Tonja B. Carter through Andrew Nurnberg Associates International Limited
Traditional Chinese edition copyright:
2016 RYE FIELD PUBLICATIONS, A DIVISION OF CITE PUBLISHING LTD.

作　　者	哈波・李（Harper Lee）
譯　　者	顏湘如
特約編輯	曾淑芳
封面設計	莊謹銘
責任編輯	吳貞儀
行　　銷	闕志勳　吳宇軒　余一霞
業　　務	李再星　李振東　陳美燕
總 編 輯	巫維珍
編輯總監	劉麗真
發 行 人	凃玉雲
出　　版	麥田出版 地址：10483台北市中山區民生東路二段141號5樓 電話：(02)2500-7696　傳真：(02)2500-1967
發　　行	英屬蓋曼群島商家庭傳媒股份有限公司城邦分公司 地址：10483台北市中山區民生東路二段141號11樓 網址：http://www.cite.com.tw 客服專線：(02)2500-7718｜2500-7719 24小時傳真專線：(02)2500-1990｜2500-1991 服務時間：週一至週五09:30-12:00｜13:30-17:00 劃撥帳號：19863813　戶名：書虫股份有限公司 讀者服務信箱：service@readingclub.com.tw
香港發行所	城邦（香港）出版集團有限公司 地址：香港灣仔駱克道193號東超商業中心1樓 電話：+852-2508-6231　傳真：+852-2578-9337
馬新發行所	城邦（馬新）出版集團【Cite(M) Sdn. Bhd. (458372U)】 地址：41-3, Jalan Radin Anum, Bandar Baru Sri Petaling, 57000 Kuala Lumpur, Malaysia. 電話：+603-9056-3833　傳真：+603-9057-6622 電郵：services@cite.my
麥田部落格	http:// ryefield.pixnet.net
印　　刷	前進彩藝有限公司
初　　版	2016年7月
二版一刷	2023年10月
售　　價	450元
I S B N	978-626-310-524-9
E I S B N	978-626-310-527-0（EPUB）

國家圖書館出版品預行編目資料

梅岡城故事／哈波・李（Harper Lee）著；顏湘如譯.
－－二版.－－臺北市：麥田出版：家庭傳媒城邦分公司發行，2023.10
面：　公分：－－（Great!；34）
譯自：To kill a mockingbird
ISBN 978-626-310-524-9（平裝）
874.57　　112012203

城邦讀書花園
www.cite.com.tw

Printed in Taiwan.
本書若有缺頁、破損、裝訂錯誤，請寄回更換。